# Alturas Wuthering

*por Emily Brontë*

Direitos de autor © 2024 por Autri Books

Todos os direitos reservados. Nenhuma parte desta publicação pode ser reproduzida, por fotocópia, gravação ou outros métodos electrónicos ou mecânicos, sem a autorização prévia por escrito do editor, exceto no caso de breves citações incluídas em recensões críticas e outras utilizações não comerciais permitidas pela lei dos direitos de autor.

Esta edição faz parte da "Coleção de Literatura Clássica Autri Books" e inclui traduções, conteúdo editorial e elementos de design que são originais desta publicação e estão protegidos pela lei dos direitos de autor. O texto subjacente é do domínio público e não está sujeito a direitos de autor, mas todos os aditamentos e modificações estão protegidos por direitos de autor da Autri Books.

As publicações da Autri Books podem ser adquiridas para uso educativo, comercial ou promocional.

Para mais informações, contactar:

autribooks.com | support@autribooks.com

**ISBN**: 979-8-3306-1230-7

Primeira edição publicada pela Autri Books em 2024.

# CAPÍTULO I

1801 — Acabo de regressar de uma visita ao meu senhorio — o vizinho solitário com quem ficarei preocupado. Este é certamente um belo país! Em toda a Inglaterra, não creio que pudesse ter resolvido uma situação tão completamente afastada da agitação da sociedade. O Céu de um misantropo perfeito - e o Sr. Heathcliff e eu somos um par tão adequado para dividir a desolação entre nós. Um sujeito capital! Ele mal imaginava como meu coração se aqueceva para ele quando vi seus olhos negros se retirarem tão desconfiadamente sob suas sobrancelhas, enquanto eu subia, e quando seus dedos se abrigavam, com uma resolução ciumenta, ainda mais em seu colete, enquanto eu anunciava meu nome.

"Sr. Heathcliff?" Eu disse.

Um aceno foi a resposta.

"Sr. Lockwood, seu novo inquilino, senhor. Tenho a honra de telefonar o mais depressa possível após a minha chegada, para manifestar a esperança de que não vos tenha incomodado com a minha perseverança em solicitar a ocupação de Thrushcross Grange: ouvi ontem que tivestes alguns pensamentos—"

"Thrushcross Grange é meu, senhor", interrompeu, piscando. "Eu não deveria permitir que ninguém me incomodasse, se eu pudesse atrapalhá-lo, entre!"

O "entre" foi proferido com os dentes fechados, e expressou o sentimento: "Vá para o Deuce!", mesmo o portão sobre o qual ele se inclinou não manifestou nenhum movimento de simpatia pelas palavras; e penso que essa circunstância me determinou a aceitar o convite: senti-me interessado por um homem que parecia exageradamente mais reservado do que eu.

Quando ele viu o peito do meu cavalo empurrando a barreira, ele estendeu a mão para desamarrá-la, e então me precedeu maldosamente até a calçada, chamando, quando entramos na corte: "Joseph, pegue o cavalo do Sr. Lockwood; e traga um pouco de vinho."

"Aqui temos todo o estabelecimento doméstico, suponho", foi a reflexão sugerida por esta ordem composta. "Não admira que a erva cresça entre as bandeiras e o gado seja o único cortador de sebes."

José era um homem idoso, ou melhor, um homem velho, muito velho, talvez, embora hale e sinewy. "O Senhor ajuda-nos!", solitou ele num tom de desagrado pessimista, enquanto me aliviava do meu cavalo: olhando, entretanto, no meu rosto tão azedo que eu caridosamente conjeturei que ele devia ter necessidade de ajuda divina para digerir o seu jantar, e a sua piedosa ejaculação não tinha qualquer referência ao meu advento inesperado.

Wuthering Heights é o nome da habitação do Sr. Heathcliff. "Wuthering" é um adjetivo provincial significativo, descritivo do tumulto atmosférico ao qual sua estação está exposta em tempo tempestuoso. Ventilação pura e vigorosa que eles devem ter lá em cima em todos os momentos, de fato: pode-se adivinhar a força do vento norte, soprando sobre a borda, pela inclinação excessiva de alguns abetos atrofiados no final da casa; e por uma série de espinhos magros, todos esticando os membros de um jeito, como se desejassem esmolas do sol. Felizmente, o arquiteto teve clarividência para a construir forte: as janelas estreitas estão profundamente assentes na parede, e os cantos defendidos com grandes pedras salientes.

Antes de passar o umbral, parei para admirar uma quantidade de escultura grotesca esbanjada na frente e, especialmente, na porta principal; acima do qual, entre um deserto de grifos em ruínas e meninos sem vergonha, detetei a data "1500" e o nome "Hareton Earnshaw". Eu teria feito alguns comentários, e solicitado uma breve história do lugar ao proprietário surly; mas sua atitude na porta parecia exigir minha entrada rápida, ou partida completa, e eu não queria agravar sua impaciência antes de inspecionar o penetralium.

Um passo trouxe-nos para a sala de estar da família, sem qualquer lobby introdutório ou passagem: chamam-lhe aqui "a casa" em primeiro lugar. Inclui cozinha e salão, geralmente; mas creio que em Wuthering Heights a cozinha é forçada a retirar-se completamente para outro quartel: pelo menos distingui uma tagarelice de línguas e um prato de utensílios culinários, no fundo; e não observei sinais de assar, ferver ou assar sobre a enorme lareira; nem qualquer brilho de panelas de cobre e misturadores de estanho nas paredes. Uma extremidade, de fato, refletia esplêndida luz e calor de fileiras de imensos pratos de estanho, intercalados com jarros de prata e tanques, imponentes fileiras após filas, em uma vasta cômoda de carvalho, até o próprio telhado. Esta última nunca tinha sido subestimada: toda a sua anatomia estava exposta a um olho inquiridor, exceto onde uma armação de madeira carregada de bolos de aveia e cachos de pernas de carne, carneiro e presunto, a escondia. Acima da chaminé havia armas velhas e um par de pistolas de cavalo: e, a título de ornamento, três latas pintadas de forma gáudio dispostas ao longo de sua borda. O chão era de pedra lisa e branca; as cadeiras, de encosto alto, estruturas primitivas, pintadas de verde: uma ou duas pretas pesadas à espreita na sombra. Em um arco sob a cômoda repousava um enorme ponteiro de cadela cor de fígado, cercado por um enxame de filhotes chiando; e outros cães assombravam outros recessos.

O apartamento e os móveis não teriam sido nada de extraordinário, pois pertenciam a um fazendeiro caseiro, do norte, com um semblante teimoso e membros robustos dispostos a vantagem em joelheiras e polainas. Tal indivíduo sentado em sua poltrona, sua caneca de cerveja espumando na mesa redonda diante dele, pode ser visto em qualquer circuito de cinco ou seis milhas entre essas colinas, se você for na hora certa depois do jantar. Mas Heathcliff forma um contraste singular com a sua morada e estilo de vida. É um cigano de pele escura no aspeto, no vestuário e nos costumes um cavalheiro: isto é, tanto cavalheiro como muitos escudeiros do campo: um pouco esloveno, talvez, mas sem parecer errado com a sua negligência, porque tem uma figura ereta e bonita; e bastante melancólico. Possivelmente, algumas pessoas podem suspeitar que ele tem um certo grau de orgulho sub-criado; Tenho um acorde simpático dentro de mim que me diz que não é nada disso: sei, por instinto, que a sua reserva nasce de uma aversão a demonstrações vistosas de sentimento – a manifestações de bondade mútua. Ele amará e odiará igualmente sob disfarce, e estimará como uma espécie de impertinência ser amado ou odiado novamente. Não, estou a correr demasiado depressa: dou-lhe os meus próprios atributos de forma demasiado liberal. O Sr. Heathcliff pode ter razões totalmente diferentes para manter a mão fora do caminho quando encontra um pretenso conhecido, daquelas que me atuam. Permitam-me que espere que a minha constituição seja quase peculiar: a minha querida mãe costumava dizer que eu nunca deveria ter uma casa confortável; e só no verão passado provei ser perfeitamente indigno de um.

Enquanto desfrutava de um mês de bom tempo na costa marítima, fui jogado na companhia de uma criatura fascinante: uma verdadeira deusa aos meus olhos, desde que ela não tomasse conhecimento de mim. Eu "nunca contei o meu amor" vocalmente; ainda assim, se os olhares têm linguagem, o mais pequeno poderia ter adivinhado que eu estava sobre a cabeça e os ouvidos: ela finalmente me entendeu e olhou para um retorno – o mais doce de todos os olhares imagináveis. E o que eu fiz? Confesso-o com vergonha – encolhi-me em mim mesmo, como um caracol; a cada olhar aposentado mais frio e mais longe; até que, finalmente, a pobre inocente foi levada a duvidar de seus próprios sentidos e, tomada de confusão por seu suposto erro, persuadiu sua mãe a descampar.

Por esta curiosa viragem de disposição, ganhei a reputação de deliberada falta de coração; como imerecido, só eu posso apreciar.

Sentei-me no final da lareira oposta àquela para a qual meu senhorio avançou, e preenchi um intervalo de silêncio tentando acariciar a mãe canina, que deixara seu berçário, e estava se esgueirando para a parte de trás das minhas pernas, seu lábio enrolado e seus dentes brancos lacrimejando para um arrebatamento. Minha carícia provocou um longo e gutural gnarl.

"É melhor deixar o cão em paz", rosnou Heathcliff em uníssono, verificando manifestações mais ferozes com um soco no pé. "Ela não está acostumada a ser mimada, não é guardada para um animal de estimação." Então, caminhando até uma porta lateral, ele gritou novamente: "José!"

José murmurou indistintamente nas profundezas do porão, mas não deu indícios de subir, então seu mestre mergulhou até ele, deixando-me *diante* da cadela rufia e de um par de cães de ovelha desgrenhados sombrios, que compartilhavam com ela uma tutela ciumenta sobre todos os meus movimentos. Não ansioso por entrar em contato com suas presas, fiquei quieto; mas, imaginando que mal entenderiam os insultos tácitos, infelizmente entreguei-me a piscar e a fazer caras ao trio, e alguma reviravolta da minha fisionomia irritou tanto a senhora, que ela de repente irrompeu em fúria e saltou sobre os meus joelhos. Joguei-a para trás e apressei-me a interpor a mesa entre nós. Este procedimento despertou toda a colmeia: meia dúzia de fiends de quatro patas, de vários tamanhos e idades, saíram de covas escondidas para o centro comum. Senti meus calcanhares e casacos sujeitos peculiares de agressão; e afastando os combatentes maiores da forma mais eficaz possível com o poker, fui constrangido a exigir, em voz alta, ajuda de alguns membros da família para restabelecer a paz.

O Sr. Heathcliff e seu homem subiram os degraus da adega com catarro vexatório: não acho que eles se moveram um segundo mais rápido do que o normal, embora a lareira fosse uma tempestade absoluta de preocupação e gritos. Felizmente, um habitante da cozinha fez mais despacho; uma dama luxuriante, com vestido enfiado, braços nus e bochechas coradas pelo fogo, correu para o meio de nós florescendo uma frigideira: e usou essa arma, e sua língua, para tal propósito, que a tempestade diminuiu magicamente, e ela só permaneceu, agitando-se como um mar depois de um vento forte, quando seu mestre entrou em cena.

"Que diabo é esse?", perguntou, olhando-me de uma forma que eu poderia suportar mal depois desse tratamento inóspito.

"Que diabo, de fato!" Eu murmurei. "O rebanho de porcos possuídos não poderia ter tido espíritos piores do que aqueles seus animais, senhor. Você também pode deixar um estranho com uma ninhada de tigres!"

"Eles não vão se meter com pessoas que não tocam em nada", comentou, colocando a garrafa diante de mim e restaurando a mesa deslocada. "Os cães fazem bem em estar vigilantes. Tomar um copo de vinho?"

"Não, obrigado."

"Não mordeu, não é?"

"Se eu tivesse sido, eu teria colocado meu sinete no mordedor." O semblante de Heathcliff relaxou em um sorriso.

"Venha, venha", disse ele, "você está agitado, Sr. Lockwood. Aqui, tome um pouco de vinho. Os hóspedes são tão raros nesta casa que eu e meus cães, estou disposto a possuir, mal sabemos como recebê-los. Sua saúde, senhor?"

Inclinei-me e devolvi a promessa; começando a perceber que seria tolice sentar-se a tremer pelo mau comportamento de um bando de maldições; além disso, senti-me disposto a render mais diversão ao companheiro às minhas custas; já que o seu humor tomou essa volta. Ele – provavelmente influenciado pela consideração prudencial da loucura de ofender um bom inquilino – relaxou um pouco no estilo lacônico de lascar seus pronomes e verbos auxiliares, e introduziu o que ele supunha ser um assunto de interesse para mim, um discurso sobre as vantagens e desvantagens do meu atual lugar de aposentadoria. Considerei-o muito inteligente nos temas que tocamos; e antes de ir para casa, fui encorajado a fazer outra visita voluntária. Ele evidentemente não desejava que a minha intrusão se repetisse. Não obstante, vou. É espantoso como me sinto sociável em comparação com ele.

# CAPÍTULO II

Ontem à tarde enevoada e fria. Eu tinha metade da mente para gastá-lo pelo fogo do meu estudo, em vez de vagar pela saúde e lama até Wuthering Heights. Ao chegar do jantar, no entanto, (N.B. — Eu janto entre doze e uma hora; a governanta, uma senhora matronly, tomada como um acessório junto com a casa, não conseguia, ou não queria, compreender meu pedido para que eu fosse servido às cinco) — ao subir as escadas com essa intenção preguiçosa e entrar no quarto, Vi uma criada-menina de joelhos rodeada de pincéis e escudos de carvão, e levantando um pó infernal enquanto apagava as chamas com montes de cinzas. Este espetáculo me levou de volta imediatamente; Peguei meu chapéu e, depois de uma caminhada de quatro quilômetros, cheguei ao portão do jardim de Heathcliff a tempo de escapar dos primeiros flocos de penas de um chuveiro de neve.

Naquela colina sombria no topo a terra estava dura com uma geada negra, e o ar me fez tremer em todos os membros. Não conseguindo retirar a corrente, pulei e, correndo pela calçada sinalizada cercada por arbustos de groselha, bati em vão para admissão, até que meus dedos formigaram e os cachorros uivaram.

"Presos miseráveis!" Eu ejaculava, mentalmente, "você merece isolamento perpétuo de sua espécie por sua inhospitalidade ridícula. Pelo menos, eu não manteria minhas portas barradas durante o dia. Eu não me importo, eu vou entrar!" Tão resolvido, agarrei a trava e a sacudi com veemência. José com cara de vinagre projetou a cabeça de uma janela redonda do celeiro.

"Para que servem?", gritou. "T' maister's down i' t' fowld. Dá a volta por cima do 'fim o' t' laith, se foste falar com ele."

"Não há ninguém lá dentro para abrir a porta?" Eu aluguei, responsivamente.

"Há nobbut t' missis; e shoo'll not oppen 't an ye mak' yer flaysome dins till neeght."

"Porquê? Você não pode dizer a ela quem eu sou, hein, José?"

"Nem eu! Eu não vou ter hend wi't", murmurou a cabeça, desaparecendo.

A neve começou a andar grossa. Agarrei a alça para ensaiar outro julgamento; quando um jovem sem casaco, e carregando uma forquilha, apareceu no quintal atrás. Ele me chamou para segui-lo e, depois de marchar por um lavadouro e uma área pavimentada contendo um galpão de carvão, bomba e berço de pombos, chegamos finalmente ao apartamento enorme, quente e alegre onde fui recebido anteriormente. Brilhava deliciosamente no esplendor de um imenso fogo, composto de carvão, turfa e madeira; e perto da mesa, posta para uma farta refeição noturna, tive o prazer de observar a "missis", um indivíduo cuja existência eu nunca suspeitara anteriormente. Inclinei-me e esperei, pensando que ela me convidaria a sentar-me. Ela olhou para mim, inclinando-se para trás em sua cadeira, e permaneceu imóvel e muda.

"Mau tempo!" Observei. "Tenho medo, Sra. Heathcliff, que a porta tenha de suportar a consequência da assistência de lazer dos vossos criados: tive muito trabalho para os fazer ouvir-me."

Nunca abriu a boca. Eu olhava fixamente, ela também olhava: de qualquer forma, ela mantinha os olhos em mim de uma maneira fria, independentemente disso, extremamente embaraçosa e desagradável.

— Sente-se — disse o jovem, sorridente. "Ele estará em breve."

Eu obedeci; e encurralou, e chamou a vilã Juno, que se dignou, nesta segunda entrevista, a mover a ponta extrema de seu rabo, em sinal de possuir meu conhecimento.

"Um animal lindo!" Comecei de novo. "Pretende despedir-se dos mais pequenos, senhora?"

"Eles não são meus", disse a amável anfitriã, mais repelente do que o próprio Heathcliff poderia ter respondido.

"Ah, seus favoritos estão entre esses?" Continuei, virando-me para uma almofada obscura cheia de algo como gatos.

"Uma estranha escolha de favoritos!", observou com desdém.

Infelizmente, era um amontoado de coelhos mortos. Voltei a cercar e me aproximei da lareira, repetindo meu comentário sobre a selvageria da noite.

— Você não deveria ter saído — disse ela, levantando-se e alcançando da chaminé duas das latas pintadas.

Sua posição antes estava protegida da luz; agora, eu tinha uma visão distinta de toda a sua figura e semblante. Ela era esbelta e, aparentemente, mal passava da meninice: uma forma admirável e o rostinho mais requintado que eu já tive o prazer de contemplar; características pequenas, muito justas; anéis de linho, ou melhor, dourados, pendurados soltos em seu pescoço delicado; e os olhos, se tivessem sido agradáveis na expressão, isso teria sido irresistível: felizmente para o meu coração suscetível, o único sentimento que eles evidenciavam pairava entre o desprezo e uma espécie de desespero, singularmente antinatural de ser detetado ali. As latas estavam quase fora de seu alcance; Fiz uma moção para ajudá-la; Ela virou-se contra mim como um avarento poderia virar-se se alguém tentasse ajudá-lo a contar o seu ouro.

"Eu não quero a sua ajuda", disparou ela; "Posso obtê-los para mim."

"Peço perdão!" Apressei-me a responder.

"Pediram-lhe para tomar chá?", perguntou ela, amarrando um avental sobre o seu preto puro e de pé com uma colher da folha posicionada sobre a panela.

"Ficarei feliz por ter um copo", respondi.

"Perguntaram-lhe?", repetiu.

"Não", eu disse, meio sorridente. "Você é a pessoa adequada para me perguntar."

Ela jogou o chá de volta, colher e tudo, e retomou sua cadeira em um animal de estimação; sua testa ondulada e seu lábio vermelho empurrado para fora, como se uma criança estivesse pronta para chorar.

Entretanto, o jovem tinha agarrado à sua pessoa uma roupa superior decididamente gasta e, erguendo-se diante do fogo, olhou-me pelo canto dos olhos, para todo o mundo como se houvesse alguma rixa mortal não vingada entre nós. Comecei a duvidar se ele era um servo ou não: sua vestimenta e discurso eram ambos rudes, totalmente desprovidos da superioridade observável no Sr. e na Sra. Heathcliff; seus grossos cachos castanhos eram ásperos e incultos, seus bigodes invadiam as bochechas e suas mãos eram embrulhadas como as de um trabalhador comum: ainda assim seu porte era livre, quase altivo, e ele não mostrava nenhuma assiduidade doméstica em atender a senhora da casa. Na ausência de provas claras da sua condição, considerei melhor abster-me de notar a sua curiosa conduta; e, cinco minutos depois, a entrada de Heathcliff aliviou-me, em certa medida, do meu estado desconfortável.

"Veja, senhor, eu vim, segundo a promessa!" Exclamei, assumindo o alegre; "E temo ficar meia hora sem condições meteorológicas, se me puderem dar abrigo durante esse espaço."

"Meia hora?", ele disse, sacudindo os flocos brancos de suas roupas; "Eu me pergunto se você deve selecionar o meio de uma tempestade de neve para divagar. Sabia que corre o risco de se perder nos pântanos? As pessoas familiarizadas com estes mouros muitas vezes perdem a sua estrada nessas noites; e posso dizer-vos que, neste momento, não há hipótese de mudança."

"Talvez eu possa obter um guia entre seus rapazes, e ele pode ficar no Grange até de manhã - você poderia me poupar um?"

"Não, não podia."

"Ah, de fato! Bem, então, devo confiar na minha própria sagacidade."

"Umph!"

"Você vai mak' o chá?", perguntou ele sobre o casaco gasto, desviando seu olhar feroz de mim para a moça.

"Será *que ele* vai ter algum?", perguntou, apelando a Heathcliff.

"Prepare-se, vai?" foi a resposta, proferida de forma tão selvagem que comecei. O tom em que as palavras foram ditas revelou uma verdadeira má natureza. Já não me sentia inclinado a chamar Heathcliff de sujeito capital. Quando os preparativos terminaram, convidou-me com: "Agora, senhor, apresente a sua cadeira." E todos nós, incluindo a juventude rústica, desenhamos à volta da mesa: um silêncio austero prevaleceu enquanto discutíamos a nossa refeição.

Eu pensei, se eu tivesse causado a nuvem, era meu dever fazer um esforço para dissipá-la. Não podiam todos os dias sentar-se tão sombrios e taciturnos; e era impossível, por mais mal-humorados que fossem, que a carapaça universal que usavam fosse o seu semblante quotidiano.

"É estranho", comecei, no intervalo de engolir uma chávena de chá e receber outra, "é estranho como o costume pode moldar os nossos gostos e ideias: muitos não podiam imaginar a existência de felicidade numa vida de tão completo exílio do mundo como o senhor passa, Sr. Heathcliff; no entanto, atrevo-me a dizer que, cercado por sua família, e com sua amável senhora como o gênio presidente sobre sua casa e coração—"

"Minha amável senhora!", interrompeu, com um deboche quase diabólico no rosto. "Onde está ela, minha amável senhora?"

"Sra. Heathcliff, sua esposa, quero dizer."

"Bem, sim, você gostaria de saber que seu espírito assumiu o posto de anjo ministrante e guarda a fortuna de Wuthering Heights, mesmo quando seu corpo se foi. É isso?"

Percebendo-me num erro, tentei corrigi-lo. Eu poderia ter visto que havia uma disparidade muito grande entre as idades dos partidos para tornar provável que eles fossem homem e mulher. Uma foi por volta dos quarenta: um período de vigor mental em que os homens raramente acalentam a ilusão de serem casados por amor de raparigas: esse sonho está reservado para o consolo dos nossos anos em declínio. O outro não parecia dezessete anos.

Então piscou para mim: "O palhaço no meu cotovelo, que está bebendo seu chá de uma bacia e comendo seu pão com as mãos não lavadas, pode ser seu marido: Heathcliff Junior, é claro. Eis a consequência de ser enterrada viva: ela se jogou fora por pura ignorância de que existiam indivíduos melhores! Uma pena triste, tenho de ter cuidado com a forma como a faço arrepender-se da sua escolha." A última reflexão pode parecer vaidosa; não foi. O meu vizinho pareceu-me quase repulsivo; Eu sabia, por experiência, que eu era toleravelmente atraente.

"A Sra. Heathcliff é minha nora", disse Heathcliff, corroborando minha suposição. Ele voltou, enquanto falava, um olhar peculiar em sua direção: um olhar de ódio; a menos que ele tenha um conjunto mais perverso de músculos faciais que não irão, como os de outras pessoas, interpretar a linguagem de sua alma.

"Ah, com certeza — eu vejo agora: você é o possuidor favorito da fada benfazeja", comentei, voltando-me para o meu vizinho.

Isto foi pior do que antes: o jovem ficou carmesim, e cerrou o punho, a cada aparência de um assalto meditado. Mas ele parecia lembrar-se de si mesmo, e sufocava a tempestade numa maldição brutal, murmurada em meu nome: que, no entanto, tive o cuidado de não notar.

"Infeliz em suas conjeturas, senhor", observou meu anfitrião; "Nenhum de nós tem o privilégio de possuir a sua boa fada; seu companheiro está morto. Eu disse que ela era minha nora: portanto, ela deve ter se casado com meu filho."

"E este jovem é—"

"Não o meu filho, com certeza."

Heathcliff voltou a sorrir, como se fosse uma brincadeira demasiado ousada atribuir-lhe a paternidade daquele urso.

"Meu nome é Hareton Earnshaw", rosnou o outro; "e eu aconselho você a respeitá-lo!"

"Não demonstrei desrespeito", foi a minha resposta, rindo internamente da dignidade com que se anunciava.

Ele fixou o olho em mim por mais tempo do que eu me importava em devolver o olhar, por medo de que eu pudesse ser tentado a encaixotar seus ouvidos ou tornar minha hilaridade audível. Comecei a sentir-me inequivocamente deslocado naquele agradável círculo familiar. A atmosfera espiritual sombria superou, e mais do que neutralizou, os brilhantes confortos físicos ao meu redor; e resolvi ser cauteloso como me aventurei sob aquelas vigas pela terceira vez.

O negócio de comer estava concluído, e ninguém proferindo uma palavra de conversa sociável, aproximei-me de uma janela para examinar o tempo. Uma visão dolorosa eu vi: noite escura descendo prematuramente, e céu e colinas se misturavam em um turbilhão amargo de vento e neve sufocante.

"Acho que não é possível chegar a casa agora sem um guia", não pude deixar de exclamar. "As estradas já estarão soterradas; e, se estivessem nus, mal conseguia distinguir um pé de antemão."

"Hareton, conduza aquelas dúzias de ovelhas para o alpendre do celeiro. Eles serão cobertos se deixados na dobra a noite toda: e coloquem uma prancha diante deles", disse Heathcliff.

"Como devo fazer?" Continuei, com irritação crescente.

Não houve resposta à minha pergunta; e ao olhar em volta vi apenas Joseph trazendo um balde de mingau para os cães, e a Sra. Heathcliff debruçada sobre o fogo, desviando-se com a queima de um feixe de fósforos que havia caído da chaminé enquanto restaurava a lata de chá em seu lugar. O primeiro, depois de ter depositado o seu fardo, fez um levantamento crítico da sala, e em tons rachados ralou — "Aw wonder how yah can faishion to stand thear i' idleness un war, when all on 'ems goan out! Bud yah're a nowt, e não adianta falar - yah'll niver emendar o'yer maus caminhos, mas goa raight to t' divil, como yer mother afore ye!"

Imaginei, por um momento, que este pedaço de eloquência me fosse dirigido; e, suficientemente enfurecido, aproximou-se do malandro envelhecido com a intenção de expulsá-lo da porta. A Sra. Heathcliff, no entanto, verificou-me pela sua resposta.

"Seu velho hipócrita escandaloso!", respondeu ela. "Não tens medo de te deixares levar corporalmente, sempre que mencionas o nome do diabo? Alerto-vos para que se abstenham de me provocar, ou pedirei o vosso rapto como um favor especial! Pare! olhe aqui, José", continuou ela, tirando um livro longo e escuro de uma prateleira; "Vou mostrar até onde progredi na Arte Negra: em breve serei competente para fazer uma casa clara dela. A vaca vermelha não morreu por acaso; e o vosso reumatismo dificilmente pode ser contado entre as visitas providenciais!"

"Oh, perverso, perverso!", suspirou o ancião; «Que o Senhor nos livre do mal!»

"Não, reprovado! você é um náufrago – esteja fora, ou eu vou machucá-lo seriamente! Vou ter todos vocês modelados em cera e argila! e o primeiro que ultrapassar os limites que eu fixar – não direi o que lhe será feito – mas, verás! Vai, eu estou olhando para você!"

A bruxinha colocou uma malignidade simulada em seus belos olhos, e José, tremendo de sincero horror, saiu correndo, orando e ejaculando "perverso" enquanto ia. Pensei que a sua conduta devia ser motivada por uma espécie de diversão sombria; e, agora que estávamos sozinhos, procurei interessá-la pela minha angústia.

— Sra. Heathcliff — eu disse sinceramente — você deve me desculpar por tê-la incomodado. Presumo, porque, com essa cara, tenho certeza que você não pode deixar de ser de bom coração. Aponte alguns marcos pelos quais eu posso saber o meu caminho para casa: eu não tenho mais idéia de como chegar lá do que você teria como chegar a Londres!"

"Pegue a estrada que você veio", ela respondeu, envolvendo-se em uma cadeira, com uma vela, e o longo livro aberto diante dela. "É um conselho breve, mas tão sólido quanto posso dar."

"Então, se você ouvir que eu fui encontrado morto em um pântano ou um poço cheio de neve, sua consciência não vai sussurrar que a culpa é em parte sua?"

"Como assim? Eu não posso acompanhá-lo. Não me deixaram ir até ao fim do muro do jardim."

"*Você*! Peço-lhe que cruze o limiar, para minha conveniência, numa noite destas", gritei. "Quero que me *digam* o meu caminho, não que *o mostrem*: ou então que convençam o Sr. Heathcliff a dar-me um guia."

"Quem? Há ele mesmo, Earnshaw, Zillah, Joseph e eu. Qual você teria?"

"Não há meninos na fazenda?"

"Não; esses são todos."

"Então, segue-se que sou obrigado a ficar."

"Para que você possa resolver com seu anfitrião. Não tenho nada a ver com isso."

"Espero que seja uma lição para vocês não fazerem mais viagens precipitadas nessas colinas", gritou a voz severa de Heathcliff da entrada da cozinha. "Quanto a ficar aqui, eu não mantenho acomodações para visitantes: você deve compartilhar uma cama com Hareton ou Joseph, se você fizer."

"Posso dormir numa cadeira neste quarto", respondi.

"Não, não! Um estranho é um estranho, seja ele rico ou pobre: não me convirá permitir a ninguém o alcance do lugar enquanto eu estiver desprevenido!", disse o desgraçado.

Com este insulto a minha paciência chegou ao fim. Eu proferi uma expressão de nojo e o empurrei para o quintal, correndo contra Earnshaw na minha pressa. Estava tão escuro que eu não conseguia ver os meios de saída; e, enquanto vagava, ouvi outro exemplar do seu comportamento civil entre si. A princípio, o rapaz parecia prestes a fazer amizade comigo.

"Vou com ele até ao parque", disse.

"Você vai com ele para o inferno!", exclamou seu mestre, ou qualquer relação que ele tivesse. "E quem vai cuidar dos cavalos, hein?"

"A vida de um homem é mais importante do que a negligência de uma noite com os cavalos: alguém deve ir", murmurou a Sra. Heathcliff, mais gentil do que eu esperava.

"Não a seu comando!", retrucou Hareton. "Se você apostar nele, é melhor ficar quieto."

"Então espero que o seu fantasma vos assombra; e espero que o Sr. Heathcliff nunca consiga outro inquilino até que o Grange seja uma ruína", respondeu, bruscamente.

"Ouça, ouça, shoo's xingando 'em!", murmurou Joseph, para quem eu estava dirigindo.

Sentou-se dentro do ouvido, ordenhando as vacas à luz de uma lanterna, que eu agarrei sem cerimônia, e, chamando que eu a mandaria de volta no dia seguinte, correu para o cartaz mais próximo.

"Maister, maister, ele está staling t' lanthern!", gritou o antigo, prosseguindo meu retiro. "Ei, Gnasher! Ei, cachorro! Hey Wolf, holld ele, holld ele!"

Ao abrir a pequena porta, dois monstros peludos voaram contra minha garganta, me levando para baixo e apagando a luz; enquanto um guffaw misturado de Heathcliff e Hareton colocou o copestone na minha raiva e humilhação. Felizmente, os animais pareciam mais inclinados a esticar as patas, bocejar e florescer as caudas do que a devorar-me vivo; mas eles não sofreriam nenhuma ressurreição, e eu fui forçado a mentir até que seus mestres malignos gostassem de me livrar: então, sem ódio e tremendo de ira, ordenei aos meliantes que me deixassem sair — por sua conta e risco de me manter um minuto a mais — com várias ameaças incoerentes de retaliação que, em sua profundidade indefinida de virulência, cheirou a Rei Lear.

A veemência da minha agitação provocou um sangramento abundante no nariz, e ainda Heathcliff riu, e ainda assim eu repreendi. Não sei o que teria concluído a cena, se não houvesse uma pessoa à mão mais racional do que eu e mais benevolente do que o meu animador. Esta era Zillah, a dona de casa robusta; que, por fim, se pronunciou sobre a natureza do alvoroço. Ela pensou que alguns deles estavam impondo mãos violentas sobre mim; e, não ousando atacar o seu mestre, virou a sua artilharia vocal contra o jovem.

"Bem, Sr. Earnshaw," ela gritou, "Eu me pergunto o que você terá agait a seguir? Vamos assassinar pessoas nas nossas próprias pedras da porta? Eu vejo que esta casa nunca vai fazer por mim - olhe para t' pobre rapaz, ele é justo asfixia! Wisht, wisht; você mun'n't continuar assim. Entrai, e eu curarei isso: lá agora, mantenham-se quietos."

Com essas palavras, ela de repente espirrou um litro de água gelada pelo meu pescoço e me puxou para a cozinha. O Sr. Heathcliff seguiu, sua alegria acidental expirando rapidamente em sua habitual melancolia.

Eu estava extremamente doente, tonto e desmaiado; e, assim, compelido a aceitar alojamentos sob o seu teto. Ele disse a Zillah para me dar um copo de aguardente, e depois passou para a sala interna; enquanto ela se conformava comigo na minha triste situação, e tendo obedecido às suas ordens, pelo que eu estava um pouco reanimado, levou-me para a cama.

# CAPÍTULO III

Enquanto subia as escadas, ela recomendou que eu escondesse a vela e não fizesse barulho; pois seu mestre tinha uma noção estranha sobre a câmara em que ela me colocaria, e nunca deixaria ninguém se alojar lá de bom grado. Perguntei o motivo. Não sabia, respondeu: só tinha vivido lá um ou dois anos; e eles tinham tantas coisas queer acontecendo, que ela não podia começar a ser curiosa.

Estupefato demais para ser curioso, fechei a porta e olhei em volta para a cama. Todo o mobiliário consistia em uma cadeira, uma prensa de roupas e uma grande caixa de carvalho, com quadrados recortados perto do topo que lembravam janelas de ônibus. Tendo me aproximado dessa estrutura, olhei para dentro e percebi que se tratava de uma espécie singular de sofá antiquado, muito convenientemente projetado para evitar a necessidade de cada membro da família ter um quarto para si. Na verdade, formava um pequeno armário, e a saliência de uma janela, que encerrava, servia de mesa.

Deslizei para trás os painéis laterais, entrei com minha luz, puxei-os juntos novamente e me senti seguro contra a vigilância de Heathcliff e de todos os outros.

A saliência, onde coloquei minha vela, tinha alguns livros mofos empilhados em um canto, e estava coberta de escrita riscada na tinta. Esta escrita, no entanto, não passou de um nome repetido em todos os tipos de personagens, grandes e pequenas - *Catherine Earnshaw*, aqui e ali variou para *Catherine Heathcliff*, e depois novamente para *Catherine Linton*.

Na apatia vaidosa, encostei a cabeça na janela e continuei soletrando sobre Catherine Earnshaw—Heathcliff—Linton, até que meus olhos se fechassem; mas não tinham descansado cinco minutos quando um clarão de letras brancas começou do escuro, tão vívido como espectros - o ar encheu-se de Catarina; e excitando-me para dissipar o nome intrusivo, descobri meu pavio de vela reclinado em um dos volumes antigos, e perfumando o lugar com um odor de pele de bezerro assada.

Apaguei-o e, muito mal à vontade sob a influência de náuseas frias e persistentes, sentei-me e espalhei o tomo ferido no meu joelho. Era um Testamento, em tipo magro, e cheirando terrivelmente a mofo: uma folha de mosca trazia a inscrição "Catherine Earnshaw, seu livro", e uma data há cerca de um quarto de século.

Fechei-a, e peguei outra e outra, até ter examinado tudo. A biblioteca de Catarina foi selecionada, e o seu estado de dilapidação provou que tinha sido bem utilizada, embora não totalmente para um propósito legítimo: mal um capítulo tinha escapado a um comentário de caneta e tinta - pelo menos a aparência de um - cobrindo cada pedaço de branco que a impressora tinha deixado. Algumas eram frases separadas; outras partes tomavam a forma de um diário regular, rabiscado numa mão informada e infantil. No topo de uma página extra (um tesouro e tanto, provavelmente, quando acendido pela primeira vez) fiquei muito divertido ao contemplar uma excelente caricatura de meu amigo Joseph, — rudemente, mas poderosamente esboçada. Um interesse imediato acendeu em mim pela desconhecida Catarina, e comecei imediatamente a decifrar seus hieróglifos desbotados.

"Um domingo horrível", começava o parágrafo abaixo. "Eu gostaria que meu pai estivesse de volta. Hindley é um substituto detestável - sua conduta para Heathcliff é atroz - H. e eu vamos nos rebelar - demos nosso passo iniciático esta noite.

"Todo o dia tinha sido inundado com chuva; não podíamos ir à igreja, então José precisa levantar uma congregação no garret; e, enquanto Hindley e sua esposa desciam as escadas diante de um fogo confortável — fazendo qualquer coisa menos lendo suas Bíblias, eu responderei por isso —, Heathcliff, eu e o infeliz lavrador fomos ordenados a pegar nossos livros de oração e montar: estávamos enfileirados, em um saco de milho, gemendo e tremendo, e esperando que Joseph também tremesse, para que nos faça uma breve homilia por amor próprio. Uma ideia vã! O serviço durou precisamente três horas; e, no entanto, meu irmão tinha a cara de exclamar, quando nos viu descendo: "O que já fizemos?" Nos domingos à noite costumávamos ser autorizados a tocar, se não fizéssemos muito barulho; Agora, um mero título é suficiente para nos mandar para os cantos.

"'Você esquece que tem um mestre aqui', diz o tirano. ' Vou demolir o primeiro que me destempera! Insisto na sobriedade e no silêncio perfeitos. Meu Deus! foi você? Frances querida, puxe o cabelo enquanto você passa: eu ouvi ele estalar os dedos." Frances puxou-lhe o cabelo de coração, e depois foi sentar-se no joelho do marido, e lá estavam eles, como dois bebés, a beijarem-se e a falarem disparates à hora – palavrões tolos de que devíamos ter vergonha. Fizemo-nos tão confortáveis quanto os nossos meios permitiam no arco da cómoda. Eu tinha acabado de prender nossos pinafores juntos, e pendurá-los por uma cortina, quando entra José, em uma missão dos estábulos. Ele destrói minha obra, encaixota minhas orelhas e coaxa:

"'T' maister nobbut acabou de ser enterrado, e sábado não o'ered, und t' sound o' t' gospel still i' yer lugs, and ye darr be laiking! Que vergonha! Sente-se, Doente Criança! há bons livros eneugh se você vai ler 'em: sente-se, e pense o' yer sowls!'

"Dizendo isso, ele nos obrigou a quadrar nossas posições para que pudéssemos receber do fogo distante um raio enfadonho para nos mostrar o texto da madeira que ele nos lançou. Eu não conseguia suportar o emprego. Peguei meu volume sujo pelo scroop e joguei-o no canil, jurando que odiava um bom livro. Heathcliff chutou o dele para o mesmo lugar. Então houve um burburinho!

"'Maister Hindley!', gritou o nosso capelão. ' Maister, coom até aqui! Miss Cathy's rasgou th' back off "Th' Helmet o' Salvation", un' Heathcliff's pawsed seu encaixe em t' primeira parte o' "T' Brooad Way to Destruction!" É justo que deixeis seguir nesta marcha. Ech! th' owd man wad ha' laced 'em corretamente - mas ele é goês!'

"Hindley levantou-se apressadamente do seu paraíso na lareira, e agarrando um de nós pelo colarinho, e o outro pelo braço, atirou ambos para a cozinha dos fundos; onde, asseverava José, 'owd Nick' nos buscava tão seguros quanto estávamos vivendo: e, tão confortados, cada um de nós buscava um recanto separado para aguardar seu advento. Cheguei a este livro, e a um pote de tinta de uma prateleira, e empurrei a porta da casa para me dar luz, e tenho tempo para escrever durante vinte minutos; mas a minha companheira está impaciente e propõe que nos apropriemos do manto da leiteira, e tenhamos um camper sobre os mouros, sob o seu abrigo. Uma sugestão agradável – e então, se o velho surdo entrar, ele pode acreditar que sua profecia se verificou – não podemos ser mais úmidos, ou mais frios, na chuva do que estamos aqui."

\* \* \* \* \* \*

Suponho que Catarina cumpriu o seu projeto, pois a frase seguinte abordou outro assunto: encerou lacrimose.

"Quão pouco sonhei que Hindley me faria chorar tanto!", escreveu ela. "Minha cabeça dói, até que não consigo mantê-la no travesseiro; e ainda não posso desistir. Pobre Heathcliff! Hindley chama-lhe e não o deixa sentar-se connosco, nem comer connosco; e, diz ele, eu e ele não devemos brincar juntos e ameaçamos expulsá-lo de casa se quebrarmos as suas ordens. Ele tem culpado nosso pai (como ele ousou?) por tratar H. com demasiada liberalidade; e jura que o reduzirá ao seu devido lugar—"

\* \* \* \* \* \*

Comecei a acenar sonolento sobre a página escura: meu olho vagava do manuscrito para a impressão. Vi um título vermelho ornamentado — "Setenta vezes sete, e o primeiro dos setenta e primeiro. Um Discurso Pio proferido pelo Reverendo Jabez Branderham, na Capela de Gimmerden Sough." E enquanto eu estava, meio consciente, preocupando meu cérebro para adivinhar o que Jabez Branderham faria de seu assunto, eu afundei de volta na cama e adormeci. Infelizmente, para os efeitos do chá ruim e mau humor! O que mais poderia ser que me fez passar uma noite tão terrível? Não me lembro de outro que eu possa comparar com ele, já que eu era capaz de sofrer.

Comecei a sonhar, quase antes de deixar de ser sensível à minha localidade. Pensei que fosse de manhã; e eu tinha saído a caminho de casa, com José para um guia. A neve jazia quintais nas profundezas da nossa estrada; e, enquanto nos debatemos, o meu companheiro cansava-me de constantes censuras por eu não ter trazido um cajado de peregrino: dizendo-me que eu nunca poderia entrar em casa sem um, e vangloriando-se de florescer um de cabeça pesada, que eu entendia ser assim denominado. Por um momento, considerei absurdo precisar de tal arma para entrar na minha própria residência. Então uma nova ideia brilhou em mim. Eu não estava indo lá: estávamos viajando para ouvir a famosa pregação de Jabez Branderham, a partir do texto – "Setenta Vezes Sete;" e ou José, o pregador, ou eu tinha cometido o "Primeiro dos Setenta e Primeiro", e seriam publicamente expostos e excomungados.

Viemos para a capela. Já passei por isso mesmo nas minhas caminhadas, duas ou três vezes; encontra-se num oco, entre duas colinas: um oco elevado, perto de um pântano, cuja humidade turbulenta responde a todos os propósitos de embalsamamento nos poucos cadáveres ali depositados. Até agora, o telhado manteve-se inteiro; mas como o salário do clérigo é de apenas vinte libras por ano, e uma casa com dois quartos, ameaçando rapidamente determinar em um, nenhum clérigo assumirá os deveres de pastor: especialmente porque atualmente é relatado que seu rebanho prefere deixá-lo morrer de fome do que aumentar a vida em um centavo de seus próprios bolsos. No entanto, em meu sonho, Jabez tinha uma congregação completa e atenciosa; e pregou — bom Deus! que sermão; dividido em *quatrocentas e noventa* partes, cada uma totalmente igual a um endereço ordinário do púlpito, e cada uma discutindo um pecado separado! Onde ele os procurou, não sei dizer. Ele tinha sua maneira privada de interpretar a frase, e parecia necessário que o irmão pecasse por pecados diferentes em todas as ocasiões. Eram do caráter mais curioso: transgressões estranhas que nunca imaginei antes.

Oh, como eu cresci cansado. Como eu me contorci, bocejei, assenti e revivi! Como eu beliscava e me picava, e esfregava os olhos, e me levantava, e me sentava novamente, e cutucava José para me informar se ele teria feito. Estava condenado a ouvir tudo: finalmente, ele chegou ao "*Primeiro dos Setenta e Primeiro*". Naquela crise, uma súbita inspiração desceu sobre mim; Fiquei emocionado ao me levantar e denunciar Jabez Branderham como o pecador do pecado que nenhum cristão precisa perdoar.

"Senhor", exclamei, "sentado aqui dentro destas quatro paredes, num só trecho, suportei e perdoei as quatrocentas e noventa cabeças do seu discurso. Setenta vezes sete vezes eu arranquei meu chapéu e estava prestes a partir – Setenta vezes sete vezes você absurdamente me forçou a retomar meu lugar. Os quatrocentos e noventa primeiros é demais. Companheiros mártires, tende a Ele! Arraste-o para baixo e esmague-o até aos átomos, para que o lugar que o conhece não o conheça mais!"

"*Tu és o Homem!*" gritou Jabez, depois de uma pausa solene, debruçando-se sobre sua almofada. " Setenta vezes sete vezes contorceste a tua visão — setenta vezes sete eu me aconselhei com a minha alma — eis que isto é fraqueza humana: isto também pode ser absolvido! O Primeiro dos Setenta e Primeiro está chegando. Irmãos, executem sobre ele o juízo escrito. Tal honra têm todos os seus santos!"

Com esta palavra conclusiva, toda a assembleia, exaltando as suas aduelas peregrinas, correu à minha volta num corpo; e eu, não tendo nenhuma arma para erguer em legítima defesa, comecei a lutar com José, meu agressor mais próximo e feroz, por causa dele. Na confluência da multidão, vários clubes se cruzaram; golpes, direcionados a mim, caíram sobre outras arandelas. Presentemente, toda a capela ressoava com raps e contra-raps: a mão de cada um estava contra o seu vizinho; e Branderham, não querendo ficar ocioso, derramou seu zelo numa chuva de batidas altas nas tábuas do púlpito, que responderam tão inteligentemente que, finalmente, para meu indescritível alívio, me acordaram. E o que é que tinha sugerido o tremendo tumulto? Qual foi o papel de Jabez na fila? Apenas o galho de um abeto que tocou minha rede enquanto a explosão passava e chacoalhava seus cones secos contra as vidraças! Ouvi duvidosamente um instante; detetou o perturbador, depois virou-se e cochilou, e sonhou novamente: se possível, ainda mais desagradável do que antes.

Desta vez, lembrei-me de que estava deitado no armário de carvalho, e ouvi nitidamente a rajada de vento e a condução da neve; Ouvi, também, o abeto repetir o seu som provocador, e atribuí-lo à causa certa: mas incomodou-me tanto, que resolvi silenciá-lo, se possível; e, pensei, levantei-me e esforcei-me por desembaraçar o casement. O gancho foi soldado no grampo: uma circunstância observada por mim quando acordado, mas esquecido. "Tenho de acabar com isso, no entanto!" Eu murmurei, batendo os dedos através do vidro e esticando um braço para fora para agarrar o galho importunado; em vez disso, meus dedos se fecharam nos dedos de uma mãozinha gelada!

O intenso horror do pesadelo tomou conta de mim: tentei recuar o braço, mas a mão agarrou-se a ele, e uma voz melancólica soluçou,

"Deixe-me entrar, deixe-me entrar!"

"Quem é você?" Pedi, lutando, entretanto, para me desvencilhar.

"Catherine Linton", respondeu, tremendo (por que pensei em *Linton*? Eu tinha lido *Earnshaw* vinte vezes para Linton) — "Estou voltando para casa: eu tinha perdido meu caminho na charneca!"

Enquanto falava, percebi, obscuramente, o rosto de uma criança olhando pela janela. O terror fez-me cruel; e, achando inútil tentar sacudir a criatura, puxei seu pulso para a vidraça quebrada, e esfreguei-a de um lado para o outro até que o sangue escorria e encharcasse a roupa de cama: ainda assim ela gritava: "Deixe-me entrar!" e mantinha sua garra tenaz, quase me enlouquecendo de medo.

"Como posso!" Eu disse longamente. "Deixe-me ir, se você quiser que eu te deixe entrar!"

Os dedos relaxaram, arrebatei os meus pelo buraco, empilhei apressadamente os livros numa pirâmide contra ele e parei os ouvidos para excluir a lamentável oração.

Eu parecia mantê-los fechados acima de um quarto de hora; no entanto, no instante em que ouvi novamente, houve o choro dolorido gemendo!

"Begone!" Eu gritei. "Eu nunca vou deixar você entrar, não se você implorar por vinte anos."

"São vinte anos", lamentava a voz: "vinte anos. Eu sou um waif há vinte anos!"

Aí começou um arranhão fraco do lado de fora, e a pilha de livros se moveu como se empurrasse para a frente.

Tentei saltar; mas não podia mexer um membro; e assim gritou em voz alta, num frenesi de susto.

Para minha confusão, descobri que o grito não era o ideal: passos apressados se aproximaram da porta do meu quarto; alguém a empurrou para abrir, com uma mão vigorosa, e uma luz brilhava através dos quadrados no topo da cama. Sentei-me estremecido, ainda, e limpando a transpiração da minha testa: o intruso pareceu hesitar e murmurou para si mesmo.

Por fim, disse, num meio sussurro, claramente sem esperar uma resposta,

"Alguém está aqui?"

Achei melhor confessar a minha presença; pois eu conhecia os sotaques de Heathcliff, e temia que ele procurasse mais, se eu ficasse calada.

Com essa intenção, virei-me e abri os painéis. Não esquecerei em breve o efeito que a minha ação produziu.

Heathcliff estava perto da entrada, de camisa e calças; com uma vela pingando sobre seus dedos, e seu rosto tão branco quanto a parede atrás dele. O primeiro rangido do carvalho assustou-o como um choque elétrico: a luz saltou de seu porão para uma distância de alguns metros, e sua agitação era tão extrema, que ele mal conseguia pegá-la.

— É apenas seu convidado, senhor — gritei, desejoso de poupá-lo da humilhação de expor ainda mais sua covardia. "Tive a infelicidade de gritar durante o sono, devido a um pesadelo assustador. Sinto muito por ter perturbado você."

"Oh, Deus o confunda, Sr. Lockwood! Eu gostaria que você estivesse no —", começou meu anfitrião, colocando a vela em uma cadeira, porque ele achou impossível mantê-la firme. "E quem te mostrou nesta sala?", continuou ele, esmagando as unhas nas palmas das mãos e rangendo os dentes para subjugar as convulsões maxilares. "Quem foi? Tenho uma boa mente para tirá-los de casa neste momento!"

— Era seu servo Zilla — respondi, atirando-me ao chão e retomando rapidamente minhas roupas. "Eu não deveria me importar se você fizesse, Sr. Heathcliff; ela merece-o ricamente. Suponho que ela queria obter outra prova de que o lugar era assombrado, às minhas custas. Bem, é - repleto de fantasmas e duendes! O senhor tem razão para o calar, garanto-lhe. Ninguém lhe agradecerá por um doze em tal toca!"

"O que você quer dizer?", perguntou Heathcliff, "e o que você está fazendo? Deite-se e termine a noite, já que *você está* aqui, mas, pelo amor de Deus, não repita aquele barulho horrível: nada poderia desculpar, a menos que você estivesse tendo sua garganta cortada!"

"Se a pequena noiva tivesse entrado na janela, ela provavelmente teria me estrangulado!" Eu voltei. "Não vou suportar as perseguições de seus antepassados hospitaleiros novamente. O reverendo Jabez Branderham não era parecido com você do lado da mãe? E aquela minx, Catherine Linton, ou Earnshaw, ou como ela era chamada - ela deve ter sido uma mutante - pequena alma perversa! Ela me disse que andava pela terra há vinte anos: um castigo justo por suas transgressões mortais, não tenho dúvida!"

Mal foram proferidas estas palavras quando me lembrei da associação de Heathcliff com o nome de Catherine no livro, que tinha escapado completamente da minha memória, até assim despertar. Fiquei corada com a minha desconsideração: mas, sem mostrar mais consciência da ofensa, apressei-me a acrescentar — "A verdade é que, senhor, passei a primeira parte da noite dentro — aqui parei de novo — estava prestes a dizer "folheando aqueles volumes antigos", então teria revelado o meu conhecimento dos seus escritos, bem como dos seus impressos, conteúdos; então, corrigindo-me, continuei — "ao soletrar o nome riscado naquela borda da janela. Uma ocupação monótona, calculada para me pôr a dormir, como contar, ou—"

"O que você *pode* querer dizer falando assim comigo!" trovejou Heathcliff com veemência selvagem. " Como — como *você se atreve*, sob o meu teto?— Deus! ele está louco para falar isso!" E bateu com raiva na testa.

Não sabia se devia ressentir-me desta linguagem ou prosseguir a minha explicação; mas ele parecia tão poderosamente afetado que eu tive pena e prossegui com meus sonhos; afirmando que nunca tinha ouvido a denominação de "Catherine Linton" antes, mas lê-la muitas vezes produziu uma impressão que se personificou quando eu não tinha mais minha imaginação sob controle. Heathcliff gradualmente caiu de volta no abrigo da cama, enquanto eu falava; finalmente sentado, quase escondido atrás dele. Adivinhei, no entanto, pela sua respiração irregular e intercetada, que ele lutava para vencer um excesso de emoção violenta. Não gostando de lhe mostrar que tinha ouvido o conflito, continuei a minha toilette de forma bastante ruidosa, olhei para o meu relógio e solitei durante toda a noite: "Ainda não três horas! Eu poderia ter feito juramento se tivessem sido seis. O tempo estagnou aqui: devemos ter-nos retirado para descansar às oito!"

— Sempre às nove no inverno, e levanta-te às quatro — disse meu anfitrião, suprimindo um gemido: e, como eu imaginava, pelo movimento da sombra de seu braço, arrancando uma lágrima de seus olhos. "Sr. Lockwood", acrescentou, "você pode entrar no meu quarto: você só estará no caminho, descendo as escadas tão cedo: e seu clamor infantil enviou o sono ao diabo por mim."

"E para mim também", respondi. "Vou andar no quintal até a luz do dia, e depois vou sair; e você não precisa temer uma repetição da minha intrusão. Agora estou bastante curado de buscar prazer na sociedade, seja ela do campo ou da cidade. Um homem sensato deve encontrar companhia suficiente em si mesmo."

"Deliciosa companhia!", murmurou Heathcliff. "Pegue a vela e vá onde quiser. Juntar-me-ei diretamente a vós. Mantenha fora do quintal, porém, os cães são acorrentados; e a casa — Juno monta sentinela lá, e — ou melhor, você só pode divagar sobre os degraus e passagens. Mas, fora com você! Eu virei em dois minutos!"

Obedeci, a ponto de sair da câmara, quando, ignorando para onde levavam os estreitos lobbies, fiquei parado e fui testemunha, involuntariamente, de uma peça de superstição por parte do meu senhorio que desmentia, estranhamente, o seu aparente sentido. Levantou-se para a cama e abriu a grade, explodindo, enquanto a puxava, numa paixão incontrolável de lágrimas. "Entre! entrem!", soluçou. "Cathy, venha. Ah, faça, *mais uma vez*! Ah! meu coração é queridinho! ouça-me *desta* vez, Catarina, finalmente!" O espectro mostrava o capricho ordinário de um espectro: não dava sinal de ser; mas a neve e o vento rodopiavam descontroladamente, chegando mesmo à minha estação, e soprando a luz.

Havia tanta angústia no jorro de tristeza que acompanhava esse delírio, que minha compaixão me fez ignorar sua loucura, e eu me afastei, meio irritado por ter ouvido e irritado por ter relatado meu ridículo pesadelo, já que produzia aquela agonia, embora *o porquê* estivesse além da minha compreensão. Desci cautelosamente para as regiões mais baixas e aterrei na cozinha dos fundos, onde um brilho de fogo, compactamente junto, me permitiu reacender a vela. Nada estava mexendo, exceto um gato cinzento e salgado, que se arrastava das cinzas e me saudava com um miado queruloso.

Dois bancos, em forma de círculo, quase encerravam a lareira; em um deles eu me estiquei, e Grimalkin montou o outro. Estávamos os dois a acenar com a cabeça para que alguém invadisse o nosso retiro, e depois foi José, arrastando-se por uma escada de madeira que desapareceu no telhado, através de uma armadilha: a subida à sua guarnição, suponho. Ele lançou um olhar sinistro para a pequena chama que eu tinha atraído para jogar entre as costelas, varreu o gato de sua elevação e, entregando-se na vaga, começou a operação de encher um cachimbo de três polegadas com tabaco. A minha presença no seu santuário era evidentemente considerada um pedaço de impudência demasiado vergonhoso para ser observado: ele silenciosamente aplicou o tubo nos lábios, cruzou os braços e bufou. Deixei-o desfrutar do luxo sem se incomodar; e depois de chupar sua última coroa de flores e dar um suspiro profundo, levantou-se e partiu tão solenemente quanto veio.

Um passo mais elástico entrou em seguida, e agora abri a boca para um "bom dia", mas fechei novamente, a saudação não foi alcançada, pois Hareton Earnshaw estava executando seu orison *sotto voce*, em uma série de maldições dirigidas contra cada objeto que tocava, enquanto ele vasculhava um canto em busca de uma pá ou pá para cavar as derivas. Ele olhou para o fundo do banco, dilatando as narinas, e pensou tão pouco em trocar civilidades comigo quanto com meu companheiro o gato. Adivinhei, pelos seus preparativos, que a saída era permitida e, saindo do meu sofá duro, fiz um movimento para segui-lo. Reparou nisso e empurrou uma porta interior com a ponta da pá, insinuando por um som inarticulado que ali era o lugar para onde eu devia ir, se mudasse de localidade.

Abriu-se para a casa, onde as fêmeas já estavam agitadas; Zillah pedindo flocos de chama até a chaminé com um fole colossal; e a Sra. Heathcliff, ajoelhada na lareira, lendo um livro com a ajuda do fogo. Ela segurava a mão interposta entre o calor da fornalha e os olhos, e parecia absorvida em sua ocupação; desistindo dela apenas para repreender a criada por cobri-la de faíscas, ou para afastar um cachorro, de vez em quando, que dormia o nariz para frente em seu rosto. Fiquei surpreso ao ver Heathcliff lá também. Ele ficou ao lado do fogo, de costas para mim, acabando de terminar uma cena tempestuosa com o pobre Zillah; que sempre e anon interromperam seu trabalho de parto para arrancar o canto de seu avental, e soltar um gemido indignado.

— E tu, tu inútil — irrompeu quando entrei, voltando-se para a nora e empregando um epíteto tão inofensivo como pato, ou ovelha, mas geralmente representado por um travessão —. "Lá está, nos seus truques ociosos de novo! O resto deles ganha o pão — vocês vivem da minha caridade! Guarde o lixo e encontre algo para fazer. Pagar-me-ás pela praga de te ter eternamente aos meus olhos — ouves, maldito jade?"

"Vou guardar meu lixo, porque você pode me fazer se eu recusar", respondeu a jovem, fechando o livro e jogando-o em uma cadeira. "Mas eu não vou fazer nada, embora você deva jurar a língua, exceto o que eu quiser!"

Heathcliff levantou a mão, e o alto-falante surgiu a uma distância mais segura, obviamente familiarizado com seu peso. Não tendo desejo de me entreter com um combate de gato e cachorro, avancei rapidamente, como se estivesse ansioso para participar do calor da lareira, e inocente de qualquer conhecimento da disputa interrompida. Cada um tinha decoro suficiente para suspender novas hostilidades: Heathcliff colocou os punhos, por tentação, nos bolsos; A Sra. Heathcliff enrolou o lábio e caminhou até um assento distante, onde manteve sua palavra fazendo o papel de uma estátua durante o restante da minha estadia. Não demorou muito. Recusei-me a tomar o pequeno-almoço e, ao primeiro lampejo do amanhecer, aproveitei para escapar para o ar livre, agora límpido, e quieto, e frio como gelo impalpável.

O meu senhorio pediu-me para parar quando cheguei ao fundo do jardim e ofereceu-se para me acompanhar do outro lado da charneca. Foi bem que ele fez, pois toda a colina era um oceano branco e billowy; as ondulações e quedas não indicam subidas e depressões correspondentes no solo: muitos poços, pelo menos, foram preenchidos a um nível; e gamas inteiras de montes, o lixo das pedreiras, apagado do mapa que a minha caminhada de ontem deixou retratado na minha mente. Eu tinha observado de um lado da estrada, em intervalos de seis ou sete metros, uma linha de pedras verticais, continuava por toda a extensão do estéril: estas eram erguidas e cobertas de cal de propósito para servir de guias no escuro, e também quando uma queda, como a atual, confundia os pântanos profundos de ambos os lados com o caminho mais firme: mas, excetuando um ponto sujo apontando aqui e ali, todos os vestígios de sua existência haviam desaparecido: e meu companheiro achou necessário me avisar frequentemente para dirigir para a direita ou para a esquerda, quando eu imaginava que estava seguindo, corretamente, os enrolamentos da estrada.

Conversamos pouco, e ele parou na entrada do Thrushcross Park, dizendo, eu não poderia cometer nenhum erro lá. Os nossos adieux limitaram-se a uma vénia apressada, e depois avancei, confiando nos meus próprios recursos; pois o alojamento do porteiro ainda não está arrendado. A distância do portão para o Grange é de duas milhas; Acredito que consegui fazer quatro, o que com perder-me entre as árvores, e afundar-me até ao pescoço na neve: uma situação que só quem a experimentou pode apreciar. De qualquer forma, quaisquer que fossem as minhas andanças, o relógio marcava doze quando entrei em casa; e isso deu exatamente uma hora para cada milha do caminho habitual de Wuthering Heights.

Meu acessório humano e seus satélites correram para me receber; exclamando, tumultuosamente, eles tinham me abandonado completamente: todos conjeturavam que eu pereci ontem à noite; e eles estavam se perguntando como eles deveriam começar a busca por meus restos mortais. Peço-lhes que se calem, agora que me viram de volta, e, encolhido no coração, arrastei para cima; quando, depois de vestir a roupa seca, e andar de um lado para o outro trinta ou quarenta minutos, para restaurar o calor animal, adiei para o meu estudo, fraco como um gatinho: quase demais para desfrutar do fogo alegre e do café fumegante que o criado tinha preparado para o meu refresco.

# CAPÍTULO IV

Que vaidosos galos do tempo somos! Eu, que tinha decidido manter-me independente de todas as relações sociais, e agradeci às minhas estrelas que, longamente, eu tinha acendido em um lugar onde era quase impraticável – eu, fraco miserável, depois de manter até o anoitecer uma luta com baixo astral e solidão, fui finalmente obrigado a bater minhas cores; e a pretexto de obter informações sobre as necessidades do meu estabelecimento, desejei que a Sra. Dean, quando trouxesse o jantar, se sentasse enquanto eu o comia; esperando sinceramente que ela se mostrasse uma fofoca regular, e ou me despertasse para a animação ou me embalasse para dormir com sua conversa.

"Você viveu aqui um tempo considerável", comecei; "Não disse dezasseis anos?"

"Dezoito, senhor: vim quando a amante estava casada, para esperá-la; Depois que ela morreu, o Mestre me reteve para sua governanta."

"De fato."

Seguiu-se uma pausa. Ela não era fofoqueira, eu temia; a não ser sobre os seus próprios assuntos, e esses dificilmente poderiam interessar-me. No entanto, tendo estudado por um intervalo, com um punho em cada joelho e uma nuvem de meditação sobre seu semblante rude, ela ejaculou – "Ah, os tempos mudaram muito desde então!"

"Sim", comentei, "você viu muitas alterações, suponho?"

"Eu tenho: e problemas também", disse ela.

"Ah, vou virar a conversa para a família do meu senhorio!" Pensei comigo mesmo. "Um bom assunto para começar! E essa linda menina-viúva, eu gostaria de saber a história dela: se ela é nativa do país, ou, como é mais provável, uma exótica que os índios surdos não reconhecerão para os parentes." Com essa intenção, perguntei à Sra. Dean por que Heathcliff deixou Thrushcross Grange, e preferiu viver em uma situação e residência tão inferiores. "Ele não é rico o suficiente para manter a propriedade em boa ordem?" Eu perguntei.

"Rico, senhor!", devolveu. "Ele não tem ninguém sabe que dinheiro, e a cada ano ele aumenta. Sim, sim, ele é rico o suficiente para viver em uma casa melhor do que esta: mas ele está muito perto - de mãos fechadas; e, se ele tivesse a intenção de fugir para Thrushcross Grange, assim que soube de um bom inquilino, ele não poderia ter suportado perder a chance de obter mais algumas centenas. É estranho que as pessoas sejam tão gananciosas, quando estão sozinhas no mundo!"

"Ele teve um filho, parece?"

"Sim, ele tinha um, ele está morto."

— E aquela moça, a Sra. Heathcliff, é sua viúva?

"Sim."

"De onde ela veio originalmente?"

"Por que, senhor, ela é filha do meu falecido mestre: Catherine Linton era seu nome de solteira. Eu a amamentei, coitada! Eu queria que o Sr. Heathcliff se retirasse daqui, e então poderíamos estar juntos novamente."

"O quê! Catherine Linton?" Exclamei, atônito. Mas um minuto de reflexão convenceu-me de que não era a minha Catarina fantasmagórica. "Então," continuei, "o nome do meu antecessor era Linton?"

"Foi."

"E quem é esse Earnshaw: Hareton Earnshaw, que vive com o Sr. Heathcliff? São relações?"

"Não; ele é sobrinho da falecida Sra. Linton."

"O primo da moça, então?"

"Sim; e o marido também era seu primo: um do lado da mãe, o outro do lado do pai: Heathcliff casou-se com a irmã do Sr. Linton."

"Vejo que a casa em Wuthering Heights tem 'Earnshaw' esculpido na porta da frente. São uma família antiga?"

"Muito velho, senhor; e Hareton é o último deles, como nossa senhorita Cathy é de nós – quero dizer, dos Lintons. Esteve em Wuthering Heights? Peço perdão por perguntar; mas gostaria de saber como ela está!"

"Sra. Heathcliff? ela parecia muito bem e muito bonita; no entanto, eu acho, não muito feliz."

"Oh querida, não me pergunto! E como você gostou do mestre?"

"Um sujeito rude, antes, a Sra. Dean. Não é esse o seu caráter?"

"Áspero como uma serra, e duro como um choramingo! Quanto menos você se meter com ele, melhor."

"Ele deve ter tido alguns altos e baixos na vida para torná-lo tão chato. Sabe alguma coisa da história dele?"

"É um cuco, senhor, eu sei tudo sobre isso: exceto onde ele nasceu, quem eram seus pais e como ele conseguiu seu dinheiro no início. E Hareton foi expulso como um dunnock de pleno direito! O infeliz rapaz é o único em toda esta freguesia que não adivinha como foi enganado."

"Bem, Sra. Dean, será um ato caridoso dizer-me algo dos meus vizinhos: sinto que não descansarei se for para a cama; Portanto, seja bom o suficiente para sentar e conversar uma hora."

"Ah, com certeza, senhor! Vou buscar um pouco de costura e depois vou sentar-me o tempo que quiserem. Mas você pegou frio: eu vi você tremendo, e você deve ter algum gruel para expulsá-lo."

A digna mulher afastou-se, e eu agachei-me perto do fogo; minha cabeça estava quente e o resto de mim frio: além disso, eu estava excitado, quase a um tom de tolice, através dos meus nervos e cérebro. Isso fez-me sentir, não desconfortável, mas bastante receoso (como ainda estou) de efeitos graves dos incidentes de hoje e de ontem. Regressou presentemente, trazendo uma bacia para fumar e um cesto de trabalho; e, tendo colocado a primeira no fogão, desenhou em seu assento, evidentemente satisfeita por me encontrar tão companheira.

\* \* \* \* \*

Antes de eu vir morar aqui, ela começou – não esperando mais nenhum convite para sua história – eu estava quase sempre em Wuthering Heights; porque minha mãe tinha amamentado o Sr. Hindley Earnshaw, que era o pai de Hareton, e eu me acostumei a brincar com as crianças: eu também fazia recados, ajudava a fazer feno e ficava na fazenda pronto para qualquer coisa que alguém me colocasse. Numa bela manhã de verão — era o início da colheita, lembro-me — o Sr. Earnshaw, o velho mestre, desceu as escadas, vestido para uma viagem; e, depois de ter dito a Joseph o que deveria ser feito durante o dia, virou-se para Hindley, e Cathy, e para mim – pois eu estava sentado comendo meu mingau com eles – e disse, falando a seu filho: "Agora, meu homem bonzinho, eu vou para Liverpool hoje, o que eu vou te trazer? Podem escolher o que quiserem: só que seja pouco, pois eu vou andar lá e voltar: sessenta milhas em cada sentido, isso é um longo feitiço!" Hindley nomeou um violino, e então ele perguntou a Miss Cathy; Ela mal tinha seis anos, mas podia montar qualquer cavalo no estábulo, e escolheu um chicote. Ele não me esqueceu; pois ele tinha um coração bondoso, embora às vezes fosse bastante severo. Ele prometeu me trazer um bolso cheio de maças e peras, e então beijou seus filhos, se despediu e partiu.

Parecia muito tempo para todos nós – os três dias de sua ausência – e muitas vezes a pequena Cathy perguntava quando ele estaria em casa. A Sra. Earnshaw esperava-o à hora do jantar na terceira noite, e adiou a refeição hora após hora; Não havia sinais de sua vinda, no entanto, e finalmente as crianças se cansaram de correr até o portão para olhar. Depois escureceu; ela os teria mandado dormir, mas eles imploraram tristemente para serem autorizados a ficar acordados; e, por volta das onze horas, o trinco da porta levantou-se silenciosamente, e entrou o mestre. Atirou-se a uma cadeira, rindo e gemendo, e mandou que todos se afastassem, pois ele quase foi morto – ele não teria outra caminhada para os três reinos.

"E no final para ser fugido para a morte!", disse ele, abrindo seu casaco grande, que segurava embrulhado em seus braços. "Veja aqui, esposa! Nunca fui tão espancado com nada na minha vida: mas deves tomá-lo como dom de Deus; embora seja tão escuro quase como se viesse do diabo."

Nós nos aglomeramos e, sobre a cabeça da senhorita Cathy, eu dei uma espiada em uma criança suja, esfarrapada e de cabelos pretos; grande o suficiente para andar e falar: na verdade, seu rosto parecia mais velho do que o de Catarina; no entanto, quando estava de pé, apenas olhava em volta, e repetia repetidamente algumas bobagens que ninguém conseguia entender. Eu estava assustado, e a Sra. Earnshaw estava pronta para arremessá-lo para fora de portas: ela voou para cima, perguntando como ele poderia trazer aquele pirralho cigano para dentro de casa, quando eles tinham seus próprios bairns para alimentar e se defender? O que ele queria fazer com isso e se ele estava louco? O mestre tentou explicar o assunto; mas ele estava realmente meio morto de cansaço, e tudo o que eu conseguia perceber, entre as broncas dela, era uma história de vê-lo faminto, e sem casa, e tão bom quanto mudo, nas ruas de Liverpool, onde ele o pegou e perguntou por seu dono. Nem uma alma sabia a quem pertencia, disse ele; e sendo o seu dinheiro e tempo limitados, achou melhor levá-lo para casa de uma só vez, do que deparar-se com despesas vãs lá: porque estava determinado a não deixá-lo como o encontrou. Bem, a conclusão foi que minha amante resmungou calmamente; e o Sr. Earnshaw disse-me para lavá-lo, e dar-lhe coisas limpas, e deixá-lo dormir com as crianças.

Hindley e Cathy contentaram-se em olhar e ouvir até que a paz fosse restaurada: então, ambos começaram a procurar nos bolsos do pai os presentes que ele lhes prometera. O primeiro era um rapaz de catorze anos, mas quando sacou o que tinha sido um violino, esmagado até aos pedaços no casaco grande, corou em voz alta; e Cathy, quando soube que o mestre tinha perdido o chicote ao atender o estranho, mostrou seu humor sorrindo e cuspindo na coisinha estúpida; ganhando para suas dores um golpe sonoro de seu pai, para ensiná-la maneiras mais limpas. Eles se recusaram inteiramente a tê-lo na cama com eles, ou mesmo em seu quarto; e eu não tinha mais sentido, então coloquei-o no pouso das escadas, esperando que pudesse ir no chão. Por acaso, ou então atraído por ouvir sua voz, ela se arrastou até a porta do Sr. Earnshaw, e lá ele a encontrou ao sair de sua câmara. Foram feitas indagações sobre como chegou lá; Fui obrigado a confessar e, em recompensa pela minha cobardia e desumanidade, fui expulso de casa.

Esta foi a primeira introdução de Heathcliff à família. Ao voltar alguns dias depois (pois não considerava perpétuo o meu banimento), descobri que o tinham batizado de "Heathcliff": era o nome de um filho que morreu na infância, e tem servido desde então, tanto para cristão como para apelido. A senhorita Cathy e ele eram agora muito grossos; mas Hindley odiava-o: e para dizer a verdade eu fiz o mesmo; e nós o atormentamos e continuamos com ele vergonhosamente: pois eu não era razoável o suficiente para sentir minha injustiça, e a amante nunca colocou uma palavra em seu nome quando o viu injustiçado.

Parecia uma criança paciente e mal-humorada; endurecido, talvez, aos maus-tratos: ele suportava os golpes de Hindley sem piscar ou derramar uma lágrima, e meus beliscões o moviam apenas para respirar e abrir os olhos, como se ele tivesse se machucado por acidente, e ninguém fosse culpado. Essa resistência deixou o velho Earnshaw furioso, quando descobriu seu filho perseguindo a pobre criança sem pai, como ele o chamava. Ele foi para Heathcliff estranhamente, acreditando em tudo o que ele disse (aliás, ele disse muito pouco, e geralmente a verdade), e acariciando-o muito acima de Cathy, que era travessa demais e rebelde para um favorito.

Então, desde o início, ele gerou sentimentos ruins na casa, e com a morte da Sra. Earnshaw, que aconteceu em menos de dois anos depois, o jovem mestre aprendeu a considerar seu pai como um opressor em vez de um amigo, e Heathcliff como um usurpador dos afetos de seus pais e seus privilégios, e ele ficou amargurado com essas lesões. Eu simpatizei um pouco; mas quando as crianças adoeceram de sarampo, e eu tive que cuidar delas, e assumir os cuidados de uma mulher imediatamente, mudei minha ideia. Heathcliff estava perigosamente doente; e enquanto ele estava deitado no pior ele me tinha constantemente ao lado de seu travesseiro: suponho que ele sentia que eu fazia um bom negócio por ele, e ele não tinha sagacidade para adivinhar que eu era obrigado a fazê-lo. No entanto, vou dizer isto, ele era a criança mais quieta que alguma vez cuidou. A diferença entre ele e os outros obrigou-me a ser menos parcial. Cathy e seu irmão me assediaram terrivelmente: *ele* era tão inquebrável quanto um cordeiro, embora a dureza, e não a gentileza, o fizesse dar poucos problemas.

Ele passou, e o médico afirmou que era em grande medida devido a mim, e me elogiou pelo meu cuidado. Eu era vaidoso de suas comendas, e suavizado em relação ao ser por cujos meios eu as ganhava, e assim Hindley perdeu seu último aliado: ainda não conseguia pontilhar em Heathcliff, e me perguntava muitas vezes o que meu mestre via para admirar tanto no menino mal-humorado; que nunca, para minha memória, retribuiu a sua indulgência com qualquer sinal de gratidão. Ele não era insolente com seu benfeitor, ele era simplesmente insensível; embora conhecendo perfeitamente o domínio que tinha sobre o seu coração, e consciente de que só tinha de falar e toda a casa seria obrigada a vergar-se aos seus desejos. Como exemplo, lembro-me que o Sr. Earnshaw uma vez comprou um par de potros na feira paroquial e deu aos rapazes cada um. Heathcliff pegou o mais bonito, mas logo caiu manco, e quando ele descobriu, ele disse a Hindley:

"Você deve trocar cavalos comigo: eu não gosto dos meus; e se não quiseres, contarei ao teu pai as três goleadas que me deres esta semana, e mostrar-lhe-ei o meu braço, que é negro até ao ombro." Hindley pôs a língua para fora e algemou-o sobre as orelhas. "É melhor fazê-lo de uma vez", insistiu, fugindo para o alpendre (estavam no estábulo): "vai ter de o fazer: e se eu falar destes golpes, voltará a recebê-los com interesse." "Fora, cachorro!", gritou Hindley, ameaçando-o com um peso de ferro usado para pesar batatas e feno. "Jogue-o", ele respondeu, parado, "e então eu vou contar como você se gabou de que me tiraria de portas assim que ele morresse, e verei se ele não o expulsaria diretamente." Hindley atirou-o, batendo-lhe no peito, e ele caiu, mas cambaleou imediatamente, sem fôlego e branco; e, se eu não o tivesse impedido, ele teria ido assim ao mestre, e se vingado plenamente, deixando sua condição implorar por ele, insinuando quem a havia causado. "Pegue meu potro, cigana, então!", disse o jovem Earnshaw. "E eu rezo para que ele quebre o teu pescoço: toma-o, e seja condenado, seu intruso miserável! e tira meu pai de tudo o que ele tem: só depois mostra-lhe o que você é, imp de Satanás.—E tome isso, espero que ele expulse seus cérebros!"

Heathcliff tinha ido soltar a besta, e mudá-la para sua própria baia; ele estava passando atrás dela, quando Hindley terminou seu discurso batendo-o sob seus pés, e sem parar para examinar se suas esperanças foram cumpridas, fugiu o mais rápido que pôde. Fiquei surpreso ao testemunhar como a criança se reuniu friamente e continuou com sua intenção; trocando selas e tudo, e depois sentando-se sobre um feixe de feno para superar o escrúpulo que o violento golpe ocasionou, antes de entrar na casa. Convenci-o facilmente a deixar-me colocar a culpa dos seus hematomas no cavalo: ele pouco se importava com a história contada, uma vez que tinha o que queria. Queixou-se tão raramente, de facto, de tais agitações como estas, que eu realmente o achei não vingativo: fui completamente enganado, como ouvireis.

# CAPÍTULO V

Com o passar do tempo, o Sr. Earnshaw começou a falhar. Ele tinha sido ativo e saudável, mas sua força o deixou repentinamente; e, quando estava confinado ao canto da chaminé, ficou gravemente irritado. Um nada o incomodava; e suspeitas de ofensas à sua autoridade quase o atiraram para os ataques. Isto era especialmente digno de nota se alguém tentasse impor ou dominar o seu favorito: ele era dolorosamente ciumento para que uma palavra não lhe fosse dita; parecendo ter entrado em sua cabeça a noção de que, por gostar de Heathcliff, todos odiavam e desejavam fazer-lhe mal. Era uma desvantagem para o rapaz; porque o mais gentil entre nós não queria perturbar o mestre, por isso humorizamos a sua parcialidade; e que o humor era rico alimento para o orgulho da criança e os ânimos negros. Ainda assim, tornou-se de certa forma necessária; duas ou três vezes, a manifestação de desprezo de Hindley, enquanto seu pai estava próximo, despertou o velho para uma fúria: ele pegou seu pau para golpeá-lo e tremeu de raiva por não poder fazê-lo.

Por fim, o nosso curato (tínhamos então um curador que ganhava a vida ensinando os pequenos Lintons e Earnshaws, e cultivando ele próprio o seu pedaço de terra) aconselhou que o jovem fosse enviado para a faculdade; e o Sr. Earnshaw concordou, embora com um espírito pesado, pois ele disse: "Hindley não era nada, e nunca prosperaria como onde ele vagava."

Esperava sinceramente que tivéssemos paz agora. Doeu-me pensar que o mestre deveria ficar desconfortável com a sua própria boa ação. Imaginei que o descontentamento com a idade e a doença surgissem de seus desentendimentos familiares; como ele diria que fez: realmente, você sabe, senhor, estava em sua moldura de afundamento. Poderíamos ter nos dado bem de forma tolerável, não obstante, mas por duas pessoas — a senhorita Cathy e Joseph, o servo: você o viu, ouso dizer, lá em cima. Ele foi, e ainda é muito provável, o fariseu mais desgastante que já saqueou uma Bíblia para rasgar as promessas a si mesmo e lançar as maldições aos seus vizinhos. Por seu talento para pregar e discursar piedosamente, ele inventou para causar uma ótima impressão no Sr. Earnshaw; e quanto mais débil o mestre se tornava, mais influência ele ganhava. Ele era implacável em preocupá-lo com as preocupações de sua alma e em governar seus filhos rigidamente. Ele o encorajou a considerar Hindley como uma reprovação; e, noite após noite, ele regularmente resmungava uma longa série de contos contra Heathcliff e Catherine: sempre pensando em bajular a fraqueza de Earnshaw, colocando a culpa mais pesada sobre este último.

Certamente ela tinha maneiras com ela, como eu nunca vi uma criança tomar antes; e ela pôs todos nós além da nossa paciência cinquenta vezes e muitas vezes em um dia: desde a hora em que ela desceu as escadas até a hora em que ela foi para a cama, não tivemos um minuto de segurança de que ela não estaria em travessuras. Seus espíritos estavam sempre em alta, sua língua sempre indo – cantando, rindo e atormentando todos que não fariam o mesmo. Um deslize selvagem e perverso que ela era, mas tinha o olho mais desossado, o sorriso mais doce e o pé mais leve da paróquia: e, afinal, creio que ela não quis fazer mal; pois quando uma vez ela te fazia chorar com seriedade, raramente acontecia que ela não te fizesse companhia e te obrigasse a ficar quieto para que você pudesse confortá-la. Ela gostava demais de Heathcliff. O maior castigo que poderíamos inventar para ela era mantê-la separada dele: no entanto, ela foi mais repreendida do que qualquer um de nós por conta dele. Na brincadeira, ela gostava muito de atuar como a amante; usando as mãos livremente, e ordenando aos seus companheiros: ela fê-lo comigo, mas eu não suportava tapas e ordens; e então eu deixei ela saber.

Ora, o Sr. Earnshaw não entendia as piadas dos filhos: sempre fora rigoroso e grave com eles, e Catherine, por sua vez, não fazia ideia por que seu pai deveria ser mais cruzado e menos paciente em sua condição doente do que ele estava em seu auge. Suas repreensões peevish despertaram nela um prazer para provocá-lo: ela nunca foi tão feliz como quando estávamos todos repreendendo-a ao mesmo tempo, e ela nos desafiando com seu olhar ousado e sagaz, e suas palavras prontas; transformando as maldições religiosas de Joseph em ridículo, me enganando e fazendo exatamente o que seu pai mais odiava – mostrando como sua fingida insolência, que ele achava real, tinha mais poder sobre Heathcliff do que sua bondade: como o menino faria *qualquer coisa* e *só* quando isso se adequasse à sua própria inclinação. Depois de se comportar o mais mal possível durante todo o dia, ela às vezes vinha acariciando para compensar à noite. "Não, Cathy", diria o velho, "não posso amar-te, tu és pior do que o teu irmão. Vai, faz as tuas orações, filho, e pede perdão a Deus. Duvido da tua mãe e devo lamentar que alguma vez te criámos!" Isso a fez chorar, no início; e então ser repelida continuamente a endurecia, e ela ria se eu lhe dissesse para dizer que estava arrependida de suas faltas, e implorar para ser perdoada.

Mas chegou finalmente a hora que pôs fim aos problemas de Earnshaw na Terra. Morreu tranquilamente na sua cadeira numa noite de outubro, sentado junto ao lado do fogo. Um vento forte corou ao redor da casa, e rugiu na chaminé: parecia selvagem e tempestuoso, mas não estava frio, e estávamos todos juntos – eu, um pouco afastado da lareira, ocupado com meu tricô, e José lendo sua Bíblia perto da mesa (pois os servos geralmente se sentavam na casa então, depois que seu trabalho era feito). A senhorita Cathy estava doente, e isso a deixou quieta; ela encostou-se no joelho do pai, e Heathcliff estava deitado no chão com a cabeça no colo. Lembro-me do mestre, antes de cair num cochilo, acariciando-lhe os cabelos bonzinhos – raramente lhe agradava vê-la gentil – e dizendo: "Por que não podes ser sempre um bom laço, Cathy?" E ela virou o rosto para o dele, riu e respondeu: "Por que você não pode ser sempre um bom homem, pai?" Mas assim que o viu irritado novamente, beijou-lhe a mão e disse que o cantaria para dormir. Ela começou a cantar muito baixo, até que seus dedos caíram dos dela, e sua cabeça afundou em seu seio. Então eu disse a ela para silenciar, e não mexer, por medo de que ela o acordasse. Todos nós nos mantivemos mudos como ratos durante meia hora, e deveríamos tê-lo feito por mais tempo, apenas José, tendo terminado seu capítulo, levantou-se e disse que deveria despertar o mestre para orações e cama. Avançou, chamou-o pelo nome e tocou-lhe o ombro; mas ele não se movia: então pegou a vela e olhou para ele. Pensei que havia algo errado quando ele pôs a luz; e agarrando as crianças cada uma por um braço, sussurrou-as para "enquadrar no andar de cima, e fazer pouco jantar – elas poderiam orar sozinhas naquela noite – ele tinha summut para fazer".

— Vou dar boa noite ao pai primeiro — disse Catarina, colocando os braços em volta do pescoço dele, antes que pudéssemos impedi-la. A coitada descobriu sua perda diretamente - ela gritou - "Oh, ele está morto, Heathcliff! ele está morto!" E ambos criaram um grito de partir o coração.

Juntei o meu gemido ao deles, alto e amargo; mas José perguntou o que poderíamos estar pensando para rugir daquela maneira sobre um santo no céu. Ele disse-me para vestir o manto e correr para Gimmerton para o médico e o parson. Eu não poderia adivinhar o uso que qualquer um deles seria, então. No entanto, fui, através do vento e da chuva, e trouxe um, o médico, de volta comigo; o outro disse que viria de manhã. Deixando José explicar as coisas, corri para o quarto das crianças: a porta delas estava entreaberta, vi que nunca tinham deitado, embora já passasse da meia-noite; mas eles estavam mais calmos, e não precisavam que eu os consolasse. As pequenas almas consolavam-se umas às outras com pensamentos melhores do que eu poderia ter acertado: nenhum pastor do mundo jamais imaginou o céu tão lindamente como eles, em sua conversa inocente; e, enquanto eu soluçava e ouvia, não pude deixar de desejar que estivéssemos todos lá seguros juntos.

# CAPÍTULO VI

O Sr. Hindley voltou para casa para o funeral; e – uma coisa que nos surpreendeu, e deixou os vizinhos fofocando à direita e à esquerda – ele trouxe uma esposa com ele. O que ela era, e onde nasceu, ele nunca nos informou: provavelmente, ela não tinha dinheiro nem nome para recomendá-la, ou ele dificilmente teria mantido a união de seu pai.

Ela não era uma pessoa que teria perturbado muito a casa por conta própria. Cada objeto que via, no momento em que cruzava o limiar, parecia encantá-la; e todas as circunstâncias que ocorreram a seu respeito: exceto a preparação para o enterro e a presença dos enlutados. Pensei que ela era meio boba, pelo seu comportamento enquanto isso acontecia: ela correu para o seu quarto, e me fez vir com ela, embora eu devesse estar vestindo as crianças: e lá ela se sentou tremendo e apertando as mãos, e perguntando repetidamente: "Eles já se foram?" Então ela começou a descrever com emoção histérica o efeito que produzia nela ao ver preto; e começou, e tremeu, e, finalmente, caiu a chorar – e quando perguntei qual era o assunto, respondi, ela não sabia; mas ela sentia tanto medo de morrer! Imaginei-a tão pouco propensa a morrer como eu. Ela era bastante magra, mas jovem, e de tez fresca, e seus olhos brilhavam como diamantes. Observei, com certeza, que montar as escadas a fazia respirar muito rápido; que o barulho menos súbito a deixava toda arrepiada, e que ela tossia incômoda às vezes: mas eu não sabia nada do que esses sintomas pressagiavam, e não tinha nenhum impulso para simpatizar com ela. Nós em geral não levamos para estrangeiros aqui, Sr. Lockwood, a menos que eles levem para nós primeiro.

O jovem Earnshaw foi alterado consideravelmente nos três anos de sua ausência. Tornara-se mais esparso, perdera a cor, falava e vestia-se de forma bem diferente; e, no próprio dia de seu retorno, disse a José e a mim que deveríamos nos alojar na cozinha dos fundos e deixar a casa para ele.

Na verdade, ele teria acarpetado e preenchido uma pequena sala de reposição para um salão; mas sua esposa expressou tal prazer no chão branco e na enorme lareira brilhante, nos pratos de estanho e no canil, e no amplo espaço que havia para se movimentar onde eles costumavam se sentar, que ele achou desnecessário para o conforto dela, e assim abandonou a intenção.

Ela expressou prazer, também, em encontrar uma irmã entre seus novos conhecidos; e ela gritou para Catarina, e beijou-a, e correu com ela, e deu-lhe quantidades de presentes, no início. Seu afeto cansou muito cedo, no entanto, e quando ela ficou irritada, Hindley tornou-se tirânica. Algumas palavras dela, evidenciando uma antipatia por Heathcliff, foram suficientes para despertar nele todo o seu antigo ódio pelo menino. Expulsou-o da companhia para os criados, privou-o das instruções do curato e insistiu para que ele trabalhasse fora de portas; obrigando-o a fazê-lo tão duramente como qualquer outro rapaz na fazenda.

Heathcliff suportou muito bem sua degradação no início, porque Cathy lhe ensinou o que aprendeu e trabalhou ou brincou com ele nos campos. Ambos prometeram crescer tão rudes quanto selvagens; o jovem mestre sendo totalmente negligente como eles se comportavam, e o que eles faziam, então eles se mantiveram longe dele. Ele nem sequer teria visto depois de irem à igreja aos domingos, apenas José e o curato repreenderam o seu descuido quando se ausentaram; e isso lembrou-o de pedir a Heathcliff uma chicotada, e Catherine um jejum do jantar ou ceia. Mas era uma das suas principais diversões fugir para os mouros de manhã e permanecer lá o dia todo, e o castigo seguinte tornou-se uma mera coisa para rir. O curador poderia definir quantos capítulos quisesse para Catarina obter de cor, e Joseph poderia bater em Heathcliff até que seu braço doesse; esqueceram-se de tudo no minuto em que voltaram a estar juntos: pelo menos no minuto em que tinham arquitetado algum plano de vingança impertinente; e muitas vezes chorei para mim mesmo ao vê-los crescer cada dia mais imprudentes, e não me atrevo a falar uma sílaba, por medo de perder o pequeno poder que ainda mantinha sobre as criaturas sem amizade. Num domingo à noite, por acaso, foram banidos da sala de estar, por fazerem barulho ou ofensa ligeira do tipo; e quando fui chamá-los para jantar, não pude descobri-los em lugar algum. Revistamos a casa, acima e abaixo, e o quintal e cavalariças; eles eram invisíveis: e, finalmente, Hindley, apaixonado, disse-nos para trancarmos as portas, e jurou que ninguém deveria deixá-los entrar naquela noite. A família foi para a cama; e eu, ansioso demais para me deitar, abri minha rede e coloquei a cabeça para ouvir, embora chovesse: determinado a admiti-los apesar da proibição, caso eles voltassem. Em algum tempo, distingui passos subindo a estrada, e a luz de uma lanterna brilhava através do portão. Eu joguei um xale sobre minha cabeça e corri para evitar que eles acordassem o Sr. Earnshaw batendo. Havia Heathcliff, sozinho: deu-me início a vê-lo sozinho.

"Onde está a senhorita Catarina?" Chorei apressadamente. "Não é por acaso, espero?" "Em Thrushcross Grange", ele respondeu; "E eu também estaria lá, mas eles não tiveram a maneira de me pedir para ficar." "Bem, você vai pegá-lo!" Eu disse: "você nunca ficará contente até ser enviado sobre o seu negócio. O que é que o levou a vaguear até Thrushcross Grange?" "Deixe-me tirar a roupa molhada e vou contar tudo sobre isso, Nelly", respondeu. Pedi-lhe cuidado para não despertar o mestre, e enquanto ele se despia e eu esperava para apagar a vela, ele continuou: "Cathy e eu escapamos do lavadouro para ter uma divagação em liberdade, e tendo um vislumbre das luzes de Grange, pensamos que iríamos apenas ver se os Lintons passavam suas noites de domingo de pé tremendo nos cantos, enquanto o pai e a mãe se sentavam comendo e bebendo, cantando e rindo, e queimando os olhos diante do fogo. Acha que sim? Ou ler sermões, e ser catequizado por seu servo, e começar a aprender uma coluna de nomes das Escrituras, se eles não responderem corretamente?" "Provavelmente não", respondi. "São boas crianças, sem dúvida, e não merecem o tratamento que recebem, pela sua má conduta." "Não pode, Nelly", disse ele: "bobagem! Corremos do topo das Alturas para o parque, sem parar – Catherine completamente batida na corrida, porque estava descalça. Você terá que procurar por seus sapatos no pântano to-morrow. Nós nos arrastamos por uma sebe quebrada, apalpamos nosso caminho até o caminho e nos plantamos em um terreno de flores sob a janela da sala de desenho. A luz veio daí; eles não tinham colocado as persianas, e as cortinas estavam apenas meio fechadas. Nós dois fomos capazes de olhar para dentro de pé no porão, e agarrados à saliência, e vimos - ah! Era lindo - um lugar esplêndido acarpetado com carmesim, e cadeiras e mesas cobertas de carmesim, e um teto branco puro cercado por ouro, uma chuva de gotas de vidro penduradas em correntes de prata do centro, e cintilante com pequenas contenções macias. O velho Sr. e a Sra. Linton não estavam lá; Edgar e sua irmã tinham isso inteiramente para si. Não deveriam ter sido felizes? Devíamos ter-nos pensado no céu! E agora, adivinha o que os seus bons filhos estavam a fazer? Isabella - acredito que ela é onze anos, um ano mais nova que Cathy - estava gritando na extremidade mais distante da sala, gritando como se bruxas estivessem passando agulhas vermelhas nela. Edgar ficou na lareira chorando em silêncio, e no meio da mesa sentou-se um cachorrinho, sacudindo a pata e gritando; que, a partir de suas acusações mútuas, entendemos que eles quase puxaram dois entre eles. Os! Esse foi o seu prazer! para brigar quem deveria segurar um monte de cabelo quente, e cada um começa a chorar porque ambos, depois de lutar para obtê-lo, se recusaram a tomá-lo. Rimos francamente das coisas acariciadas; nós os desprezamos! Quando você me pegaria desejando ter o que Catherine queria? ou encontrar-nos sozinhos, procurando entretenimento aos gritos, aos soluços e ao rolar no chão, divididos por toda a sala? Eu não trocaria, por mil vidas, a minha condição aqui, pela de Edgar Linton em Thrushcross Grange - não se eu pudesse ter o privilégio de expulsar Joseph da empena mais alta e pintar a frente da casa com o sangue de Hindley!"

"Hush, hush!" Eu interrompi. "Ainda não me disseste, Heathcliff, como é que Catherine é deixada para trás?"

"Eu disse que rimos", respondeu. "Os Lintons ouviram-nos e, com um só acordo, atiraram como flechas à porta; houve silêncio e, em seguida, um grito: 'Oh, mamma, mamma! Ah, papai! Oh, mamãe, venha aqui. Oh, papai, oh!' Eles realmente gritaram algo dessa maneira. Fizemos barulhos assustadores para aterrorizá-los ainda mais, e então caímos da borda, porque alguém estava desenhando as barras, e sentimos que era melhor fugirmos. Eu tinha Cathy pela mão, e estava insistindo para ela, quando de repente ela caiu. "Corra, Heathcliff, corra!", sussurrou. "Soltaram o buldogue e ele me segura!" O diabo agarrara-lhe o tornozelo, Nelly: ouvi o seu abominável ronco. Ela não gritou, não! ela teria desprezado fazê-lo, se tivesse sido cuspida nos chifres de uma vaca louca. Mas eu fiz: vociferei maldições o suficiente para aniquilar qualquer demônio da cristandade; e eu peguei uma pedra e a enfiei entre suas mandíbulas, e tentei com todas as minhas forças enfiá-la em sua garganta. Uma besta de um servo apareceu com uma lanterna, finalmente, gritando: "Mantenha-se rápido, Skulker, mantenha-se rápido!" Ele mudou sua nota, no entanto, quando viu o jogo de Skulker. O cão foi estrangulado; sua enorme língua roxa pendurada meio pé para fora de sua boca, e seus lábios pendentes fluindo com escravocrata sangrento. O homem levou Cathy para cima; ela estava doente: não por medo, tenho certeza, mas por dor. Ele a carregou; Eu segui, resmungando execrações e vingança. "Que presa, Robert?", perguntou Linton da entrada. "Skulker pegou uma menina, senhor", ele respondeu; "E há um rapaz aqui", acrescentou, agarrando-se a mim, "que parece um out-and-outer! Muito parecido com os ladrões por colocá-los pela janela para abrir as portas da quadrilha, afinal estavam dormindo, para que eles pudessem nos assassinar à vontade. Segura a língua, seu ladrão de boca suja, você! irás à forca para isso. Sr. Linton, senhor, não se deite com a sua arma'. — Não, não, Robert — disse o velho tolo. "Os patifes sabiam que ontem era o meu dia de aluguel: pensaram em me ter inteligentemente. Entra; Vou fornecer-lhes uma receção. Aí, João, aperta a corrente. Dê um pouco de água a Skulker, Jenny. Fazer barba a um magistrado na sua fortaleza, e no sábado também! Onde vai parar a sua insolência? Oh, minha querida Maria, olhe aqui! Não tenha medo, é apenas um menino – mas o vilão faz cara feia tão claramente; não seria uma bondade para com o país enforcá-lo imediatamente, antes que ele mostre sua natureza em atos e características?" Ele me puxou para baixo do lustre, e a Sra. Linton colocou seus óculos em seu nariz e levantou as mãos horrorizada. As crianças covardes também se aproximaram, Isabella disse: "Coisa assustadora! Coloque-o na adega, papai. Ele é exatamente como o filho da cartomante que roubou meu faisão manso. Não é, Edgar?'

"Enquanto me examinavam, Cathy se aproximou; ouviu o último discurso e riu-se. Edgar Linton, depois de um olhar curioso, recolheu sagacidade suficiente para reconhecê-la. Eles nos veem na igreja, você sabe, embora raramente os encontremos em outro lugar. "Essa é a senhorita Earnshaw!", ele sussurrou para sua mãe, "e olhe como Skulker a mordeu, como seu pé sangra!"

"'Senhorita Earnshaw? Bobagem!", gritou a dama; "Miss Earnshaw vasculhando o país com uma cigana! E, no entanto, minha querida, a criança está de luto – certamente está – e pode ser coxa para toda a vida!"

"'Que descuido culposo em seu irmão!', exclamou o Sr. Linton, voltando-se de mim para Catherine. ' Eu entendi de Shielders" (que era o curador, senhor) "que ele a deixa crescer em absoluto paganismo. Mas quem é este? Onde ela pegou esse companheiro? Oho! Declaro que ele é aquela estranha aquisição que o meu falecido vizinho fez, na sua viagem a Liverpool – um pequeno Lascar, ou um náufrago americano ou espanhol."

"'Um menino mau, em todo o caso', comentou a velha senhora, 'e completamente inapto para uma casa decente! Reparou na sua linguagem, Linton? Estou chocado que meus filhos deveriam ter ouvido isso."

"Eu recomecei a xingar – não fique com raiva, Nelly – e então Robert recebeu ordens para me tirar. Eu me recusei a ir sem Cathy; arrastou-me para o jardim, empurrou a lanterna na minha mão, assegurou-me que o Sr. Earnshaw deveria ser informado do meu comportamento e, pedindo-me que marchasse diretamente, segurou novamente a porta. As cortinas ainda estavam abertas em um canto, e eu retomei minha estação como espião; porque, se Catarina quisesse voltar, eu pretendia estilhaçar as suas grandes vidraças em um milhão de fragmentos, a menos que a deixassem sair. Sentou-se no sofá tranquilamente. A Sra. Linton tirou o manto cinzento da empregada leiteira que tínhamos emprestado para a nossa excursão, abanando a cabeça e exclamando com ela, suponho: ela era uma jovem senhora, e eles fizeram uma distinção entre o seu tratamento e o meu. Então a serva trouxe uma bacia de água morna, e lavou os pés; e o Sr. Linton misturou um copo de negus, e Isabella esvaziou um prato cheio de bolos em seu colo, e Edgar ficou escancarado à distância. Depois, secaram e pentearam o seu belo cabelo, deram-lhe um par de enormes chinelos e levaram-na ao fogo; e deixei-a, tão alegre quanto podia, dividindo a comida entre o cãozinho e Skulker, cujo nariz beliscava enquanto ele comia; e acendendo uma centelha de espírito nos olhos azuis vazios dos Lintons - um reflexo sombrio de seu próprio rosto encantador. Vi que estavam cheios de admiração estúpida; ela é tão incomensuravelmente superior a eles - a todos na terra, não é, Nelly?"

— Daqui virá mais do que você imagina — respondi, cobrindo-o e apagando a luz. "Você é incurável, Heathcliff; e o Sr. Hindley terá de ir às extremidades, ver se não o fará." Minhas palavras vieram mais verdadeiras do que eu desejava. A aventura sem sorte deixou Earnshaw furioso. E então o Sr. Linton, para consertar as coisas, nos fez uma visita no dia seguinte, e leu ao jovem mestre tal palestra na estrada que ele guiou sua família, que ele ficou emocionado a olhar sobre ele, a sério. Heathcliff não foi açoitado, mas foi-lhe dito que a primeira palavra que falou à senhorita Catherine deveria garantir um despedimento; e a Sra. Earnshaw comprometeu-se a manter a cunhada em devida contenção quando regressasse a casa; empregando arte, não força: com força ela teria achado impossível.

# CAPÍTULO VII

Cathy ficou em Thrushcross Grange cinco semanas: até o Natal. Nessa altura, o tornozelo estava completamente curado e as suas maneiras melhoraram muito. A amante visitou-a frequentemente no intervalo, e começou seu plano de reforma tentando elevar sua autoestima com roupas finas e bajulações, que ela tomou prontamente; de modo que, em vez de um pequeno selvagem selvagem e sem chapéu a saltar para dentro de casa, e a apressar-se a apertar-nos a todos sem fôlego, iluminou-se de um belo pónei preto uma pessoa muito digna, com argolas castanhas a cair da capa de um castor de penas, e um longo hábito de pano, que ela foi obrigada a segurar com as duas mãos para que pudesse navegar. Hindley a levantou de seu cavalo, exclamando com prazer: "Por que, Cathy, você é uma beleza e tanto! Eu mal deveria conhecê-la: você parece uma senhora agora. Isabella Linton não deve ser comparada com ela, é, Frances?" — Isabella não tem suas vantagens naturais — respondeu sua esposa — mas ela deve se importar e não ficar selvagem novamente aqui. Ellen, ajude a senhorita Catherine com suas coisas - Fique, querida, você vai desorganizar seus cachos - deixe-me desamarrar seu chapéu."

Tirei o hábito e lá brilhou sob um grande froche de seda xadrez, calças brancas e sapatos polidos; e, enquanto os seus olhos brilhavam alegremente quando os cães se aproximavam para recebê-la, ela mal ousava tocá-los para que não se espantassem com as suas esplêndidas vestes. Ela me beijou gentilmente: eu estava toda farinha fazendo o bolo de Natal, e não teria feito para me dar um abraço; e então ela olhou em volta para Heathcliff. O Sr. e a Sra. Earnshaw assistiram ansiosamente à reunião; pensando que isso lhes permitiria julgar, em alguma medida, quais os motivos que tinham para esperar conseguir separar os dois amigos.

Heathcliff foi difícil de descobrir, no início. Se ele era descuidado e descuidado, antes da ausência de Catarina, ele tinha sido dez vezes mais desde então. Ninguém, além de mim, lhe fez a gentileza de chamá-lo de menino sujo, e pedir-lhe que se lavasse, uma vez por semana; e as crianças da sua idade raramente têm um prazer natural em água e sabão. Portanto, para não mencionar suas roupas, que tinham visto três meses de serviço em lama e poeira, e seus cabelos grossos e despenteados, a superfície de seu rosto e mãos estava desmascarada. Ele poderia muito bem se esgueirar atrás do assentamento, ao contemplar uma donzela tão brilhante e graciosa entrar na casa, em vez de uma contraparte rude de si mesmo, como ele esperava. "Heathcliff não está aqui?", ela exigiu, tirando as luvas e exibindo os dedos maravilhosamente branqueados por não fazer nada e ficar dentro de casa.

"Heathcliff, você pode se apresentar", gritou Hindley, desfrutando de seu desconforto, e gratificado ao ver que jovem guarda negro proibitivo ele seria obrigado a se apresentar. "Você pode vir e desejar que a senhorita Catherine seja bem-vinda, como os outros servos."

Cathy, vislumbrando seu amigo em seu esconderijo, voou para abraçá-lo; ela deu sete ou oito beijos em sua bochecha no segundo, e então parou, e recuando, caiu na gargalhada, exclamando: "Ora, quão preto e cruzado você parece! e como, que engraçado e sombrio! Mas isso é porque estou acostumado com Edgar e Isabella Linton. Bem, Heathcliff, você se esqueceu de mim?"

Ela tinha alguma razão para fazer a pergunta, pois a vergonha e o orgulho jogavam dupla melancolia sobre seu semblante, e o mantinham imóvel.

— Aperte as mãos, Heathcliff — disse Earnshaw, condescendente; "Uma vez de certa forma, isso é permitido."

— Não o farei — respondeu o rapaz, encontrando finalmente a língua; "Não vou aguentar ser ridicularizado. Não vou aguentar!"

E ele teria rompido o círculo, mas a senhorita Cathy o agarrou novamente.

"Eu não quis rir de você", disse ela; "Eu não podia me impedir: Heathcliff, aperte as mãos pelo menos! Para que você está mal-humorado? Só que você parecia estranho. Se você lavar o rosto e escovar o cabelo, vai ficar tudo bem: mas você está tão sujo!"

Ela olhou preocupada para os dedos escuros que segurava em seu próprio vestido, e também para seu vestido; que ela temia não ter ganho nenhum enfeite com o contato com o dele.

"Você não precisa ter me tocado!", ele respondeu, seguindo o olho dela e arrancando sua mão. "Serei tão sujo quanto quiser: e gosto de ser sujo, e serei sujo."

Com isso saiu de cabeça para fora da sala, no meio da alegria do mestre e da amante, e para a grave perturbação de Catarina; que não conseguia compreender como as suas observações deveriam ter produzido tamanha exibição de mau humor.

Depois de brincar de empregada doméstica para o recém-chegado, e colocar meus bolos no forno, e tornar a casa e a cozinha alegres com grandes fogueiras, condizentes com a véspera de Natal, preparei-me para me sentar e me divertir cantando cânticos, sozinho; independentemente das afirmações de Joseph de que ele considerava as músicas alegres que escolhi como ao lado das canções. Ele havia se retirado para a oração privada em seu quarto, e o Sr. e a Sra. Earnshaw estavam chamando a atenção de Missy por diversas ninharias gays compradas para ela apresentar aos pequenos Lintons, como um reconhecimento de sua bondade. Eles os convidaram para passar o dia morto em Wuthering Heights, e o convite foi aceito, com uma condição: a Sra. Linton implorou que seus queridinhos fossem mantidos cuidadosamente separados daquele "menino palavrão".

Nestas circunstâncias, permaneci solitário. Cheiro o aroma rico das especiarias de aquecimento; e admirava os utensílios de cozinha brilhantes, o relógio polido, enfeitado em azevinho, as canecas de prata estendidas em uma bandeja pronta para ser preenchida com cerveja quente para a ceia; e, acima de tudo, a pureza sem manchas do meu cuidado particular – o chão vasculhado e bem varrido. Eu dei o devido aplauso interior a cada objeto, e então lembrei-me de como Earnshaw costumava entrar quando tudo estava arrumado, e me chamar de cant lass, e deslizar um xelim em minha mão como uma caixa de Natal; e a partir daí passei a pensar no seu gosto por Heathcliff, e no seu pavor de não sofrer negligência depois de a morte o ter removido: e isso levou-me naturalmente a considerar a situação do pobre rapaz agora, e de cantar mudei de ideias para chorar. Pareceu-me logo, no entanto, que haveria mais sentido em tentar reparar alguns de seus erros do que derramar lágrimas sobre eles: levantei-me e entrei no tribunal para procurá-lo. Ele não estava longe; Encontrei-o alisando a pelagem brilhante do novo pônei no estábulo, e alimentando os outros animais, de acordo com o costume.

"Apresse-se, Heathcliff!" Eu disse, "a cozinha é tão confortável; e José está no andar de cima: apresse-se, e deixe-me vesti-lo de forma inteligente antes que a senhorita Cathy saia, e então você pode sentar-se junto, com toda a lareira para si mesmo, e ter uma longa conversa até a hora de dormir."

Ele prosseguiu com sua tarefa, e nunca virou a cabeça para mim.

"Venha, você está vindo?" Continuei. "Há um pequeno bolo para cada um de vocês, quase o suficiente; e você vai precisar de meia hora de vestimenta."

Esperei cinco minutos, mas não obtive resposta. Catarina sucumbiu com o irmão e a cunhada: José e eu juntamo-nos numa refeição pouco sociável, temperada com repreensões de um lado e salpicos do outro. Seu bolo e queijo permaneceram na mesa a noite toda para as fadas. Ele conseguiu continuar o trabalho até as nove horas, e então marchou mudo e azedo para sua câmara. Cathy sentou-se tarde, tendo um mundo de coisas para encomendar para a receção de seus novos amigos: ela entrou na cozinha uma vez para falar com seu velho; mas ele se foi, e ela só ficou para perguntar qual era o assunto com ele, e depois voltou. De manhã levantou-se cedo; e, como se tratava de feriado, levava o seu mau humor aos mouros; não reaparecendo até que a família partisse para a igreja. O jejum e a reflexão pareciam tê-lo levado a um espírito melhor. Ele ficou pendurado em mim por um tempo, e tendo estragado sua coragem, exclamou abruptamente: "Nelly, faça-me decente, eu vou ser bom."

"Tempo alto, Heathcliff," eu disse; "Você entristeceu Catherine: ela está arrependida de ter voltado para casa, eu ouso dizer! Parece que você a invejou, porque ela é mais pensada do que você."

A noção de *invejar* Catarina era incompreensível para ele, mas a noção de entristecê-la ele entendia claramente o suficiente.

"Ela disse que estava enlutada?", perguntou ele, parecendo muito sério.

"Ela chorou quando eu lhe disse que você estava de folga novamente esta manhã."

"Bem, *chorei* ontem à noite", ele devolveu, "e eu tinha mais motivos para chorar do que ela."

"Sim: você tinha a razão de ir para a cama com o coração orgulhoso e o estômago vazio", disse I. "Pessoas orgulhosas geram tristezas tristes para si mesmas. Mas, se você tem vergonha de sua sensibilidade, você deve pedir perdão, mente, quando ela entra. Você deve subir e se oferecer para beijá-la, e dizer: você sabe melhor o que dizer; apenas faça isso de coração, e não como se você a pensasse convertida em uma estranha por seu vestido grandioso. E agora, embora eu tenha jantar para me preparar, vou roubar tempo para arranjá-lo para que Edgar Linton pareça um boneco ao seu lado: e isso ele faz. Você é mais jovem e, no entanto, eu serei amarrado, você é mais alto e duas vezes mais largo sobre os ombros; você poderia derrubá-lo em um piscar de olhos; você não sente que poderia?"

O rosto de Heathcliff iluminou um momento; depois ficou de novo nublado, e ele suspirou.

"Mas, Nelly, se eu o derrubasse vinte vezes, isso não o tornaria menos bonito ou eu mais. Eu gostaria de ter cabelos claros e uma pele clara, e estar vestida e comportada também, e ter a chance de ser tão rica quanto ele!"

"E chorava por mamãe a cada esquina", eu acrescentava, "e tremia se um rapaz do campo erguia o punho contra você, e ficava em casa o dia todo para uma chuva torrencial. Oh, Heathcliff, você está mostrando um espírito pobre! Venha para o copo, e eu vou deixar você ver o que você deve desejar. Você marca essas duas linhas entre os olhos; e aquelas sobrancelhas grossas, que, em vez de se erguerem arqueadas, afundam no meio; e aquele casal de demônios negros, tão profundamente enterrados, que nunca abrem as janelas corajosamente, mas se escondem brilhando sob elas, como espiões do diabo? Deseje e aprenda a suavizar as rugas surdas, a levantar as pálpebras francamente, e a mudar os fiends para anjos confiantes e inocentes, suspeitando e duvidando de nada, e sempre vendo amigos onde eles não têm certeza de inimigos. Não tenha a expressão de um cur vicioso que parece saber que os chutes que recebe são seu deserto, e ainda odeia todo o mundo, bem como o chutador, pelo que sofre."

"Por outras palavras, devo desejar os grandes olhos azuis e até a testa de Edgar Linton", respondeu. "Eu faço, e isso não vai me ajudar a eles."

"Um bom coração vai ajudá-lo a ter uma cara de bonny, meu rapaz," continuei, "se você fosse um negro normal; e um mau transformará o mais bonzinho em algo pior do que feio. E agora que já fizemos lavagem, pentear e sujar – diga-me se você não se acha muito bonito? Eu vou te dizer, eu faço. Você está apto para um príncipe disfarçado. Quem sabe, mas seu pai era imperador da China, e sua mãe uma rainha indiana, cada um deles capaz de comprar, com uma semana de renda, Wuthering Heights e Thrushcross Grange juntos? E você foi sequestrado por marinheiros perversos e levado para a Inglaterra. Se eu estivesse no seu lugar, eu enquadraria altas noções do meu nascimento; e os pensamentos do que eu era deveriam me dar coragem e dignidade para suportar as opressões de um pequeno agricultor!"

Então eu tagarelei; e Heathcliff gradualmente perdeu a testa e começou a parecer bastante agradável, quando de repente nossa conversa foi interrompida por um som estrondoso subindo a estrada e entrando na quadra. Ele correu para a janela e eu para a porta, a tempo de contemplar os dois Lintons descendo da carruagem da família, sufocados em capas e peles, e os Earnshaws desmontam de seus cavalos: eles muitas vezes montavam para a igreja no inverno. Catarina pegou na mão de cada uma das crianças, trouxe-as para dentro de casa e pô-las diante do fogo, que rapidamente lhes deu cor aos rostos brancos.

Exortei o meu companheiro a apressar-se agora e a mostrar o seu humor amável, e ele obedeceu de bom grado; mas azar teria que, ao abrir a porta que dava para a cozinha de um lado, Hindley a abrisse do outro. Eles se encontraram, e o mestre, irritado por vê-lo limpo e alegre, ou, talvez, ansioso para cumprir sua promessa à Sra. Linton, empurrou-o de volta com um impulso repentino, e com raiva ordenou a Joseph "mantenha o sujeito fora da sala – envie-o para a guarnição até que o jantar termine. Ele estará enfiando os dedos nas tortas e roubando a fruta, se ficar sozinho com eles um minuto."

"Não, senhor", eu não poderia deixar de responder, "ele não tocará em nada, não ele: e suponho que ele deve ter sua parte das delícias, assim como nós."

"Ele terá a sua parte da minha mão, se eu o pegar lá embaixo até escurecer", gritou Hindley. "Begone, seu! O quê! você está tentando o coxcomb, não é? Espere até que eu pegue essas madeixas elegantes – veja se eu não vou puxá-las um pouco mais!"

— Eles já são longos o suficiente — observou o Mestre Linton, espreitando da porta; "Eu me pergunto se eles não fazem a cabeça dele doer. É como a juba de um potro sobre os olhos!"

Arriscou esta observação sem qualquer intenção de insultar; mas a natureza violenta de Heathcliff não estava preparada para suportar a aparência de impertinência de alguém que ele parecia odiar, mesmo assim, como um rival. Apoderou-se de um molho de maçã quente, a primeira coisa que lhe estava sob pressão, e lançou-o completamente contra o rosto e o pescoço do orador; que imediatamente começou um lamento que levou Isabel e Catarina a apressarem-se para o local. O Sr. Earnshaw arrebatou o culpado diretamente e o levou para sua câmara; onde, sem dúvida, ele administrou um remédio áspero para esfriar o ataque de paixão, pois ele parecia vermelho e sem fôlego. Peguei o pano de prato e, com bastante rancor, esfreguei o nariz e a boca de Edgar, afirmando que servia bem para ele se intrometer. Sua irmã começou a chorar para ir para casa, e Cathy ficou confusa, corando por todos.

"Você não deveria ter falado com ele!", ela exclamou com o Mestre Linton. "Ele estava de mau humor, e agora você estragou sua visita; e ele será açoitado: eu odeio que ele seja açoitado! Eu não posso comer o meu jantar. Por que você falou com ele, Edgar?"

"Eu não", soluçou o jovem, escapando de minhas mãos e terminando o restante da purificação com seu lenço de bolso cambrico. "Prometi à mamãe que não diria uma palavra a ele, e não o fiz."

— Bem, não chore — respondeu Catarina, desdenhosa; "Você não está morto. Não faça mais travessuras; Meu irmão está chegando: fique quieto! Hush, Isabella! Alguém te magoou?"

"Lá, lá, crianças, para os seus lugares!", gritou Hindley, agitado. "Aquele bruto de rapaz me aqueceu bem. Da próxima vez, Mestre Edgar, tome a lei em seus próprios punhos – ela lhe dará apetite!"

A pequena festa recuperou a sua equanimidade ao ver a festa perfumada. Estavam famintos depois do passeio, e facilmente consolados, já que nenhum dano real lhes tinha acontecido. O Sr. Earnshaw esculpiu pratos abundantes, e a amante os fez alegres com conversas animadas. Esperei atrás de sua cadeira, e fiquei angustiado ao contemplar Catarina, com os olhos secos e um ar indiferente, começando a cortar a asa de um ganso diante dela. "Uma criança insensível", pensei comigo mesmo; "Quão levianamente ela dispensa os problemas do seu antigo companheiro de brincadeira. Eu não poderia imaginar que ela fosse tão egoísta." Ergueu uma boquinha aos lábios: depois deitou-a de novo: as bochechas ruborizaram-se e as lágrimas jorraram sobre elas. Ela escorregou o garfo para o chão e mergulhou apressadamente sob o pano para esconder sua emoção. Não a chamei de insensível por muito tempo; pois percebi que ela estava no purgatório durante todo o dia, e cansada de encontrar uma oportunidade de ficar sozinha, ou fazer uma visita a Heathcliff, que tinha sido trancafiado pelo mestre: como eu descobri, ao tentar apresentar-lhe uma bagunça privada de vísceras.

À noite tivemos uma dança. Cathy implorou que ele fosse libertado então, já que Isabella Linton não tinha parceiro: suas súplicas eram vãs, e eu fui nomeado para suprir a deficiência. Livrámo-nos de toda a melancolia na excitação do exercício, e o nosso prazer aumentou com a chegada da banda Gimmerton, reunindo quinze fortes: um trompete, um trombone, clarionetes, fagotes, trompas francesas e uma viola baixo, além de cantores. Eles percorrem todas as casas respeitáveis e recebem contribuições todos os Natales, e nós consideramos um deleite de primeira classe ouvi-los. Depois de cantadas as canções habituais, cantámo-las e divertimo-las. A Sra. Earnshaw adorou a música, e então eles nos deram muito.

Catherine também adorou: mas ela disse que soava mais doce no topo dos degraus, e ela subiu no escuro: Eu segui. Eles fecharam a porta da casa abaixo, nunca notando nossa ausência, estava tão cheia de pessoas. Ela não ficou na cabeça da escada, mas montou mais longe, até o garret onde

Heathcliff estava confinado, e o chamou. Ele teimosamente se recusou a responder por um tempo: ela perseverou e, finalmente, persuadiu-o a manter comunhão com ela através das tábuas. Deixei que os pobres conversassem sem serem molestados, até que supus que as músicas iriam cessar, e os cantores para obter algum refresco: então subi a escada para avisá-la. Em vez de encontrá-la do lado de fora, ouvi sua voz dentro. O macaquinho havia se arrastado pela claraboia de uma guarnição, ao longo do telhado, até a claraboia da outra, e foi com a maior dificuldade que consegui convencê-la a sair novamente. Quando ela veio, Heathcliff veio com ela, e ela insistiu para que eu o levasse para a cozinha, como meu companheiro tinha ido para a de um vizinho, para ser removido do som de nossa "salmodia do diabo", como lhe agradava chamar. Disse-lhes que não pretendia, de forma alguma, encorajar os seus truques: mas como o prisioneiro nunca tinha quebrado o jejum desde o jantar de ontem, eu piscaria o olho à sua traição ao Sr. Hindley uma vez. Ele desceu: coloquei-lhe um banquinho junto ao fogo e ofereci-lhe uma quantidade de coisas boas: mas ele estava doente e pouco podia comer, e as minhas tentativas de entretê-lo foram deitadas fora. Encostou os dois cotovelos nos joelhos e o queixo nas mãos, e permaneceu arrebatado em meditação muda. Ao indagar sobre o assunto de seus pensamentos, ele respondeu gravemente: "Estou tentando resolver como vou pagar Hindley de volta. Eu não me importo quanto tempo eu espero, se eu só posso fazê-lo finalmente. Espero que ele não morra antes de mim!"

"Por vergonha, Heathcliff!", disse I. "Cabe a Deus punir as pessoas más; devemos aprender a perdoar."

"Não, Deus não terá a satisfação que eu terá", devolveu. "Eu só queria saber o melhor caminho! Deixem-me em paz, e vou planear: enquanto penso nisso, não sinto dor."

Mas, Sr. Lockwood, esqueço que esses contos não podem desviá-lo. Fico chateado como devo sonhar em tagarelar a tal ritmo; e seu gruel frio, e você acenando para a cama! Eu poderia ter contado a história de Heathcliff, tudo o que você precisa ouvir, em meia dúzia de palavras.

\* \* \* \* \*

Interrompendo-se assim, a governanta levantou-se e passou a pôr de lado a costura; mas eu me sentia incapaz de me mover da lareira, e eu estava muito longe de acenar com a cabeça. "Sente-se quieta, Sra. Dean", gritei; "Sente-se ainda mais meia hora. Você fez o certo para contar a história tranquilamente. Esse é o método de que gosto; e você deve terminá-lo no mesmo estilo. Estou interessado em cada personagem que você mencionou, mais ou menos."

"O relógio está no golpe das onze, senhor."

"Não importa, não estou habituado a ir para a cama durante longas horas. Um ou dois é cedo o suficiente para uma pessoa que mente até dez."

"Não se deve mentir até às dez. Há o auge da manhã muito antes desse horário. Uma pessoa que não tenha feito metade do seu dia de trabalho até às dez horas, corre o risco de deixar a outra metade por fazer."

"No entanto, Sra. Dean, retome a sua cadeira; porque até amanhã pretendo prolongar a noite até à tarde. Prognostico para mim um frio obstinado, pelo menos."

"Espero que não, senhor. Pois bem, permitam-me dar um salto de três anos; durante esse espaço, a Sra. Earnshaw—"

"Não, não, não vou permitir nada disso! Você está familiarizado com o humor da mente em que, se você estivesse sentado sozinho, e o gato lambendo seu gatinho no tapete diante de você, você assistiria à operação tão atentamente que a negligência do puss com uma orelha o deixaria seriamente destemperado?"

"Um humor terrivelmente preguiçoso, devo dizer."

"Pelo contrário, uma atividade cansativa. É meu, neste momento; e, portanto, continuar minuciosamente. Percebo que as pessoas nessas regiões adquirem sobre as pessoas nas cidades o valor que uma aranha em uma masmorra faz sobre uma aranha em uma cabana, para seus vários ocupantes; e, no entanto, a atração aprofundada não se deve inteiramente à situação do espectador. Eles *vivem* mais a sério, mais em si mesmos e menos em superficiais, mudanças e coisas externas frívolas. Eu poderia imaginar um amor pela vida aqui quase possível; e eu era um descrente fixo em qualquer amor de um ano de pé. Um estado assemelha-se a reduzir um homem faminto a um único prato, no qual ele pode concentrar todo o seu apetite e fazer justiça; o outro, apresentando-lhe uma mesa disposta por cozinheiros franceses: talvez possa extrair o máximo de prazer do todo; mas cada parte é um mero átomo a seu respeito e lembrança."

"Ah! aqui somos iguais a qualquer outro lugar, quando nos conhecem", observou a Sra. Dean, um tanto intrigada com o meu discurso.

"Com licença", respondi; "Você, meu bom amigo, é uma prova contundente contra essa afirmação. Excetuando alguns provincianismos de ligeira consequência, não tendes marcas dos costumes que estou habituado a considerar como peculiares à vossa classe. Estou certo de que pensaram muito mais do que a generalidade dos servos pensa. Você foi compelido a cultivar suas faculdades reflexivas por falta de ocasiões para fritar sua vida em ninharias bobas."

A Sra. Dean riu.

"Eu certamente me estimo um tipo de corpo firme e razoável", disse ela; "não exatamente de viver entre os morros e ver um conjunto de rostos, e uma série de ações, de fim de ano a fim de ano; mas passei por uma disciplina afiada, que me ensinou sabedoria; e então, eu li mais do que você imaginaria, Sr. Lockwood. Você não poderia abrir um livro nesta biblioteca que eu não examinei, e obtere algo também: a menos que seja aquela gama de grego e latim, e a de francês; e os que conheço uns dos outros: é o máximo que se pode esperar da filha de um pobre homem. No entanto, se eu quiser seguir minha história à moda da fofoca verdadeira, é melhor continuar; e, em vez de saltar três anos, contentar-me-ei em passar para o próximo verão – o verão de 1778, ou seja, há quase vinte e três anos."

# CAPÍTULO VIII

Na manhã de um belo dia de junho, meu primeiro berçário bonny little e o último do antigo estoque de Earnshaw nasceu. Estávamos ocupados com o feno em um campo distante, quando a menina que geralmente trazia nossos cafés da manhã veio correndo uma hora cedo demais pelo prado e subindo a pista, me chamando enquanto corria.

"Oh, um grande bairn!", ela ofegou. "O melhor rapaz que já respirou! Mas o médico diz que a missis deve sair: ele diz que ela está em um consumo há muitos meses. Ouvi-o dizer ao Sr. Hindley: e agora ela não tem nada para mantê-la, e ela estará morta antes do inverno. Você deve voltar para casa diretamente. Você deve amamentá-lo, Nelly: alimentá-lo com açúcar e leite, e cuidar dele dia e noite. Quem me dera ser tu, porque será tudo teu quando não houver missis!"

"Mas ela está muito doente?" Perguntei, abaixando meu rake e amarrando meu capô.

"Eu acho que ela é; no entanto, ela olha corajosamente", respondeu a menina, "e fala como se pensasse em viver para ver crescer um homem. Ela está fora da cabeça de alegria, é uma beleza! Se eu fosse ela, tenho certeza de que não morreria: eu deveria melhorar ao vê-la, apesar de Kenneth. Eu estava bastante bravo com ele. Dame Archer trouxe o querubim para o mestre, na casa, e seu rosto só começou a se iluminar, quando a velha corvina dá um passo à frente, e diz ele: 'Earnshaw, é uma bênção sua esposa ter sido poupada para lhe deixar este filho. Quando ela veio, senti-me convencido de que não deveríamos mantê-la por muito tempo; e agora, devo dizer-lhe, o inverno provavelmente vai acabar com ela. Não assuma e se preocupe muito com isso: não pode ser ajudado. E, além disso, você deveria ter sabido melhor do que escolher uma correria dessas!'"

"E o que respondeu o mestre?" Eu perguntei.

"Eu acho que ele jurou: mas eu não me importei com ele, eu estava me esforçando para ver o bairn", e ela começou novamente a descrevê-lo arrebatadamente. Eu, tão zelosa quanto ela, corri ansiosamente para casa para admirar, da minha parte; embora eu estivesse muito triste por causa de Hindley. Ele tinha espaço em seu coração apenas para dois ídolos – sua esposa e ele mesmo: ele dopava em ambos, e adorava um, e eu não conseguia conceber como ele suportaria a perda.

Quando chegamos a Wuthering Heights, lá estava ele na porta da frente; e, quando passei, perguntei: "como estava o bebê?"

"Quase pronto para correr, Nell!", ele respondeu, colocando um sorriso alegre.

— E a amante? Arrisquei-me a indagar; "O médico diz que ela é—"

"Maldito médico!", interrompeu, avermelhado. "Frances tem toda a razão: estará perfeitamente bem por esta altura na próxima semana. Vai subir as escadas? você vai dizer a ela que eu vou, se ela prometer não falar. Deixei-a porque ela não segurava a língua; e ela deve — diga-lhe que o Sr. Kenneth diz que ela deve ficar quieta."

Entreguei esta mensagem à Sra. Earnshaw; ela parecia em ânimo voador, e respondeu alegremente: "Eu quase não falei uma palavra, Ellen, e lá ele saiu duas vezes, chorando. Bem, diga que prometo que não vou falar: mas isso não me obriga a não rir dele!"

Pobre alma! Até que, uma semana após a sua morte, esse coração gay nunca lhe falhou; e o marido persistia obstinadamente, ou melhor, furiosamente, em afirmar que a sua saúde melhorava a cada dia. Quando Kenneth o avisou de que seus medicamentos eram inúteis naquela fase da doença, e ele não precisava colocá-lo para gastar mais ao atendê-la, ele retrucou: "Eu sei que você não precisa - ela está bem - ela não quer mais assistência de você! Ela nunca esteve em um consumo. Era uma febre; e se foi: seu pulso é tão lento quanto o meu agora, e sua bochecha tão fria."

Ele contou a mesma história à esposa, e ela parecia acreditar nele; mas uma noite, apoiando-se em seu ombro, no ato de dizer que ela achava que deveria ser capaz de se levantar, um ataque de tosse a levou – um ataque muito leve – ele a levantou em seus braços; Ela colocou as duas mãos sobre o pescoço dele, seu rosto mudou e ela estava morta.

Como a menina havia antecipado, a criança Hareton caiu totalmente em minhas mãos. O Sr. Earnshaw, desde que o visse saudável e nunca o ouvisse chorar, estava contente, tanto quanto o considerava. Para si mesmo, ele ficou desesperado: sua tristeza era daquele tipo que não vai lamentar. Ele não chorou nem orou; amaldiçoou e desafiou: execrou Deus e o homem, e entregou-se à dissipação imprudente. Os servos não suportaram por muito tempo sua conduta tirânica e má: José e eu éramos os únicos dois que ficariam. Eu não tinha o coração para deixar o meu encargo; e, além disso, você sabe, eu tinha sido sua irmã adotiva, e desculpava seu comportamento mais prontamente do que um estranho faria. José permaneceu a hector sobre inquilinos e trabalhadores; e porque era sua vocação estar onde tinha muita maldade para reprovar.

Os maus caminhos e maus companheiros do mestre formaram um belo exemplo para Catherine e Heathcliff. Seu tratamento a este último foi suficiente para fazer um fidalgo de santo. E, verdadeiramente, parecia que o rapaz *estava* possuído de algo diabólico naquele período. Ele se deliciou ao testemunhar Hindley degradando-se na redenção passada; e tornou-se diariamente mais notável pela selvageria e ferocidade. Eu não podia dizer pela metade que casa infernal tínhamos. O curador deixou de chamar, e ninguém decente se aproximou de nós, finalmente; a menos que as visitas de Edgar Linton a Miss Cathy possam ser uma exceção. Aos quinze anos era a rainha do campo; ela não tinha par; e ela se tornou uma criatura altiva e teimosa! Eu próprio eu não gostava dela, depois da infância foi passado; e eu a incomodava frequentemente tentando derrubar sua arrogância: ela nunca teve aversão a mim, no entanto. Ela tinha uma constância maravilhosa para velhos apegos: até Heathcliff mantinha seu controle sobre seus afetos inalteravelmente; e o jovem Linton, com toda a sua superioridade, teve dificuldade em causar uma impressão igualmente profunda. Ele foi meu falecido mestre: esse é o seu retrato sobre a lareira. Costumava ficar pendurado de um lado, e o de sua esposa do outro; mas a dela foi removida, ou então você pode ver algo do que ela era. Consegue perceber isso?

A Sra. Dean levantou a vela, e eu discerni um rosto suave, extremamente parecido com a jovem senhora nas Alturas, mas mais pensativo e amável na expressão. Formou uma imagem doce. Os longos cabelos claros enrolavam-se ligeiramente nas têmporas; os olhos eram grandes e sérios; a figura quase demasiado graciosa. Eu não me maravilhava como Catherine Earnshaw poderia esquecer seu primeiro amigo para tal indivíduo. Fiquei maravilhado muito como ele, com uma mente para se corresponder com sua pessoa, poderia imaginar minha ideia de Catherine Earnshaw.

"Um retrato muito agradável", observei para a governanta. "É assim?"

"Sim", respondeu ela; "Mas ele parecia melhor quando foi animado; Esse é o seu semblante quotidiano: queria espírito em geral."

Catarina tinha mantido o seu conhecimento com os Lintons desde a sua residência de cinco semanas entre eles; e como ela não tinha a tentação de mostrar o seu lado áspero na companhia deles, e tinha a sensação de ter vergonha de ser rude onde experimentava uma cortesia tão invariável, impôs-se involuntariamente à velha senhora e ao cavalheiro pela sua engenhosa cordialidade; ganhou a admiração de Isabella, e o coração e a alma de seu irmão: aquisições que a lisonjearam desde o primeiro – pois ela estava cheia de ambição – e a levaram a adotar um caráter duplo sem exatamente a intenção de enganar ninguém. No lugar onde ouviu Heathcliff ser chamado de "jovem rufião vulgar" e "pior que um bruto", ela teve o cuidado de não agir como ele; mas, em casa, ela tinha uma pequena inclinação para praticar a polidez que só seria ridicularizada, e conter uma natureza indisciplinada quando isso não lhe traria crédito nem elogio.

O Sr. Edgar raramente reuniu coragem para visitar Wuthering Heights abertamente. Ele tinha um terror da reputação de Earnshaw, e se esquivou de encontrá-lo; e, no entanto, foi sempre recebido com as nossas melhores tentativas de civilidade: o próprio mestre evitou ofendê-lo, sabendo por que veio; e se ele não podia ser gracioso, mantido fora do caminho. Prefiro pensar que a sua aparência ali foi de mau gosto para Catarina; ela não era artística, nunca tocava coquette, e tinha evidentemente uma objeção a que seus dois amigos se encontrassem; pois quando Heathcliff expressou desprezo por Linton em sua presença, ela não pôde coincidir pela metade, como fez em sua ausência; e quando Linton demonstrou repulsa e antipatia por Heathcliff, ela não ousou tratar seus sentimentos com indiferença, como se a depreciação de seu companheiro de brincadeira não tivesse quase nenhuma consequência para ela. Eu ri muito de suas perplexidades e problemas incontáveis, que ela em vão se esforçou para esconder de minha zombaria. Isso soa mal-humorado: mas ela estava tão orgulhosa que se tornou realmente impossível ter pena de suas angústias, até que ela deveria ser castigada em mais humildade. Ela trouxe-se, finalmente, para confessar, e para me confidenciar: não havia outra alma que ela pudesse transformar em conselheira.

O Sr. Hindley tinha saído de casa uma tarde, e Heathcliff presumiu dar-se umas férias por força disso. Ele tinha chegado aos dezesseis anos então, eu acho, e sem ter feições ruins, ou ser deficiente em intelecto, ele inventou para transmitir uma impressão de repulsa interna e externa que seu aspeto atual não retém vestígios. Em primeiro lugar, nessa altura, tinha perdido o benefício da sua educação precoce: o trabalho árduo contínuo, iniciado cedo e concluído tarde, tinha extinguido qualquer curiosidade que possuía em busca de conhecimento, e qualquer amor pelos livros ou pela aprendizagem. O sentimento de superioridade da sua infância, incutido nos favores do velho Sr. Earnshaw, desvaneceu-se. Ele lutou muito para manter uma igualdade com Catarina em seus estudos, e cedeu com comovente embora silencioso arrependimento: mas ele cedeu completamente; e não havia como prevalecer sobre ele dar um passo no caminho de subir, quando ele descobriu que deveria, necessariamente, afundar abaixo de seu nível anterior. Depois, a aparência pessoal simpatizava com a deterioração mental: adquiria uma marcha desleixada e um olhar ignóbil; a sua disposição naturalmente reservada era exagerada num excesso quase de melancolia insociável; e ele teve um prazer sombrio, aparentemente, em excitar a aversão em vez da estima de seus poucos conhecidos.

Catarina e ele eram companheiros constantes ainda nas suas épocas de descanso do trabalho; mas deixara de exprimir o seu gosto por ela em palavras, e recuara com desconfiança furiosa das suas carícias de menina, como se consciente de que não poderia haver gratificação em esbanjar-lhe tais marcas de afeto. Na ocasião anterior, ele entrou na casa para anunciar sua intenção de não fazer nada, enquanto eu ajudava a senhorita Cathy a arrumar seu vestido: ela não contava que ele o levasse na cabeça para ficar ocioso; e imaginando que teria todo o lugar para si, conseguiu, de alguma forma, informar o Sr. Edgar da ausência do irmão, preparando-se então para recebê-lo.

"Cathy, você está ocupada esta tarde?", perguntou Heathcliff. "Você vai a algum lugar?"

"Não, está chovendo", respondeu.

"Por que você tem essa pedra de seda, então?", disse ele. "Ninguém vem aqui, espero?"

"Não que eu saiba", gaguejou Miss: "mas você deveria estar no campo agora, Heathcliff. É uma hora depois da hora do jantar; Eu pensei que você tinha ido embora."

"Hindley muitas vezes não nos liberta de sua presença maldita", observou o menino. "Não vou trabalhar mais hoje: vou ficar com você."

"Ah, mas José vai contar", sugeriu ela; "É melhor você ir!"

"Joseph está carregando cal no outro lado de Penistone Crags; vai levá-lo até escurecer, e ele nunca saberá."

Assim dizendo, sentou-se ao fogo e sentou-se. Catherine refletiu um instante, com sobrancelhas tricotadas – ela achou necessário suavizar o caminho para uma intrusão. "Isabella e Edgar Linton falaram em ligar esta tarde", disse ela, no final de um minuto de silêncio. "Como chove, quase não espero; mas eles podem vir e, se o fizerem, corre-se o risco de ser repreendido sem nada."

"Ordene a Ellen que diga que você está noiva, Cathy", ele insistiu; "Não me troque por esses seus amigos miseráveis e bobos! Estou a ponto, às vezes, de reclamar que eles – mas eu não vou – "

"Que eles o quê?", gritou Catarina, olhando-o com um semblante perturbado. "Oh, Nelly!", ela acrescentou petulantemente, empurrando a cabeça para longe das minhas mãos, "você penteou meu cabelo bem fora de cachos! Já chega; deixem-me em paz. Do que você está prestes a reclamar, Heathcliff?"

"Nada, apenas olhe para o almanaque naquela parede", apontou para um lençol emoldurado pendurado perto da janela, e continuou: "As cruzes são para as noites que você passou com os Lintons, os pontos para aqueles que passaram comigo. Você viu? Marquei todos os dias."

"Sim, muito tolo: como se eu tivesse tomado conhecimento!", respondeu Catarina, em tom de pesar. "E onde está o sentido disso?"

"Para mostrar que eu tomo conhecimento", disse Heathcliff.

"E devo estar sempre sentada contigo?", perguntou, ficando cada vez mais irritada. "Que bem eu recebo? Do que fala? Você pode ser burro, ou um bebê, por qualquer coisa que você diga para me divertir, ou por qualquer coisa que você faça, também!"

"Você nunca me disse antes que eu falava muito pouco, ou que você não gostava da minha companhia, Cathy!", exclamou Heathcliff, em muita agitação.

"Não é companhia nenhuma, quando as pessoas não sabem nada e não dizem nada", murmurou.

Seu companheiro levantou-se, mas ele não teve tempo de expressar mais seus sentimentos, pois os pés de um cavalo foram ouvidos nas bandeiras, e tendo batido suavemente, o jovem Linton entrou, seu rosto brilhante de prazer com a convocação inesperada que recebera. Sem dúvida, Catarina marcou a diferença entre os seus amigos, pois um entrava e o outro saía. O contraste assemelhava-se ao que se vê ao trocar um país sombrio, montanhoso e carbonífero por um belo vale fértil; e a sua voz e saudação eram tão opostas quanto o seu aspeto. Ele tinha um jeito doce e baixo de falar, e pronunciou suas palavras como você: isso é menos grosseiro do que falamos aqui, e mais suave.

"Não venho tão cedo, não é?", disse, lançando um olhar para mim: eu tinha começado a limpar o prato e arrumar algumas gavetas na extremidade mais distante da cômoda.

"Não", respondeu Catarina. — O que você está fazendo lá, Nelly?

"Meu trabalho, senhorita", respondi. (O Sr. Hindley tinha-me dado instruções para fazer um terceiro em quaisquer visitas privadas que Linton escolhesse pagar.)

Ela se aproximou de mim e sussurrou transversalmente: "Tire você e seus espanadores; Quando a companhia está em casa, os empregados não começam a vasculhar e limpar o quarto onde estão!"

"É uma boa oportunidade, agora que o mestre está fora", respondi em voz alta: "ele me odeia por estar mexendo com essas coisas em sua presença. Tenho certeza que o Sr. Edgar vai me desculpar."

"Odeio que estejas a mexer na *minha* presença", exclamou imperiosamente a jovem, não permitindo que o seu convidado falasse: não conseguiu recuperar a sua equanimidade desde a pequena disputa com Heathcliff.

"Sinto muito, senhorita Catherine", foi a minha resposta; e prossegui assiduamente com a minha ocupação.

Ela, supondo que Edgar não pudesse vê-la, arrancou o pano da minha mão e me beliscou, com uma prolongada chave inglesa, muito rancorosamente no braço. Eu disse que não a amava, e preferia mortificar sua vaidade de vez em quando: além disso, ela me machucava extremamente; então eu comecei de joelhos e gritei: "Oh, senhorita, isso é um truque desagradável! Você não tem o direito de me beliscar, e eu não vou aguentar."

"Eu não toquei em você, sua criatura mentirosa!", gritou ela, com os dedos formigando para repetir o ato e as orelhas vermelhas de raiva. Ela nunca teve o poder de esconder sua paixão, isso sempre incendiou toda a sua pele.

"O que é isso, então?" Eu retruquei, mostrando uma testemunha roxa decidida para refutá-la.

Ela bateu o pé, vacilou um momento, e então, irresistivelmente impelida pelo espírito dentro dela, me deu um tapa no rosto: um golpe pungente que encheu os dois olhos de água.

"Catarina, amor! Catherine!", interpôs Linton, muito chocado com a dupla culpa de falsidade e violência que seu ídolo cometeu.

"Sai do quarto, Ellen!", repetiu, tremendo toda.

O pequeno Hareton, que me seguia por toda parte, e estava sentado perto de mim no chão, ao ver minhas lágrimas começaram a chorar, e soluçou queixas contra a "tia má Cathy", o que atraiu sua fúria para sua cabeça azarada: ela agarrou seus ombros e o sacudiu até que a pobre criança se tornasse lívida, e Edgar impensadamente segurou suas mãos para libertá-lo. Num instante um deles foi libertado, e o jovem atônito sentiu que se aplicava sobre sua própria orelha de uma forma que não podia ser confundida com brincadeira. Recuou consternado. Levantei Hareton nos braços e fui para a cozinha com ele, deixando a porta da comunicação aberta, pois estava curioso para ver como eles resolveriam seu desentendimento. O visitante insultado deslocou-se para o local onde tinha colocado o chapéu, pálido e com um lábio trêmulo.

"Isso mesmo!" Eu disse a mim mesmo. "Tome cuidado e begone! É uma gentileza deixar você ter um vislumbre de sua disposição genuína."

"Para onde vais?", perguntou Catarina, avançando para a porta.

Ele desviou para o lado e tentou passar.

"Você não deve ir!", exclamou, enérgica.

"Devo e vou!", respondeu com voz moderada.

— Não — ela insistiu, segurando a alça; "Ainda não, Edgar Linton: sente-se; não me deixarás com esse temperamento. Eu deveria ser miserável a noite toda, e não serei miserável por você!"

"Posso ficar depois que você me bateu?", perguntou Linton.

Catarina estava muda.

"Você me fez ter medo e vergonha de você", continuou ele; "Não voltarei aqui!"

Seus olhos começaram a brilhar e suas pálpebras a brilhar.

"E você disse uma inverdade deliberada!", disse ele.

"Eu não!", gritou, recuperando o discurso; "Não fiz nada deliberadamente. Bem, vá, se quiser, fuja! E agora vou chorar, vou chorar doente!"

Ela caiu de joelhos ao lado de uma cadeira, e começou a chorar com seriedade. Edgar perseverou na sua resolução até ao tribunal; Lá se deteve. Resolvi encorajá-lo.

"A senhorita é terrivelmente rebelde, senhor", gritei. "Tão ruim quanto qualquer criança manchada: é melhor você estar voltando para casa, senão ela ficará doente, apenas para nos entristecer."

A coisa suave parecia estranha pela janela: ele possuía o poder de partir tanto quanto um gato possui o poder de deixar um rato meio morto, ou um pássaro meio comido. Ah, pensei, não haverá como salvá-lo: ele está condenado e voa à sua sorte! E assim foi: virou-se abruptamente, apressou-se a entrar novamente na casa, fechou a porta atrás de si; e quando entrei um tempo depois para informá-los de que Earnshaw tinha chegado em casa bêbado raivoso, pronto para puxar todo o lugar sobre nossos ouvidos (seu estado de espírito comum naquela condição), vi que a briga tinha apenas efetuado uma intimidade mais estreita – tinha quebrado as obras da timidez juvenil, e lhes permitiu abandonar o disfarce da amizade, e confessam-se amantes.

A inteligência da chegada do Sr. Hindley levou Linton rapidamente para seu cavalo, e Catherine para seu quarto. Fui esconder o pequeno Hareton e tirar o tiro da peça de rapina do mestre, com a qual ele gostava de brincar em sua excitação insana, para o risco da vida de qualquer um que provocasse, ou mesmo atraísse demais sua atenção; e eu tinha acertado no plano de removê-lo, para que ele pudesse fazer menos travessuras se fosse o ponto de disparar a arma.

# CAPÍTULO IX

Entrou, vociferando juramentos terríveis de ouvir; e me pegou em flagrante de arrumar seu filho no armário da cozinha. Hareton ficou impressionado com um terror saudável de encontrar o carinho de sua fera ou a raiva de seu louco; porque numa correu a hipótese de ser espremido e beijado até à morte, e na outra de ser atirado ao fogo, ou arremessado contra a parede; e o coitado permanecia perfeitamente quieto onde quer que eu escolhesse colocá-lo.

"Lá, eu finalmente descobri!", gritou Hindley, me puxando para trás pela pele do meu pescoço, como um cachorro. "Pelo céu e pelo inferno, você jurou entre vocês assassinar essa criança! Eu sei como é, agora, que ele está sempre fora do meu caminho. Mas, com a ajuda de Satanás, far-te-ei engolir a faca de escultura, Nelly! Você não precisa rir; pois acabei de amontoar Kenneth, de cabeça baixa, no pântano do cavalo negro; e dois é o mesmo que um — e quero matar alguns de vós: não terei descanso enquanto não o fizer!"

— Mas eu não gosto da faca de escultura, Sr. Hindley — respondi; "Tem cortado arenques vermelhos. Prefiro ser baleado, se quiserem."

"Você prefere ser condenado!", disse ele; "E assim o farás. Nenhuma lei na Inglaterra pode impedir um homem de manter sua casa decente, e a minha é abominável! Abra a boca."

Ele segurou a faca na mão e empurrou a ponta entre os meus dentes: mas, de minha parte, nunca tive muito medo de seus caprichos. Eu cuspi e afirmei que tinha um gosto detestável - eu não aceitaria isso de forma alguma.

"Oh!", disse ele, libertando-me, "Vejo que o pequeno vilão horrível não é Hareton: peço perdão, Nell. Se for, ele merece esfolar vivo por não correr para me receber e por gritar como se eu fosse um duende. Filhote não natural, venha até aqui! Ensinar-te-ei a impor a um pai de bom coração e iludido. Agora, você não acha que o rapaz seria mais bonito cortado? Isso torna um cão mais feroz, e eu amo algo feroz - me arranje uma tesoura - algo feroz e aparado! Além disso, é afetação infernal – presunção diabólica é, para acalentar nossos ouvidos – somos asnos o suficiente sem eles. Hush, criança, hush! Pois bem, é o meu queridinho! Deseja, seque os teus olhos — há uma alegria; Dá-me um beijo. O quê! não vai? Beija-me, Hareton! Porra, beija-me! Por Deus, como se eu criasse um monstro desses! Por mais certo que eu esteja vivendo, vou quebrar o pescoço do pirralho."

O pobre Hareton estava espreguiçando e chutando nos braços de seu pai com todas as suas forças, e redobrou seus gritos quando ele o carregou para cima e o levantou sobre o corrimão. Eu gritei que ele iria assustar a criança e corri para resgatá-la. Quando cheguei a eles, Hindley inclinou-se para a frente nos trilhos para ouvir um barulho abaixo; quase esquecendo o que tinha nas mãos. "Quem é isso?", perguntou, ouvindo alguém se aproximar do pé da escada. Inclinei-me também para a frente, com o propósito de assinar com Heathcliff, cujo passo reconheci, para não ir mais longe; e, no instante em que meu olho desistiu de Hareton, ele deu uma mola repentina, libertou-se do aperto descuidado que o segurava e caiu.

Mal houve tempo para experimentar uma emoção de horror antes de vermos que o pequeno desgraçado estava seguro. Heathcliff chegou por baixo justamente no momento crítico; Por um impulso natural, ele prendeu sua descida e, pondo-o de pé, olhou para cima para descobrir o autor do acidente. Um avarento que se separou com um bilhete de loteria da sorte por cinco xelins, e descobre no dia seguinte que perdeu na pechincha cinco mil libras, não poderia mostrar um semblante mais coberto do que ele fez ao contemplar a figura do Sr. Earnshaw acima. Expressava, mais claramente do que as palavras podiam fazer, a mais intensa angústia por ter feito de si mesmo o instrumento de frustrar a sua própria vingança. Se tivesse sido escuro, ouso dizer que ele teria tentado remediar o erro esmagando o crânio de Hareton nos degraus; mas, nós testemunhamos a sua salvação; e eu estava agora abaixo com minha preciosa carga pressionada em meu coração. Hindley desceu mais calmo, sóbrio e atrevido.

— A culpa é sua, Ellen — disse ele; "Devias tê-lo mantido longe da vista: devias tê-lo tirado de mim! Ele está ferido em algum lugar?"

"Ferido!" Chorei com raiva; "Se ele não for morto, será um! Ah! Pergunto-me se a sua mãe não se levanta da sepultura para ver como o usa. Você é pior do que um pagão, tratando sua própria carne e sangue dessa maneira!"

Ele tentou tocar na criança, que, ao encontrar-se comigo, soluçou diretamente o seu terror. No primeiro dedo que seu pai colocou sobre ele, no entanto, ele gritou novamente mais alto do que antes, e lutou como se entrasse em convulsões.

"Não te meterás nele!" Continuei. "Ele te odeia – todos te odeiam – essa é a verdade! Uma família feliz que você tem; e um estado bonito para o qual você está chegando!"

— Vou chegar a um mais bonito, ainda, Nelly — riu o homem equivocado, recuperando a dureza. "Neste momento, transmita-se a si e a ele. E hark you, Heathcliff! eliminá-lo também do meu alcance e audição. Eu não o mataria esta noite; a não ser, talvez, que eu tenha incendiado a casa: mas é assim que a minha fantasia vai."

Enquanto dizia isso, ele pegou uma garrafa de aguardente da cômoda e derramou um pouco em um copo.

"Não, não!" Eu implorei. "Sr. Hindley, tome cuidado. Tenha piedade deste menino infeliz, se você não se importa nada consigo mesmo!"

"Qualquer um fará melhor por ele do que eu", respondeu.

"Tende piedade da vossa própria alma!" Eu disse, tentando arrancar o copo de sua mão.

"Eu não! Pelo contrário, terei grande prazer em enviá-lo à perdição para punir o seu Criador", exclamou o blasfemo. "Aqui está a sua danação de coração!"

Ele bebeu os espíritos e impacientemente nos mandou ir; terminando seu comando com uma sequência de imprecações horríveis muito ruins para repetir ou lembrar.

"É uma pena que ele não possa se matar com bebida", observou Heathcliff, murmurando um eco de xingamentos quando a porta estava fechada. "Ele está fazendo o seu melhor; mas a sua constituição desafia-o. O Sr. Kenneth diz que apostaria em sua égua que sobreviveria a qualquer homem deste lado Gimmerton, e iria para o túmulo um pecador hoary; a menos que lhe caia alguma feliz chance fora do curso comum."

Fui para a cozinha e sentei-me para acalmar meu pequeno cordeiro para dormir. Heathcliff, como eu pensava, caminhou até o celeiro. Descobriu-se depois que ele só chegou até o outro lado do assentamento, quando se jogou em um banco junto à parede, retirado do fogo, e permaneceu em silêncio.

Eu estava balançando Hareton no meu joelho, e cantarolando uma música que começou,—

> Era longe da noite, e os bairnies grat,A mither sob os mools ouviu que,

quando a senhorita Cathy, que ouvira o burburinho de seu quarto, colocou a cabeça e sussurrou: — Você está sozinha, Nelly?

"Sim, senhorita", respondi.

Ela entrou e se aproximou da lareira. Eu, supondo que ela fosse dizer alguma coisa, olhei para cima. A expressão de seu rosto parecia perturbada e ansiosa. Seus lábios estavam meio afundados, como se ela quisesse falar, e ela respirou; mas escapou num suspiro em vez de uma frase. Retomei a minha canção; não tendo esquecido o seu comportamento recente.

"Onde está Heathcliff?", ela disse, interrompendo-me.

"Sobre o seu trabalho no estábulo", foi a minha resposta.

Ele não me contradisse; talvez ele tivesse caído em um cochilo. Seguiu-se outra longa pausa, durante a qual percebi uma ou duas gotas da bochecha de Catarina para as bandeiras. Será que ela está arrependida de sua conduta vergonhosa?—perguntei a mim mesmo. Isso será uma novidade: mas ela pode chegar ao ponto como quiser - eu não a ajudo! Não, ela sentia pequenos problemas em relação a qualquer assunto, exceto suas próprias preocupações.

"Oh, querida!", gritou ela por fim. "Estou muito infeliz!"

"Uma pena", observou I. "Você é difícil de agradar; tantos amigos e tão poucos se importa, e não consegue se contentar!"

"Nelly, você vai guardar um segredo para mim?", ela perseguiu, ajoelhando-se ao meu lado, e erguendo seus olhos arregalados para o meu rosto com aquele tipo de olhar que desliga o mau humor, mesmo quando se tem todo o direito do mundo de satisfazê-lo.

"Vale a pena manter?" Perguntei, menos mal-humorada.

"Sim, e isso preocupa-me, e devo deixá-lo sair! Hoje, Edgar Linton pediu-me em casamento, e eu dei-lhe uma resposta. Agora, antes de lhe dizer se foi um consentimento ou uma negação, você me diz qual deveria ter sido."

"Realmente, senhorita Catarina, como posso saber?" Eu respondi. "Com certeza, considerando a exposição que você realizou em sua presença esta tarde, eu poderia dizer que seria sensato recusá-lo: já que ele lhe perguntou depois disso, ele deve ser irremediavelmente estúpido ou um tolo aventureiro."

— Se você falar assim, eu não vou te dizer mais — ela devolveu, erguendo-se de pé. "Eu aceitei, Nelly. Seja rápido e diga se eu estava errado!"

"Você o aceitou! Então, de que adianta discutir o assunto? Prometeste a tua palavra e não podes retratar-te."

"Mas diga se eu deveria ter feito isso, faça!", exclamou ela em tom irritado; apertando as mãos e franzindo a testa.

"Há muitas coisas a serem consideradas antes que essa pergunta possa ser respondida corretamente", eu disse, sentenciosamente. "Em primeiro lugar, você ama o Sr. Edgar?"

"Quem pode ajudar? Claro que sim", respondeu.

Depois, submeti-a ao seguinte catecismo: para uma rapariga de vinte e dois anos não era imprudente.

"Por que você o ama, senhorita Cathy?"

"Bobagem, eu faço, isso é suficiente."

"De forma alguma; você deve dizer por quê?"

"Bem, porque ele é bonito e agradável de estar com."

"Ruim!" foi meu comentário.

"E porque ele é jovem e alegre."

"Ruim, ainda."

"E porque ele me ama."

"Indiferente, vindo para lá."

"E ele será rico, e eu gostarei de ser a maior mulher do bairro, e terei orgulho de ter um marido assim."

"Pior de tudo. E agora, diga como você o ama?"

"Como todo mundo ama, você é boba, Nelly."

"Não, responda."

"Eu amo o chão sob seus pés, e o ar sobre sua cabeça, e tudo o que ele toca, e cada palavra que ele diz. Eu amo todos os seus olhares, e todas as suas ações, e ele inteiramente e completamente. Lá agora!"

"E porquê?"

"Não; Está a gozar: é extremamente mal-humorado! Não é brincadeira para mim!", disse a jovem, fazendo cara feia e virando o rosto para o fogo.

"Estou muito longe de gozar, senhorita Catarina", respondi. "Você ama o Sr. Edgar porque ele é bonito, jovem, alegre, rico e te ama. A última, no entanto, não serve para nada: você o amaria sem isso, provavelmente; e com isso você não o faria, a menos que ele possuísse as quatro antigas atrações."

"Não, para ter certeza que não: eu só deveria ter pena dele - odiá-lo, talvez, se ele fosse feio, e um palhaço."

"Mas há vários outros jovens bonitos e ricos no mundo: mais bonitos, possivelmente, e mais ricos do que ele. O que deve impedi-lo de amá-los?"

"Se houver, estão fora do meu caminho: não vi ninguém como o Edgar."

"Você pode ver alguns; e ele nem sempre será bonito e jovem, e pode nem sempre ser rico."

"Ele é agora; e só tenho a ver com o presente. Gostaria que falasse racionalmente."

"Bem, isso resolve: se você tem apenas a ver com o presente, case-se com o Sr. Linton."

"Eu não quero sua permissão para isso, vou *me casar com ele: e ainda assim você não me disse se eu estou certo.*"

"Perfeitamente certo; se as pessoas têm razão em casar apenas por enquanto. E agora, vamos ouvir o que você está insatisfeito. Seu irmão ficará satisfeito; a velha senhora e o cavalheiro não se oporão, penso; escaparás de uma casa desordenada e sem conforto para uma casa rica e respeitável; e você ama Edgar, e Edgar ama você. Tudo parece suave e fácil: onde está o obstáculo?"

"*Aqui*! e *aqui*!", respondeu Catarina, batendo uma mão na testa e a outra no peito: "em qualquer lugar que viva a alma. Na minha alma e no meu coração, estou convencido de que estou errado!"

"Isso é muito estranho! Não consigo."

"É o meu segredo. Mas se você não zombar de mim, eu vou explicar: eu não posso fazer isso distintamente; mas vou dar-vos uma sensação de como me sinto."

Sentou-se novamente ao meu lado: o semblante ficou cada vez mais triste e grave, e as mãos apertadas tremeram.

"Nelly, você nunca sonha sonhos queer?", ela disse, de repente, após alguns minutos de reflexão.

"Sim, de vez em quando", respondi.

"E eu também. Sonhei na minha vida sonhos que ficaram comigo para sempre, e mudei as minhas ideias: passaram por mim, como o vinho através da água, e alteraram a cor da minha mente. E esta é uma delas: vou dizer, mas cuidado para não sorrir para nenhuma parte dela."

"Ah! não, senhorita Catarina!" Chorei. "Somos sombrios o suficiente sem evocar fantasmas e visões para nos deixar perplexos. Venha, venha, seja alegre e como você! Olhe para o pequeno Hareton! *ele não está* sonhando nada sombrio. Como sorri docemente durante o sono!"

"Sim; e quão docemente seu pai amaldiçoa em sua solidão! Você se lembra dele, ouso dizer, quando ele era apenas mais um como aquela coisa gordinha: quase tão jovem e inocente. No entanto, Nelly, vou obrigá-lo a ouvir: não é muito tempo; e eu não tenho poder para ser feliz esta noite."

"Não vou ouvir, não vou ouvir!" Repito, apressadamente.

Eu era supersticioso em relação aos sonhos naquela época, e ainda sou; e Catarina tinha uma melancolia incomum em seu aspeto, que me fazia temer algo a partir do qual eu pudesse moldar uma profecia e prever uma terrível catástrofe. Ela ficou irritada, mas não prosseguiu. Aparentemente abordando outro assunto, ela recomeçou em pouco tempo.

"Se eu estivesse no céu, Nelly, eu seria extremamente miserável."

"Porque você não está apto para ir lá", respondi. "Todos os pecadores seriam miseráveis no céu."

"Mas não é para isso. Sonhei uma vez que estava lá."

"Digo-lhe que não vou dar ouvidos aos seus sonhos, senhorita Catarina! Vou para a cama", interrompi novamente.

Ela riu e me segurou; pois fiz uma moção para deixar a cadeira.

"Isto não é nada", gritou ela: "Eu só ia dizer que o céu não parecia ser a minha casa; e parti o meu coração com o choro de voltar à terra; e os anjos ficaram tão zangados que me atiraram para o meio da charneca no topo de Wuthering Heights; onde acordei soluçando de alegria. Isso servirá para explicar o meu segredo, assim como o outro. Não tenho mais negócios para me casar com Edgar Linton do que estar no céu; e se o homem perverso lá dentro não tivesse trazido Heathcliff tão baixo, eu não deveria ter pensado nisso. Seria degradante casar-me com Heathcliff agora; então ele nunca saberá como eu o amo: e isso, não porque ele é bonito, Nelly, mas porque ele é mais eu do que eu. Seja qual for a nossa alma, a dele e a minha são iguais; e a de Linton é tão diferente quanto um raio de lua ou geada de fogo."

Quando este discurso terminou, tornei-me sensível à presença de Heathcliff. Tendo notado um ligeiro movimento, virei a cabeça, e vi-o levantar-se do banco, e roubar sem barulho. Ele tinha ouvido até ouvir Catarina dizer que iria degradá-la casar-se com ele, e então ele ficou para não ouvir mais. Meu companheiro, sentado no chão, foi impedido pelas costas do assentamento de observar sua presença ou partida; mas eu comecei, e mandei seu silêncio!

"Por quê?", perguntou ela, olhando nervosamente em volta.

— José está aqui — respondi, pegando oportunamente o rolo de suas carroças pela estrada; "E Heathcliff virá com ele. Não sei se ele não estava à porta neste momento."

"Ah, ele não conseguia me ouvir na porta!", disse ela. "Dá-me Hareton, enquanto recebes o jantar, e quando estiver pronto pede-me para me sentar contigo. Quero enganar a minha consciência desconfortável e estar convencido de que Heathcliff não tem noção destas coisas. Ele não tem, não é? Ele não sabe o que é estar apaixonado!"

"Não vejo razão para que ele não saiba, assim como você", retornei; "E se *você* for a escolha dele, ele será a criatura mais infeliz que já nasceu! Assim que você se torna a Sra. Linton, ele perde o amigo, e o amor, e tudo! Já pensou como você vai suportar a separação, e como ele vai suportar ser bastante deserto no mundo? Porque, senhorita Catarina—"

"Ele desertou! nós nos separamos!", exclamou, com um sotaque de indignação. "Quem nos separará, rezar? Eles encontrarão o destino de Milo! Não enquanto eu viver, Ellen: para nenhuma criatura mortal. Cada Linton na face da Terra poderia derreter em nada antes que eu pudesse consentir em abandonar Heathcliff. Ah, não é isso que eu pretendo - não é isso que quero dizer! Eu não deveria ser a Sra. Linton se tal preço exigido! Ele será tanto para mim quanto foi durante toda a sua vida. Edgar deve sacudir sua antipatia e tolerá-lo, pelo menos. Ele o fará, quando aprender os meus verdadeiros sentimentos em relação a ele. Nelly, vejo agora que você me acha um miserável egoísta; mas nunca lhe pareceu que, se Heathcliff e eu nos casássemos, seríamos mendigos? ao passo que, se eu me casar com Linton, posso ajudar Heathcliff a se levantar e colocá-lo fora do poder do meu irmão."

— Com o dinheiro do seu marido, senhorita Catarina? Eu perguntei. "Você vai encontrá-lo não tão maleável quanto você calcula: e, embora eu não seja um juiz, acho que esse é o pior motivo que você já deu para ser a esposa do jovem Linton."

"Não é", retrucou ela; "É o melhor! Os outros eram a satisfação dos meus caprichos: e por amor de Edgar, também, para satisfazê-lo. Isto é para o bem de quem compreende na sua pessoa os meus sentimentos para comigo e para com o Edgar. Não posso expressá-lo; mas certamente você e todos têm uma noção de que existe ou deveria haver uma existência sua além de você. De que servia a minha criação, se eu estava inteiramente contida aqui? Minhas grandes misérias neste mundo foram as misérias de Heathcliff, e eu assisti e senti cada uma desde o início: meu grande pensamento em viver é ele mesmo. Se tudo mais perecesse, e *ele* permanecesse, *eu* ainda deveria continuar a ser, e se tudo mais permanecesse, e ele fosse aniquilado, o universo se voltaria para um poderoso estranho: eu não deveria parecer parte dele. Meu amor por Linton é como a folhagem na floresta: o tempo vai mudá-lo, estou bem ciente, como o inverno muda as árvores. Meu amor por Heathcliff se assemelha às rochas eternas abaixo: uma fonte de pouco prazer visível, mas necessário. Nelly, eu *sou* Heathcliff! Ele está sempre, sempre na minha mente: não como um prazer, assim como eu sou sempre um prazer para mim mesmo, mas como o meu próprio ser. Portanto, não volte a falar da nossa separação: ela é impraticável; e—"

Ela fez uma pausa e escondeu o rosto nas dobras do meu vestido; mas eu o empurrei à força. Eu estava sem paciência com a loucura dela!

"Se eu puder fazer algum sentido de sua bobagem, senhorita", eu disse, "isso só me convence de que você ignora os deveres que assume ao se casar; ou então que você é uma garota perversa e sem princípios. Mas não mereço mais segredos: não prometo guardá-los."

"Você vai manter isso?", perguntou ela, ansiosa.

"Não, não vou prometer", repeti.

Ela estava prestes a insistir, quando a entrada de José terminou nossa conversa; e Catarina tirou o assento para um canto, e amamentou Hareton, enquanto eu fazia a ceia. Depois de cozido, meu companheiro e eu começamos a discutir quem deveria levar alguns para o Sr. Hindley; e nós não resolvemos até que tudo estava quase frio. Então chegamos ao acordo de que o deixaríamos perguntar, se ele quisesse; pois temíamos particularmente ir à sua presença quando ele estivera algum tempo sozinho.

"E como é que isso não vem agora no campo, seja desta vez? Do que se trata? girt idle seeght!", exigiu o velho, olhando em volta para Heathcliff.

"Vou ligar para ele", respondi. "Ele está no celeiro, não tenho dúvidas."

Fui e liguei, mas não obtive resposta. Ao voltar, sussurrei para Catarina que ele tinha ouvido uma boa parte do que ela disse, eu tinha certeza; e contou como o vi sair da cozinha assim como ela se queixava da conduta do irmão em relação a ele. Ela saltou com um belo susto, jogou Hareton no assentamento e correu para procurar sua amiga; não aproveitar o lazer para considerar por que ela estava tão agitada, ou como sua fala o teria afetado. Ela esteve ausente por tanto tempo que José propôs que não esperássemos mais. Ele astuciosamente conjecturou que eles estavam ficando longe, a fim de evitar ouvir sua bênção prolongada. Estavam "mal encantados com os costumes", afirmou. E em seu nome acrescentou naquela noite uma oração especial à súplica habitual de um quarto de hora antes da carne, e teria abordado outra até o fim da graça, se sua jovem amante não tivesse invadido ele com uma ordem apressada de que ele deveria correr pela estrada e, onde Heathcliff tivesse divagado, encontrá-lo e fazê-lo entrar novamente diretamente!

"Quero falar com ele, e *devo*, antes de subir as escadas", disse ela. "E o portão está aberto: ele está em algum lugar fora da audição; porque ele não respondia, embora eu gritasse no alto da dobra o mais alto que podia."

José opôs-se a princípio, ela era demasiado séria para sofrer contradição, e por fim colocou o chapéu na cabeça e andou resmungando. Enquanto isso, Catherine subia e descia pelo chão, exclamando: "Eu me pergunto onde ele está, eu me pergunto onde ele *pode* estar! O que eu disse, Nelly? Eu esqueci. Ficou irritado com o meu mau humor esta tarde? Querido! diga-me o que eu disse para entristecê-lo? Eu gostaria que ele viesse. Quem me dera que ele o fizesse!"

"Que barulho à toa!" Chorei, embora um pouco inquieto. "Que ninharia te assusta! Certamente não é grande motivo de alarme que Heathcliff tome um luar saunter sobre os mouros, ou mesmo deitar muito mal-humorado para falar conosco no palheiro. Vou me envolver com ele que está à espreita lá. Vê se eu não o expulso!"

Parti para renovar a minha busca; seu resultado foi a deceção, e a busca de José terminou da mesma forma.

"Yon lad gets war und war!", observou ele ao reentrar. "Ele saiu do portão a todo vapor, e o pônei da Miss pisou duas plataformas de milho e atravessou, raight o'er into t' meadow! Hahsomdiver, t' maister 'ull play t' devil to-morn, e ele vai fazer weel. Ele é paciência itsseln wi' sich descuidado, crateras offald - paciência itsseln ele é! Bud ele não será soa allus - yah's see, all on ye! Yah mun'n'n expulsá-lo de seu heead por enquanto!"

"Você encontrou Heathcliff, sua bunda?", interrompeu Catherine. "Você tem procurado por ele, como eu pedi?"

"Eu sud mais likker procurar o cavalo", ele respondeu. "Faz mais sentido. Bud I can look for norther horse nur man of a neeght loike this — tão preto quanto t' chimbley! und Heathcliff's noan t' chap to coom at *my* whistle - aconteça que ele vai ser menos difícil de ouvir wi' *ye*!"

Era uma noite muito escura para o verão: as nuvens pareciam inclinadas a trovões, e eu disse que era melhor todos nos sentarmos, a chuva que se aproximava certamente o levaria para casa sem mais problemas. No entanto, Catarina não se deixaria convencer pela tranquilidade. Ela continuava vagando de um lado para o outro, do portão à porta, num estado de agitação que não permitia descanso; e, finalmente, ocupou-se de uma situação permanente de um lado do muro, perto da estrada: onde, ignorando as minhas expostulações, os trovões rosnados e as grandes gotas que começavam a rondá-la, ela permaneceu, chamando em intervalos, e depois ouvindo, e depois gritando abertamente. Ela bateu em Hareton, ou em qualquer criança, em um bom ataque apaixonado de choro.

Por volta da meia-noite, enquanto ainda nos sentávamos, a tempestade veio sacudindo as Alturas em plena fúria. Houve um vento violento, bem como um trovão, e um ou outro partiu uma árvore na esquina do edifício: um enorme ramo caiu sobre o telhado e derrubou uma parte da chaminé leste, enviando um prato de pedras e fuligem para o fogo da cozinha.

Pensávamos que um parafuso tinha caído no meio de nós; e José ajoelhou-se, suplicando ao Senhor que se lembrasse dos patriarcas Noé e Ló, e, como antigamente, poupasse os justos, embora ferisse os ímpios. Senti algum sentimento de que deve ser um julgamento sobre nós também. O Jonas, na minha opinião, era o Sr. Earnshaw; e eu sacudi o cabo de sua toca para que eu pudesse verificar se ele ainda estava vivo. Ele respondeu de forma bastante audível, de uma maneira que fez meu companheiro vociferar, mais clamoramente do que antes, que uma ampla distinção poderia ser feita entre santos como ele e pecadores como seu mestre. Mas o alvoroço passou em vinte minutos, deixando-nos a todos ilesos; exceto Cathy, que ficou completamente encharcada por sua obstinação em se recusar a se abrigar, e ficar de pé sem capota e sem xaile para pegar o máximo de água que pudesse com seus cabelos e roupas. Ela entrou e deitou-se no assentamento, toda encharcada como estava, virando o rosto para as costas e colocando as mãos diante dele.

"Bem, senhorita!" Exclamei, tocando seu ombro; "Você não está decidido a morrer, não é? Sabe o que é a hora? Meia passada doze. Venha, venha para a cama! não adianta esperar mais por aquele menino tolo: ele vai para Gimmerton, e ele vai ficar lá agora. Ele adivinha que não devemos esperar por ele até esta hora tardia: pelo menos, ele adivinha que apenas o Sr. Hindley estaria acordado; e prefere evitar que a porta seja aberta pelo mestre."

"Não, não, ele é noan em Gimmerton", disse Joseph. "Eu sou niver admiração, mas ele está em t' bothom de um bog-hoile. Esta visitação não se desgastou por enquanto, e eu wod hev' ye para olhar para fora, Miss— yah muh be t' next. Obrigado Hivin por tudo! Todos os warks togither para gooid para eles como é chozzen, e piked fro' th' rubbidge! Yah knaw whet t' Scripture ses." E começou a citar vários textos, remetendo-nos para capítulos e versos onde os poderíamos encontrar.

Eu, tendo em vão implorado à menina deliberada que se levantasse e retirasse suas coisas molhadas, deixei-o pregar e ela tremer, e me deitei com o pequeno Hareton, que dormiu tão rápido como se todos estivessem dormindo ao seu redor. Ouvi José ler um tempo depois; depois distingui o seu lento degrau na escada, e depois adormeci.

Descendo um pouco mais tarde do que o habitual, vi, pelos raios de sol que perfuravam as fendas das persianas, a senhorita Catarina ainda sentada perto da lareira. A porta da casa também estava entreaberta; a luz entrava pelas suas janelas fechadas; Hindley tinha saído e ficado na lareira da cozinha, barulhento e sonolento.

"O que te aflige, Cathy?", ele estava dizendo quando entrei: "você parece tão triste quanto um whelp afogado. Por que você está tão úmida e pálida, criança?"

"Estive molhada", respondeu ela com relutância, "e estou com frio, só isso."

"Ah, ela é!" Chorei, percebendo que o mestre estava toleravelmente sóbrio. "Ela ficou mergulhada no chuveiro de ontem à noite, e lá ela se sentou a noite toda, e eu não consegui convencê-la a mexer."

O Sr. Earnshaw olhou para nós surpreso. "A noite toda", repetiu. "O que a manteve? não teme o trovão, certo? Isso foi mais de horas desde então."

Nenhum de nós quis mencionar a ausência de Heathcliff, desde que a pudéssemos esconder; então eu respondi, eu não sabia como ela levou isso na cabeça para se sentar; e ela não disse nada. A manhã estava fresca e fresca; Joguei de volta a treliça e, presentemente, a sala encheu-se de aromas doces do jardim; mas Catarina chamou-me com pesar: "Ellen, feche a janela. Estou morrendo de fome!" E seus dentes tagarelavam enquanto ela se aproximava das brasas quase extintas.

— Ela está doente — disse Hindley, tomando o pulso; "Suponho que essa é a razão pela qual ela não iria para a cama. Raios partam! Eu não quero ser incomodado com mais doenças aqui. O que te levou à chuva?"

"Correndo atrás de t' lads, como de costume!", coaxou José, aproveitando a oportunidade de nossa hesitação para empurrar sua má língua. "Se eu guerreasse yah, maister, eu simplesmente bateria t' boards i' seus rostos todos em 'em, gentil e simples! Nunca um dia ut yah're off, mas yon cat o' Linton vem sorrateiramente até aqui; e Miss Nelly, shoo's a fine lass! shoo senta-se olhando para ye i' t' cozinha; e como você está em uma porta, ele está fora na outra; e, então, a grande senhora vai cortejar do seu lado! É um comportamento bonny, à espreita amang t' fields, depois de doze o' t' noite, wi' that fahl, flaysome divil de um cigano, Heathcliff! Eles pensam que *eu sou* cego, mas eu sou noan: nowt ut t' soart!—Eu semeei o jovem Linton boath indo e vindo, e eu semeando *yah*' (dirigindo seu discurso para mim), "yah gooid fur nowt, slattenly witch! beliscar e enfiar na casa, t' minuto yah ouviu o cavalo de T' Maister clatter up t' road."

"Silêncio, espião!", gritou Catarina; "Nada da tua insolência diante de mim! Edgar Linton veio ontem por acaso, Hindley; e fui *eu* que lhe disse para estar de folga: porque sabia que não gostarias de o ter conhecido como estava."

"Você mente, Cathy, sem dúvida", respondeu seu irmão, "e você é um simplório confuso! Mas não importa Linton neste momento: diga-me, você não estava com Heathcliff ontem à noite? Fale a verdade, agora. Você não precisa ter medo de machucá-lo: embora eu o odeie tanto quanto sempre, ele me fez uma boa volta em pouco tempo, pois isso fará minha consciência terna de quebrar seu pescoço. Para o evitar, enviar-lhe-ei esta manhã sobre os seus assuntos; e depois que ele se foi, eu aconselho a todos vocês que olhem bem: eu só terei mais humor para vocês."

— Eu nunca vi Heathcliff ontem à noite — respondeu Catherine, começando a chorar amargamente: — e se você o expulsar de portas, eu vou com ele. Mas, talvez, você nunca tenha uma oportunidade: talvez, ele tenha ido embora." Aqui ela irrompeu em um luto incontrolável, e o restante de suas palavras foram inarticuladas.

Hindley esbanjou nela uma torrente de abusos desprezíveis, e ordenou-lhe que chegasse ao seu quarto imediatamente, ou ela não deveria chorar por nada! Obrigei-a a obedecer; e nunca esquecerei a cena que ela encenou quando chegámos ao seu quarto: apavorou-me. Pensei que ela estava enlouquecendo e implorei a José que corresse para o médico. Provou o início do delírio: o Sr. Kenneth, assim que a viu, pronunciou-a perigosamente doente; Teve febre. Ele sangrou-a, e disse-me para a deixar viver de soro de leite e água-gruel, e tomar cuidado para que ela não se atirasse para baixo ou para fora da janela; e depois partiu: pois tinha o suficiente para fazer na freguesia, onde duas ou três milhas era a distância normal entre casa e cabana.

Embora eu não possa dizer que fiz uma enfermeira gentil, e Joseph e o mestre não eram melhores, e embora nossa paciente fosse tão cansativa e teimosa quanto um paciente poderia ser, ela resistiu até o fim. A velha Sra. Linton nos fez várias visitas, com certeza, e colocou as coisas em ordem, e repreendeu e ordenou a todos nós; e quando Catarina estava convalescente, insistiu em transportá-la para Thrushcross Grange: pelo qual ficamos muito gratos. Mas a pobre dama tinha motivos para se arrepender de sua bondade: ela e o marido tiveram febre e morreram poucos dias depois um do outro.

Nossa jovem senhora voltou para nós mais saucier e mais apaixonada, e mais altiva do que nunca. Nunca se tinha ouvido falar de Heathcliff desde a noite da tempestade; e, um dia, tive a infelicidade, quando ela me provocou excessivamente, de lhe atribuir a culpa do seu desaparecimento: onde de facto pertencia, como ela bem sabia. A partir desse período, por vários meses, ela deixou de manter qualquer comunicação comigo, exceto na relação de um mero servo. José também caiu sob uma proibição: ele *falava* o que pensava, e a ensinava como se fosse uma menina, e ela se estimava uma mulher, e nossa amante, e pensava que sua recente doença lhe dava a pretensão de ser tratada com consideração. Então o médico disse que ela não suportaria atravessar muito; ela deve ter o seu próprio caminho; e era nada menos do que assassinato aos seus olhos que alguém presumisse levantar-se e contradizê-la. Do Sr. Earnshaw e seus companheiros ela se manteve distante; e tutelado por Kenneth, e sérias ameaças de um ataque que muitas vezes atendia às suas raivas, seu irmão permitia-lhe o que ela quisesse exigir, e geralmente evitava agravar seu temperamento inflamado. Era demasiado indulgente no humor dos seus caprichos, não por afeto, mas por orgulho: desejava sinceramente vê-la honrar a família através de uma aliança com os Lintons, e enquanto ela o deixasse em paz, poderia pisar-nos como escravos, pois ele se importava! Edgar Linton, como multidões foram antes e serão depois dele, estava apaixonado: e acreditava ser o homem mais feliz vivo no dia em que a levou à Capela Gimmerton, três anos após a morte de seu pai.

Muito contra a minha inclinação, fui persuadido a deixar Wuthering Heights e acompanhá-la aqui. O pequeno Hareton tinha quase cinco anos e eu tinha acabado de começar a ensinar-lhe as suas letras. Fizemos uma triste despedida; mas as lágrimas de Catarina eram mais fortes do que as nossas. Quando me recusei a ir, e quando ela descobriu que as suas súplicas não me comoviam, foi lamentar ao marido e ao irmão. O primeiro ofereceu-me salários; este ordenou-me que fizesse as malas: não queria mulheres em casa, disse, agora que não havia amante; e quanto a Hareton, o curador deve levá-lo na mão, de um lado para o outro. E assim só me restava uma escolha: fazer o que me mandavam. Eu disse ao mestre que ele se livrou de todas as pessoas decentes apenas para correr para arruinar um pouco mais rápido; Beijei Hareton, despedi-me; e desde então ele tem sido um estranho: e é muito estranho pensar nisso, mas não tenho dúvida de que ele esqueceu completamente tudo sobre Ellen Dean, e que ele sempre foi mais do que todo o mundo para ela e ela para ele!

* * * * *

Neste ponto da história da governanta, ela por acaso olhou para o relógio sobre a chaminé; e ficou espantado ao ver a minúscula medida meio passada. Ela não ouvia falar em ficar mais um segundo: na verdade, eu me sentia bastante disposta a adiar a sequência de sua narrativa. E agora que ela desapareceu para descansar, e eu meditei por mais uma ou duas horas, vou convocar coragem para ir também, apesar da preguiça dolorosa da cabeça e dos membros.

# CAPÍTULO X

Uma introdução encantadora à vida de um eremita! Quatro semanas de tortura, arremesso e doença! Oh, esses ventos sombrios e céus amargos do norte, e estradas intransitáveis, e cirurgiões do país dilatadores! E oh, essa escassez da fisionomia humana! e, pior do que tudo, a terrível insinuação de Kenneth de que eu não preciso esperar estar fora de portas até a primavera!

O Sr. Heathcliff acaba de me honrar com um apelo. Há cerca de sete dias, ele me enviou uma cinta de grouse, a última da temporada. ! Ele não está totalmente isento de culpa nesta minha doença; e que eu tinha uma grande mente para lhe dizer. Mas, infelizmente! como eu poderia ofender um homem que era caridoso o suficiente para sentar-se ao meu lado da cama uma boa hora, e falar sobre algum outro assunto além de pílulas e chope, bolhas e sanguessugas? Este é um intervalo bastante fácil. Sou demasiado fraco para ler; no entanto, sinto como se pudesse desfrutar de algo interessante. Por que não ter a Sra. Dean para terminar seu conto? Lembro-me dos seus principais incidentes, até onde ela tinha ido. Sim: lembro-me que o seu herói tinha fugido e de que nunca se ouviu falar durante três anos; e a heroína era casada. Vou tocar: ela vai ficar encantada por me encontrar capaz de falar alegremente. A Sra. Dean veio.

"Quer vinte minutos, senhor, para tomar o remédio", começou ela.

"Fora, fora!" Eu respondi; "Eu desejo ter—"

"O médico diz que você deve soltar os pós."

"De todo o coração! Não me interrompa. Venha e sente-se aqui. Mantenha os dedos longe daquela falange amarga de frascos para injetáveis. Tire o tricô do bolso - isso fará - agora continue a história do Sr. Heathcliff, de onde parou, até os dias atuais. Terminou os seus estudos no Continente e voltou um cavalheiro? ou ele conseguiu um lugar de sizar na faculdade, ou fugiu para a América, e ganhou honras tirando sangue de seu país de acolhimento? ou fazer fortuna mais rapidamente nas estradas inglesas?"

"Ele pode ter feito um pouco em todas essas vocações, Sr. Lockwood; mas eu não podia dar a minha palavra por nenhum. Eu afirmei antes que não sabia como ele ganhava seu dinheiro; nem tenho consciência dos meios que ele tomou para levantar a sua mente da ignorância selvagem em que foi afundada: mas, com a sua licença, procederei à minha maneira, se você achar que vai divertir e não cansá-lo. Você está se sentindo melhor esta manhã?"

"Muito."

"Isso é uma boa notícia."

\* \* \* \* \*

Levei a senhorita Catherine e eu a Thrushcross Grange e, para minha agradável deceção, ela se comportou infinitamente melhor do que eu ousava esperar. Ela parecia quase gostar demais do Sr. Linton; e até mesmo para sua irmã ela demonstrou muito carinho. Ambos estavam muito atentos ao seu conforto, certamente. Não era o espinho dobrando-se para as madressilvas, mas as madressilvas abraçando o espinho. Não houve concessões mútuas: uma manteve-se ereta e as outras cederam: e quem *pode* ser mal-humorado e mal-humorado quando não encontra nem oposição nem indiferença? Observei que o Sr. Edgar tinha um medo enraizado de babar seu humor. Escondeu-a dela; mas se alguma vez me ouvisse responder bruscamente, ou visse qualquer outro servo ficar turvo por alguma ordem imperiosa dela, mostraria o seu problema por uma franzida de desagrado que nunca escureceu por sua própria conta. Ele muitas vezes falou-me severamente da minha pertinência; e alegou que a facada não poderia infligir uma dor pior do que a que sofreu ao ver sua senhora irritada. Para não entristecer um mestre bondoso, aprendi a ser menos sensível; e, no espaço de meio ano, a pólvora ficou tão inofensiva quanto a areia, porque nenhum fogo chegou perto de explodi-la. Catarina tinha épocas de melancolia e silêncio de vez em quando: eram respeitadas com silêncio solidário pelo marido, que as atribuía a uma alteração na sua constituição, produzida pela sua perigosa doença; como ela nunca foi sujeita a depressão de espíritos antes. O regresso da luz do sol foi bem-vindo pela resposta da sua parte. Acredito que posso afirmar que eles estavam realmente na posse de uma felicidade profunda e crescente.

Acabou. Bem, devemos ser para nós mesmos a longo prazo, os suaves e generosos são apenas mais justamente egoístas do que os dominadores, e isso terminou quando as circunstâncias fizeram com que cada um sentisse que o interesse de um não era a principal consideração nos pensamentos do outro. Numa noite suave de setembro, vinha do jardim com um pesado cesto de maçãs que tinha recolhido. Tinha crepúsculo, e a lua olhava para o muro alto da corte, fazendo com que sombras indefinidas se escondessem nos cantos das numerosas partes salientes do edifício. Coloquei meu fardo nos degraus da casa, junto à porta da cozinha, e demorei para descansar, e puxei mais algumas respirações do ar suave e doce; meus olhos estavam na lua e de costas para a entrada, quando ouvi uma voz atrás de mim dizer: — "Nelly, é você?"

Era uma voz profunda e de tom estranho; no entanto, havia algo na maneira de pronunciar o meu nome que o tornava familiar. Virei-me para descobrir quem falava, com medo; pois as portas estavam fechadas, e eu não tinha visto ninguém se aproximando dos degraus. Algo mexeu na varanda; e, aproximando-me, distingui um homem alto vestido com roupas escuras, rosto e cabelo escuros. Inclinou-se para o lado e segurou os dedos na trava como se quisesse abrir para si mesmo. "Quem pode ser?" Eu pensava. "Sr. Earnshaw? Oh, não! A voz não tem semelhança com a dele."

— Esperei aqui uma hora — ele retomou, enquanto eu continuava olhando; "E todo esse tempo foi tão imóvel quanto a morte. Não me atrevi a entrar. Você não me conhece? Olha, eu não sou um estranho!"

Um raio caiu sobre suas feições; as bochechas eram sebas e meio cobertas de bigodes pretos; as sobrancelhas abaixadas, os olhos profundos e singulares. Lembrei-me dos olhos.

"O quê?" Chorei, sem saber se o considerava um visitante mundano, e levantei as mãos espantado. "O quê! você volta? É mesmo você? É isso?"

"Sim, Heathcliff", ele respondeu, olhando de mim para as janelas, que refletiam uma série de luas brilhantes, mas não mostravam luzes de dentro. "Estão em casa? Onde é que ela está? Nelly, você não está feliz! você não precisa ser tão perturbado. Ela está aqui? Fala! Quero ter uma palavra com ela: sua amante. Vá e diga que alguma pessoa de Gimmerton deseja vê-la."

"Como ela vai tomar?" Eu exclamei. "O que ela vai fazer? A surpresa me deixa perplexa, vai tirá-la da cabeça! E você *é* Heathcliff! Mas alterado! Não, não há como compreendê-lo. Você foi para um soldado?"

"Vá levar a minha mensagem", interrompeu, impaciente. "Estou no inferno até que você faça!"

Ele levantou o trinco, e eu entrei; mas quando cheguei ao salão onde o Sr. e a Sra. Linton estavam, não consegui me convencer a prosseguir. Por fim, resolvi arranjar uma desculpa para perguntar se teriam as velas acesas, e abri a porta.

Sentaram-se juntos numa janela cuja treliça estava encostada à parede, e exibiram, para além das árvores do jardim, e do parque verde selvagem, o vale de Gimmerton, com uma longa linha de névoa a serpentear quase até ao seu topo (pois logo depois de passar pela capela, como deve ter reparado, a massa que corre dos pântanos junta-se a um beck que segue a curva do glen). Wuthering Heights ergueu-se acima deste vapor prateado; mas a nossa antiga casa era invisível; em vez disso, mergulha do outro lado. Tanto a sala como os seus ocupantes, e a cena que contemplavam, pareciam maravilhosamente pacíficas. Eu me esquivei relutantemente de cumprir minha tarefa; e estava realmente indo embora deixando isso por dizer, depois de ter colocado minha pergunta sobre as velas, quando uma sensação de minha loucura me obrigou a voltar, e murmurar: "Uma pessoa de Gimmerton deseja vê-la senhora."

"O que ele quer?", perguntou a Sra. Linton.

"Não o questionei", respondi.

— Bem, feche as cortinas, Nelly — disse ela; "E traga chá. Voltarei diretamente."

Ela abandonou o apartamento; O Sr. Edgar perguntou, descuidadamente, quem era.

"Alguma amante não espera", respondi. "Aquele Heathcliff - você se lembra dele, senhor - que vivia na casa do Sr. Earnshaw."

"O quê! o cigano, o lavrador?", exclamou. — Por que não o disseste a Catarina?

"Hush! você não deve chamá-lo por esses nomes, mestre", eu disse. "Ela ficaria tristemente triste ao ouvi-lo. Ela estava quase com o coração partido quando ele fugiu. Acho que o seu regresso lhe fará um jubileu."

Linton caminhou até uma janela do outro lado da sala com vista para o tribunal. Desprendeu-a e inclinou-se para fora. Suponho que estavam abaixo, pois ele exclamou rapidamente: "Não fique parado, amor! Traga a pessoa para dentro, se for alguém em particular." Durante muito tempo, ouvi o estalar do trinco, e Catarina voou para o andar de cima, sem fôlego e selvagem; demasiado animado para mostrar alegria: na verdade, pelo seu rosto, preferia ter suposto uma calamidade terrível.

"Oh, Edgar, Edgar!", ela ofegou, lançando os braços em volta do pescoço dele. "Ah, Edgar querido! Heathcliff está de volta, ele está!" E apertou o abraço.

"Bem, bem", gritou o marido, cruzado, "não me estrangule por isso! Ele nunca me pareceu um tesouro tão maravilhoso. Não há necessidade de ser frenético!"

"Eu sei que você não gostou dele", respondeu ela, reprimindo um pouco a intensidade de seu deleite. "No entanto, para o meu bem, vocês devem ser amigos agora. Devo dizer-lhe para subir?"

"Aqui", disse ele, "no salão?"

"Onde mais?", perguntou ela.

Ele parecia irritado e sugeriu a cozinha como um lugar mais adequado para ele. A Sra. Linton olhou-o com uma expressão droll - meio zangada, metade a rir da sua fastidiosidade.

"Não", acrescentou, depois de um tempo; "Não posso sentar-me na cozinha. Coloque duas mesas aqui, Ellen: uma para seu mestre e Miss Isabella, sendo nobreza; o outro para Heathcliff e eu, sendo das ordens inferiores. Isso vai te agradar, querido? Ou devo ter uma fogueira acesa em outro lugar? Em caso afirmativo, dê indicações. Vou correr e proteger o meu convidado. Temo que a alegria seja grande demais para ser real!"

Ela estava prestes a arrancar novamente; mas Edgar a prendeu.

— *Você* pede que ele suba — disse ele, dirigindo-se a mim; "E, Catarina, tente ser feliz, sem ser absurdo. Toda a família não precisa testemunhar a visão de que você acolhe um servo fugitivo como um irmão."

Desci, e encontrei Heathcliff esperando sob a varanda, evidentemente antecipando um convite para entrar. Ele seguiu minha orientação sem desperdício de palavras, e eu o levei à presença do mestre e da amante, cujas bochechas coradas traíam sinais de conversa calorosa. Mas a senhora brilhou com outro sentimento quando o amigo apareceu à porta: avançou, pegou nas duas mãos dele e levou-o até Linton; e então ela agarrou os dedos relutantes de Linton e esmagou-os no dele. Agora, totalmente revelado pelo fogo e pela luz das velas, fiquei espantado, mais do que nunca, ao contemplar a transformação de Heathcliff. Tornara-se um homem alto, atlético e bem formado; ao lado de quem meu mestre parecia bastante esguio e jovem. Sua carruagem ereta sugeria a ideia de ele ter estado no exército. Seu semblante era muito mais antigo em expressão e decisão de feição do que o do Sr. Linton; parecia inteligente e não mantinha marcas de degradação anterior. Uma ferocidade meio civilizada espreitava ainda nas sobrancelhas deprimidas e nos olhos cheios de fogo negro, mas era subjugada; e o seu modo era mesmo digno: bastante despojado de aspereza, embora demasiado severo para a graça. A surpresa do meu mestre igualou ou excedeu a minha: ele permaneceu por um minuto sem saber como se dirigir ao arado, como ele o chamava. Heathcliff largou a mão ligeira e ficou olhando para ele friamente até que ele escolheu falar.

— Sente-se, senhor — disse ele, longamente. "A Sra. Linton, recordando os velhos tempos, gostaria que eu lhe desse uma receção cordial; e, claro, fico gratificado quando algo ocorre para agradá-la."

"E eu também", respondeu Heathcliff, "especialmente se for algo em que eu tenha uma parte. Ficarei uma ou duas horas de bom grado."

Sentou-se em frente a Catarina, que manteve o olhar fixo nele como se temesse que ele desaparecesse se ela o removesse. Ele não levantava o seu para ela com frequência: bastava um rápido olhar de vez em quando; mas reluzia, cada vez mais confiante, o indisfarçável deleite que bebia dela. Eles estavam muito absorvidos em sua alegria mútua para sofrer constrangimento. Não é assim o Sr. Edgar: ele ficou pálido com puro aborrecimento: um sentimento que atingiu seu clímax quando sua senhora se levantou e, atravessando o tapete, agarrou novamente as mãos de Heathcliff e riu como uma ao seu lado.

"Vou achar que é um sonho!", gritou. "Não poderei acreditar que vi, toquei e falei convosco mais uma vez. E, no entanto, Heathcliff cruel! você não merece esse acolhimento. Estar ausente e em silêncio durante três anos, e nunca pensar em mim!"

"Um pouco mais do que pensaste de mim", murmurou. "Ouvi falar do teu casamento, Cathy, pouco tempo depois; e, enquanto esperava no quintal abaixo, meditei este plano — apenas para ter um vislumbre de seu rosto, um olhar de surpresa, talvez, e fingi prazer; depois acertar as contas com Hindley; e depois impedir a lei fazendo a execução em mim mesmo. As vossas boas-vindas tiraram-me estas ideias da minha mente; mas cuidado para não me encontrar com outro aspeto da próxima vez! Não, você não vai me afastar novamente. Você estava realmente arrependido de mim, não é? Bem, havia causa. Lutei por uma vida amarga desde a última vez que ouvi sua voz; e deves perdoar-me, porque eu lutei apenas por ti!"

— Catherine, a menos que vamos tomar chá frio, por favor, venha para a mesa — interrompeu Linton, esforçando-se para preservar seu tom comum e uma devida medida de educação. "O Sr. Heathcliff terá uma longa caminhada, onde quer que se aloje esta noite; e estou com sede."

Ela assumiu seu posto diante da urna; e veio a senhorita Isabel, convocada pelo sino; depois, tendo entregue as cadeiras para a frente, saí da sala. A refeição durou quase dez minutos. O copo de Catarina nunca estava cheio: ela não podia comer nem beber. Edgar tinha feito um desleixo em seu pires, e mal engoliu uma boquinha. O hóspede não prolongou a sua estadia naquela noite mais de uma hora. Eu perguntei, quando ele partiu, se ele foi para Gimmerton?

"Não, para Wuthering Heights", ele respondeu: "O Sr. Earnshaw me convidou, quando liguei esta manhã."

O Sr. Earnshaw *convidou-o*! e *chamou* o Sr. Earnshaw! Ponderei dolorosamente esta frase, depois que ele se foi. Estará ele a revelar-se um pouco hipócrita e a entrar no país para fazer maldades sob um manto? Eu ponderei: eu tinha um pressentimento no fundo do meu coração de que era melhor ele ter ficado longe.

Mais ou menos no meio da noite, fui acordado da minha primeira soneca pela Sra. Linton deslizando para o meu quarto, sentando-me ao lado da minha cama e puxando-me pelos cabelos para me despertar.

"Não posso descansar, Ellen", disse ela, em jeito de pedido de desculpas. "E eu quero alguma criatura viva para me fazer companhia na minha felicidade! Edgar é mal-humorado, porque me alegro com uma coisa que não lhe interessa: recusa-se a abrir a boca, a não ser proferir discursos mesquinhos e bobos; e ele afirmou que eu era cruel e egoísta por querer falar quando ele estava tão doente e sonolento. Ele sempre inventa para estar doente pelo menos cruz! Dei algumas frases de elogio a Heathcliff, e ele, por uma dor de cabeça ou uma ponta de inveja, começou a chorar: então levantei-me e deixei-o."

"De que serve elogiar Heathcliff a ele?" Eu respondi. "Quando rapazes, eles tinham aversão um ao outro, e Heathcliff odiava tanto ouvi-lo elogiado: é a natureza humana. Deixe o Sr. Linton sozinho sobre ele, a menos que você queira uma briga aberta entre eles."

"Mas não mostra grande fraqueza?", prosseguiu ela. "Não tenho inveja: nunca me sinto magoada com o brilho dos cabelos amarelos de Isabella e a brancura da sua pele, com a sua elegância delicada e com o carinho que toda a família demonstra por ela. Até você, Nelly, se temos uma disputa às vezes, você apoia Isabella imediatamente; e eu cedo como uma mãe insensata: chamo-a de querida e lisonjeio-a de bom humor. Agrada ao seu irmão ver-nos cordiais, e isso agrada-me. Mas são muito parecidos: são crianças mimadas, e o mundo foi feito para a sua acomodação; e embora eu faça humor com ambos, acho que um castigo inteligente pode melhorá-los da mesma forma."

— Você está enganada, Sra. Linton — disse I. — Eles fazem humor com você: eu sei o que haveria a fazer se não o fizessem. Você pode muito bem se dar ao luxo de satisfazer seus caprichos passageiros, desde que seu negócio seja antecipar todos os seus desejos. Pode, no entanto, desentender-se, finalmente, sobre algo de igual consequência para ambos os lados; e então aqueles que você chama de fracos são muito capazes de ser tão obstinados quanto você."

"E então vamos lutar até a morte, não é, Nelly?", ela devolveu, rindo. "Não! Eu digo a você, eu tenho tanta fé no amor de Linton, que eu acredito que eu poderia matá-lo, e ele não gostaria de retaliar."

Aconselhei-a a valorizá-lo mais pelo seu carinho.

"Eu faço", respondeu ela, "mas ele não precisa recorrer a lamúrias por ninharias. É infantil; e, em vez de derreter em lágrimas porque eu disse que Heathcliff era agora digno da consideração de qualquer um, e que honraria o primeiro cavalheiro do país a ser seu amigo, ele deveria tê-lo dito por mim, e ficou encantado com a simpatia. Ele deve se acostumar com ele, e ele pode muito bem gostar dele: considerando como Heathcliff tem motivos para se opor a ele, tenho certeza de que ele se comportou excelentemente!"

"O que você acha da ida dele para Wuthering Heights?" Eu perguntei. "Ele é reformado em todos os aspectos, aparentemente: bastante cristão: oferecendo a mão direita da comunhão aos seus inimigos ao redor!"

"Ele explicou", respondeu ela. "Eu me pergunto tanto quanto você. Ele disse que ligou para recolher informações sobre mim de você, supondo que você ainda residisse lá; e Joseph disse a Hindley, que saiu e caiu para questioná-lo sobre o que ele estava fazendo e como ele estava vivendo; e, finalmente, desejou-lhe que entrasse. Havia algumas pessoas sentadas em cartões; Heathcliff juntou-se a eles; O meu irmão perdeu-lhe algum dinheiro e, encontrando-o abundantemente abastecido, pediu que voltasse à noite: ao que consentiu. Hindley é imprudente demais para selecionar seu conhecido com prudência: ele não se preocupa em refletir sobre as causas que pode ter para desconfiar de alguém que ele feriu profundamente. Mas Heathcliff afirma que a sua principal razão para retomar uma ligação com o seu antigo perseguidor é o desejo de se instalar em bairros a uma curta distância do Grange, e um apego à casa onde vivíamos juntos; e também uma esperança de que terei mais oportunidades de vê-lo lá do que teria se ele se estabelecesse em Gimmerton. Ele quer oferecer um pagamento liberal pela permissão de se hospedar nas Alturas; e, sem dúvida, a cobiça do meu irmão levá-lo-á a aceitar os termos: sempre foi ganancioso; embora o que ele agarra com uma mão ele foge com a outra."

"É um lugar agradável para um jovem consertar sua morada!", disse I. "Você não tem medo das consequências, Sra. Linton?"

"Nenhum para o meu amigo", respondeu ela: "a sua cabeça forte o afastará do perigo; um pouco para Hindley: mas ele não pode ser moralmente pior do que é; e eu estou entre ele e as ofensas corporais. O acontecimento desta noite reconciliou-me com Deus e com a humanidade! Eu tinha me levantado em rebelião furiosa contra a Providência. Ah, eu sofri uma miséria muito, muito amarga, Nelly! Se essa criatura soubesse o quão amarga, ele teria vergonha de obscurecer sua remoção com petulância ociosa. Foi a bondade para com ele que me induziu a suportá-la sozinha: se eu tivesse expressado a agonia que frequentemente sentia, ele teria sido ensinado a ansiar por seu alívio tão ardentemente quanto eu. No entanto, acabou, e eu não vou me vingar de sua loucura; Eu posso me dar ao luxo de sofrer qualquer coisa daqui para frente! Se a coisa mais maldosa viva me desse um tapa no rosto, eu não só viraria o outro, mas pediria perdão por provocá-lo; e, como prova, vou fazer as pazes com o Edgar instantaneamente. Boa noite! Eu sou um anjo!"

Nessa convicção autocomplacente, ela partiu; e o sucesso de sua resolução cumprida era óbvio no futuro: o Sr. Linton não apenas abjurara sua peevishness (embora seus espíritos parecessem ainda subjugados pela exuberância de vivacidade de Catherine), mas ele não se aventurou a nenhuma objeção a que ela levasse Isabella com ela para Wuthering Heights à tarde; e ela recompensou-o com um verão de doçura e carinho em troca, que fez da casa um paraíso por vários dias; tanto o mestre como os servos que lucram com o sol perpétuo.

Heathcliff – o Sr. Heathcliff, devo dizer no futuro – usou a liberdade de visitar Thrushcross Grange cautelosamente, no início: ele parecia estimar até onde seu dono suportaria sua intrusão. Catarina, também, considerava judicioso moderar as suas expressões de prazer em recebê-lo; e, gradualmente, estabeleceu o seu direito de ser esperado. Ele manteve uma grande parte da reserva para a qual sua infância era notável; e que serviu para reprimir todas as demonstrações surpreendentes de sentimento. O mal-estar do meu mestre experimentou uma calmaria, e outras circunstâncias desviaram-no para outro canal para um espaço.

Sua nova fonte de problemas surgiu do infortúnio não antecipado de Isabella Linton evidenciando uma atração repentina e irresistível pelo hóspede tolerado. Ela era naquela época uma jovem encantadora de dezoito anos; infantil nos modos, embora possuidor de sagacidade aguçada, sentimentos aguçados e um temperamento aguçado, também, se irritado. Seu irmão, que a amava ternamente, ficou chocado com essa preferência fantástica. Deixando de lado a degradação de uma aliança com um homem sem nome, e o possível fato de que sua propriedade, à revelia de herdeiros masculinos, pudesse passar para o poder de tal pessoa, ele tinha sentido para compreender o caráter de Heathcliff: saber que, embora seu exterior estivesse alterado, sua mente era imutável e inalterada. E ele temia essa mente: ela o revoltava: ele se esquivava prenúncio da ideia de comprometer Isabel à sua guarda. Ele teria recuado ainda mais se estivesse ciente de que o apego dela não foi solicitado, e foi concedido onde não despertou nenhuma recíproca de sentimento; no momento em que descobriu a sua existência, colocou a culpa na conceção deliberada de Heathcliff.

Todos nós tínhamos observado, durante algum tempo, que a senhorita Linton se preocupava e se preocupava com alguma coisa. Ela cresceu cruzada e cansativa; repreendendo e provocando Catarina continuamente, sob o risco iminente de esgotar a sua paciência limitada. Desculpámo-la, até certo ponto, invocando problemas de saúde: ela estava a diminuir e a desvanecer-se diante dos nossos olhos. Mas um dia, quando ela tinha sido peculiarmente rebelde, rejeitando seu café da manhã, queixando-se de que os criados não faziam o que ela lhes disse; que a amante permitia que ela não fosse nada na casa, e Edgar a negligenciava; que ela tinha apanhado uma constipação com as portas abertas, e nós deixámos o fogo do salão apagar-se de propósito para a veexar, com uma centena de acusações ainda mais frívolas, a Sra. Linton insistiu perentoriamente para que ela se deitasse; e, tendo-a repreendido de coração, ameaçou chamar o médico. A menção a Kenneth fez com que ela exclamasse, instantaneamente, que sua saúde era perfeita, e foi apenas a dureza de Catherine que a deixou infeliz.

"Como você pode dizer que eu sou duro, seu carinho?", gritou a amante, espantada com a afirmação despropositada. "Você certamente está perdendo a razão. Quando é que fui duro, diga-me?"

"Ontem", soluçou Isabella, "e agora!"

"Ontem!", disse a cunhada. "Em que ocasião?"

"Na nossa caminhada ao longo da charneca: disseste-me para divagar onde eu quisesse, enquanto tu salteamos com o Sr. Heathcliff!"

"E essa é a sua noção de aspereza?", disse Catherine, rindo. "Não era nenhum indício de que sua empresa era supérflua; Nós não nos importávamos se você continuava conosco ou não; Eu apenas pensei que a palestra de Heathcliff não teria nada de divertido para seus ouvidos."

"Oh, não", chorou a jovem; "você me desejou ir embora, porque sabia que eu gostava de estar lá!"

"Ela está sã?", perguntou a Sra. Linton, apelando para mim. "Vou repetir a nossa conversa, palavra por palavra, Isabella; e você aponta qualquer charme que poderia ter tido para você."

"Eu não me importo com a conversa", ela respondeu: "Eu queria estar com—"

"Bem?", disse Catarina, percebendo-a hesitante em completar a frase.

"Com ele: e eu não serei sempre expulsa!", continuou, empolgando-se. "Você é um cachorro na manjedoura, Cathy, e não deseja que ninguém seja amado além de si mesmo!"

"Você é um macaquinho impertinente!", exclamou a Sra. Linton, surpresa. "Mas não vou acreditar nessa idiotice! É impossível que você possa cobiçar a admiração de Heathcliff – que você o considere uma pessoa agradável! Espero ter te entendido mal, Isabella?"

"Não, você não tem", disse a apaixonada. "Eu o amo mais do que nunca, você amou Edgar, e ele poderia me amar, se você o deixasse!"

"Eu não seria você para um reino, então!" Catarina declarou, enfaticamente: e parecia falar com sinceridade. "Nelly, ajude-me a convencê-la de sua loucura. Diga-lhe o que é Heathcliff: uma criatura não recuperada, sem refinamento, sem cultivo; um deserto árido de furze e whinstone. Eu logo colocaria aquele pequeno canário no parque em um dia de inverno, como recomendo que você doe seu coração a ele! É uma ignorância deplorável de seu caráter, criança e nada mais, que faz esse sonho entrar em sua cabeça. Rezai, não imagineis que ele esconde profundezas de benevolência e afeto debaixo de um exterior severo! Ele não é um diamante bruto – uma ostra contendo pérolas de um rústico: ele é um homem feroz, impiedoso e lobo. Nunca lhe digo: 'Deixem este ou aquele inimigo em paz, porque seria pouco generoso ou cruel prejudicá-los'; Eu digo: 'Deixem-nos em paz, porque *eu* deveria odiá-los para serem injustiçados:' e ele te esmagaria como um ovo de pardal, Isabella, se ele achasse você uma carga problemática. Eu sei que ele não poderia amar um Linton; E, no entanto, ele seria bastante capaz de casar com sua fortuna e expectativas: a avareza está crescendo com ele um pecado que o assedia. Aí está a minha foto: e eu sou seu amigo – tanto que, se ele tivesse pensado seriamente em pegá-lo, eu deveria, talvez, ter segurado minha língua e deixado você cair em sua armadilha."

Miss Linton olhou para a cunhada com indignação.

"Por vergonha! por vergonha!", repetiu, irritada. "Você é pior que vinte inimigos, seu amigo venenoso!"

"Ah! você não vai acreditar em mim, então?", disse Catarina. "Você acha que eu falo por egoísmo perverso?"

"Tenho certeza que sim", retrucou Isabella; "e eu estremeço com você!"

"Bom!", gritou o outro. "Tenta por ti mesmo, se for esse o teu espírito: eu fiz, e entrega o argumento à tua insolência sagaz." —

"E eu devo sofrer por seu egoísmo!", ela soluçou, enquanto a Sra. Linton deixava a sala. "Tudo, tudo está contra mim: ela destruiu o meu único consolo. Mas ela proferiu falsidades, não é? O Sr. Heathcliff não é um demônio: ele tem uma alma honrada, e uma alma verdadeira, ou como ele poderia se lembrar dela?"

"Bani-lo de seus pensamentos, senhorita", eu disse. "Ele é um pássaro de mau presságio: não há companheiro para você. A Sra. Linton falou fortemente, mas eu não posso contradizê-la. Ela conhece melhor o seu coração do que eu, ou qualquer outro; e ela nunca o representaria como pior do que ele é. Pessoas honestas não escondem seus atos. Como ele tem vivido? Como ele ficou rico? por que ele está hospedado em Wuthering Heights, a casa de um homem que ele abomina? Dizem que o Sr. Earnshaw está cada vez pior desde que chegou. Eles sentam-se a noite toda juntos continuamente, e Hindley tem pedido dinheiro emprestado em sua terra, e não faz nada além de brincar e beber: eu ouvi há apenas uma semana – foi Joseph quem me disse – eu o conheci em Gimmerton: 'Nelly', ele disse, 'nós somos hae a 'quest enow, at ahr folks'. Um em 'em 's a'most getten his finger cut off wi' hauding t' other fro' stickin' hisseln loike a cawlf. Isso é maister, yah knaw, 'at 's soa up o' going tuh t' grand 'sizes. Ele não temia o' t' bench o' juízes, nortista Paulo, nur Pedro, nur João, nur Mateus, nem noan on 'em, não ele! Ele gosta – ele lange para definir seu rosto descarado agean 'em! E yon bonny lad Heathcliff, yah mente, ele é um raro 'un. Ele também pode dar uma gargalhada na brincadeira de um divil. Será que ele diz agora de sua bela vida amang nós, quando ele vai para t' Grange? Isto é t' way on 't:–up at sun-down: dados, aguardente, persianas fechadas, und can'le-light até o dia seguinte ao meio-dia: então, t' fooil gangues proibindo un raving to his cham'er, makking dacent fowks dig thur fingers i' thur lugs fur varry shame; un' o knave, por que ele pode cair seu latão, un' comer, un' dormir, un' off para o seu vizinho para fofocar wi' t' esposa. Claro, ele diz a Dame Catherine como o goold de seu fathur corre para seu bolso, e o filho de seu fathur galopa por uma estrada larga, enquanto ele foge para oppen t' pikes! Agora, senhorita Linton, Joseph é um velho patife, mas não mentiroso; e, se seu relato sobre a conduta de Heathcliff fosse verdadeiro, você nunca pensaria em desejar tal marido, não é?"

"Você está ligada ao resto, Ellen!", respondeu ela. "Não vou ouvir suas calúnias. Que maldade você deve ter para querer me convencer de que não há felicidade no mundo!"

Se ela teria superado essa fantasia se deixada para si mesma, ou perseverado em amamentá-la perpetuamente, não posso dizer: ela teve pouco tempo para refletir. No dia seguinte, houve uma reunião de justiça na cidade seguinte; meu mestre era obrigado a comparecer; e o Sr. Heathcliff, ciente da sua ausência, telefonou mais cedo do que o habitual. Catarina e Isabel estavam sentadas na biblioteca, em termos hostis, mas em silêncio: esta última alarmada com a sua recente indiscrição e com a revelação que fizera dos seus sentimentos secretos num ataque transitório de paixão; a primeira, por consideração madura, realmente ofendeu com seu companheiro; e, se ela voltasse a rir de sua pertinência, inclinada a fazer com que isso não *importasse para ela*. Ela riu ao ver Heathcliff passar pela janela. Eu estava varrendo a lareira e notei um sorriso travesso em seus lábios. Isabel, absorvida em suas meditações, ou um livro, permaneceu até que a porta se abrisse; e era tarde demais para tentar uma fuga, o que ela teria feito de bom grado se fosse praticável.

"Entre, é isso mesmo!", exclamou a amante, alegre, puxando uma cadeira para o fogo. "Aqui estão duas pessoas infelizmente precisando de uma terceira para descongelar o gelo entre elas; e você é o único que nós dois devemos escolher. Heathcliff, tenho orgulho em mostrar-lhe, finalmente, alguém que faz mais em você do que eu. Espero que se sinta lisonjeado. Não, não é Nelly; não olhe para ela! A minha pobre cunhadinha está a partir o seu coração pela mera contemplação da vossa beleza física e moral. Está em seu próprio poder ser irmão de Edgar! Não, não, Isabella, você não foge", continuou ela, prendendo, com brincadeira fingida, a menina confusa, que se levantou indignada. "Estávamos brigando como gatos sobre você, Heathcliff; e fui bastante espancado em protestos de devoção e admiração: e, além disso, fui informado de que, se eu tivesse as maneiras de ficar de lado, minha rival, como ela mesma terá que ser, atiraria um poço em sua alma que o consertaria para sempre, e enviaria minha imagem para o eterno esquecimento!"

"Catarina!", disse Isabella, invocando a sua dignidade, e desdenhando de lutar contra o aperto apertado que a segurava: "Agradecer-lhe-ia por aderir à verdade e não me caluniar, mesmo em piada! Sr. Heathcliff, tenha a gentileza de pedir a esta sua amiga que me liberte: ela esquece que você e eu não somos conhecidos íntimos; e o que a diverte é doloroso para mim além da expressão."

Como o convidado não respondeu nada, mas sentou-se e parecia completamente indiferente aos sentimentos que ela nutria a seu respeito, ela se virou e sussurrou um apelo sincero por liberdade ao seu algoz.

"De forma alguma!", gritou a Sra. Linton em resposta. "Não voltarei a ser chamado de cão na manjedoura. *Ficarás*: agora então! Heathcliff, por que você não demonstra satisfação com a minha agradável notícia? Isabella jura que o amor que Edgar tem por mim não é nada que ela entretenha por você. Tenho certeza de que ela fez algum discurso do tipo; Será que não, Ellen? E ela jejuou desde a véspera da caminhada de ontem, de tristeza e raiva que eu a expulsei de sua sociedade sob a ideia de ser inaceitável."

— Acho que você a desmente — disse Heathcliff, torcendo a cadeira para enfrentá-los. "Ela quer estar fora da minha sociedade agora, pelo menos!"

E olhou fixamente para o objeto do discurso, como se poderia fazer para um estranho animal repulsivo: uma centopeia das Índias, por exemplo, que a curiosidade leva a examinar apesar da aversão que suscita. O coitado não aguentava isso; ela ficou branca e vermelha em rápida sucessão e, enquanto as lágrimas cobriam as pestanas, dobrou a força de seus dedos pequenos para soltar a firme garra de Catarina; e percebendo que tão rápido quanto ela levantava um dedo do braço outro se fechava, e ela não conseguia remover o todo junto, ela começou a fazer uso de suas unhas; e a sua nitidez ornamentava a do detento com meias-luas de vermelho.

"Há uma tigresa!", exclamou a Sra. Linton, libertando-a e apertando-lhe a mão com dor. "Begone, pelo amor de Deus, e esconda sua cara de vixen! Que tolice revelar-lhe aquelas garras. Você não pode gostar das conclusões que ele vai tirar? Olhe, Heathcliff! são instrumentos que vão fazer a execução – é preciso ter cuidado com os olhos."

"Eu arrancava-lhes os dedos, se alguma vez me ameaçassem", respondeu, brutalmente, quando a porta se fechou atrás dela. "Mas o que você quis dizer ao provocar a criatura daquela maneira, Cathy? Você não estava falando a verdade, não estava?"

"Garanto-vos que fui", devolveu. "Ela está morrendo por sua causa há várias semanas, e delirando com você esta manhã, e derramando um dilúvio de abusos, porque eu representei suas falhas em uma luz clara, com o propósito de mitigar sua adoração. Mas não perceba mais: eu queria castigar a dela, só isso. Eu gosto muito dela, meu caro Heathcliff, para deixá-lo absolutamente agarrá-la e devorá-la."

"E eu gosto dela muito doente para tentar", disse ele, "exceto de uma forma muito macabra. Você ouviria falar de coisas estranhas se eu vivesse sozinho com aquele rosto majestoso e encerado: o mais comum seria pintar em seu branco as cores do arco-íris e tornar os olhos azuis pretos, todos os dias ou dois: eles se assemelham detestavelmente aos de Linton."

"Deliciosamente!", observou Catarina. "São olhos de pomba, de anjo!"

"Ela é herdeira do irmão, não é?", perguntou, após um breve silêncio.

"Devia ter pena de pensar assim", devolveu a companheira. "Meia dúzia de sobrinhos apagarão o seu título, por favor, céu! Abstraia sua mente do assunto atual: você é muito propenso a cobiçar os bens do seu próximo; lembrem-se que os bens deste vizinho são meus."

"Se fossem *meus*, não deixariam de ser isso", disse Heathcliff; "mas, embora Isabella Linton possa ser boba, ela não é louca; e, em suma, vamos descartar o assunto, como você aconselha."

Da língua descartaram-na; e Catarina, provavelmente, dos seus pensamentos. O outro, eu tinha certeza, lembrava-o muitas vezes ao longo da noite. Vi-o sorrir para si mesmo – sorrir antes – e cair em sinistras reflexões sempre que a Sra. Linton tinha ocasião de se ausentar do apartamento.

Decidi observar seus movimentos. O meu coração invariavelmente agarrava-se ao do mestre, de preferência ao lado de Catarina: com razão eu imaginava, pois ele era bondoso, confiante e honrado; e ela – ela não podia ser chamada de *oposta*, mas parecia permitir-se uma latitude tão ampla, que eu tinha pouca fé em seus princípios, e ainda menos simpatia por seus sentimentos. Eu queria que algo acontecesse que pudesse ter o efeito de libertar tanto Wuthering Heights quanto o Grange do Sr. Heathcliff, silenciosamente; deixando-nos como estávamos antes do seu advento. Suas visitas eram um pesadelo contínuo para mim; e, suspeito, ao meu mestre também. Sua morada nas Alturas era uma opressão que o passado explicava. Senti que Deus havia abandonado as ovelhas perdidas ali para suas próprias andanças perversas, e uma besta maligna rondava entre ela e o aprisco, esperando seu tempo para brotar e destruir.

# CAPÍTULO XI

Às vezes, enquanto meditava sobre essas coisas na solidão, levantei-me em um terror repentino e coloquei meu boné para ir ver como tudo estava na fazenda. Convenci minha consciência de que era um dever alertá-lo sobre como as pessoas falavam sobre seus caminhos; e então lembrei-me de seus maus hábitos confirmados e, sem esperança de beneficiá-lo, vacilei de voltar a entrar na casa sombria, duvidando se eu poderia suportar ser tomado pela minha palavra.

Uma vez eu passei o portão velho, saindo do meu caminho, em uma viagem para Gimmerton. Foi sobre o período a que a minha narrativa chegou: uma tarde gelada e brilhante; o chão nu e a estrada dura e seca. Cheguei a uma pedra onde a estrada se ramifica para o mouro à sua mão esquerda; um pilar de areia áspero, com as letras W. H. cortadas no seu lado norte, no leste, G., e no sudoeste, T. G. Ele serve como um posto de guia para o Grange, as Alturas e a aldeia. O sol brilhava amarelo em sua cabeça cinzenta, lembrando-me o verão; e não posso dizer porquê, mas de repente um jorro de sensações de criança fluiu em meu coração. Hindley e eu ocupamos um lugar favorito vinte anos antes. Olhei longamente para o bloco desgastado pelo tempo; e, inclinando-se, apercebeu-se de um buraco perto do fundo ainda cheio de conchas de caracóis e seixos, que gostavíamos de guardar ali com coisas mais perecíveis; e, tão fresco quanto a realidade, parecia que eu contemplava meu companheiro de brincadeira sentado no gramado murcho: sua cabeça escura e quadrada inclinada para a frente e sua mãozinha varrendo a terra com um pedaço de ardósia. "Pobre Hindley!" Exclamei, involuntariamente. Eu comecei: meu olho corporal foi enganado em uma crença momentânea de que a criança levantou seu rosto e olhou diretamente para o meu! Desapareceu num piscar de olhos; mas imediatamente senti um desejo irresistível de estar nas Alturas. A superstição instava-me a cumprir este impulso: supondo que ele estivesse morto! Pensei, ou deveria morrer logo!, supondo que fosse um sinal de morte! Quanto mais me aproximava da casa, mais agitado crescia; e, ao avistá-lo, tremi em todos os membros. A aparição ultrapassara-me: ficou a olhar através do portão. Essa foi minha primeira ideia ao observar um garoto de olhos castanhos e trancado de elfo colocando seu semblante rude contra as grades. Uma reflexão mais aprofundada sugeriu que este deve ser Hareton, *meu* Hareton, não muito alterado desde que eu o deixei, dez meses depois.

"Deus te abençoe, querida!" Chorei, esquecendo instantaneamente meus medos tolos. "Hareton, é Nelly! Nelly, tua enfermeira."

Ele recuou para fora do comprimento do braço, e pegou um grande sílex.

"Venho ver teu pai, Hareton", acrescentei, adivinhando pela ação que Nelly, se ela vivia em sua memória, não era reconhecida como uma comigo.

Ele levantou seu míssil para arremessá-lo; Comecei um discurso tranquilizador, mas não pude ficar com a mão: a pedra bateu no meu capot; e então se seguiu, dos lábios gaguejantes do pequeno sujeito, uma série de maldições, que, quer ele as compreendesse ou não, foram proferidas com ênfase prática, e distorceram suas feições de bebê em uma expressão chocante de malignidade. Você pode estar certo de que isso me entristeceu mais do que me irritou. Em condições de chorar, tirei uma laranja do bolso e ofereci-a para o propiciar. Ele hesitou e, em seguida, arrebatou-o do meu porão; como se ele imaginasse que eu só pretendia tentá-lo e dececioná-lo. Mostrei outro, mantendo-o fora do alcance dele.

"Quem te ensinou essas belas palavras, meu bairn?" Eu perguntei. "O curador?"

"Maldito o curador, e tu! Dá-me isso", respondeu.

"Diga-nos onde você tirou suas lições, e você as terá", disse I. "Quem é seu mestre?"

"Papai diabo", foi sua resposta.

"E o que você aprende com o papai?" Continuei.

Saltou para a fruta; Eu levantei mais alto. "O que ele te ensina?" Eu perguntei.

"Naught", disse ele, "mas para se manter fora de sua marcha. Papai não pode me importunar, porque eu juro por ele."

"Ah! e o diabo te ensina a xingar papai?" Eu observei.

"Ah, não", desenhou.

"Quem, então?"

"Heathcliff."

"Perguntei se ele gostava do Sr. Heathcliff."

"Ah!", respondeu novamente.

Desejando ter suas razões para gostar dele, eu só conseguia reunir as frases - "Eu não sabia: ele paga ao papai o que ele me dá - ele amaldiçoa o papai por me xingar. Ele diz que eu devo fazer o que eu quiser."

"E o curador não te ensina a ler e escrever, então?" Eu persegui.

"Não, disseram-me que o curador devia ter os dentes escorridos pela garganta, se ultrapassasse o limiar - Heathcliff tinha prometido isso!"

Coloquei-lhe a laranja na mão e ordenei-lhe que dissesse ao pai que uma mulher chamada Nelly Dean estava à espera de falar com ele, junto ao portão do jardim. Subiu a pé e entrou na casa; mas, em vez de Hindley, Heathcliff apareceu nas pedras da porta; e virei-me diretamente e corri pela estrada o mais forte que pude correr, não parando até ganhar o guia-posto, e sentindo-me tão assustado como se tivesse criado um duende. Isso não está muito relacionado com o caso da senhorita Isabella: exceto que ele me instou a resolver mais sobre a montagem da guarda vigilante, e fazer o meu melhor para controlar a propagação de tão má influência no Grange: mesmo que eu devesse acordar uma tempestade doméstica, frustrando o prazer da Sra. Linton.

Da próxima vez que Heathcliff veio, a minha jovem senhora estava a alimentar alguns pombos no tribunal. Durante três dias, nunca tinha falado uma palavra à cunhada; mas ela também tinha deixado cair sua queixa angustiante, e nós achamos um grande conforto. Heathcliff não tinha o hábito de conferir uma única civilidade desnecessária à senhorita Linton, eu sabia. Agora, assim que a contemplou, sua primeira precaução foi fazer uma vistoria abrangente na frente da casa. Eu estava de pé junto à janela da cozinha, mas desenhei de vista. Ele então atravessou a calçada para ela, e disse algo: ela parecia envergonhada e desejosa de fugir; Para impedi-lo, ele colocou a mão no braço dela. Ela desviou o rosto: ele aparentemente fez alguma pergunta que ela não tinha mente de responder. Houve outro rápido olhar para a casa, e supondo-se invisível, o teve a impudência de abraçá-la.

"Judas! Traidor!" Eu ejaculava. "Você também é hipócrita, não é? Um enganador deliberado."

"Quem é, Nelly?", disse a voz de Catherine no meu cotovelo: eu estava com a intenção excessiva de observar o par do lado de fora para marcar sua entrada.

"Seu amigo inútil!" Respondi, calorosamente: "o malandro sorrateiro. Ah, ele nos vislumbrou – ele está entrando! Eu me pergunto se ele terá o coração para encontrar uma desculpa plausível para fazer amor com a senhorita, quando ele disse que a odiava?"

A Sra. Linton viu Isabella se soltar e correr para o jardim; e um minuto depois, Heathcliff abriu a porta. Eu não podia deixar de dar um pouco de folga à minha indignação; mas Catarina, furiosa, insistiu no silêncio e ameaçou ordenar-me que saísse da cozinha, se eu ousasse ser tão presunçoso a ponto de pôr a minha língua insolente.

"Para te ouvir, as pessoas podem pensar que você era a amante!", gritou ela. "Você quer se colocar no seu lugar certo! Heathcliff, do que você está falando, levantando essa celeuma? Eu disse que você deve deixar Isabella em paz!—Eu imploro que você o faça, a menos que você esteja cansado de ser recebido aqui, e deseje que Linton puxe os parafusos contra você!"

"Deus me livre que ele tente!", respondeu o vilão negro. Eu o detestava naquele momento. "Deus o mantenha manso e paciente! Todos os dias fico mais louco depois de o mandar para o céu!"

"Hush!", disse Catarina, fechando a porta interior. "Não me vexa. Por que razão ignoraram o meu pedido? Ela se deparou com você de propósito?"

"O que é isso para você?", ele rosnou. "Eu tenho o direito de beijá-la, se ela quiser; e não tem o direito de se opor. Eu não sou *seu* marido: *você* não precisa ter ciúmes de mim!"

— Não tenho ciúmes de você — respondeu a amante; "Tenho ciúmes de você. Limpe o rosto: você não me xinga! Se gostares de Isabel, casarás com ela. Mas você gosta dela? Diga a verdade, Heathcliff! Lá, você não vai responder. Tenho certeza que não."

— E o Sr. Linton aprovaria que sua irmã se casasse com aquele homem? Eu perguntei.

— O Sr. Linton deveria aprovar — devolveu minha senhora, decididamente.

"Ele poderia poupar-se ao problema", disse Heathcliff: "Eu poderia fazer o mesmo sem a sua aprovação. E quanto a si, Catarina, tenho a mente de dizer algumas palavras agora, enquanto estamos a fazê-lo. Eu quero que você esteja ciente de que eu *sei* que você me tratou infernalmente - infernalmente! Você ouve? E se você se lisonjeia que eu não percebo, você é um tolo; e se você acha que eu posso ser consolado por palavras doces, você é um: e se você gosta que eu sofra sem vingança, eu vou convencê-lo do contrário, em pouquíssimo tempo! Enquanto isso, obrigado por me contar o segredo da sua cunhada: juro que vou aproveitar ao máximo. E fique de lado!"

"Que nova fase do seu personagem é esta?", exclamou a Sra. Linton, espantada. "Eu te tratei infernalmente - e você vai se vingar! Como você vai aguentar, bruto ingrato? Como eu te tratei infernalmente?"

— Não busco vingança contra você — respondeu Heathcliff, com menos veemência. "Não é esse o plano. O tirano esmaga seus escravos e eles não se voltam contra ele; esmagam os que estão abaixo deles. Você é bem-vindo para me torturar até a morte para sua diversão, apenas me permita me divertir um pouco no mesmo estilo, e abster-se de insultar tanto quanto você é capaz. Tendo nivelado meu palácio, não ergue um casebre e admire complacente sua própria caridade em me dar isso para um lar. Se eu imaginasse que você realmente desejava que eu me casasse com a Isabel, eu cortaria minha garganta!"

"Ah, o mal é que eu *não tenho* ciúmes, não é?", gritou Catarina. "Bem, não vou repetir minha oferta de esposa: é tão ruim quanto oferecer a Satanás uma alma perdida. Sua felicidade está, como a dele, em infligir miséria. Você prova isso. Edgar é restaurado do mau humor a que deu lugar na sua vinda; Começo a estar seguro e tranquilo; e você, inquieto por nos conhecer em paz, parece resolvido em excitar uma briga. Discuta com Edgar, se quiser, Heathcliff, e engane sua irmã: você vai acertar exatamente no método mais eficiente de se vingar de mim."

A conversa cessou. A Sra. Linton sentou-se junto ao fogo, ruborizada e sombria. O espírito que a servia tornava-se cada vez mais intratável: ela não podia deitar-se nem controlá-lo. Ergueu-se na lareira de braços cruzados, remoendo os seus maus pensamentos; e nessa posição deixei-os procurar o mestre, que se perguntava o que mantinha Catarina abaixo por tanto tempo.

— Ellen — disse ele, quando entrei — você já viu sua amante?

"Sim; ela está na cozinha, senhor", respondi. "Ela está tristemente impressionada com o comportamento do Sr. Heathcliff: e, de fato, acho que é hora de organizar suas visitas em outro patamar. Há mal em ser muito suave, e agora chegou a isso—." E relatei a cena no tribunal e, tão perto quanto ousei, toda a disputa subsequente. Imaginei que não poderia ser muito prejudicial para a Sra. Linton; a não ser que o tenha feito depois, assumindo a defensiva para o seu convidado. Edgar Linton teve dificuldade em ouvir-me até ao fim. Suas primeiras palavras revelaram que ele não isentou sua esposa de culpa.

"Isto é insuportável!", exclamou. "É vergonhoso que ela o possua para um amigo e force a companhia dele em mim! Chame-me dois homens fora do salão, Ellen. Catarina não se demorará mais a discutir com o rufião baixo - já a fiz bastante humor."

Ele desceu e, mandando os criados esperarem na passagem, foi, seguido por mim, para a cozinha. Seus ocupantes haviam recomeçado sua discussão furiosa: a Sra. Linton, pelo menos, estava repreendendo com vigor renovado; Heathcliff tinha-se movido para a janela e pendurado a cabeça, um pouco intimidado pela sua classificação violenta aparentemente. Ele viu primeiro a mestra e fez um movimento apressado para que ela ficasse em silêncio; ao que ela obedeceu, abruptamente, ao descobrir a razão de sua intimação.

"Como é isso?", disse Linton, dirigindo-se a ela; "Que noção de propriedade você deve ter para permanecer aqui, depois da linguagem que lhe foi mantida por aquele guarda negro? Suponho que, por ser a sua conversa comum, você não pense nada nisso: você está habituado à sua baixeza e, talvez, imagine que eu possa me acostumar com isso também!"

"Você tem escutado na porta, Edgar?", perguntou a amante, em um tom particularmente calculado para provocar o marido, implicando tanto descuido quanto desprezo por sua irritação. Heathcliff, que tinha levantado os olhos para o primeiro discurso, deu uma risada zombeteira do segundo; de propósito, parecia, chamar a atenção do Sr. Linton para ele. Conseguiu; mas Edgar não pretendia entretê-lo com grandes voos de paixão.

— Até agora tenho sido tolerante com você, senhor — disse ele baixinho; "não que eu ignorasse seu caráter miserável e degradado, mas senti que você era apenas parcialmente responsável por isso; e Catarina, desejando manter o vosso convívio, eu aquiesci — tolamente. A vossa presença é um veneno moral que contaminaria os mais virtuosos: por essa causa, e para evitar consequências piores, negar-vos-ei doravante a admissão nesta casa, e avisaremos agora que exijo a vossa partida imediata. Um atraso de três minutos tornar-se-á involuntário e ignóbil."

Heathcliff mediu a altura e a largura do orador com um olho cheio de escárnio.

"Cathy, este seu cordeiro ameaça como um touro!", disse ele. "Corre o risco de partir o crânio contra os meus dedos. Por Deus! Sr. Linton, lamento mortalmente que não valha a pena derrubá-lo!"

Meu mestre olhou para a passagem e me contratou para buscar os homens: ele não tinha intenção de arriscar um encontro pessoal. Obedeci à dica; mas a Sra. Linton, suspeitando de algo, seguiu; e quando tentei chamá-los, ela me puxou para trás, bateu a porta e a trancou.

"Justo meio!", disse ela, em resposta ao olhar de surpresa irritada do marido. "Se você não tem coragem de atacá-lo, peça desculpas ou se permita apanhar. Ele irá corrigi-lo de fingir mais valor do que você possui. Não, eu vou engolir a chave antes que você a receba! Eu sou deliciosamente recompensado pela minha bondade para com cada um! Depois da constante indulgência da natureza fraca de um, e da natureza ruim do outro, ganho por agradecimento duas amostras de ingratidão cega, estúpida ao absurdo! Edgar, eu estava defendendo você e o seu; e desejo que Heathcliff te açoite doente, por ousar pensar mal em mim!"

Não precisava do meio de uma flagelação para produzir esse efeito no mestre. Ele tentou arrancar a chave das garras de Catarina e, por segurança, ela atirou-a para a parte mais quente do fogo; quando o Sr. Edgar foi tomado com um tremor nervoso, e seu semblante ficou mortalmente pálido. Durante a sua vida, não conseguiu evitar esse excesso de emoção: a angústia e a humilhação misturadas venceram-no completamente. Apoiou-se nas costas de uma cadeira e cobriu o rosto.

"Oh, céus! Antigamente, isso lhe daria o título de cavaleiro!", exclamou a Sra. Linton. "Estamos vencidos! estamos vencidos! Heathcliff logo levantaria um dedo para você como o rei marcharia seu exército contra uma colônia de ratos. Anima-te! você não se machuca! Seu tipo não é um cordeiro, é um leverete sugador."

"Desejo-lhe alegria da covarde de sangue de leite, Cathy!", disse a amiga. "Felicito-o pelo seu gosto. E essa é a coisa escravagista, arrepiante que você preferiu para mim! Eu não o golpearia com o punho, mas o chutaria com o pé e experimentaria uma satisfação considerável. Ele está chorando ou vai desmaiar de medo?"

O sujeito se aproximou e deu um empurrão na cadeira em que Linton descansava. É melhor ele ter mantido distância: meu mestre rapidamente se ergueu e o atingiu completamente na garganta, um golpe que teria nivelado um homem mais leve. Respirou por um minuto; e enquanto ele se engasgava, o Sr. Linton saiu pela porta dos fundos para o quintal, e de lá para a entrada da frente.

"Lá! você acabou de vir aqui", gritou Catarina. "Afaste-se, agora; Voltará com uma cinta de pistolas e meia dúzia de assistentes. Se ele nos ouvisse, é claro que nunca o perdoaria. Você me jogou mal, Heathcliff! Mas vá, apresse-se! Prefiro ver o Edgar afastado do que você."

"Você acha que eu vou com aquele golpe ardendo no meu esófago?", trovejou. "Pelo inferno, não! Vou esmagar suas costelas como uma avelã podre antes de cruzar o limiar! Se eu não o pisar agora, vou assassiná-lo algum tempo; Então, como você valoriza a existência dele, deixe-me chegar até ele!"

"Ele não vem", interpus, enquadrando um pouco de mentira. "Há o cocheiro e os dois jardineiros; Você certamente não vai esperar para ser empurrado para a estrada por eles! Cada um tem um bludgeon; e o mestre, muito provavelmente, estará observando das janelas do salão para ver se eles cumprem suas ordens."

Os jardineiros e o cocheiro *estavam* lá: mas Linton estava com eles. Já tinham entrado no tribunal. Heathcliff, pensando bem, resolveu evitar uma luta contra três subalternos: ele pegou o pôquer, quebrou a fechadura da porta interna e fugiu enquanto eles entravam.

A Sra. Linton, que estava muito animada, mandou-me acompanhá-la no andar de cima. Ela não sabia da minha parte em contribuir para a perturbação, e eu estava ansioso para mantê-la na ignorância.

"Estou quase distraída, Nelly!", exclamou, atirando-se para o sofá. "Mil martelos de ferreiro estão batendo na minha cabeça! Diga a Isabella para me evitar; este alvoroço deve-se a ela; e se ela ou qualquer outra pessoa agravar minha raiva no momento, eu ficarei selvagem. E, Nelly, diga a Edgar, se o voltar a ver esta noite, que estou em risco de ficar gravemente doente. Desejo que se revele verdade. Ele me assustou e me angustiou chocantemente! Quero assustá-lo. Além disso, ele pode vir e começar uma série de abusos ou reclamações; Tenho certeza de que devo recriminar, e Deus sabe onde devemos parar! Vai fazê-lo, minha boa Nelly? Como sabem, não sou de modo algum culpado nesta matéria. O que o possuía para se tornar ouvinte? A fala de Heathcliff foi ultrajante, depois que você nos deixou; mas eu logo poderia tê-lo desviado de Isabel, e o resto não significava nada. Agora, tudo está errado; pelo desejo do tolo de ouvir o mal de si mesmo, que assombra algumas pessoas como um demônio! Se o

Edgar nunca tivesse reunido a nossa conversa, nunca teria sido o pior por isso. Realmente, quando ele se abriu sobre mim naquele tom despropositado de desagrado depois de eu ter repreendido Heathcliff até eu ficar rouco por *ele;* Eu não me importava muito com o que eles faziam um com o outro, especialmente porque eu sentia que, por mais que a cena fechasse, todos nós deveríamos ser conduzidos por ninguém sabe por quanto tempo! Bem, se eu não puder manter Heathcliff para o meu amigo – se Edgar for maldoso e ciumento, tentarei partir o coração deles quebrando o meu. Essa será uma maneira rápida de terminar tudo, quando eu for levado ao extremo! Mas é um ato a ser reservado para uma esperança perdida; Eu não pegaria Linton de surpresa com isso. Até aqui ele tem sido discreto no temor de me provocar; Você deve representar o perigo de abandonar essa política e lembrá-lo do meu temperamento apaixonado, beirando, quando aceso, o frenesi. Eu gostaria que você pudesse descartar essa apatia daquele semblante e olhar um pouco mais ansioso por mim."

A estolididade com que recebi estas instruções foi, sem dúvida, bastante exasperante: porque foram dadas com perfeita sinceridade; mas eu acreditava que uma pessoa que pudesse planejar a virada de seus ataques de paixão para prestar contas, de antemão, poderia, exercendo sua vontade, conseguir controlar-se toleravelmente, mesmo quando sob sua influência; e eu não queria "assustar" seu marido, como ela disse, e multiplicar seus aborrecimentos com o propósito de servir ao seu egoísmo. Por isso, nada disse quando encontrei o mestre que vinha em direção ao salão; mas tomei a liberdade de voltar atrás para ouvir se eles retomariam a briga juntos. Começou a falar primeiro.

— Permaneça onde está, Catarina — disse ele; sem qualquer raiva em sua voz, mas com muito desânimo doloroso. "Não vou ficar. Não venho para brigar nem me reconciliar; mas eu quero apenas saber se, depois dos acontecimentos desta noite, você pretende continuar sua intimidade com—"

"Oh, por misericórdia", interrompeu a amante, batendo o pé, "por amor de misericórdia, não ouçamos mais nada disso agora! O seu sangue frio não pode ser trabalhado em febre: as suas veias estão cheias de água gelada; mas os meus estão fervendo, e a visão de tal chillness os faz dançar."

"Para se livrar de mim, responda à minha pergunta", perseverou Linton. "É *preciso* responder; e essa violência não me alarma. Descobri que você pode ser tão estoico quanto qualquer um, quando quiser. Você vai desistir de Heathcliff daqui em diante, ou você vai desistir de mim? É impossível você ser *meu* amigo e *dele* ao mesmo tempo, e eu preciso absolutamente *saber* qual você escolhe."

"Preciso de ser deixada em paz!", exclamou Catarina, furiosa. "Eu exijo! Não vês que mal consigo ficar de pé? Edgar, tu me deixas!"

Ela tocou a campainha até que ela se rompesse com um twang; Entrei vagarosamente. Bastava experimentar o temperamento de um santo, tão insensato, fúria perversa! Lá ela estava deitada encostando a cabeça no braço do sofá e rangendo os dentes, para que você imaginasse que ela os quebraria em lascas! O Sr. Linton ficou olhando para ela com súbita compunção e medo. Ele disse-me para ir buscar água. Ela não tinha fôlego para falar. Trouxe um copo cheio; e como ela não bebia, eu borrifei no rosto dela. Em poucos segundos, ela se esticou com força e levantou os olhos, enquanto suas bochechas, ao mesmo tempo branqueadas e lívidas, assumiam o aspeto da morte. Linton parecia apavorado.

"Não há nada no mundo sobre o assunto", sussurrei. Eu não queria que ele cedesse, embora eu não pudesse deixar de ter medo no meu coração.

"Ela tem sangue nos lábios!", disse ele, estremecendo.

"Não importa!" Respondi, taradamente. E eu contei a ele como ela tinha resolvido, antes de sua vinda, exibir um ataque de frenesi. Incautelosamente, dei o relato em voz alta, e ela me ouviu; pois ela começou — seus cabelos voando sobre seus ombros, seus olhos piscando, os músculos de seu pescoço e braços se destacando preterivelmente. Eu decidi por ossos quebrados, pelo menos; mas ela só olhou para ela por um instante, e então saiu correndo do quarto. O mestre me orientou a seguir; Fi-lo, à porta do seu quarto: ela impediu-me de ir mais longe, protegendo-o contra mim.

Como ela nunca se ofereceu para descer para o café da manhã na manhã seguinte, fui perguntar se ela teria algum carregado. "Não!", respondeu, perentoriamente. A mesma pergunta foi repetida no jantar e no chá; e novamente no dia seguinte, e recebeu a mesma resposta. O Sr. Linton, por sua vez, passava seu tempo na biblioteca e não indagava sobre as ocupações de sua esposa. Isabella e ele tinham tido uma hora de entrevista, durante a qual ele tentou extrair dela algum sentimento de horror adequado pelos avanços de Heathcliff: mas ele não podia fazer nada de suas respostas evasivas, e foi obrigado a encerrar o exame insatisfatoriamente; acrescentando, no entanto, uma solene advertência, de que se ela fosse tão louca a ponto de encorajar aquele pretendente inútil, isso dissolveria todos os laços de relacionamento entre ela e ele.

# CAPÍTULO XII

Enquanto a senhorita Linton andava de moto pelo parque e jardim, sempre em silêncio, e quase sempre em lágrimas, e seu irmão se fechava entre livros que ele nunca abria - cansando, suponho, com uma vaga expectativa contínua de que Catarina, arrependendo-se de sua conduta, viria por vontade própria pedir perdão e buscar uma reconciliação - e *ela* jejuava pertinacialmente, sob a ideia, provavelmente, de que a cada refeição Edgar estava pronto para sufocar por sua ausência, e só o orgulho o impedia de correr para se lançar aos seus pés; Cumpri meus deveres domésticos, convencido de que o Grange tinha apenas uma alma sensata em suas paredes, e que se alojava em meu corpo. Não desperdicei condolências à senhora, nem expostulações à minha amante; nem prestei muita atenção aos suspiros do meu mestre, que ansiava por ouvir o nome da sua senhora, pois podia não ouvir a sua voz. Determinei que eles viessem como quisessem para mim; e, embora fosse um processo cansativo e lento, comecei a regozijar-me longamente com uma ténue aurora do seu progresso: como pensava no início.

A Sra. Linton, no terceiro dia, abriu a porta, e tendo terminado a água em seu cântaro e decantador, desejou um suprimento renovado, e uma bacia de gruel, pois acreditava que estava morrendo. Que eu coloquei como um discurso destinado aos ouvidos de Edgar; Eu não acreditava em tal coisa, então guardei para mim e trouxe um pouco de chá e torradas secas. Ela comeu e bebeu ansiosamente, e afundou de volta no travesseiro novamente, apertando as mãos e gemendo. "Ah, eu vou morrer", exclamou ela, "já que ninguém se importa nada comigo. Eu gostaria de não ter tomado isso." Então, um bom tempo depois de ouvi-la murmurar: "Não, eu não vou morrer - ele ficaria feliz - ele não me ama de jeito nenhum - ele nunca sentiria falta de mim!"

"Você queria alguma coisa, senhora?" Perguntei, ainda preservando minha compostura externa, apesar de seu semblante medonho e jeito estranho e exagerado.

"O que esse ser apático está fazendo?", ela exigiu, empurrando as grossas madeixas emaranhadas de seu rosto desperdiçado. "Caiu numa letargia ou está morto?"

"Nem um nem outro", respondi eu; "Se você quer dizer Sr. Linton. Ele está toleravelmente bem, eu acho, embora seus estudos o ocupem mais do que deveriam: ele está continuamente entre seus livros, já que não tem outra sociedade."

Eu não deveria ter falado assim se soubesse de sua verdadeira condição, mas não consegui me livrar da noção de que ela agiu como parte de seu transtorno.

"Entre os livros dele!", gritou, confusa. "E eu morrendo! Eu à beira da sepultura! Meu Deus! ele sabe como eu sou alterada?", continuou ela, olhando para seu reflexo em um espelho pendurado na parede oposta. "Isso é Catherine Linton? Ele me imagina em um animal de estimação – em brincadeira, talvez. Você não pode informá-lo de que é assustador sério? Nelly, se não for tarde demais, assim que eu souber como ele se sente, escolherei entre esses dois: ou passar fome de uma vez – isso não seria punição a menos que ele tivesse um coração – ou se recuperar e deixar o país. Você está falando a verdade sobre ele agora? Cuida-te. Será que ele é realmente tão totalmente indiferente pela minha vida?"

"Por que, senhora", respondi, "o mestre não tem ideia de que você está perturbado; e é claro que ele não teme que você se deixe morrer de fome."

"Você acha que não? Você não pode dizer a ele que eu vou?", devolveu. "Convença-o! fala da tua própria mente: diz que tens a certeza de que eu vou!"

"Não, esquece-se, Sra. Linton," sugeri, "que comeu alguma comida com prazer esta noite, e até amanhã perceberá os seus bons efeitos."

"Se eu tivesse certeza de que iria matá-lo", ela interrompeu, "eu me mataria diretamente! Nestas três noites horríveis nunca fechei as tampas – e oh, fui atormentado! Fui assombrada, Nelly! Mas eu começo a achar que você não gosta de mim. Que estranho! Eu pensava, embora todos se odiassem e desprezassem uns aos outros, eles não poderiam deixar de me amar. E todos eles se voltaram para inimigos em poucas horas. *Eles* têm, eu sou positivo, as pessoas *aqui*. Como é triste encontrar a morte, rodeados pelas suas caras frias! Isabel, apavorada e repelida, com medo de entrar na sala, seria tão terrível ver Catarina partir. E Edgar de pé solenemente para vê-lo acabar; em seguida, oferecendo orações de agradecimento a Deus por restaurar a paz em sua casa, e voltar aos seus *livros*! O que, em nome de tudo o que sente, tem ele a ver com *os livros*, quando estou a morrer?"

Ela não suportava a noção que eu tinha colocado em sua cabeça da renúncia filosófica do Sr. Linton. Rebolando, ela aumentou sua perplexidade febril para a loucura, e rasgou o travesseiro com os dentes; depois, erguendo-se toda ardente, desejava que eu abrisse a janela. Estávamos no meio do inverno, o vento soprava forte de nordeste, e eu me opus. Tanto as expressões que pairavam sobre seu rosto, quanto as mudanças de seu humor, começaram a me alarmar terrivelmente; e trouxe à minha memória a sua antiga doença, e a ordem do médico de que ela não deveria ser atravessada. Um minuto antes, ela estava violenta; agora, apoiada num braço, e não percebendo a minha recusa em obedecê-la, parecia encontrar um desvio infantil em puxar as penas das rendas que acabara de fazer, e colocá-las no lençol de acordo com as suas diferentes espécies: a sua mente desviara-se para outras associações.

— Isso é de peru — murmurou ela para si mesma; "e isto é de um pato selvagem; e isto é de um pombo. Ah, eles colocaram penas de pombos nos travesseiros - não é à toa que eu não poderia morrer! Deixe-me ter o cuidado de jogá-lo no chão quando me deito. E aqui está um galo-mouro; e isso - eu deveria conhecê-lo entre mil - é de um lapwing. Pássaro Bonny; rodando sobre nossas cabeças no meio da charneca. Queria chegar ao seu ninho, pois as nuvens tinham tocado as ondulações, e sentia a chuva chegando. Esta pena foi apanhada na charneca, a ave não foi abatida: vimos o seu ninho no inverno, cheio de pequenos esqueletos. Heathcliff armou uma armadilha sobre ele, e os velhos não ousaram vir. Eu o fiz prometer que nunca atiraria uma lapa depois disso, e ele não o fez. Sim, aqui estão mais! Ele atirou nas minhas asas, Nelly? São vermelhos, algum deles? Deixe-me olhar."

"Desista com esse baby-work!" Interrompi, arrastando o travesseiro para longe e virando os buracos em direção ao colchão, pois ela estava retirando seu conteúdo com as mãos. "Deite-se e feche os olhos: você está vagando. Há uma confusão! A descida está voando como neve."

Eu fui aqui e ali colecioná-lo.

"Eu vejo em você, Nelly", continuou ela sonhando, "uma mulher idosa: você tem cabelos grisalhos e ombros dobrados. Esta cama é a caverna de fadas sob Penistone Crags, e você está juntando parafusos de elfos para machucar nossas novilhas; fingindo, enquanto estou perto, que são apenas fechaduras de lã. É a isso que você chegará daqui a cinquenta anos: eu sei que você não é assim agora. Eu não estou vagando: você está enganado, ou então eu deveria acreditar que você realmente *era* aquela bruxa murcha, e eu deveria pensar que estava sob Penistone Crags, e estou consciente de que é noite, e há duas velas na mesa fazendo a imprensa negra brilhar como jato."

"A imprensa negra? onde está isso?" Eu perguntei. "Você está falando durante o sono!"

"É contra a parede, como sempre é", respondeu. "Parece estranho, vejo um rosto nele!"

— Não há imprensa na sala, e nunca houve — disse eu, retomando meu assento e abrindo a cortina para observá-la.

"Você não vê esse rosto?", perguntou ela, olhando fixamente para o espelho.

E dizer o que podia, eu era incapaz de fazê-la compreender que era sua; então levantei-me e cobri-o com um xaile.

"Está lá atrás ainda!", prosseguiu, ansiosa. "E mexeu. Quem é? Espero que não saia quando você se foi! Ah! Nelly, o quarto é assombrado! Tenho medo de ficar sozinha!"

Peguei a mão dela na minha, e pedi que ela fosse composta, pois uma sucessão de estremecimentos convulsionava sua armação, e ela continuava esticando o olhar em direção ao vidro.

"Não há ninguém aqui!" Insisti. "Era *você mesma*, Sra. Linton: você sabia disso um tempo depois."

"Eu mesma!", ela suspirou, "e o relógio está marcando doze! É verdade, então! isso é terrível!"

Seus dedos seguraram as roupas e as recolheram sobre seus olhos. Tentei roubar a porta com a intenção de ligar para o marido; mas fui convocado de volta por um grito penetrante – o xale tinha caído da armação.

"Porquê, qual *é* o problema?", exclamou I. "Quem é cobarde agora? Acordar! Esse é o vidro – o espelho, Sra. Linton; e tu te vês nele, e lá estou eu também ao teu lado."

Tremendo e desnorteada, ela me segurou firme, mas o horror gradualmente passou de seu semblante; sua palidez deu lugar a um brilho de vergonha.

"Oh, querida! Pensei que estava em casa", suspirou. "Pensei que estava deitado no meu quarto em Wuthering Heights. Como sou fraca, meu cérebro ficou confuso e eu gritei inconscientemente. Não diga nada; mas fique comigo. Tenho pavor de dormir: os meus sonhos apaziguam-me."

"Um sono saudável lhe faria bem, senhora", respondi: "e espero que esse sofrimento impeça que você tente morrer de fome novamente."

"Oh, se eu estivesse apenas na minha própria cama na velha casa!", ela continuou amargamente, contorcendo as mãos. "E aquele vento soando nos abetos pela rede. Deixe-me senti-lo – ele desce direto pelo pântano – deixe-me respirar!"

Para acalmá-la, segurei o casement ajar alguns segundos. Uma explosão de frio atravessou; Fechei e voltei ao meu posto. Ela estava deitada agora, com o rosto banhado em lágrimas. A exaustão do corpo tinha subjugado inteiramente o seu espírito: a nossa ardente Catarina não era melhor do que uma criança chorando.

"Há quanto tempo não me fecho aqui?", perguntou ela, de repente revivendo.

"Era segunda-feira à noite", respondi, "e isto é quinta-feira à noite, ou melhor, sexta-feira de manhã, neste momento."

"O quê! da mesma semana?", exclamou. "Só esse breve tempo?"

"Tempo suficiente para viver apenas de água fria e mau humor", observei I.

"Bem, parece um número cansado de horas", ela murmurou duvidosamente: "deve ser mais. Lembro-me de estar no salão depois de terem discutido, e o Edgar a ser cruelmente provocador, e eu a correr para esta sala desesperado. Assim que eu tinha barrado a porta, a escuridão total me dominou, e eu caí no chão. Eu não conseguia explicar ao Edgar o quão certo eu me sentia de ter um ajuste, ou ficar furioso, se ele persistisse em me provocar! Eu não tinha domínio da língua, nem do cérebro, e ele não adivinhava a minha agonia, talvez: mal me deixava sentido tentar escapar dele e da sua voz. Antes que eu me recuperasse o suficiente para ver e ouvir, começou a ser madrugada, e, Nelly, vou dizer-lhe o que eu pensava, e o que se manteve recorrente e recorrente até que eu temi pela minha razão. Pensei, deitado ali, com a cabeça encostada àquela perna de mesa, e os olhos a discernir vagamente o quadrado cinzento da janela, que estava fechado na cama de carvalho de casa; e meu coração doía com uma grande dor que, ao acordar, eu não conseguia me lembrar. Ponderei, e preocupei-me em descobrir o que poderia ser, e, o mais estranho, todos os últimos sete anos da minha vida ficaram em branco! Não me lembrava de o terem sido. Eu era uma criança; meu pai acabou de ser enterrado, e minha miséria surgiu da separação que Hindley ordenara entre mim e Heathcliff. Fui deitado sozinho, pela primeira vez; e, despertando de um triste doze depois de uma noite de choro, levantei a mão para empurrar os painéis para o lado: atingiu o tampo da mesa! Varrei-a pelo tapete, e então a memória irrompeu: minha angústia tardia foi engolida por um paroxismo de desespero. Não posso dizer por que me senti tão descontroladamente miserável: deve ter sido um desarranjo temporário; pois não há causa. Mas, supondo que aos doze anos de idade eu tivesse sido arrancado das Alturas, e todas as primeiras associações, e meu tudo em tudo, como Heathcliff era naquela época, e fui convertido de uma assentada em Mrs. Linton, a senhora de Thrushcross Grange, e a esposa de um estranho: um exilado e excluído, a partir de então, do que tinha sido meu mundo. Você pode gostar de um vislumbre do abismo onde eu estive! Abane a cabeça como quiser, Nelly, *você* ajudou a me inquietar! Devias ter falado com o Edgar, aliás devias, e obrigaste-o a deixar-me calado! Ah, estou queimando! Eu gostaria de estar fora de portas! Eu gostaria de ser uma menina novamente, meio selvagem e resistente, e livre; e rindo dos ferimentos, não enlouquecendo sob eles! Por que estou tão mudado? Por que meu sangue corre para um inferno de tumulto em poucas palavras? Tenho certeza de que eu deveria ser eu mesmo se eu estivesse uma vez entre a urze naquelas colinas. Abra a janela novamente amplamente: aperte-a! Rápido, por que você não se move?"

"Porque eu não vou te dar a sua morte de frio", respondi.

"Você não vai me dar uma chance de vida, quer dizer", disse ela, irritada. "No entanto, ainda não estou desamparado; Eu mesmo vou abri-lo."

E deslizando da cama antes que eu pudesse impedi-la, ela atravessou o quarto, andando muito incerta, jogou-o para trás e se curvou, descuidada do ar gelado que cortava sobre seus ombros tão afiado quanto uma faca. Eu implorei e, finalmente, tentei forçá-la a se aposentar. Mas logo achei sua força delirante muito superior à minha (ela *estava* delirante, fiquei convencido por suas ações e delírios subsequentes). Não havia lua, e tudo o que estava por baixo estava na escuridão enevoada: nem uma luz brilhava de nenhuma casa, longe ou perto; tudo havia sido extinto há muito tempo: e aqueles em Wuthering Heights nunca eram visíveis – ainda assim, ela afirmou que pegou seu brilho.

"Olhe!", ela gritou ansiosa, "esse é o meu quarto com a vela dentro, e as árvores balançando diante dela; e a outra vela está na guarnição de José. José senta-se tarde, não é? Ele está esperando até eu chegar em casa para que ele possa trancar o portão. Bem, ele vai esperar um pouco ainda. É uma jornada difícil, e um coração triste para percorrê-la; e devemos passar por Gimmerton Kirk para seguir essa jornada! Nós enfrentamos seus fantasmas muitas vezes juntos, e ousamos uns aos outros para ficar entre os túmulos e pedir-lhes para vir. Mas, Heathcliff, se eu te atrevo agora, você vai se aventurar? Se você fizer, eu vou mantê-lo. Eu não vou ficar lá sozinho: eles podem me enterrar a doze metros de profundidade e jogar a igreja sobre mim, mas eu não descansarei até que você esteja comigo. Eu nunca vou!"

Ela fez uma pausa e retomou com um sorriso estranho. "Ele está a considerar, preferia que eu viesse ter com ele! Encontre uma maneira, então! não através desse kirkyard. Você é lento! Contente-se, você sempre me seguiu!"

Percebendo que era vão argumentar contra sua insanidade, eu estava planejando como poderia alcançar algo para envolvê-la, sem desistir de me apoderar de mim mesma (pois não podia confiar nela sozinha pela rede escancarada), quando, para minha consternação, ouvi o chocalho da maçaneta da porta, e o Sr. Linton entrou. Só então tinha vindo da biblioteca; e, ao passar pelo átrio, tinha notado a nossa conversa e sido atraído pela curiosidade, ou pelo medo, para examinar o que significava, naquela hora tardia.

"Oh, senhor!" Chorei, verificando a exclamação que lhe subia aos lábios perante a visão que o encontrava e a atmosfera sombria da câmara. "Minha pobre amante está doente, e ela me domina bastante: eu não posso administrá-la de jeito nenhum; Rezai, vinde persuadi-la a ir para a cama. Esqueça sua raiva, pois ela é difícil de guiar qualquer caminho que não seja o seu."

"Catarina doente?", disse, apressando-se para nós. "Fecha a janela, Ellen! Catarina! porquê—"

Ele ficou em silêncio. A agressividade da aparência da Sra. Linton feriu-o sem palavras, e ele só podia olhar dela para mim com espanto horrorizado.

"Ela andou preocupada aqui", continuei, "e comendo quase nada, e nunca reclamando: ela não admitiria nenhum de nós até esta noite, e por isso não pudemos informá-lo de seu estado, pois nós mesmos não sabíamos disso; mas não é nada."

Senti que proferi as minhas explicações de forma desajeitada; O mestre franziu a testa. "Não é nada, é, Ellen Dean?", disse ele com severidade.

"Explicarás mais claramente por me manter ignorante disto!" E tomou a mulher nos braços e olhou-a com angústia.

No início, ela não lhe deu nenhum olhar de reconhecimento: ele era invisível ao seu olhar abstrato. No entanto, o delírio não foi fixado; Tendo desmamado os olhos de contemplar a escuridão exterior, aos poucos ela centrou sua atenção nele, e descobriu quem era que a segurava.

"Ah! você está chegando, você é, Edgar Linton?", disse ela, com animação irritada. "Você é uma daquelas coisas que sempre são encontradas quando menos se quer, e quando se quer, nunca! Suponho que teremos muitas lamentações agora – vejo que teremos – mas elas não podem me impedir de minha casa estreita: meu lugar de descanso, onde estou amarrado antes que a primavera acabe! Lá está: não entre os Lintons, mente, sob o telhado da capela, mas ao ar livre, com uma lápide; e podes agradar-te a ti mesmo, quer vás a eles quer venhas a mim!"

"Catarina, o que fizeste?", começou o mestre. "Eu não sou mais nada para você? Você ama esse desgraçado Heath?

"Hush!", gritou a Sra. Linton. "Hush, este momento! Você menciona esse nome e eu termino o assunto instantaneamente por uma mola da janela! O que você toca no momento você pode ter; mas minha alma estará no topo daquela colina antes que você me imponha as mãos novamente. Eu não te quero, Edgar: Já passei de te querer. Volte aos seus livros. Fico feliz que você possua um consolo, pois tudo o que você tinha em mim se foi."

— A mente dela vagueia, senhor — interpus. "Ela tem falado bobagens a noite toda; mas deixe-a ter calma, e assistência adequada, e ela vai se reunir. Doravante, devemos ser cautelosos na forma como a vexamos."

— Não desejo mais conselhos de vocês — respondeu Linton. "Você conhecia a natureza da sua amante e me encorajou a assediá-la. E para não me dar uma dica de como ela tem sido nesses três dias! Foi sem coração! Meses de doença não poderiam causar tal mudança!"

Comecei a me defender, achando muito ruim ser culpado pela maldade alheia. "Eu sabia que a natureza da Sra. Linton era teimosa e dominadora", gritei eu: "mas eu não sabia que você desejava fomentar seu temperamento feroz! Eu não sabia que, para fazer humor com ela, eu deveria piscar para o Sr. Heathcliff. Cumpri o dever de um servo fiel ao dizer-vos, e tenho o salário de um servo fiel! Bem, isso vai me ensinar a ter cuidado da próxima vez. Da próxima vez você pode reunir inteligência para si mesmo!"

"Da próxima vez que me trouxeres um conto, abandonarás o meu serviço, Ellen Dean", respondeu.

"Você prefere não ouvir nada sobre isso, suponho, então, Sr. Linton?", disse I. "Heathcliff tem sua permissão para namorar a Miss, e para entrar em todas as oportunidades que sua ausência oferece, de propósito para envenenar a amante contra você?"

Confusa como Catarina, a sua inteligência estava atenta à aplicação da nossa conversa.

"Ah! Nelly fez de traidora", exclamou, apaixonada. "Nelly é minha inimiga oculta. Você bruxa! Então você procura elf-parafusos para nos machucar! Deixe-me ir, e eu vou fazê-la rue! Vou fazê-la uivar uma retratação!"

A fúria de um maníaco acendeu-se sob suas sobrancelhas; ela lutou desesperadamente para se desvencilhar dos braços de Linton. Não senti nenhuma inclinação para atrasar o evento; e, decidindo procurar ajuda médica por minha própria responsabilidade, abandonei a câmara.

Ao passar pelo jardim para chegar à estrada, num local onde um gancho de freio é cravado na parede, vi algo branco movido irregularmente, evidentemente por outro agente que não o vento. Apesar da minha pressa, fiquei a examiná-lo, para nunca ter a convicção impressa na minha imaginação de que era uma criatura do outro mundo. A minha surpresa e perplexidade foram grandes ao descobrir, mais pelo toque do que pela visão, a mola da senhorita Isabella, Fanny, suspensa por um lenço, e quase no seu último suspiro. Soltei rapidamente o animal e levantei-o para o jardim. Eu a tinha visto seguir sua amante no andar de cima quando ela foi para a cama; e se perguntava muito como poderia ter saído por aí, e que pessoa travessa o havia tratado assim. Enquanto desatarava o nó em volta do gancho, pareceu-me que apanhava repetidamente a batida dos pés dos cavalos a galope a alguma distância; mas havia tantas coisas para ocupar minhas reflexões que quase não pensei na circunstância: embora fosse um som estranho, naquele lugar, às duas horas da manhã.

O Sr. Kenneth felizmente estava apenas saindo de sua casa para ver um paciente na aldeia quando eu subi a rua; e o meu relato sobre a doença de Catherine Linton induziu-o a acompanhar-me de volta imediatamente. Era um homem rude; e não fez escrúpulos para falar as suas dúvidas de que ela sobrevivesse a este segundo ataque; a não ser que ela fosse mais submissa às suas instruções do que se mostrara antes.

"Nelly Dean", disse ele, "não posso deixar de imaginar que há uma causa extra para isso. O que há para fazer no Grange? Temos relatos estranhos aqui. Um laço robusto e saudável como Catarina não adoece por uma ninharia; e esse tipo de pessoas também não deveria. É um trabalho árduo trazê-los através de febres, e tais coisas. Como começou?"

"O mestre vai informá-lo", respondi; "mas você está familiarizado com as disposições violentas dos Earnshaws, e a Sra. Linton tampa todos eles. Posso dizer isto; começou numa discussão. Ela foi atingida durante uma tempestade de paixão com uma espécie de ajuste. Esse é o relato dela, pelo menos: pois ela voou no auge e se trancou. Depois, ela se recusou a comer, e agora ela alternadamente raves e permanece em um meio sonho; conhecendo aqueles sobre ela, mas tendo sua mente cheia de todos os tipos de ideias estranhas e ilusões."

"O Sr. Linton vai se arrepender?", observou Kenneth, interrogativamente.

"Desculpe? ele vai partir o coração se algo acontecer!" Eu respondi. "Não o alarme mais do que o necessário."

— Bem, eu disse a ele para tomar cuidado — disse meu companheiro; "E ele deve suportar as consequências de negligenciar a minha advertência! Ele não tem sido íntimo do Sr. Heathcliff ultimamente?"

— Heathcliff freqüentemente visita o Grange — respondi eu — embora mais pela força da amante tê-lo conhecido quando menino, do que porque o mestre gosta de sua companhia. Atualmente, ele está dispensado do trabalho de ligar; devido a algumas aspirações presunçosas depois de Miss

Linton que ele manifestou. Dificilmente acho que ele será acolhido novamente."

"E a senhorita Linton vira um ombro frio nele?", foi a pergunta seguinte do médico.

"Não estou na confiança dela", devolveu, relutante em continuar o assunto.

"Não, ela é manhosa", comentou, balançando a cabeça. "Ela mantém seus próprios conselhos! Mas ela é uma verdadeira boba. Tenho de boa autoridade que ontem à noite (e uma noite bonita foi!) ela e Heathcliff estavam andando na plantação nos fundos de sua casa acima de duas horas; e ele a pressionou a não entrar novamente, mas apenas montar seu cavalo e ir embora com ele! Minha informante disse que ela só poderia adiá-lo prometendo sua palavra de honra para ser preparada em seu primeiro encontro depois disso: quando era para ser ele não ouviu; mas você exorta o Sr. Linton a olhar afiado!"

Esta notícia encheu-me de novos medos; Eu ultrapassei Kenneth e corri a maior parte do caminho de volta. O cachorrinho estava gritando no jardim ainda. Poupei um minuto para abrir o portão para ele, mas em vez de ir para a porta da casa, ele subiu e desceu bufando a grama, e teria escapado para a estrada, se eu não o tivesse agarrado e transportado comigo. Ao subir ao quarto de Isabella, confirmaram-se as minhas suspeitas: estava vazio. Se eu tivesse estado algumas horas mais cedo, a doença da Sra. Linton poderia ter travado o seu passo precipitado. Mas o que poderia ser feito agora? Havia uma possibilidade nua de ultrapassá-los se perseguido instantaneamente. *No* entanto, não pude persegui-los, e não ousei despertar a família, e encher o lugar de confusão, muito menos desdobrar o negócio ao meu senhor, absorvido como ele estava em sua calamidade atual, e sem coração de sobra para uma segunda dor! Não vi nada para isso senão segurar a língua e sofrer para seguir o seu curso; e chegando Kenneth, fui com um semblante mal composto anunciá-lo. Catarina deitou-se num sono conturbado: o marido conseguira acalmar o excesso de frenesi; ele agora pairava sobre seu travesseiro, observando cada sombra e cada mudança de suas características dolorosamente expressivas.

O médico, ao examinar o caso por si mesmo, falou-lhe esperançosamente de que ela teria um término favorável, se pudéssemos apenas preservar em torno de sua perfeita e constante tranquilidade. Para mim, ele significava que o perigo ameaçador não era tanto a morte, mas a alienação permanente do intelecto.

Eu não fechei os olhos naquela noite, nem o Sr. Linton: na verdade, nunca fomos para a cama; e os criados estavam todos acordados muito antes da hora habitual, movendo-se pela casa com passo furtivo, e trocando sussurros enquanto se encontravam em suas vocações. Todos estavam ativos, menos a senhorita Isabella; e começaram a observar como ela dormia: seu irmão também perguntou se ela havia ressuscitado, e parecia impaciente por sua presença, e magoado por ela mostrar tão pouca ansiedade por sua cunhada. Eu tremia para que ele não me mandasse chamá-la; mas fui poupado à dor de ser o primeiro proclamador do seu voo. Uma das empregadas, uma rapariga impensada, que tinha estado numa missão precoce para Gimmerton, veio ofegante para o andar de cima, de boca aberta, e correu para a câmara, gritando: "Oh, querida, querida! Que mun temos a seguir? Mestre, mestre, nossa moça—"

"Segura o teu barulho!", gritei eu apressadamente, enfurecido com o seu jeito clamoroso.

"Fale mais baixo, Maria, qual é o problema?", disse Linton. "O que aflige a sua moça?"

"Ela se foi, ela se foi! Yon' Heathcliff's run off wi' her!", suspirou a menina.

"Isso não é verdade!", exclamou Linton, erguendo-se agitado. "Não pode ser: como é que a ideia lhe entrou na cabeça? Ellen Dean, vá procurá-la. É incrível: não pode ser."

Enquanto falava, levou a criada até a porta e, em seguida, repetiu sua exigência de saber as razões dela para tal afirmação.

"Conheci na estrada um rapaz que vai buscar leite aqui", gaguejou, "e ele perguntou se não estávamos em apuros no Grange. Eu pensei que ele queria dizer para a doença da missis, então eu respondi, sim. Aí ele diz: 'Alguém foi atrás de 'em, eu acho?' Eu olhava. Ele viu que eu não sabia nada sobre isso, e contou como um cavalheiro e uma senhora tinham parado para prender um sapato de cavalo em uma loja de ferreiro, a duas milhas de Gimmerton, não muito depois da meia-noite! e como a ferraria se levantara para espionar quem eram: ela conhecia os dois diretamente. E ela notou que o homem – Heathcliff era, ela tinha certeza: nob'dy poderia confundi-lo, além disso – colocou um soberano na mão de seu pai para pagamento. A senhora tinha um manto sobre o rosto; mas, tendo desejado um copo de água, enquanto bebia, caiu para trás, e viu-a muito simples. Heathcliff segurou os dois freios enquanto eles cavalgavam, e eles tiraram seus rostos da aldeia, e foram tão rápido quanto as estradas ásperas os permitiriam. O laço não disse nada ao pai, mas contou tudo sobre Gimmerton esta manhã."

Corri e fiz xixi, por uma questão de forma, para o quarto de Isabella; confirmando, quando voltei, a declaração do servo. O Sr. Linton retomara o seu lugar junto à cama; Na minha reentrada, ele levantou os olhos, leu o significado do meu aspeto em branco e largou-os sem dar uma ordem, ou proferir uma palavra.

"Vamos tentar alguma medida para ultrapassá-la e trazê-la de volta?", perguntei. "Como devemos fazer?"

— Ela foi por vontade própria — respondeu o mestre; "Ela tinha o direito de ir se quisesse. Não me incomode mais com ela. Doravante, ela é apenas minha irmã no nome: não porque eu a reneguei, mas porque ela me deserdou."

E foi tudo o que ele disse sobre o assunto: ele não fez uma única indagação, nem a mencionou de qualquer forma, exceto me orientando a enviar os bens que ela tinha na casa para sua casa fresca, onde quer que estivesse, quando eu soubesse.

# CAPÍTULO XIII

Durante dois meses, os fugitivos permaneceram ausentes; nesses dois meses, a Sra. Linton encontrou e venceu o pior choque do que foi denominado febre cerebral. Nenhuma mãe poderia ter amamentado um filho único com mais dedicação do que Edgar cuidou dela. Dia e noite observava, e suportava pacientemente todos os aborrecimentos que nervos irritáveis e uma razão abalada podiam infligir; e, embora Kenneth tenha observado que o que ele salvou da sepultura só recompensaria seu cuidado formando a fonte de constante ansiedade futura – na verdade, que sua saúde e força estavam sendo sacrificadas para preservar uma mera ruína da humanidade – ele não conhecia limites em gratidão e alegria quando a vida de Catherine foi declarada fora de perigo; e hora após hora ele se sentava ao lado dela, traçando o retorno gradual à saúde corporal, e lisonjeando suas esperanças muito sanguinolentas com a ilusão de que sua mente se acomodaria de volta ao seu equilíbrio certo também, e ela logo seria inteiramente seu antigo eu.

A primeira vez que deixou o hemiciclo foi no início do mês de março seguinte. O Sr. Linton tinha colocado no travesseiro, pela manhã, um punhado de crocodilos dourados; o seu olho, há muito estranho a qualquer vislumbre de prazer, apanhou-os ao acordar e brilhou encantado enquanto os reunia ansiosamente.

"Estas são as primeiras flores nas Alturas", exclamou. "Eles me lembram ventos de degelo suave, sol quente e neve quase derretida. Edgar, não há vento sul, e a neve não quase desapareceu?"

"A neve acabou aqui, querida", respondeu o marido; "E só vejo duas manchas brancas em toda a gama de mouros: o céu é azul, e as cotovias cantam, e os becks e ribeiros estão todos cheios. Catarina, na primavera passada, nesta época, eu estava ansioso para tê-lo sob este teto; agora, eu gostaria que você estivesse uma milha ou duas acima daquelas colinas: o ar sopra tão docemente, eu sinto que isso iria curá-lo."

"Nunca lá estarei, mas mais uma vez", disse o inválido; "e então você me deixará, e eu permanecerei para sempre. Na próxima primavera, você desejará novamente me ter sob este teto, e você olhará para trás e pensará que foi feliz hoje."

Linton esbanjou nela as mais gentis carícias, e tentou animá-la com as palavras mais carinhosas; mas, vagamente em relação às flores, deixou que as lágrimas se acumulassem em suas pestanas e escorressem por suas bochechas sem prestar atenção. Sabíamos que ela estava realmente melhor e, por isso, decidimos que o longo confinamento em um único lugar produzia muito desse desânimo, e poderia ser parcialmente removido por uma mudança de cena. O mestre disse-me para acender uma fogueira no salão deserto de muitas semanas e para colocar uma cadeira ao sol junto à janela; e então ele a derrubou, e ela sentou-se por muito tempo apreciando o calor genial, e, como esperávamos, revivida pelos objetos ao seu redor: que, embora familiares, estavam livres das associações sombrias que investiam sua odiada câmara doente. À noite, ela parecia muito exausta; no entanto, nenhum argumento poderia convencê-la a voltar para aquele apartamento, e eu tive que arrumar o sofá do salão para sua cama, até que outro quarto pudesse ser preparado. Para evitar o cansaço de montar e descer as escadas, montamos este, onde você se encontra atualmente – no mesmo andar do salão; e ela logo foi forte o suficiente para passar de um para o outro, apoiando-se no braço de Edgar. Ah, eu pensei que ela poderia se recuperar, então esperei como estava. E havia dupla causa para desejá-lo, pois de sua existência dependia a de outra: acalentávamos a esperança de que em pouco tempo o coração do Sr. Linton se alegrava, e suas terras asseguradas das garras de um estranho, pelo nascimento de um herdeiro.

Devo referir que Isabella enviou ao irmão, cerca de seis semanas após a sua partida, uma breve nota, anunciando o seu casamento com Heathcliff. Parecia seco e frio; mas no fundo estava salpicado de lápis um obscuro pedido de desculpas, e uma súplica de bondosa lembrança e reconciliação, se o seu processo o tivesse ofendido: afirmando que ela não poderia ajudá-lo então, e sendo feito, ela agora não tinha poder para revogá-lo. Linton não respondeu a isso, creio; e, em mais quinze dias, recebi uma longa carta, que considerei estranha, vinda da pena de uma noiva recém-saída da lua de mel. Vou lê-lo: pois guardo-o ainda. Qualquer relíquia dos mortos é preciosa, se eles fossem valorizados vivos.

\* \* \* \* \*

QUERIDA ELLEN, começa,—Cheguei ontem à noite a Wuthering Heights e ouvi, pela primeira vez, que Catherine esteve, e ainda está, muito doente. Eu não devo escrever para ela, suponho, e meu irmão está muito irritado ou muito angustiado para responder o que eu lhe enviei. Ainda assim, devo escrever a alguém, e a única escolha que me resta é você.

Informe Edgar que eu daria ao mundo para ver seu rosto novamente - que meu coração voltou para Thrushcross Grange em vinte e quatro horas depois que eu o deixei, e está lá neste momento, cheio de sentimentos calorosos por ele e Catherine! *Não posso segui-lo* - (estas palavras são sublinhadas) - eles não precisam esperar de mim, e podem tirar as conclusões que quiserem, cuidando, no entanto, de não colocar nada à porta da minha fraca vontade ou afeto deficiente.

O restante da carta é só para você. Quero fazer-lhe duas perguntas: a primeira é: — Como você conseguiu preservar as simpatias comuns da natureza humana quando residiu aqui? Não consigo reconhecer nenhum sentimento que os que me rodeiam partilhem comigo.

A segunda questão interessa-me muito; é isto: o Sr. Heathcliff é um homem? Se sim, ele está louco? E se não, ele é um diabo? Não conto as razões que me levaram a fazer este inquérito; mas peço-vos que expliqueis, se puderdes, com o que casei: isto é, quando me chamas; e você deve ligar, Ellen, muito em breve. Não escreva, mas venha, e traga-me algo do Edgar.

Agora, vocês ouvirão como fui recebido em minha nova casa, como sou levado a imaginar que as Alturas serão. É para me divertir que me debruço sobre assuntos como a falta de confortos externos: eles nunca ocupam meus pensamentos, exceto no momento em que sinto falta deles. Eu deveria rir e dançar de alegria, se eu descobrisse que a ausência deles era o total das minhas misérias, e o resto era um sonho antinatural!

O sol pôs-se atrás do Grange quando nos viramos para os mouros; por isso, julguei que eram seis horas; e meu companheiro parou meia hora, para inspecionar o parque, e os jardins, e, provavelmente, o próprio lugar, como podia; assim estava escuro quando desmontamos no quintal pavimentado da fazenda, e seu velho companheiro, José, saiu para nos receber à luz de uma vela de mergulho. Fê-lo com uma cortesia que lhe rendeu crédito. Seu primeiro ato foi elevar sua tocha a um nível com meu rosto, apertar os olhos malignamente, projetar seu lábio inferior e se afastar. Então pegou os dois cavalos e os conduziu para os estábulos; reaparecendo com o propósito de trancar o portão exterior, como se vivêssemos num antigo castelo.

Heathcliff ficou para falar com ele, e eu entrei na cozinha — um buraco sujo e desarrumado; Eu ouso dizer que você não saberia, é tão alterado desde que estava a seu cargo. Junto ao fogo estava uma criança rufia, forte nos membros e suja nas roupas, com um olhar de Catarina nos olhos e na boca.

"Este é o sobrinho legal do Edgar", refleti - "o meu de certa forma; Devo apertar as mãos e, sim, devo beijá-lo. É correto estabelecer um bom entendimento no início."

Eu me aproximei e, tentando pegar seu punho gordinho, disse: "Como você faz, meu querido?"

Ele respondeu num jargão que eu não compreendia.

"Você e eu seremos amigos, Hareton?" foi meu próximo ensaio na conversa.

Um juramento e uma ameaça de colocar Throttler em mim se eu não "enquadrasse" recompensaram minha perseverança.

"Ei, Throttler, rapaz!", sussurrou o pequeno desgraçado, despertando um buldogue semi-criado de seu covil em um canto. "Agora, vais estar a fazer gangues?", perguntou com autoridade.

O amor pela minha vida exigia um cumprimento; Eu pisei acima do limiar para esperar até que os outros entrassem. O Sr. Heathcliff não era visível em nenhum lugar; e José, que segui até aos estábulos, e pedi para me acompanhar, depois de olhar e murmurar para si mesmo, torceu o nariz e respondeu: "Mim! mim! mim! Será que o corpo cristão ouviu falar assim? Mincing un' mastigando! Como posso dizer o que dizeis?"

"Eu digo, eu desejo que você venha comigo para dentro de casa!" Chorei, achando-o surdo, mas altamente revoltado com sua grosseria.

"Nenhum de mim! Fico com tudo para fazer", respondeu, e continuou o seu trabalho; movendo as mandíbulas da lanterna enquanto isso, e examinando meu vestido e semblante (o primeiro muito fino, mas o segundo, tenho certeza, tão triste quanto ele poderia desejar) com desprezo soberano.

Caminhei pelo quintal, e através de um poste, até outra porta, na qual tomei a liberdade de bater, na esperança de que mais algum funcionário público pudesse se mostrar. Depois de um curto suspense, foi aberto por um homem alto e franzino, sem golas e, de outra forma, extremamente esloveno; as suas feições perdiam-se em massas de cabelos desgrenhados que pendiam sobre os ombros; e *os seus* olhos também eram como os de uma Catarina fantasmagórica, com toda a sua beleza aniquilada.

"Qual é o seu negócio aqui?", ele exigiu, de forma sombria. "Quem é você?"

"Meu nome *era* Isabella Linton", respondi. "Você já me viu antes, senhor. Ultimamente sou casada com o Sr. Heathcliff, e ele me trouxe aqui – suponho que com sua permissão."

"Será que ele vai voltar, então?", perguntou o eremita, gritando como um lobo faminto.

"Sim, viemos agora", eu disse; "mas deixou-me à porta da cozinha; e quando eu teria entrado, seu garotinho jogou sentinela sobre o lugar, e me assustou com a ajuda de um buldogue."

"Está bem que o vilão infernal cumpriu sua palavra!", rosnou meu futuro anfitrião, vasculhando a escuridão além de mim na expectativa de descobrir Heathcliff; e depois entregou-se a um solilóquio de execrações e ameaças do que teria feito se o "fidalgo" o tivesse enganado.

Eu me arrependi de ter tentado essa segunda entrada, e estava quase inclinado a fugir antes que ele terminasse de xingar, mas antes que eu pudesse executar essa intenção, ele me ordenou que entrasse, e fechou e fechou novamente a porta. Havia um grande incêndio, e essa era toda a luz no enorme apartamento, cujo chão tinha crescido um cinza uniforme; e os outrora brilhantes pratos de estanho, que costumavam atrair o meu olhar quando eu era menina, participavam de uma obscuridade semelhante, criada por manchas e poeira. Perguntei se poderia chamar a empregada e ser conduzido a um quarto! O Sr. Earnshaw garantiu não responder. Ele andava para cima e para baixo, com as mãos nos bolsos, aparentemente esquecendo bastante a minha presença; e sua abstração era evidentemente tão profunda, e todo o seu aspeto tão misantrópico, que eu me esquivei de perturbá-lo novamente.

Você não ficará surpreso, Ellen, com meu sentimento particularmente sem alegria, sentado em pior do que a solidão naquela lareira inóspita, e lembrando que a quatro quilômetros de distância estava minha deliciosa casa, contendo as únicas pessoas que eu amava na terra; e poderia muito bem haver o Atlântico a separar-nos, em vez daquelas quatro milhas: eu não podia ultrapassá-las! Questionei comigo mesmo: a quem devo recorrer para obter conforto? e – lembre-se de não dizer a Edgar, ou Catherine – acima de todas as tristezas ao lado, esta rosa preeminente: desespero por não encontrar ninguém que pudesse ou fosse meu aliado contra Heathcliff! Eu tinha procurado abrigo em Wuthering Heights, quase de bom grado, porque estava seguro por esse arranjo de viver sozinho com ele; mas ele conhecia as pessoas entre as quais vínhamos, e não temia a sua intromissão.

Sentei-me e pensei um tempo dolorido: o relógio marcava oito e nove, e ainda assim meu companheiro andava de um lado para o outro, com a cabeça inclinada sobre o peito e perfeitamente silencioso, a menos que um gemido ou uma ejaculação amarga se forçasse a sair em intervalos. Ouvi a voz de uma mulher na casa, e enchi o provisório de arrependimentos selvagens e expectativas sombrias, que, finalmente, falavam audivelmente em suspiros e choros irreprimíveis. Eu não estava ciente de quão abertamente eu sofria, até que Earnshaw parou em frente, em sua caminhada medida, e me deu um olhar de surpresa recém-despertada. Aproveitando sua atenção recuperada, exclamei: "Estou cansado com minha jornada e quero ir para a cama! Onde está a empregada doméstica? Dirija-me a ela, pois ela não virá até mim!"

"Não temos nenhuma", respondeu; "Você deve esperar em si mesmo!"

"Onde devo dormir, então?" Eu solucei; Eu estava além do respeito próprio, sobrecarregado pelo cansaço e pela miséria.

— Joseph lhe mostrará o quarto de Heathcliff — disse ele; "Abra essa porta, ele está lá."

Eu ia obedecer, mas ele de repente me prendeu, e acrescentou no tom mais estranho - "Seja tão bom a ponto de virar sua fechadura e puxar seu parafuso - não omita!"

"Bem!" Eu disse. — Mas por quê, Sr. Earnshaw? Não gostei da ideia de me prender deliberadamente a Heathcliff.

"Olha aqui!", respondeu, puxando do colete uma pistola curiosamente construída, com uma faca de dois gumes presa ao cano. "Isso é um grande tentador para um homem desesperado, não é? Não resisto a subir com isto todas as noites e a tentar a sua porta. Se uma vez eu encontrá-lo aberto ele está feito para; Faço-o invariavelmente, ainda que no minuto anterior tenha recordado uma centena de razões que me deveriam fazer abster-me: é algum diabo que me incita a frustrar os meus próprios esquemas matando-o. Você luta contra esse diabo por amor enquanto puder; Quando chegar a hora, nem todos os anjos do céu o salvarão!"

Eu pesquisei a arma curiosamente. Uma noção horrível me impressionou: quão poderoso eu deveria ser possuidor de tal instrumento! Peguei-a da mão dele e toquei na lâmina. Ele olhou espantado para a expressão que meu rosto assumiu durante um breve segundo: não era horror, era cobiça. Ele pegou a pistola de volta, com ciúmes; fechou a faca e devolveu-a à sua dissimulação.

"Eu não me importo se você contar para ele", disse ele. "Coloquem-no em guarda e vigiem-no. Você sabe os termos em que estamos, eu vejo: o perigo dele não te choca."

"O que Heathcliff fez com você?" Eu perguntei. "Em que é que ele te fez mal, para justificar este ódio terrível? Não seria mais sensato pedir-lhe que abandonasse a casa?"

"Não!", trovejou Earnshaw; "Se ele se oferecer para me deixar, ele é um homem morto: convença-o a tentar, e você é uma assassina! Vou perder *tudo*, sem chance de recuperação? Hareton deve ser um mendigo? Ah, danação! Eu o terei de volta, e terei seu ouro também, e então seu sangue, e o inferno terá sua alma! Será dez vezes mais negro com esse hóspede do que nunca!"

Você me conheceu, Ellen, os hábitos do seu velho mestre. Está claramente à beira da loucura: pelo menos ontem à noite. Eu estremeci por estar perto dele, e pensei na melancolia malcriada do servo como comparativamente agradável. Ele agora recomeçou sua caminhada mal-humorada, e eu levantei o trinco, e escapei para a cozinha. José estava curvando-se sobre o fogo, espreitando uma grande panela que girava acima dela; e uma tigela de madeira de aveia estava no assentamento por perto. O conteúdo da panela começou a ferver, e ele se virou para mergulhar a mão na tigela; Conjecturei que esta preparação era provavelmente para a nossa ceia, e, estando com fome, resolvi que deveria ser comestível; então, gritando bruscamente: "*Vou* fazer o mingau!" Tirei a embarcação do alcance dele e comecei a tirar o chapéu e o hábito de pilotar. "O Sr. Earnshaw," continuei, "orienta-me a esperar em mim mesmo: eu vou. Eu não vou agir como a senhora entre vocês, por medo de morrer de fome."

"Gooid Lord!", ele murmurou, sentando-se e acariciando suas meias nervuradas do joelho ao tornozelo. "Se houver ortherings frescos – apenas quando eu me acostumar com dois maisters, se eu mun hev' uma *amante* set o'er my heead, é como se estivesse na hora de estar voando. Eu niver *pensei* em ver t' day que eu lama lave th' owld lugar - mas eu duvido que esteja perto de tudo!"

Esta lamentação não me chamou a atenção: fui rapidamente para o trabalho, suspirando para me lembrar de um período em que teria sido tudo divertido; mas compelido rapidamente a afastar a lembrança. Fazia-me lembrar a felicidade passada e quanto maior o perigo que havia de evocar a sua aparição, quanto mais depressa o thible corria, e mais depressa os punhados de refeição caíam na água. José contemplava o meu estilo de cozinha com crescente indignação.

"Thear!", ejaculou. "Hareton, tu não farás o teu mingau to-neeght; eles não serão, mas caroços tão grandes quanto o meu neive. Thear, agean! Eu voaria na tigela un' all, se eu wer ye! Lá, pálido t' guilp off, un' então ye'll hae done wi't. Bang, bang. É uma misericórdia t' bothom não é enganado!"

Foi uma bagunça bastante difícil, eu possuo, quando derramado nas bacias; quatro tinham sido fornecidos, e um jarro de galão de leite novo foi trazido do laticínio, que Hareton agarrou e começou a beber e derramar do lábio expansivo. Eu exposti, e desejei que ele tivesse o seu em uma caneca; afirmando que eu não podia provar o líquido tratado tão sujo. O velho cínico escolheu ficar muito ofendido com essa gentileza; garantindo-me, repetidamente, que "o celeiro era tão bom" quanto eu, "e tão wollsome", e imaginando como eu poderia ser tão vaidoso. Enquanto isso, o rufião infantil continuava a chupar; e sorriu para mim desafiadoramente, enquanto ele escravizava no jarro.

"Vou jantar noutra sala", disse. "Você não tem lugar para chamar de salão?"

"*Parlour*!", ele ecoou, zombando, "*parlour*! Não, nós não temos salões. Se yah dunnut loike wer companhia, há maister's; un' se yah dunnut loike maister, lá estamos nós."

"Então subirei as escadas", respondi; "Mostre-me uma câmara."

Coloquei minha bacia em uma bandeja e fui buscar mais um pouco de leite. Com grandes resmungos, o companheiro levantou-se, e precedeu-me na minha subida: montamos nas guarnições; Ele abriu uma porta, de vez em quando, para olhar para os apartamentos por onde passávamos.

— Aqui está um rahm — disse ele, enfim, atirando de volta uma prancha mal-humorada em dobradiças. "É muito bom comer um mingau. Há um pack o' corn i' t' corner, thear, meeterly clane; se você é temido o' muckying yer grand silk cloes, espalhe yer hankerchir o' t' top on't."

O "rahm" era uma espécie de buraco de madeira com cheiro forte de malte e grãos; vários sacos dos quais artigos foram empilhados, deixando um espaço amplo e nu no meio.

"Por que, cara", exclamei, encarando-o com raiva, "este não é um lugar para dormir. Quero ver o meu quarto."

"*Cama-rume*!", repetiu, em tom de deboche. "Yah's see all t' *bed-rumes* thear is – yon 's mine."

Ele apontou para a segunda guarnição, apenas diferindo da primeira por estar mais nu sobre as paredes, e ter uma cama grande, baixa e sem cortinas, com uma colcha cor de índigo, em uma extremidade.

"O que eu quero com o seu?" Eu retruquei. "Suponho que o Sr. Heathcliff não se aloja no topo da casa, não é?"

"Ah! é o que Maister *Hathecliff* está querendo?", gritou ele, como se fizesse uma nova descoberta. "Não poderíeis ter", disse soa, no máximo? un' then, I mud ha' told ye, baht all this wark, that is just one ye cannut see – he allas keep it locked, un' nob'dy iver mells on't but hisseln."

"Você tem uma bela casa, José", eu não poderia deixar de observar, "e presos agradáveis; e acho que a essência concentrada de toda a loucura do mundo tomou a sua morada no meu cérebro no dia em que liguei o meu destino ao deles! No entanto, esse não é o propósito atual - há outras salas. Pelo amor de Deus, seja rápido, e deixe-me assentar em algum lugar!"

Não respondeu a esta adjuração; apenas descendo obstinadamente os degraus de madeira, e parando diante de um apartamento que, a partir dessa parada e da qualidade superior de seus móveis, eu conjeturava ser o melhor. Havia um tapete — um bom, mas o padrão foi obliterado pela poeira; uma lareira pendurada com papel cortado, caindo aos pedaços; uma bela cabeceira de carvalho com amplas cortinas carmesim de material bastante caro e de fabricação moderna; mas eles evidentemente tinham experimentado um uso áspero: os vallances pendurados em festões, arrancados de seus anéis, e a barra de ferro que os sustentava estava dobrada em um arco de um lado, fazendo com que a cortina rastejasse no chão. As cadeiras também foram danificadas, muitas delas severamente; e reentrâncias profundas deformaram os painéis das paredes. Eu estava me esforçando para reunir resolução para entrar e tomar posse, quando meu tolo de um guia anunciou: "Isso aqui é t' maister's." A minha ceia por esta altura estava fria, o meu apetite desapareceu e a minha paciência esgotou-se. Insisti em receber imediatamente um lugar de refúgio e meios de repouso.

"Ouvir o divil?", começou o ancião religioso. "O Senhor nos abençoe! O Senhor nos perdoe! Quereis o *inferno* que vocês fariam? Vós desgastados, cansativos agora! Ye've visto tudo, exceto o pouco de Hareton de um cham'er. Não há outro hoile para se ligar em i' th' hahse!"

Fiquei tão irritado que joguei minha bandeja e seu conteúdo no chão; e depois sentei-me na cabeceira da escada, escondi o rosto nas mãos e chorei.

"Ech! ech!", exclamou José. "Weel feito, senhorita Cathy! weel feito, senhorita Cathy! Howsiver, t' maister sall just tum'le o'er them brocken pots; un' então ouvimos summut; estamos ouvindo como deve ser. Gooid-for-naught loucura! desarve pining fro' isto a Churstmas, lançando t' dons preciosos uh Deus sob fooit i' yer flaysome raivas! Mas eu sou mista'en se você shew yer sperrit lang. Será que Hathecliff bide sich bonny maneiras, pense ye? Eu nobbut desejo que ele possa pegar você i' que plisky. Eu não gostaria que ele pudesse."

E assim continuou a repreender a sua toca abaixo, levando consigo a vela; e permaneci no escuro. O período de reflexão que se sucedeu a esta ação tola obrigou-me a admitir a necessidade de sufocar o meu orgulho e sufocar a minha ira, e de me esforçar para remover os seus efeitos. Uma ajuda inesperada apareceu presentemente na forma de Throttler, que agora reconheci como filho do nosso velho Skulker: tinha passado o seu whelphood no Grange, e foi dado pelo meu pai ao Sr. Hindley. Gostava que me conhecesse: empurrou o nariz contra o meu como saudação, e depois apressou-se a devorar o mingau; enquanto eu tateava de degrau em degrau, recolhendo o barro quebrado e secando os respingos de leite do banister com meu lenço de bolso. Nossos trabalhos mal tinham terminado quando ouvi o passo de Earnshaw na passagem; meu assistente enfiou o rabo e pressionou a parede; Roubei a porta mais próxima. O esforço do cão para evitá-lo não teve sucesso; como eu adivinhei por um cortador no andar de baixo, e um prolongado e lamentável grito. Tive melhor sorte: ele passou, entrou no quarto e fechou a porta. Imediatamente depois Joseph veio com Hareton, para colocá-lo na cama. Eu tinha encontrado abrigo no quarto de Hareton, e o velho, ao me ver, disse: — "Eles estão de boath ye un' yer orgulho, agora, eu sud think i' the hahse. Está vazio; podeis dar tudo a yerseln, un' Ele como allas maks um terceiro, i' sich má companhia!"

De bom grado aproveitei essa insinuação, e no minuto em que me joguei numa cadeira, junto ao fogo, assenti com a cabeça e dormi. Meu sono era profundo e doce, embora tenha acabado cedo demais. O Sr. Heathcliff acordou-me; ele tinha acabado de entrar e exigiu, à sua maneira amorosa, o que eu estava fazendo lá? Disse-lhe a causa de eu ficar acordado tão tarde: que ele tinha a chave do nosso quarto no bolso. O adjetivo *nosso* deu ofensa mortal. Ele jurou que não era, nem nunca deveria ser, meu; e ele — mas não vou repetir a sua linguagem, nem descrever a sua conduta habitual: ele é engenhoso e inquieto ao procurar ganhar a minha repulsa! Às vezes admiro-me com uma intensidade que amortece o meu medo: no entanto, garanto-vos, um tigre ou uma serpente venenosa não poderia despertar em mim o terror igual àquele que ele acorda. Falou-me da doença de Catarina e acusou o meu irmão de a causar; prometendo que eu deveria ser o representante de Edgar no sofrimento, até que ele pudesse se apoderar dele.

Eu o odeio, sou miserável, fui um tolo! Cuidado para não dizer um sopro disso para qualquer um no Grange. Eu vou esperar você todos os dias - não me dececione! - ISABELLA.

# CAPÍTULO XIV

Assim que examinei esta epístola, dirigi-me ao mestre, informei-o de que sua irmã chegara às Alturas, e enviei-me uma carta expressando sua tristeza pela situação da Sra. Linton, e seu ardente desejo de vê-lo; com um desejo de que ele lhe transmitisse, o mais cedo possível, algum sinal de perdão por mim.

"Perdão!", disse Linton. "Não tenho nada a perdoar a ela, Ellen. Você pode ligar para Wuthering Heights esta tarde, se quiser, e dizer que não estou *com raiva*, mas lamento tê-la perdido, especialmente porque nunca posso pensar que ela será feliz. No entanto, está fora de questão vê-la: estamos eternamente divididos; e se ela realmente quiser me obrigar, que convença o vilão com quem se casou a deixar o país."

— E você não vai escrever um bilhetinho para ela, senhor? Perguntei, implorando.

"Não", respondeu. "É desnecessário. A minha comunicação com a família de Heathcliff será tão parcimoniosa como a dele com a minha. Não existirá!"

A frieza do Sr. Edgar deprimiu-me muito; e todo o caminho do Grange eu intrigava meus cérebros como colocar mais coração no que ele dizia, quando eu repetia; e como suavizar a sua recusa de algumas linhas para consolar Isabella. Atrevo-me a dizer que ela estava de olho em mim desde a manhã: vi-a a olhar através da rede quando subi a calçada do jardim, e acenei com a cabeça para ela; mas recuou, como se tivesse medo de ser observada. Entrei sem bater. Nunca houve uma cena tão sombria e sombria como a outrora alegre casa apresentava! Confesso que, se estivesse no lugar da moça, teria, pelo menos, varrido a lareira e enxugado as mesas com um duster. Mas ela já participava do espírito de negligência que a envolvia. Seu rosto bonito era wan e apático; o cabelo desenrolado: algumas madeixas penduradas lankly para baixo, e algumas descuidadamente torcidas em torno de sua cabeça. Provavelmente ela não tinha tocado em seu vestido desde a noite. Hindley não estava lá. O Sr. Heathcliff sentou-se a uma mesa, virando alguns papéis em seu livro de bolso; mas ele levantou-se quando eu apareci, perguntou-me como eu fazia, bastante amigável, e ofereceu-me uma cadeira. Ele era a única coisa ali que parecia decente; e eu pensei que ele nunca parecia melhor. Tanto se as circunstâncias tivessem alterado suas posições, que ele certamente teria atingido um estranho como um cavalheiro nato e criado; e sua esposa como um pequeno prato completo! Ela se apresentou ansiosamente para me cumprimentar e estendeu uma mão para pegar a carta esperada. Abanei a cabeça. Ela não entendeu a dica, mas me seguiu até um aparador, onde fui colocar meu boné, e me importunou em um sussurro para dar diretamente a ela o que eu tinha trazido. Heathcliff adivinhou o significado de suas manobras e disse: "Se você tem alguma coisa para Isabella (como sem dúvida você tem, Nelly), dê-a a ela. Não é preciso fazer segredo: não temos segredos entre nós."

"Oh, não tenho nada", respondi, achando melhor falar a verdade imediatamente. "O meu mestre pediu-me que dissesse à sua irmã que ela não devia esperar nem uma carta nem uma visita dele neste momento. Ele envia o seu amor, senhora, e os seus desejos para a vossa felicidade, e o seu perdão pela dor que provocaste; mas ele acha que, depois desse tempo, a sua casa e a casa aqui devem abandonar a intercomunicação, pois nada poderia vir para mantê-la."

O lábio da Sra. Heathcliff tremeu ligeiramente, e ela voltou ao seu lugar na janela. O marido dela se posicionou na lareira, perto de mim, e começou a fazer perguntas sobre Catarina. Contei-lhe tanto quanto achava adequado da sua doença, e ele extorquiu-me, por interrogatório, a maioria dos factos relacionados com a sua origem. Eu a culpei, como ela merecia, por trazer tudo para si mesma; e terminou esperando que ele seguisse o exemplo do Sr. Linton e evitasse futuras interferências em sua família, para o bem ou para o mal.

"A Sra. Linton agora está apenas se recuperando", eu disse; "Ela nunca será como era, mas sua vida é poupada; e se você realmente tem uma consideração por ela, você evitará cruzá-la novamente: não, você vai se mudar para fora deste país inteiramente; e que você não se arrependa, vou informá-lo Catherine Linton é tão diferente agora de sua velha amiga Catherine Earnshaw, como essa jovem senhora é diferente de mim. Sua aparência mudou muito, seu caráter muito mais; e a pessoa que é obrigada, necessariamente, a ser sua companheira, só sustentará o seu afeto daqui em diante pela lembrança do que ela já foi, pela humanidade comum e pelo senso de dever!"

"Isso é perfeitamente possível", observou Heathcliff, forçando-se a parecer calmo: "muito possível que seu mestre não tenha nada além de humanidade comum e um senso de dever para recorrer. Mas imagina que deixarei Catarina ao seu *dever* e *à sua humanidade*? e pode comparar os meus sentimentos em relação a Catarina com os dele? Antes de sair desta casa, devo exigir de você uma promessa de que você me dará uma entrevista com ela: consentimento, ou recusar, eu *vou* vê-la! O que você diz?"

— Eu digo, Sr. Heathcliff — respondi — você não deve: você nunca o fará, pelos meus meios. Outro encontro entre você e o mestre a mataria completamente."

"Com a vossa ajuda isso pode ser evitado", continuou; "e se houver perigo de tal evento - se ele for a causa de acrescentar um único problema mais à sua existência - por que, acho que serei justificado em ir a extremos! Gostaria que tivesse sinceridade suficiente para me dizer se Catarina sofreria muito com a sua perda: o medo de que ela me restringisse. E aí você vê a distinção entre nossos sentimentos: se ele estivesse no meu lugar, e eu no dele, embora eu o odiasse com um ódio que transformou minha vida em galha, eu nunca teria levantado a mão contra ele. Você pode parecer incrédulo, se quiser! Eu nunca o teria banido de sua sociedade enquanto ela desejasse a dele. No momento em que sua consideração cessou, eu teria arrancado seu coração e bebido seu sangue! Mas, até então - se você não acredita em mim, você não me conhece - até então, eu teria morrido por centímetros antes de tocar um único cabelo de sua cabeça!"

"E, no entanto", interrompi, "você não tem escrúpulos em arruinar completamente todas as esperanças de sua restauração perfeita, lançando-se em sua lembrança agora, quando ela quase se esqueceu de você, e envolvendo-a em um novo tumulto de discórdia e angústia."

"Você acha que ela quase se esqueceu de mim?", disse ele. "Oh, Nelly! você sabe que ela não tem! Você sabe tão bem quanto eu, que para cada pensamento que ela gasta em Linton, ela gasta mil em mim! Num período muito miserável da minha vida, tive uma noção do tipo: isso assombrou-me no meu regresso ao bairro no verão passado; mas só a sua própria garantia poderia fazer-me admitir novamente a ideia horrível. E então, Linton não seria nada, nem Hindley, nem todos os sonhos que sempre sonhei. Duas palavras compreenderiam o meu futuro – *a morte* e *o inferno*: a existência, depois de perdê-la, seria o inferno. No entanto, eu era um tolo para imaginar por um momento que ela valorizava o apego de Edgar Linton mais do que o meu. Se ele amasse com todos os poderes de seu ser insignificante, ele não poderia amar tanto em oitenta anos quanto eu poderia em um dia. E Catarina tem um coração tão profundo como eu: o mar poderia ser tão facilmente contido naquele cocho como todo o seu afeto fosse monopolizado por ele. Tush! Ele é pouco mais caro para ela do que seu cachorro, ou seu cavalo. Não está n'Ele ser amado como eu: como pode amar nele o que ele não tem?"

"Catarina e Edgar gostam tanto um do outro como qualquer outra pessoa", gritou Isabella, com súbita vivacidade. "Ninguém tem o direito de falar dessa maneira, e eu não vou ouvir meu irmão depreciado em silêncio!"

"Seu irmão também gosta muito de você, não é?", observou Heathcliff, com desdém. "Ele te deixa à deriva no mundo com uma alacridade surpreendente."

"Ele não tem consciência do que eu sofro", respondeu. "Não lhe disse isso."

"Você tem dito uma coisa a ele, então: você escreveu, não é?"

"Para dizer que eu era casado, eu escrevi, você viu o bilhete."

"E nada desde então?"

"Não."

"Minha jovem senhora está parecendo tristemente pior para sua mudança de condição", comentei. "O amor de alguém é curto no caso dela, obviamente; quem, eu posso adivinhar; mas, talvez, eu não devesse dizer."

"Eu deveria adivinhar que era dela", disse Heathcliff. "Ela degenera em mera vagabunda! Ela está cansada de tentar me agradar incomumente cedo. Você dificilmente creditaria, mas no dia seguinte do nosso casamento ela estava chorando para ir para casa. No entanto, ela vai se adequar a esta casa tanto melhor por não ser muito simpática, e eu cuidarei para que ela não me desgraçasse divagando no exterior."

"Bem, senhor," devolveu eu, "espero que considere que a Sra. Heathcliff está acostumada a ser cuidada e esperada; e que ela foi criada como uma filha única, a quem todos estavam prontos a servir. Você deve deixá-la ter uma empregada para manter as coisas arrumadas sobre ela, e você deve tratá-la gentilmente. Seja qual for a sua noção do Sr. Edgar, você não pode duvidar de que ela tem uma capacidade de apego forte, ou ela não teria abandonado as legações, e confortos, e amigos de sua antiga casa, para se fixar contente, em um deserto como este, com você."

"Ela os abandonou sob um delírio", ele respondeu; "imaginando em mim um herói do romance, e esperando indulgências ilimitadas da minha devoção cavalheiresca. Mal posso considerá-la à luz de uma criatura racional, tão obstinadamente ela persistiu em formar uma noção fabulosa do meu caráter e agir com base nas falsas impressões que acalentava. Mas, finalmente, acho que ela começa a me conhecer: não percebo os sorrisos bobos e caretas que me provocaram no início; e a incapacidade sem sentido de discernir que eu estava a sério quando lhe dei a minha opinião sobre a sua paixão e sobre si mesma. Foi um esforço maravilhoso de perspicácia descobrir que eu não a amava. Acreditei que, ao mesmo tempo, nenhuma lição poderia ensinar-lhe isso! E, no entanto, é mal aprendido; pois esta manhã ela anunciou, como uma peça de inteligência terrível, que eu tinha realmente conseguido fazê-la odiar-me! Um trabalho positivo de Hércules, garanto-vos! Se for conseguido, tenho motivos para retribuir os meus agradecimentos. Posso confiar na sua afirmação, Isabella? Tem certeza de que me odeia? Se eu te deixar sozinho por meio dia, você não virá suspirando e gemendo para mim novamente? Atrevo-me a dizer que ela preferia que eu tivesse parecido toda ternura diante de vós: fere a sua vaidade ter a verdade exposta. Mas não me interessa quem sabe que a paixão estava totalmente de um lado: e nunca lhe contei uma mentira sobre isso. Ela não pode acusar-me de mostrar um pouco de suavidade enganadora. A primeira coisa que ela me viu fazer, ao sair do Grange, foi pendurar seu cachorrinho; e quando ela implorou por isso, as primeiras palavras que proferi foram um desejo de que eu tivesse o enforcamento de todos os seres que lhe pertenciam, exceto um: possivelmente ela tomou essa exceção para si. Mas nenhuma brutalidade a repugnava: suponho que ela tem uma admiração inata por ela, se ao menos sua preciosa pessoa estivesse segura de ferimentos! Ora, não era a profundidade do absurdo – da idiotice genuína, para aquela pirraça miserável, servil e mesquinha sonhar que eu poderia amá-la? Diga à sua mestra, Nelly, que eu nunca, em toda a minha vida, me deparei com uma coisa tão abjeta como ela. Ela até desonra o nome de Linton; e eu às vezes cedi, por pura falta de invenção, em meus experimentos sobre o que ela poderia suportar, e ainda me arrepio vergonhosamente de volta! Mas dizei-lhe, também, que tranquilize o seu coração fraterno e magistral: que eu me mantenha estritamente dentro dos limites da lei. Tenho evitado, até este período, dar-lhe o menor direito de reivindicar uma separação; E, além disso, ela agradeceria a ninguém por nos dividir. Se ela quisesse ir, poderia: o incômodo de sua presença supera a gratificação a ser derivada de atormentá-la!"

"Sr. Heathcliff", disse eu, "esta é a conversa de um louco; sua esposa, muito provavelmente, está convencida de que você está louco; e, por essa razão, ela tem suportado com você até agora: mas agora que você diz que ela pode ir, ela sem dúvida vai valer-se da permissão. Você não está tão enfeitiçada, senhora, está, a ponto de permanecer com ele por sua própria vontade?"

"Cuida-te, Ellen!", respondeu Isabella, com os olhos brilhando de raiva; Não havia dúvidas pela sua expressão do pleno sucesso dos esforços do seu parceiro para se tornar detestado. "Não coloque fé em uma única palavra que ele fala. Ele é um demônio mentiroso! um monstro, e não um ser humano! Já me disseram que poderia deixá-lo antes; e fiz a tentativa, mas não me atrevo a repeti-la! Só que, Ellen, promete que não mencionará uma sílaba da sua infame conversa ao meu irmão ou à Catarina. Seja o que for que finja, ele quer provocar o desespero de Edgar: diz que se casou comigo de propósito para obter poder sobre ele; e ele não a obteve, eu morrerei primeiro! Só espero, rezo, que ele esqueça a sua prudência diabólica e me mate! O único prazer que posso imaginar é morrer, ou vê-lo morto!"

"Lá, isso vai fazer por enquanto!", disse Heathcliff. "Se você for chamada em um tribunal, você vai se lembrar da língua dela, Nelly! E dê uma boa olhada nesse semblante: ela está perto do ponto que me convém. Não; você não está apto para ser sua própria guardiã, Isabella, agora; e eu, sendo vosso protetor legal, devo mantê-lo sob minha custódia, por mais desagradável que seja a obrigação. Suba as escadas; Tenho algo a dizer a Ellen Dean em particular. Não é assim: lá em cima, digo-lhe! Ora, esta é a estrada lá em cima, criança!"

Agarrou-a e empurrou-a para fora do quarto; e voltou murmurando: "Não tenho piedade! Não tenho piedade! Quanto mais os vermes se contorcem, mais eu anseio esmagar suas entranhas! É uma dentição moral; e eu moo com maior energia na proporção do aumento da dor."

"Você entende o que significa a palavra piedade?" Eu disse, apressando-me a retomar meu capô. "Você já sentiu um toque disso em sua vida?"

"Põe isso para baixo!", interrompeu, percebendo minha intenção de partir. "Ainda não vai. Venha aqui agora, Nelly: Devo persuadi-la ou obrigá-la a ajudar-me a cumprir a minha determinação de ver Catarina, e isso sem demora. Juro que não medito nenhum dano: não desejo causar qualquer perturbação, ou exasperar ou insultar o Sr. Linton; Só quero ouvir de si mesma como ela está e por que está doente; e perguntar se algo que eu pudesse fazer seria útil para ela. Ontem à noite eu estava no jardim Grange seis horas, e voltarei lá esta noite; e todas as noites assombrarei o lugar, e todos os dias, até encontrar uma oportunidade de entrar. Se Edgar Linton me encontrar, não hesitarei em derrubá-lo e dar-lhe o suficiente para garantir sua tranquilidade enquanto eu ficar. Se os seus servos se opuserem a mim, eu os ameaçarei com estas pistolas. Mas não seria melhor evitar que eu entrasse em contato com eles, ou com seu mestre? E você poderia fazê-lo tão facilmente. Eu avisava-te quando eu chegava, e então tu me deixaste entrar sem ser observado, assim que ela estivesse sozinha, e vigiava até eu partir, a tua consciência bastante calma: estaríeis a impedir a travessura."

Protestei contra o desempenho desse papel traiçoeiro na casa do meu patrão: e, além disso, insisti na crueldade e no egoísmo de ele destruir a tranquilidade da Sra. Linton para sua satisfação. "A ocorrência mais comum a assusta dolorosamente", eu disse. "Ela está toda nervosa e não aguentou a surpresa, estou positiva. Não persista, senhor! ou então serei obrigado a informar o meu mestre dos vossos desenhos; e tomará medidas para proteger a sua casa e os seus reclusos de tais intrusões injustificáveis!"

"Nesse caso, tomarei medidas para te proteger, mulher!", exclamou Heathcliff; "Não deixarás Wuthering Heights até amanhã de manhã. É uma história tola afirmar que Catarina não suportava ver-me; e quanto a surpreendê-la, não a desejo: deves prepará-la — pergunta-lhe se posso vir. Você diz que ela nunca menciona meu nome, e que eu nunca sou mencionado a ela. A quem ela deve me mencionar se eu sou um assunto proibido na casa? Ela acha que todos vocês são espiões para o marido. Ah, não tenho dúvida de que ela está no inferno entre vocês! Acho que pelo silêncio dela, tanto quanto qualquer coisa, o que ela sente. Você diz que ela é muitas vezes inquieta e ansiosa: isso é uma prova de tranquilidade? Você fala que a mente dela está perturbada. Como o diabo poderia ser de outra forma em seu terrível isolamento? E aquela criatura insípida e insignificante que a atende por *dever* e *humanidade*! De *piedade* e *caridade*! Ele poderia muito bem plantar um carvalho em um vaso de flores, e esperar que ele prospere, como imaginar que ele pode restaurá-la ao vigor no solo de seus cuidados rasos! Vamos resolver de uma vez: você vai ficar aqui, e eu vou lutar meu caminho para Catherine por Linton e seu peão? Ou você será meu amigo, como tem sido até agora, e fará o que eu pedir? Decidam! porque não há razão para eu ficar mais um minuto, se você persistir em sua teimosa má natureza!"

Bem, Sr. Lockwood, eu argumentei e reclamei, e o recusei categoricamente cinquenta vezes; mas, a longo prazo, obrigou-me a um acordo. Eu me comprometi a levar uma carta dele para minha amante; e se ela consentisse, prometi deixá-lo ter conhecimento da próxima ausência de Linton de casa, quando ele pudesse vir, e entrar como ele fosse capaz:

eu não estaria lá, e meus companheiros deveriam estar igualmente fora do caminho. Foi certo ou errado? Receio que tenha sido errado, embora conveniente. Pensei ter evitado outra explosão pela minha conformidade; e pensei, também, que poderia criar uma crise favorável na doença mental de Catarina: e então lembrei-me da severa repreensão do Sr. Edgar aos meus contos carregados; e procurei suavizar toda a inquietação sobre o assunto, afirmando, com freqüente iteração, que aquela traição à confiança, se merecia uma denominação tão dura, deveria ser a última. Não obstante, a minha viagem para casa foi mais triste do que a minha viagem de trize; e muitas dúvidas que eu tinha, mas eu poderia prevalecer sobre mim mesmo para colocar a missiva na mão da Sra. Linton.

Mas aqui está Kenneth; Eu vou descer e dizer a ele o quanto você é melhor. A minha história é *sombria*, como dizemos, e servirá para passar mais uma manhã.

* * * * *

Dree, e sombrio! Refleti como a boa mulher desceu para receber o médico: e não exatamente do tipo que eu deveria ter escolhido para me divertir. Mas não importa! Vou extrair medicamentos saudáveis das ervas amargas da Sra. Dean; e, em primeiro lugar, permitam-me que tome cuidado com o fascínio que se esconde nos olhos brilhantes de Catherine Heathcliff. Eu deveria estar em uma tomada curiosa se eu entreguei meu coração àquele jovem, e a filha acabou com uma segunda edição da mãe.

# CAPÍTULO XV

Mais uma semana — e estou tantos dias mais perto da saúde e da primavera! Ouvi agora toda a história do meu vizinho, em diferentes sessões, pois a governanta podia poupar tempo a ocupações mais importantes. Vou continuar com as suas próprias palavras, apenas um pouco condensadas. Ela é, no geral, uma narradora muito justa, e acho que não poderia melhorar seu estilo.

* * * * *

À noite, disse ela, na noite da minha visita às Alturas, eu sabia, assim como se o visse, que o Sr. Heathcliff era sobre o lugar; e eu evitava sair, porque ainda carregava a carta dele no bolso e não queria mais ser ameaçada ou provocada. Eu tinha decidido não dá-lo até que meu mestre fosse a algum lugar, pois não podia adivinhar como seu recebimento afetaria Catarina. A consequência foi que não chegou até ela antes do lapso de três dias. A quarta foi domingo, e eu a trouxe para o quarto dela depois que a família foi à igreja. Sobrou um servo para manter a casa comigo, e geralmente fazíamos a prática de trancar as portas durante o horário de serviço; mas, naquela ocasião, o tempo estava tão quente e agradável que os abri e, para cumprir meu compromisso, como sabia quem viria, disse ao meu companheiro que a amante desejava muito algumas laranjas, e ele deveria correr para a aldeia e pegar algumas, para serem pagas no dia seguinte. Ele partiu e eu subi as escadas.

A Sra. Linton sentou-se com um vestido branco solto, com um xale leve sobre os ombros, no recesso da janela aberta, como de costume. Seu cabelo grosso e comprido havia sido parcialmente removido no início de sua doença, e agora ela o usava simplesmente penteado em suas tranças naturais sobre suas têmporas e pescoço. Sua aparência foi alterada, como eu havia dito a Heathcliff; mas quando ela estava calma, parecia haver uma beleza sobrenatural na mudança. Ao clarão dos seus olhos sucedera-lhe uma suavidade sonhadora e melancólica; Eles já não davam a impressão de olhar para os objetos ao seu redor: eles pareciam sempre olhar além, e muito além - você teria dito fora deste mundo. Depois, a palidez do seu rosto - o seu aspeto nebuloso desapareceu à medida que recuperava a carne - e a expressão peculiar decorrente do seu estado mental, embora dolorosamente sugestiva das suas causas, acrescentaram-se ao comovente interesse que ela despertou; e - invariavelmente para mim, eu sei, e para qualquer pessoa que a visse, eu deveria pensar - refutava provas mais tangíveis de convalescença, e a carimbava como uma condenada à decadência.

Um livro estava estendido na soleira diante dela, e o vento quase impercetível agitava suas folhas em intervalos. Creio que Linton o tinha colocado ali: pois ela nunca se esforçou por se desviar com a leitura, ou ocupação de qualquer tipo, e ele gastava muitas horas a tentar atrair a sua atenção para algum assunto que antes era a sua diversão. Ela estava consciente de seu objetivo, e em seu melhor humor suportou seus esforços placidamente, apenas mostrando sua inutilidade de vez em quando suprimindo um suspiro cansado, e verificando-o finalmente com o mais triste dos sorrisos e beijos. Outras vezes, ela se afastava petulantemente e escondia o rosto em suas mãos, ou até mesmo o empurrava com raiva; e então ele teve o cuidado de deixá-la em paz, pois estava certo de não fazer nada de bom.

Os sinos da capela de Gimmerton ainda estavam tocando; e o fluxo pleno e suave do beck no vale veio calmamente na orelha. Era um doce substituto para o murmúrio ainda ausente da folhagem de verão, que afogava aquela música sobre o Grange quando as árvores estavam em folha. Em Wuthering Heights sempre soou em dias tranquilos após um grande degelo ou uma estação de chuva constante. E de Wuthering Heights Catarina pensava enquanto ouvia: isto é, se pensava ou ouvia; mas ela tinha o olhar vago e distante que mencionei antes, que não expressava nenhum reconhecimento das coisas materiais, nem pelo ouvido nem pelos olhos.

— Há uma carta para você, Sra. Linton — eu disse, inserindo-a gentilmente em uma mão que repousava sobre seu joelho. "Você deve lê-lo imediatamente, porque ele quer uma resposta. Devo quebrar o selo?" "Sim", respondeu ela, sem alterar a direção dos olhos. Abri-o, foi muito curto. "Agora", continuei, "leia-o." Ela puxou a mão e deixou-a cair. Substituí-a no colo dela, e fiquei esperando até que lhe agradasse olhar para baixo; mas esse movimento atrasou-se tanto que finalmente retomei: "Devo lê-lo, senhora? É do Sr. Heathcliff."

Houve um começo e um brilho conturbado de lembrança, e uma luta para organizar suas ideias. Ela levantou a carta, e pareceu examiná-la; e quando chegou à assinatura, suspirou: ainda assim descobri que ela não tinha reunido a sua importância, pois, ao desejar ouvi-la responder, ela apenas apontou para o nome, e olhou para mim com ânsia triste e questionadora.

— Bem, ele deseja vê-lo — disse eu, adivinhando sua necessidade de um intérprete. "Ele já está no jardim e impaciente para saber que resposta vou trazer."

Enquanto eu falava, observei um cachorro grande deitado na grama ensolarada abaixo levantar as orelhas como se estivesse prestes a latir, e depois alisando-as de volta, anunciando, por um abanar da cauda, que alguém se aproximou de quem não considerava um estranho. A Sra. Linton inclinou-se para a frente e ouviu sem fôlego. O minuto seguinte a um passo atravessou o corredor; a casa aberta era tentadora demais para Heathcliff resistir a entrar: muito provavelmente ele supôs que eu estava inclinado a fugir da minha promessa, e então resolveu confiar em sua própria audácia. Com uma ânsia tensa, Catarina olhou para a entrada do seu quarto. Ele não bateu diretamente no quarto direito: ela me fez sinal para admiti-lo, mas ele descobriu que eu poderia chegar à porta, e em um passo ou dois estava ao seu lado, e a agarrou em seus braços.

Ele não falou nem soltou o controle por cerca de cinco minutos, período durante o qual ele deu mais beijos do que nunca deu em sua vida antes, ouso dizer: mas então minha amante o beijou primeiro, e eu vi claramente que ele mal podia suportar, por pura agonia, olhar em seu rosto! A mesma convicção que eu, desde o instante em que a contemplou, de que não havia ali perspetiva de recuperação definitiva – ela estava fadada a morrer.

"Oh, Cathy! Oh, minha vida! como posso suportá-lo?" foi a primeira frase que proferiu, num tom que não procurou disfarçar o seu desespero. E agora ele a encarava com tanta seriedade que pensei que a própria intensidade de seu olhar lhe traria lágrimas aos olhos; mas arderam de angústia: não derreteram.

"E agora?", perguntou Catarina, inclinando-se para trás, e devolvendo o olhar com uma sobrancelha subitamente turva: o seu humor era uma mera palheta para caprichos constantemente variáveis. "Você e Edgar partiram meu coração, Heathcliff! E vocês dois vêm lamentar o ato para mim, como se fossem o povo a ser lamentado! Não terei pena de ti, não de mim. Você me matou – e prosperou com isso, eu acho. Como você é forte! Quantos anos você pretende viver depois que eu partir?"

Heathcliff ajoelhou-se sobre um joelho para abraçá-la; Ele tentou levantar-se, mas ela agarrou-lhe o cabelo e manteve-o para baixo.

"Eu gostaria de poder segurá-lo", continuou ela, amargamente, "até que nós dois estivéssemos mortos! Eu não deveria me importar com o que você sofreu. Não me importo nada com os vossos sofrimentos. Por que você não deveria sofrer? Eu! Vão esquecer-se de mim? Você será feliz quando eu estiver na terra? Daqui a vinte anos, dirá: "Esse é o túmulo de Catherine Earnshaw? Eu a amava há muito tempo, e era miserável perdê-la; mas é passado. Eu amei muitos outros desde então: meus filhos são mais queridos para mim do que ela; e, na morte, não me alegrarei por ir ter com ela: lamentarei tê-los de os abandonar!" Você vai dizer isso, Heathcliff?"

"Não me tortura até que eu esteja tão louco quanto você", gritou ele, arrancando a cabeça e rangendo os dentes.

Os dois, para um espectador legal, fizeram uma imagem estranha e assustadora. Bem poderia Catarina considerar que o céu seria uma terra de exílio para ela, a menos que, com seu corpo mortal, ela também lançasse fora seu caráter moral. Seu semblante atual tinha uma vingança selvagem em sua bochecha branca, e um lábio sem sangue e olho cintilante; e ela retinha em seus dedos fechados uma parte das madeixas que ela estava agarrando. Quanto à companheira, erguendo-se com uma mão, tomara-lhe o braço com a outra; e tão inadequado era o seu estoque de gentileza às exigências de sua condição, que ao se soltar vi quatro impressões distintas deixadas azuis na pele incolor.

"Você está possuído por um diabo", ele perseguiu, selvagemente, "para falar dessa maneira comigo quando você está morrendo? Você reflete que todas essas palavras ficarão marcadas em minha memória e comerão mais fundo eternamente depois que você me deixar? Sabes que mentes para dizer que te matei: e, Catarina, sabes que eu poderia logo esquecer-te de ti como a minha existência! Não é suficiente para o vosso egoísmo infernal que, enquanto estiveres em paz, eu me contorçarei nos tormentos do inferno?"

"Não estarei em paz", lamentou Catarina, recordada a uma sensação de fraqueza física pelo pulsar violento e desigual do seu coração, que batia visível e audível sob este excesso de agitação. Ela não disse mais nada até que o paroxismo terminasse; Então ela continuou, mais gentilmente:

"Não lhe desejo maior tormento do que eu, Heathcliff. Só desejo que nunca nos separemos: e se uma palavra minha vos afligir daqui em diante, pensem que sinto a mesma angústia no subsolo e, por minha própria causa, perdoem-me! Venha aqui e ajoelhe-se novamente! Você nunca me prejudicou em sua vida. Não, se você nutrir raiva, isso será pior de lembrar do que minhas palavras duras! Você não vai vir aqui novamente? Faça!"

Heathcliff foi para o fundo de sua cadeira e se inclinou, mas não a ponto de deixá-la ver seu rosto, que estava lívido de emoção. Ela inclinou-se para olhar para ele; Não o permitiu: virando-se abruptamente, caminhou até à lareira, onde se sentou, silencioso, de costas para nós. O olhar da Sra. Linton seguia-o desconfiado: cada movimento despertava nela um novo sentimento. Depois de uma pausa e um olhar prolongado, ela retomou; dirigindo-se a mim com sotaques de indignação deceção:—

"Oh, você vê, Nelly, ele não cedeu um momento para me manter fora da sepultura. *É assim que* sou amada! Bem, não importa. Esse não é o *meu* Heathcliff. Vou amar o meu ainda; e leve-o comigo: ele está na minha alma. E", acrescentou ela, ponderando, "o que mais me irrita é essa prisão destruída, afinal. Estou cansado de estar fechado aqui. Estou cansado de escapar para esse mundo glorioso, e de estar sempre lá: não o vendo vagamente através das lágrimas, e ansiando por ele através das paredes de um coração dolorido: mas realmente com ele, e nele. Nelly, você acha que é melhor e mais afortunada do que eu; em plena saúde e força: você está arrependido de mim - muito em breve isso será alterado. Lamento por *si*. Estarei incomparavelmente além e acima de todos vós. *Fico imaginando* que ele não estará perto de mim!" Ela seguiu para si mesma. "Achei que ele desejava. Heathcliff, querido! você não deve ser mal-humorado agora. Venha ter comigo, Heathcliff."

Na ânsia levantou-se e apoiou-se no braço da cadeira. Perante esse apelo sincero, voltou-se para ela, parecendo absolutamente desesperado. Seus olhos, largos e molhados, finalmente piscaram ferozmente sobre ela; seu peito empinava convulsivamente. Um instante eles se seguraram, e então como eles se encontraram eu quase não vi, mas Catherine fez uma mola, e ele a pegou, e eles estavam trancados em um abraço do qual eu pensei que minha amante nunca seria libertada viva: na verdade, aos meus olhos, ela parecia diretamente insensível. Ele se jogou no assento mais próximo, e ao me aproximar apressadamente para verificar se ela havia desmaiado, ele me roeu, espumou como um cachorro louco, e a reuniu para ele com ciúmes gananciosos. Não me sentia na companhia de uma criatura da minha espécie: parecia que ele não entenderia, embora eu lhe falasse; então eu me levantei, e segurei minha língua, em grande perplexidade.

Um movimento de Catarina aliviou-me um pouco: ela levantou a mão para apertar o pescoço dele, e trazer a bochecha para ele enquanto ele a segurava; enquanto ele, em troca, cobrindo-a de carícias frenéticas, disse descontroladamente:

"Você me ensina agora o quão cruel você tem sido, cruel e falso. *Por que* me desprezaram? *Por que* você traiu seu próprio coração, Cathy? Não tenho uma palavra de conforto. Você merece isso. Você se matou. Sim, podes beijar-me e chorar; e arrancando meus beijos e lágrimas: eles vão te atormentar, eles vão te condenar. Você me amava - então que *direito* você tinha de me deixar? Que direito - responda-me - para a pobre fantasia que você sentiu por Linton? Porque a miséria e a degradação, e a morte, e nada que Deus ou Satanás pudesse infligir teria nos separado, *você*, por sua própria vontade, fez isso. Eu não quebrei o teu coração, *tu* o quebraste, e ao quebrá-lo, quebrou o meu. Tanto pior para mim que sou forte. Quero viver? Que tipo de vida será quando você — oh, Deus! *você* gostaria de viver com sua alma na sepultura?"

"Deixem-me em paz. Deixem-me em paz", soluçou Catarina. "Se eu errei, estou morrendo por isso. Chega! Você me deixou também: mas eu não vou te incomodar! Eu perdoo-te. Perdoe-me!"

"É difícil perdoar, olhar para esses olhos e sentir aquelas mãos desperdiçadas", respondeu. "Beija-me de novo; e não me deixe ver seus olhos! Perdoo-me o que me fizeste. Eu amo *meu* assassino, mas *o seu*! Como posso?"

Eles ficaram em silêncio – seus rostos se esconderam uns contra os outros, e lavados pelas lágrimas um do outro. Pelo menos, suponho que o choro estava de ambos os lados; como parecia Heathcliff *poderia* chorar em uma grande ocasião como esta.

Entretanto, fiquei muito desconfortável; pois a tarde se desgastou rapidamente, o homem que eu tinha mandado embora voltou de sua missão, e eu pude distinguir, pelo brilho do sol ocidental no vale, um saguão engrossando fora da varanda da capela de Gimmerton.

"O serviço acabou", anunciei. "Meu mestre estará aqui em meia hora."

Heathcliff gemeu uma maldição e aproximou Catarina: ela nunca se mexeu.

Durante muito tempo percebi um grupo de criados passando pela estrada em direção à ala da cozinha. O Sr. Linton não ficou muito atrás; Ele mesmo abriu o portão e saltitou lentamente, provavelmente aproveitando a tarde encantadora que respirava tão suave quanto o verão.

"Agora ele está aqui", exclamei. "Pelo amor de Deus, apresse-se! Você não encontrará ninguém nas escadas da frente. Seja rápido; e fique entre as árvores até que ele esteja razoavelmente dentro."

— Devo ir, Cathy — disse Heathcliff, tentando se desvencilhar dos braços da companheira. "Mas se eu viver, vou te ver de novo antes que você esteja dormindo. Eu não vou me afastar a cinco metros da sua janela."

"Você não deve ir!", ela respondeu, segurando-o com a mesma firmeza que sua força permitia. "Não o *farás*, digo-te."

"Durante uma hora", suplicou com sinceridade.

"Nem por um minuto", respondeu ela.

"Eu *devo*, Linton vai acordar imediatamente", insistiu o intruso alarmado.

Ele teria se levantado, e desfixado os dedos pelo ato - ela se agarrou rapidamente, ofegante: havia uma resolução louca em seu rosto.

"Não!", ela gritou. "Ah, não, não vá. É a última vez! Edgar não nos fará mal. Heathcliff, eu vou morrer! Eu vou morrer!"

"Maldito o tolo! Lá está ele", gritou Heathcliff, afundando-se de volta no seu lugar. "Hush, meu querido! Hush, hush, Catherine! Eu vou ficar. Se ele me atirasse assim, eu expiraria com uma bênção nos lábios."

E lá foram eles rápidos novamente. Ouvi meu mestre montando as escadas - o suor frio corria da minha testa: fiquei horrorizado.

"Vai ouvir os delírios dela?" Eu disse, apaixonadamente. "Ela não sabe o que diz. Você vai arruiná-la, porque ela não tem sagacidade para se ajudar? Levanta-te! Você pode ser livre instantaneamente. Esse é o ato mais diabólico que você já fez. Estamos todos feitos para — mestre, amante e servo."

Torci as mãos e gritei; e o Sr. Linton apressou o seu passo perante o barulho. No meio da minha agitação, fiquei sinceramente contente por observar que os braços de Catarina tinham caído relaxados e a sua cabeça pendurada.

"Ela está desmaiada, ou morta", pensei: "tanto melhor. Muito melhor que ela esteja morta, do que ficar com um fardo e um fazedor de miséria para tudo sobre ela."

Edgar dirigiu-se ao seu hóspede sem querer, branqueado de espanto e raiva. O que ele quis fazer eu não posso dizer; No entanto, o outro interrompeu todas as manifestações, de uma só vez, colocando a forma sem vida em seus braços.

"Olha lá!", disse ele. "A menos que sejas um demônio, ajuda-a primeiro — então falarás comigo!"

Entrou no salão e sentou-se. O Sr. Linton convocou-me, e com grande dificuldade, e depois de recorrer a muitos meios, conseguimos restaurá-la à sensação; mas ela estava toda desnorteada; ela suspirou, e gemeu, e não conhecia ninguém. Edgar, na sua ansiedade por ela, esqueceu-se do seu odiado amigo. Eu não. Eu fui, na primeira oportunidade, e pedi-lhe que partisse; afirmando que Catarina estava melhor, e ele deveria ouvir de mim de manhã como ela passou a noite.

"Não me recusarei a sair de portas", respondeu; "mas ficarei no jardim: e, Nelly, lembre-se de que guardas a tua palavra até ao fim. Estarei debaixo daquelas larvas. Atenção! ou faço outra visita, quer Linton esteja ou não."

Mandou um rápido olhar pela porta entreaberta da câmara e, verificando que o que eu afirmei era aparentemente verdade, entregou a casa da sua infeliz presença.

# CAPÍTULO XVI

Por volta das doze horas daquela noite nasceu a Catarina que você viu em Wuthering Heights: uma criança de sete meses; e duas horas depois da morte da mãe, nunca tendo recuperado a consciência suficiente para perder Heathcliff, ou conhecer Edgar. A distração deste último perante o seu luto é um assunto demasiado doloroso para ser abordado; suas sequelas mostraram quão profunda a tristeza afundou. Uma grande adição, a meu ver, foi ele ficar sem herdeiro. Lamentei-o, enquanto olhava para o órfão débil; e eu abusou mentalmente do velho Linton por (o que era apenas parcialidade natural) garantir sua propriedade para sua própria filha, em vez da de seu filho. Uma criança não bem-vinda que era, coitado! Podia ter chorado da vida, e ninguém se importava um bocadinho, durante aquelas primeiras horas de existência. Depois, redimimos a negligência; mas o seu início foi tão amigável quanto o seu fim deverá ser.

Na manhã seguinte, brilhante e alegre fora de portas, roubou-se pelas persianas da sala silenciosa e encheu o sofá e seu ocupante de um brilho suave e terno. Edgar Linton tinha a cabeça deitada no travesseiro e os olhos fechados. Suas feições jovens e justas eram quase tão mortíferas quanto as da forma ao seu lado, e quase tão fixas: mas a *sua* era o silêncio da angústia exausta, e a *dela* da paz perfeita. A sobrancelha lisa, as pálpebras fechadas, os lábios com a expressão de um sorriso; Nenhum anjo no céu poderia ser mais belo do que parecia. E eu participei da calma infinita em que ela jazia: minha mente nunca estava em um quadro mais sagrado do que enquanto eu olhava para aquela imagem tranquila do descanso Divino. Instintivamente, ecoei as palavras que ela tinha proferido algumas horas antes: "Incomparavelmente além e acima de todos nós! Seja ainda na terra ou agora no céu, o seu espírito está em casa com Deus!"

Não sei se é uma peculiaridade em mim, mas raramente sou diferente de feliz enquanto assisto na câmara da morte, caso nenhum enlutado frenético ou desesperado compartilhe o dever comigo. Vejo um repouso que nem a terra nem o inferno podem quebrar, e sinto uma certeza do infinito e sem sombras daqui em diante – a Eternidade em que eles entraram – onde a vida é ilimitada em sua duração, e o amor em sua simpatia e alegria em sua plenitude. Notei naquela ocasião quanto egoísmo existe mesmo num amor como o do Sr. Linton, quando ele tanto lamentou a bendita libertação de Catherine! Com certeza, poder-se-ia duvidar, depois da existência rebelde e impaciente que levara, se ela merecia finalmente um refúgio de paz. Pode-se duvidar em épocas de reflexão fria; mas não então, na presença do seu cadáver. Afirmava a sua própria tranquilidade, que parecia uma promessa de igual tranquilidade para o seu antigo habitante.

Você acredita que essas pessoas *são* felizes no outro mundo, senhor? Eu daria muito para saber.

Recusei-me a responder à pergunta da Sra. Dean, que me pareceu algo heterodoxo. E prosseguiu:

Refazendo o percurso de Catherine Linton, receio que não tenhamos o direito de pensar que ela o é; mas vamos deixá-la com o seu Maker.

O mestre parecia adormecido, e eu me aventurei logo após o nascer do sol para sair do quarto e roubar o ar puro e refrescante. Os criados pensaram que eu tinha ido sacudir a sonolência do meu relógio prolongado; na realidade, o meu principal motivo era ver o Sr. Heathcliff. Se tivesse permanecido entre os lariços a noite toda, não teria ouvido nada da agitação no Grange; a menos que, talvez, ele possa pegar o galope do mensageiro indo para Gimmerton. Se ele tivesse chegado mais perto, provavelmente estaria ciente, pelas luzes que tremulavam de um lado para o outro, e pela abertura e fechamento das portas externas, que nem tudo estava bem por dentro. Desejava, mas temia, encontrá-lo. Senti que a terrível notícia devia ser contada, e ansiava por superá-la; mas *como* fazê-lo eu não sabia. Ele estava lá — pelo menos, alguns metros mais adiante no parque; encostou-se a um velho freixo, tirou o chapéu e os cabelos encharcados com o orvalho que se acumulara nos ramos brotados, e caiu respingando em torno dele. Ele estava há muito tempo naquela posição, pois vi um par de ousels passando e repassando a apenas três metros dele, ocupado na construção de seu ninho, e em relação à sua proximidade não mais do que a de um pedaço de madeira. Eles voaram na minha aproximação, e ele levantou os olhos e falou: — "Ela está morta!", disse ele; "Eu não esperei que você aprendesse isso. Guarde o lenço — não se afaste diante de mim. Malditos todos! ela não quer nenhuma das *tuas* lágrimas!"

Eu chorava tanto por ele quanto por ela: às vezes temos pena de criaturas que não têm nenhum sentimento nem por si nem pelos outros. Quando olhei pela primeira vez para o seu rosto, percebi que ele tinha a inteligência da catástrofe; e uma tola noção me chamou a atenção de que seu coração estava abalado e ele orava, porque seus lábios se moviam e seu olhar estava dobrado no chão.

"Sim, ela está morta!" Respondi, verificando meus soluços e secando minhas bochechas. "Fui para o céu, espero; onde podemos, cada um, juntar-nos a ela, se tomarmos a devida advertência e deixarmos os nossos maus caminhos para seguir o bem!"

"Será que *ela* tomou o devido aviso, então?", perguntou Heathcliff, tentando zombar. "Ela morreu como uma santa? Venha, dê-me uma verdadeira história do evento. Como foi—?"

Tentou pronunciar o nome, mas não conseguiu; e, comprimindo a boca, travou um combate silencioso com a sua agonia interior, desafiando, entretanto, a minha simpatia com um olhar inabalável e feroz. "Como é que ela morreu?", retomou, finalmente, desmaiando, apesar da sua dureza, para ter um apoio atrás dele; pois, depois da luta, tremeu, apesar de si mesmo, até as pontas dos dedos.

"Pobre desgraçado!" Eu pensava; "Você tem um coração e nervos iguais aos seus irmãos homens! Por que você deveria estar ansioso para escondê-los? O vosso orgulho não pode cegar a Deus! Você o tenta a torcê-los, até que ele force um grito de humilhação."

"Tranquilamente como um cordeiro!" Eu respondi, em voz alta. "Ela arrancou um suspiro, e esticou-se, como uma criança revivendo, e afundando novamente para dormir; e cinco minutos depois senti um pequeno pulso em seu coração, e nada mais!"

"E ela alguma vez me mencionou?", perguntou, hesitando, como se temesse que a resposta à sua pergunta introduzisse pormenores que não suportava ouvir.

"Seus sentidos nunca mais voltaram: ela não reconheceu ninguém desde o momento em que você a deixou", eu disse. Deita-se com um sorriso doce no rosto; e as suas últimas ideias voltaram aos agradáveis primórdios. Sua vida se encerrou em um sonho gentil - que ela acorde tão gentilmente no outro mundo!"

"Que ela acorde atormentada!", exclamou, com veemência assustadora, batendo o pé e gemendo num súbito paroxismo de paixão ingovernável. "Ora, ela é mentirosa até o fim! Onde é que ela está? Não *lá* — nem no céu — nem pereceu, onde? Ah! Você disse que não se importava nada com os meus sofrimentos! E faço uma oração — repito-a até que a minha língua enrijeça — Catherine Earnshaw, que não descanses enquanto eu estiver a viver; você disse que eu te matei - me assombra, então! Os assassinados assombram os seus assassinos, creio. Sei que fantasmas *vagaram* na terra. Esteja comigo sempre - assuma qualquer forma - me enlouqueça! só não me deixes neste abismo, onde não te consigo encontrar! Oh, meu Deus! é indizível! Não *posso* viver sem a minha vida! Não *posso* viver sem a minha alma!"

Ele jogou a cabeça contra o tronco amarrado; e, erguendo os olhos, uivou, não como um homem, mas como uma besta selvagem sendo perseguida até a morte com facas e lanças. Observei vários respingos de sangue sobre a casca da árvore, e sua mão e testa estavam manchadas; provavelmente a cena que presenciei foi uma repetição de outros atos durante a noite. Mal me comoveu a compaixão — chocou-me: ainda assim, senti-me relutante em abandoná-lo assim. Mas no momento em que ele se lembrou o suficiente para me notar observando, ele trovejou uma ordem para eu ir, e eu obedeci. Ele estava além da minha habilidade para silenciar ou consolar!

O funeral da Sra. Linton foi marcado para ocorrer na sexta-feira seguinte ao seu falecimento; e até então seu caixão permanecia descoberto, e repleto de flores e folhas perfumadas, na grande sala de desenho. Linton passava seus dias e noites lá, um guardião insone; e - uma circunstância escondida de todos, menos de mim – Heathcliff passava as noites, pelo menos, do lado de fora, igualmente um estranho para descansar. Não tive nenhuma comunicação com ele; ainda assim, eu estava consciente de seu projeto de entrar, se pudesse; e na terça-feira, um pouco depois de escurecer, quando meu mestre, por puro cansaço, foi obrigado a se aposentar algumas horas, fui e abri uma das janelas; movido por sua perseverança para dar-lhe uma chance de dar à imagem desbotada de seu ídolo um último adieu. Não deixou de aproveitar a oportunidade, cautelosa e brevemente; demasiado cauteloso para trair a sua presença pelo menor ruído. Na verdade, eu não deveria ter descoberto que ele tinha estado lá, exceto pelo desarranjo da cortina sobre o rosto do cadáver, e por observar no chão uma ondulação de cabelos claros, presos com um fio de prata; que, no exame, verifiquei ter sido tirado de um medalhão pendurado no pescoço de Catarina. Heathcliff abriu a bugiganga e expulsou o seu conteúdo, substituindo-os por uma fechadura preta própria. Torci os dois e os encerrei.

O Sr. Earnshaw foi, naturalmente, convidado a assistir aos restos mortais da sua irmã até à sepultura; não deu desculpas, mas nunca veio; de modo que, além do marido, os enlutados eram inteiramente compostos por inquilinos e criados. Isabella não foi questionada.

O local do enterro de Catarina, para surpresa dos aldeões, não era na capela sob o monumento esculpido dos Lintons, nem ainda junto aos túmulos das suas próprias relações, no exterior. Foi escavado numa encosta verde num canto do kirkyard, onde o muro é tão baixo que urzes e mirtilos subiram sobre ele a partir da charneca; e o molde de turfa quase a enterra. O marido encontra-se agora no mesmo sítio; e cada um deles tem uma lápide simples acima, e um bloco cinzento simples aos seus pés, para marcar as sepulturas.

# CAPÍTULO XVII

Aquela sexta-feira fez o último dos nossos bons dias durante um mês. À noite, o tempo quebrou: o vento mudou de sul para nordeste, e trouxe chuva primeiro, e depois granizo e neve. No dia seguinte, mal se podia imaginar que tivessem ocorrido três semanas de verão: as prímulas e os crocodilos estavam escondidos sob derivas invernais; as cotovias calavam-se, as folhas jovens das árvores primitivas feriam-se e enegreciam-se. E sombrio, e frio, e sombrio, esse morrow se insinuou! Meu mestre manteve seu quarto; Tomei posse do salão solitário, convertendo-o em berçário: e lá estava eu, sentado com a boneca gemendo de uma criança deitada sobre meu joelho; balançando-o para lá e para cá, e observando, enquanto isso, os flocos ainda dirigindo se acumularem na janela sem cortinas, quando a porta se abriu, e alguma pessoa entrou, sem fôlego e rindo! Minha raiva foi maior do que meu espanto por um minuto. Suponho que fosse uma das empregadas, e chorei: "Fiz! Como você se atreve a mostrar sua vertigem aqui? O que diria o Sr. Linton se o ouvisse?"

"Com licença!", respondeu uma voz familiar; "mas sei que o Edgar está na cama e não consigo parar."

Com isso, a oradora se aproximou do fogo, ofegante e segurando a mão para o lado.

"Eu corri todo o caminho de Wuthering Heights!", continuou ela, depois de uma pausa; "exceto onde eu voei. Não consegui contar o número de quedas que tive. Ah, estou doendo toda! Não se assuste! Haverá uma explicação assim que eu puder dar-lhe; só tenho a bondade de sair e ordenar que a carruagem me leve até Gimmerton, e diga a um criado para procurar algumas roupas no meu guarda-roupa."

A intrusa era a Sra. Heathcliff. Ela certamente não parecia estar em apuros: seus cabelos corriam sobre seus ombros, pingando neve e água;

Ela estava vestida com o vestido de menina que usava comumente, condizente com sua idade mais do que sua posição: um frock baixo com mangas curtas, e nada na cabeça ou pescoço. A pedra era de seda clara, e agarrava-se a ela molhada, e seus pés eram protegidos apenas por chinelos finos; acrescente-se a isso um corte profundo sob uma orelha, que só o frio impediu de sangrar profusamente, um rosto branco arranhado e machucado, e uma armação dificilmente capaz de se sustentar através do cansaço; e você pode imaginar que meu primeiro susto não foi muito aliviado quando eu tive o lazer para examiná-la.

"Minha querida moça", exclamei, "não mexerei em lugar nenhum, e não ouvirei nada, até que você tenha tirado todas as peças de sua roupa e colocado coisas secas; e certamente não irás a Gimmerton esta noite, por isso é desnecessário ordenar a carruagem."

"Certamente eu vou", disse ela; "Andando ou pedalando: no entanto, não tenho nenhuma objeção a me vestir decentemente. E — ah, veja como isso flui pelo meu pescoço agora! O fogo torna-o inteligente."

Ela insistiu para que eu cumprisse suas instruções, antes que eu me deixasse tocá-la; e só depois de o cocheiro ter sido instruído a preparar-se, e de uma empregada ter arrumado alguns trajes necessários, obtive o seu consentimento para amarrar a ferida e ajudar a mudar as suas roupas.

— Agora, Ellen — disse ela, quando minha tarefa terminou e ela estava sentada em uma poltrona na lareira, com uma xícara de chá diante dela — você se senta em frente a mim e afasta o bebê da pobre Catarina: eu não gosto de vê-lo! Você não deve pensar que eu me importo pouco com Catherine, porque eu me comportei tão tolamente ao entrar: eu também chorei amargamente - sim, mais do que qualquer outra pessoa tem motivos para chorar. Nós nos separamos sem reconciliação, você se lembra, e eu não me perdoo. Mas, apesar de tudo isso, eu não ia simpatizar com ele - a besta bruta! Oh, dá-me o poker! Esta é a última coisa dele que eu tenho sobre mim: ela escorregou o anel de ouro de seu terceiro dedo e jogou-o no chão. " Eu vou esmagá-lo!", continuou ela, golpeando-o com rancor infantil, "e então eu vou queimá-lo!" e ela pegou e jogou o artigo mal usado entre as brasas. "Lá! comprará outro, se me recuperar novamente. Ele seria capaz de vir me procurar, provocar o Edgar. Não me atrevo a ficar, para que essa noção não possua a sua cabeça perversa! E além disso, Edgar não tem sido gentil, não é? E eu não virei processando por sua ajuda; nem o colocarei em mais problemas. A necessidade obrigou-me a procurar abrigo aqui; porém, se eu não tivesse aprendido que ele estava fora do caminho, eu teria parado na cozinha, lavado meu rosto, me aquecido, feito você trazer o que eu queria, e partido novamente para qualquer lugar fora do alcance do meu maldito – daquele duende encarnado! Ah, ele estava com tanta fúria! Se ele tivesse me pego! É uma pena que Earnshaw não seja o seu par em força: eu não teria corrido até o ter visto praticamente demolido, se Hindley tivesse sido capaz de o fazer!"

"Bem, não fale tão rápido, senhorita!" Eu interrompi; "Você vai desarrumar o lenço que eu amarrei no seu rosto e fazer o corte sangrar novamente. Beba o seu chá, respire e dê gargalhadas: o riso está tristemente fora de lugar sob este teto e na sua condição!"

"Uma verdade inegável", respondeu. "Ouçam essa criança! Ele mantém um gemido constante — envie-o para fora da minha audição por uma hora; Eu não fico mais tempo."

Toquei a campainha e entreguei-a aos cuidados de um servo; e então perguntei o que a havia levado a escapar de Wuthering Heights em uma situação tão improvável, e para onde ela pretendia ir, pois ela se recusou a permanecer conosco.

"Eu deveria, e queria ficar", respondeu ela, "para animar o Edgar e cuidar do bebê, por duas coisas, e porque o Grange é minha casa certa. Mas eu te digo que ele não me deixava! Você acha que ele poderia suportar me ver engordar e se divertir – poderia suportar pensar que estávamos tranquilos e não resolvidos em envenenar nosso conforto? Agora, tenho a satisfação de ter a certeza de que ele me detesta, a ponto de o incomodar seriamente por me ter dentro do ouvido ou da visão: noto que, quando entro na sua presença, os músculos do seu semblante são involuntariamente distorcidos numa expressão de ódio; em parte decorrente do seu conhecimento das boas causas, tenho de sentir esse sentimento por ele, e em parte da aversão original. É forte o suficiente para me fazer sentir bastante certo de que ele não me perseguiria pela Inglaterra, supondo que eu inventasse uma fuga clara; e, portanto, tenho de me afastar bastante. Recuperei do meu primeiro desejo de ser morto por ele: prefiro que ele se mate! Ele extinguiu meu amor efetivamente, e por isso estou à vontade. Lembro-me ainda de como o amei; e posso vagamente imaginar que eu ainda poderia estar amando-o, se — não, não! Mesmo que ele tivesse se dopado em mim, a natureza diabólica teria revelado sua existência de alguma forma. Catarina tinha um gosto terrivelmente para o estimar tão caro, conhecendo-o tão bem. Monstro! que ele pudesse ser apagado da criação e da minha memória!"

"Hush, hush! Ele é um ser humano", disse. "Seja mais caridoso: há homens piores do que ele ainda!"

"Ele não é um ser humano", retrucou ela; "E ele não tem direito à minha caridade. Dei-lhe o meu coração, e ele pegou-o e beliscou-o até à morte, e atirou-o de volta para mim. As pessoas sentem com o coração, Ellen: e já que ele destruiu o meu, eu não tenho poder para sentir por ele: e eu não o faria, embora ele tenha gemido desde o dia da morte e chorado lágrimas de sangue por Catarina! Não, de fato, eu não faria!" E aqui Isabella começou a chorar; mas, imediatamente arrancando a água das pestanas, ela recomeçou. "Você perguntou, o que me levou a fugir finalmente? Fui obrigado a tentar, porque tinha conseguido despertar a sua raiva um passo acima da sua malignidade. Arrancar os nervos com pinças vermelhas e quentes requer mais frieza do que bater na cabeça. Ele foi trabalhado para esquecer a prudência diabólica de que se vangloriava, e procedeu à violência assassina. Senti prazer em poder exasperá-lo: a sensação de prazer despertou meu instinto de autopreservação, então me libertei bastante; e se alguma vez eu voltar às suas mãos, ele é bem-vindo a um sinal de vingança.

"Ontem, você sabe, o Sr. Earnshaw deveria ter estado no funeral. Manteve-se sóbrio para o propósito - toleravelmente sóbrio: não ir para a cama louco às seis horas e levantar-se bêbado às doze. Consequentemente, levantou-se, em baixo astral suicida, tão apto para a igreja como para uma dança; e, em vez disso, sentou-se junto ao fogo e engoliu gin ou aguardente por copos.

"Heathcliff — Eu estremeço ao nomeá-lo! tem sido um estranho na casa desde o último domingo até hoje. Se os anjos o alimentaram, ou seus parentes abaixo, não sei dizer; mas ele não come uma refeição conosco há quase uma semana. Acaba de chegar a casa de madrugada e subiu as escadas para o seu quarto; trancando-se – como se alguém sonhasse em cobiçar sua empresa! Ali continuou, rezando como um metodista: só a divindade que ele implorou é pó e cinzas sem sentido; e Deus, quando abordado, foi curiosamente confundido com seu próprio pai negro! Depois de concluir esses preciosos orixás – e eles duraram geralmente até que ele ficou rouco e sua voz foi estrangulada em sua garganta – ele estaria fora novamente; sempre direto para o Grange! Pergunto-me se Edgar não mandou chamar um condestável, e entregá-lo sob custódia! Para mim, entristecida como estava com Catarina, era impossível evitar considerar esta época de libertação da opressão degradante como um feriado.

"Recuperei espíritos suficientes para ouvir as eternas palestras de José sem chorar, e para subir e descer a casa menos com o pé de um ladrão assustado do que antigamente. Você não pensaria que eu deveria chorar com qualquer coisa que José pudesse dizer; mas ele e Hareton são companheiros detestáveis. Prefiro sentar-me com Hindley, e ouvir o seu discurso horrível, do que com 't' little maister' e o seu acérrimo apoiante, aquele velho odioso! Quando Heathcliff está dentro, muitas vezes sou obrigado a procurar a cozinha e sua sociedade, ou passar fome entre as câmaras desabitadas úmidas; quando ele não está, como foi o caso esta semana, eu estabeleço uma mesa e uma cadeira em um canto do fogo da casa, e não importa como o Sr. Earnshaw pode se ocupar; e ele não interfere nos meus arranjos. Ele está mais quieto agora do que costumava ser, se ninguém o provocar: mais abafado e deprimido, e menos furioso. José afirma ter certeza de que é um homem alterado: que o Senhor tocou seu coração e ele foi salvo "pelo fogo". Estou intrigado ao detetar sinais da mudança favorável: mas não é da minha conta.

"À noite, sentei-me no meu recanto a ler alguns livros antigos até tarde para os doze. Parecia tão sombrio subir as escadas, com a neve selvagem soprando do lado de fora, e meus pensamentos continuamente voltando para o kirkyard e a sepultura recém-feita! Mal me atrevi a levantar os olhos da página à minha frente, aquela cena melancólica tão instantaneamente usurpou o seu lugar. Hindley sentou-se em frente, com a cabeça apoiada na mão; talvez meditando sobre o mesmo assunto. Deixara de beber num ponto abaixo da irracionalidade e não mexera nem falara durante duas ou três horas. Não havia som pela casa, mas o vento gemendo, que sacudia as janelas de vez em quando, o crepitar fraco das brasas e o estalar dos meus rapéis enquanto eu retirava em intervalos o longo pavio da vela. Hareton e Joseph provavelmente estavam dormindo rápido na cama. Foi muito, muito triste: e enquanto lia suspirei, pois parecia que toda a alegria tinha desaparecido do mundo, para nunca mais ser restaurada.

"O silêncio dolorido foi quebrado longamente pelo som do trinco da cozinha: Heathcliff tinha voltado de seu relógio mais cedo do que o habitual; devido, suponho, à tempestade repentina. Essa entrada estava presa, e nós o ouvimos chegando para entrar pelo outro. Levantei-me com uma expressão irreprimível do que sentia nos lábios, o que induziu o meu companheiro, que olhava fixamente para a porta, a virar-se e a olhar-me.

"'Vou mantê-lo fora cinco minutos', exclamou. ' Você não vai se opor?'

"'Não, você pode mantê-lo fora a noite inteira para mim', respondi. ' Faça! Coloque a chave na fechadura e desenhe os parafusos.»

"Earnshaw conseguiu isso quando seu convidado chegou à frente; Ele então veio e trouxe sua cadeira para o outro lado da minha mesa, debruçando-se sobre ela, e procurando em meus olhos uma simpatia com o ódio ardente que brilhava dele: como ele parecia e se sentia como um assassino, ele não conseguia exatamente encontrar aquilo; mas descobriu o suficiente para incentivá-lo a falar.

"'Tu e eu', disse ele, 'temos cada um uma grande dívida para liquidar com o homem lá fora! Se não fôssemos nenhum de nós cobardes, poderíamos combinar-nos para a descarregar. Você é tão suave quanto seu irmão? Você está disposto a suportar até o fim, e não uma vez tentar um reembolso?"

"'Estou cansado de suportar agora', respondi; ' e eu ficaria feliz com uma retaliação que não recuasse sobre mim mesmo; mas a traição e a violência são lanças apontadas para ambas as extremidades; ferem os que a eles recorrem pior do que os inimigos."

"'Traição e violência são um justo retorno para a traição e a violência!', gritou Hindley. ' Sra. Heathcliff, vou pedir-lhe que não faça nada; mas sente-se quieto e seja mudo. Diga-me agora, pode? Tenho certeza de que você teria tanto prazer quanto eu em testemunhar a conclusão da existência do demônio; Ele será *a tua* morte, a menos que o ultrapasses, e ele será a *minha* ruína. Maldito o vilão infernal! Bate à porta como se já fosse mestre aqui! Prometa segurar a língua, e antes que o relógio bata – quer três minutos de um – você é uma mulher livre!"

"Ele pegou as alfaias que eu descrevi para você na minha carta do peito e teria recusado a vela. No entanto, agarrei-o e agarrei-lhe o braço.

"'Não vou segurar a língua!' Eu disse; "Você não deve tocá-lo. Que a porta permaneça fechada e fique quieto!"

"'Não! Eu formei a minha resolução, e por Deus vou executá-la!", gritou o ser desesperado. "Vou fazer-lhe uma bondade apesar de si mesmo, e Hareton justiça! E você não precisa perturbar sua cabeça para me examinar; Catarina se foi. Ninguém vivo se arrependeria de mim, ou teria vergonha, embora eu tenha cortado minha garganta neste minuto – e é hora de terminar!"

"Eu poderia muito bem ter lutado com um urso, ou raciocinado com um lunático. O único recurso que me restava era correr para uma rede e avisar a vítima pretendida do destino que o esperava.

"'É melhor você procurar abrigo em outro lugar esta noite!' Exclamei, num tom bastante triunfante. "O Sr. Earnshaw tem a mente de atirar em você, se você persistir em tentar entrar."

"'É melhor você abrir a porta, você', ele respondeu, dirigindo-se a mim por algum termo elegante que eu não me importo de repetir.

"'Não vou me meter no assunto', retruquei novamente. ' Entre e seja baleado, se quiser. Cumpri o meu dever."

"Com isso fechei a janela e voltei para o meu lugar pelo fogo; tendo um estoque muito pequeno de hipocrisia a meu mando para fingir qualquer ansiedade pelo perigo que o ameaçava. Earnshaw jurou apaixonadamente por mim: afirmando que eu amava o vilão ainda; e chamando-me todos os tipos de nomes para o espírito básico que eu evidenciava. E eu, no meu coração secreto (e a consciência nunca me censurou), pensei que bênção seria para *ele* se Heathcliff o pusesse fora da miséria, e que bênção para *mim* se ele enviasse Heathcliff para a sua morada certa! Enquanto eu me sentava amamentando esses reflexos, o batente atrás de mim foi batido no chão por um golpe deste último indivíduo, e seu semblante negro parecia ofuscante. As estrofes estavam perto demais para sofrer seus ombros para seguir, e eu sorri, exultando em minha segurança fantasiosa. Seus cabelos e roupas eram branqueados com neve, e seus dentes canibais afiados, revelados pelo frio e pela ira, brilhavam no escuro.

"'Isabel, deixe-me entrar, ou eu vou fazer você se arrepender!', ele 'cingiu', como José chama.

"'Não posso cometer assassinato', respondi. ' O Sr. Hindley é sentinela com uma faca e uma pistola carregada."

"'Deixe-me entrar pela porta da cozinha', disse ele.

"'Hindley estará lá antes de mim', respondi: 'e esse é um pobre amor seu que não suporta uma chuva de neve! Ficamos em paz em nossas camas enquanto a lua de verão brilhou, mas no momento em que uma explosão de inverno retorna, você deve correr para se abrigar! Heathcliff, se eu fosse você, eu me esticaria sobre seu túmulo e morreria como um cão fiel. O mundo certamente não vale a pena viver agora, não é? Você me imprimiu nitidamente a ideia de que Catherine era toda a alegria de sua vida: não consigo imaginar como você pensa em sobreviver à sua perda."

"'Ele está lá, está?', exclamou meu companheiro, correndo para o buraco. ' Se eu conseguir tirar o braço, posso bater nele!"

"Tenho medo, Ellen, você vai me colocar como realmente perverso; mas você não sabe tudo, então não julgue. Eu não teria ajudado ou instigado a atentar contra a vida dele por nada. Desejo que ele estivesse morto, eu devo; e, portanto, fiquei temerosamente decepcionado e enervado com o terror pelas consequências do meu discurso provocador, quando ele se jogou sobre a arma de Earnshaw e a arrancou de seu alcance.

"A carga explodiu e a faca, ao recuar, fechou no pulso do dono. Heathcliff puxou-a pela força principal, cortando a carne à medida que ela passava, e empurrou-a pingando em seu bolso. Ele então pegou uma pedra, derrubou a divisão entre duas janelas e entrou. O seu adversário tinha caído sem sentido com dor excessiva e o fluxo de sangue, que jorrava de uma artéria ou de uma veia grande. O rufião chutou e pisoteou ele, e bateu a cabeça repetidamente contra as bandeiras, segurando-me com uma mão, entretanto, para evitar que eu convocasse José. Ele exerceu uma abnegação preterhumana ao abster-se de terminá-lo completamente; mas, ficando sem fôlego, ele finalmente desistiu e arrastou o corpo aparentemente inanimado para o assentamento. Lá, ele arrancou a manga do casaco de Earnshaw e amarrou a ferida com brutal aspereza; cuspir e xingar durante a operação tão energicamente quanto ele havia chutado antes. Estando em liberdade, não perdi tempo em procurar o velho servo; que, tendo recolhido aos poucos o pretexto do meu conto apressado, apressou-se para baixo, ofegante, enquanto descia os degraus dois de uma só vez.

"'O que fazer, agora? o que fazer, agora?"

"'Há isto para fazer', trovejou Heathcliff, 'que o teu mestre está louco; e se ele durar mais um mês, vou levá-lo a um asilo. E como o diabo veio me prendê-lo, seu cão desdentado? Não fique murmurando e murmurando lá. Venha, eu não vou amamentá-lo. Lave essas coisas; e lembre-se das faíscas da sua vela – é mais de metade da aguardente!"

"'E então tu estás murmurando sobre ele?', exclamou José, erguendo as mãos e os olhos horrorizados. ' Se iver eu semear um seeght loike isso! Que o Senhor—'

"Heathcliff deu-lhe um empurrão de joelhos no meio do sangue, e atirou-lhe uma toalha; mas, em vez de proceder à secagem, juntou as mãos e começou uma oração, que me arrancou gargalhadas pela sua estranha fraseologia. Eu estava na condição de ficar chocado com nada: na verdade, eu era tão imprudente quanto alguns malfeitores se mostram ao pé da forca.

"'Oh, eu esqueci você', disse o tirano. ' Fá-lo-á. Abaixo você. E você conspira com ele contra mim, não é, víbora? Lá, isso é trabalho adequado para você!"

"Ele me sacudiu até meus dentes tremerem, e me colocou ao lado de José, que concluiu suas súplicas, e então se levantou, jurando que partiria diretamente para o Grange. O Sr. Linton era um magistrado e, embora tivesse cinquenta esposas mortas, ele deveria investigar isso. Ele era tão obstinado na sua resolução, que Heathcliff achou conveniente obrigar dos meus lábios uma recapitulação do que tinha acontecido; de pé sobre mim, amontoando-me de maldade, enquanto eu relutantemente entregava o relato em resposta às suas perguntas. Foi necessário muito trabalho para satisfazer o velho de que Heathcliff não era o agressor; especialmente com as minhas respostas duramente contundentes. No entanto, o Sr. Earnshaw logo o convenceu de que ele ainda estava vivo; José apressou-se a administrar uma dose de espíritos e, com o seu socorro, o seu mestre recuperou o movimento e a consciência. Heathcliff, ciente de que seu oponente ignorava o tratamento recebido enquanto insensível, chamou-o delirantemente embriagado; e disse que não deveria notar mais sua conduta atroz, mas aconselhou-o a ir para a cama. Para minha alegria, ele nos deixou, depois de dar este conselho judicioso, e Hindley se estendeu sobre a pedra do coração. Parti para o meu próprio quarto, maravilhado por ter escapado tão facilmente.

"Esta manhã, quando desci, cerca de meia hora antes do meio-dia, o Sr. Earnshaw estava sentado junto ao fogo, mortalmente doente; o seu génio maligno, quase tão magra e medonha, encostava-se à chaminé. Nenhum dos dois parecia inclinado a jantar e, tendo esperado até que tudo estivesse frio na mesa, comecei sozinho. Nada me impedia de comer de coração, e experimentei um certo sentimento de satisfação e superioridade, pois, nos intervalos, lançava um olhar para meus companheiros silenciosos e sentia o conforto de uma consciência tranquila dentro de mim. Depois de o ter feito, aventurei-me na invulgar liberdade de me aproximar do fogo, dar a volta ao assento de Earnshaw e ajoelhar-me no canto ao lado dele.

"Heathcliff não olhou para o meu caminho, e eu olhei para cima, e contemplei suas feições quase tão confiantemente como se tivessem sido transformadas em pedra. Sua testa, que antes eu achava tão viril, e que agora acho tão diabólica, estava sombreada por uma nuvem pesada; os seus olhos basiliscos estavam quase saciados, e chorando, talvez, porque as pestanas estavam então molhadas: os seus lábios desprovidos do seu feroz escárnio, e selados numa expressão de tristeza indescritível. Se fosse outra, eu teria coberto o rosto na presença de tamanha dor. No *caso dele*, fiquei gratificado e, por mais ignóbil que pareça insultar um inimigo caído, não podia perder essa chance de enfiar um dardo: sua fraqueza era o único momento em que eu podia saborear o prazer de pagar errado pelo errado."

"Fie, fie, senhorita!" Eu interrompi. "Pode-se supor que você nunca tinha aberto uma Bíblia em sua vida. Se Deus aflige seus inimigos, certamente isso deveria bastar você. É mesquinho e presunçoso acrescentar a sua tortura à dele!"

"Em geral, vou permitir que seja, Ellen", continuou; "mas que miséria depositada em Heathcliff poderia me satisfazer, a menos que eu tivesse uma mão nela? Eu prefiro que ele sofra *menos*, se eu pudesse causar seus sofrimentos e ele pudesse *saber* que eu era a causa. Ah, devo-lhe muito. Com uma única condição, posso esperar perdoá-lo. É, se me é permitido olhar por olho, dente por dente; para cada chave de agonia devolva uma chave inglesa: reduza-o ao meu nível. Como foi o primeiro a ferir, faça-o o primeiro a implorar perdão; e então — por que então, Ellen, eu poderia mostrar-lhe alguma generosidade. Mas é totalmente impossível que eu possa me vingar e, portanto, não posso perdoá-lo. Hindley queria um pouco de água, e eu lhe entreguei um copo, e perguntei como ele estava.

"'Não tão doente quanto eu quero', ele respondeu. ' Mas, deixando o braço de fora, cada centímetro de mim está tão dolorido como se eu estivesse lutando com uma legião de imps!"

"'Sim, não admira', foi a minha próxima observação. ' Catarina costumava gabar-se de estar entre você e as ofensas corporais: queria dizer que certas pessoas não iriam machucá-lo por medo de ofendê-la. É bom que as pessoas realmente não se levantem de seu túmulo, ou, ontem à noite, ela pode ter testemunhado uma cena repulsiva! Você não está machucado e cortado sobre o peito e os ombros?"

"'Não posso dizer', ele respondeu; ' Mas o que quer dizer? Será que ele se atreveu a me bater quando eu estava para baixo?'

"'Ele pisoteou e chutou você, e te jogou no chão', sussurrei. ' E a sua boca ficou com água para te rasgar com os dentes; porque ele é apenas metade homem: nem tanto, e o resto fiend."

"O Sr. Earnshaw olhou para cima, como eu, para o semblante de nosso inimigo mútuo; que, absorvido em sua angústia, parecia insensível a qualquer coisa ao seu redor: quanto mais tempo ele ficava, mais claras suas reflexões revelavam sua negritude através de suas feições.

"'Oh, se Deus me desse forças para estrangulá-lo na minha última agonia, eu iria para o inferno com alegria', gemeu o homem impaciente, contorcendo-se para se levantar e afundando-se de volta em desespero, convencido de sua inadequação para a luta.

"'Não, basta que ele tenha assassinado um de vocês', observei em voz alta. ' No Grange, todos sabem que sua irmã estaria vivendo agora se não fosse o Sr. Heathcliff. Afinal, é preferível ser odiado do que amado por ele. Quando me lembro de como estávamos felizes - como Catherine estava feliz antes de ele vir - estou apto para amaldiçoar o dia."

"Muito provavelmente, Heathcliff notou mais a verdade do que foi dito do que o espírito da pessoa que o disse. Sua atenção foi despertada, eu vi, pois seus olhos choveram lágrimas entre as cinzas, e ele atraiu sua respiração em suspiros sufocantes. Olhei fixamente para ele e ri desdenhosamente. As janelas nubladas do inferno piscaram um momento em minha direção; o demônio que geralmente olhava para fora, no entanto, estava tão apagado e afogado que eu não temia arriscar outro som de escárnio.

"'Levante-se e implore fora da minha vista', disse o enlutado.

"Acho que ele proferiu essas palavras, pelo menos, embora sua voz fosse dificilmente inteligível.

"'Peço perdão', respondi. ' Mas eu amava Catherine também; e seu irmão requer presença, que, por sua causa, eu fornecerei. Agora que ela está morta, eu a vejo em Hindley: Hindley tem exatamente seus olhos, se você não tivesse tentado arrancar eles, e os fez pretos e vermelhos; e ela–'

"'Levanta-te, miserável, antes que eu te carimbe até à morte!', gritou, fazendo um movimento que me levou a fazer um também.

"'Mas então', continuei, mantendo-me pronto para fugir, 'se a pobre Catarina tivesse confiado em você, e assumido o título ridículo, desprezível e degradante de Sra. Heathcliff, ela logo teria apresentado um quadro semelhante! *Ela* não teria suportado o seu comportamento abominável em silêncio: o seu detestado e nojo devem ter encontrado voz."

"As costas do assentamento e a pessoa de Earnshaw se interpuseram entre mim e ele; Então, em vez de tentar me alcançar, ele arrancou uma faca de jantar da mesa e a jogou na minha cabeça. Bateu debaixo da minha orelha e parou a frase que eu estava proferindo; mas, puxando-a para fora, fui até a porta e entreguei outra; que espero tenha ido um pouco mais fundo do que o seu míssil. O último vislumbre que tive dele foi uma correria furiosa de sua parte, contestada pelo abraço de seu anfitrião; e ambos caíram trancados juntos na lareira. No meu vôo pela cozinha, ofereci velocidade a José ao seu mestre; Eu derrubei Hareton, que estava pendurando uma ninhada de filhotes de uma cadeira na porta; e, abençoado como uma alma escapou do purgatório, limitei-me, saltei e voei pela estrada íngreme; depois, abandonando os seus enrolamentos, disparou diretamente sobre a charneca, rolando sobre as margens, e vagando pelos pântanos: precipitando-me, de fato, em direção ao farol-luz do Grange. E muito mais eu estaria condenado a uma morada perpétua nas regiões infernais do que, mesmo por uma noite, permanecer sob o teto de Wuthering Heights novamente."

Isabel deixou de falar e tomou um chá; depois levantou-se, e pedindo-me que lhe colocasse o capote, e um grande xaile que eu trouxera, e fazendo ouvidos moucos às minhas súplicas para que ela permanecesse mais uma hora, ela pisou numa cadeira, beijou os retratos de Edgar e Catarina, fez-me uma saudação semelhante, e desceu à carruagem, acompanhada por Fanny, que gritava louca de alegria por recuperar a amante. Ela foi expulsa, para nunca mais visitar este bairro: mas uma correspondência regular foi estabelecida entre ela e meu mestre quando as coisas estavam mais resolvidas. Creio que a sua nova morada foi no sul, perto de Londres; lá ela teve um filho nascido alguns meses depois de sua fuga. Ele foi batizado de Linton, e, desde o primeiro, ela o relatou como uma criatura doente e piegas.

O Sr. Heathcliff, encontrando-me um dia na aldeia, perguntou onde ela morava. Recusei-me a contar. Ele comentou que não era de nenhum momento, apenas ela deve ter cuidado para não vir até o irmão: ela não deveria estar com ele, se ele tivesse que mantê-la. Embora eu não desse nenhuma informação, ele descobriu, através de alguns dos outros criados, tanto o local de residência dela quanto a existência da criança. Ainda assim, ele não a molestava: por qual paciência ela poderia agradecer sua aversão, suponho. Perguntava muitas vezes sobre a criança, quando me via; e, ao ouvir seu nome, sorriu feio e observou: "Eles querem que eu odeie também, não é?"

"Acho que eles não querem que você saiba nada sobre isso", respondi.

"Mas eu vou ter", disse ele, "quando eu quiser. Podem contar com isso!"

Felizmente sua mãe morreu antes que chegasse a hora; cerca de treze anos depois da morte de Catarina, quando Linton tinha doze anos, ou um pouco mais.

No dia seguinte à visita inesperada de Isabella, não tive oportunidade de falar com meu mestre: ele evitou conversar e estava apto a não discutir nada. Quando consegui fazê-lo ouvir, vi que lhe agradava que a irmã tivesse deixado o marido; a quem abominava com uma intensidade que a brandura da sua natureza dificilmente pareceria permitir. Sua aversão era tão profunda e sensível que ele se absteve de ir a qualquer lugar onde pudesse ver ou ouvir falar de Heathcliff. O luto, e isso junto, transformou-o num eremita completo: abandonou o seu cargo de magistrado, deixou mesmo de frequentar a igreja, evitou a aldeia em todas as ocasiões e passou uma vida de inteira reclusão dentro dos limites do seu parque e terrenos; apenas variava por divagações solitárias sobre os mouros, e visitas ao túmulo de sua esposa, principalmente à noite, ou de manhã cedo antes que outros andarilhos estivessem no exterior. Mas ele era bom demais para ser completamente infeliz por muito tempo. *Ele* não rezou para que a alma de Catarina o assombrasse. O tempo trouxe resignação e uma melancolia mais doce do que a alegria comum. Recordou-lhe a memória com ardor, terno amor e esperança aspirando a um mundo melhor; onde ele duvidava que ela não se foi.

E tinha consolo e afetos terrenos também. Por alguns dias, eu disse, ele parecia independentemente do insignificante sucessor do falecido: aquela frieza derretia tão rápido quanto a neve em abril, e a coisa minúscula podia gaguejar uma palavra ou dar um passo que empunhava um cetro de déspota em seu coração. Chamava-se Catarina; mas nunca lhe chamou o nome na íntegra, como nunca tinha chamado à primeira Catarina curta: provavelmente porque Heathcliff tinha o hábito de o fazer. A pequena sempre foi Cathy: formou-lhe uma distinção da mãe e, no entanto, uma conexão com ela; e o seu apego brotou da sua relação com ela, muito mais do que de ser seu.

Eu costumava fazer uma comparação entre ele e Hindley Earnshaw, e me perplexo para explicar satisfatoriamente por que sua conduta era tão oposta em circunstâncias semelhantes. Ambos tinham sido maridos afetuosos, e ambos eram apegados aos seus filhos; e eu não conseguia ver como eles não deveriam ter tomado o mesmo caminho, para o bem ou para o mal. Mas, pensei na minha mente, Hindley, aparentemente com a cabeça mais forte, mostrou-se tristemente o pior e o homem mais fraco. Quando o seu navio bateu, o capitão abandonou o seu posto; e a tripulação, em vez de tentar salvá-la, correu para o tumulto e a confusão, não deixando nenhuma esperança para sua embarcação sem sorte. Linton, pelo contrário, demonstrou a verdadeira coragem de uma alma leal e fiel: confiou em Deus; e Deus o consolou. Um esperava e o outro desesperava: escolhiam as suas próprias sortes e estavam justamente condenados a suportá-las. Mas você não vai querer ouvir minha moralização, Sr. Lockwood; você vai julgar, como eu posso, todas essas coisas: pelo menos, você vai pensar que vai, e é a mesma coisa. O fim de Earnshaw era o que se poderia esperar; seguiu-se depressa na da irmã: faltavam apenas seis meses para eles. Nós, no Grange, nunca tivemos um relato muito sucinto de seu estado que o precedeu; tudo o que aprendi foi por ocasião de ir ajudar nos preparativos para o funeral. O Sr. Kenneth veio anunciar o evento ao meu mestre.

— Bem, Nelly — disse ele, entrando no quintal uma manhã, cedo demais para não me alarmar com um pressentimento instantâneo de más notícias — é sua e minha vez de entrar em luto no momento. Quem nos deu o deslize agora, você acha?"

"Quem?" Eu perguntei em uma enxurrada.

"Porquê, adivinha!", devolveu, desmontando-se e esticando o freio num gancho junto à porta. "E belisque o canto do seu avental: tenho certeza que você vai precisar."

"Não o Sr. Heathcliff, certamente?" Eu exclamei.

"O quê! você teria lágrimas por ele?", disse o médico. "Não, Heathcliff é um jovem duro: ele parece florescer hoje. Acabei de vê-lo. Ele está recuperando rapidamente a carne desde que perdeu sua cara-metade."

— Quem é, então, Sr. Kenneth? Repeti impacientemente.

"Hindley Earnshaw! Seu velho amigo Hindley," ele respondeu, "e minha fofoca perversa: embora ele tenha sido muito selvagem para mim por tanto tempo. Lá! Eu disse que devíamos tirar água. Mas anime-se! Morreu fiel ao seu caráter: bêbado como um senhor. Coitado do rapaz! Sinto muito, também. Não se pode deixar de sentir falta de um velho companheiro: embora ele tenha tido com ele os piores truques que o homem jamais imaginou, e tenha me feito muitas voltas maldosas. Ele tem apenas vinte e sete anos, ao que parece; Essa é a sua idade: quem teria pensado que você nasceu em um ano?"

Confesso que este golpe foi maior para mim do que o choque da morte da Sra. Linton: associações antigas permaneciam em torno do meu coração; Sentei-me na varanda e chorei como se fosse uma relação de sangue, desejando que o Sr. Kenneth conseguisse que outro servo o apresentasse ao mestre. Eu não podia me impedir de refletir sobre a pergunta: "Ele tinha tido fair play?" O que quer que eu fizesse, essa ideia me incomodaria: era tão cansativa que resolvi pedir licença para ir a Wuthering Heights e ajudar nos últimos deveres para com os mortos. O Sr. Linton estava extremamente relutante em consentir, mas eu implorei eloquentemente pela condição sem amigos em que ele estava; e eu disse que meu velho mestre e irmão adotivo tinha uma reivindicação sobre meus serviços tão forte quanto a dele. Além disso, lembrei-lhe que o menino Hareton era sobrinho de sua esposa e, na ausência de parentes mais próximos, ele deveria agir como seu guardião; e ele deve e deve indagar como a propriedade foi deixada, e examinar as preocupações de seu cunhado. Ele não estava apto para tratar de tais assuntos na época, mas ele me pediu para falar com seu advogado; e, finalmente, permitiu-me ir. O advogado dele também tinha sido de Earnshaw: liguei para a aldeia e pedi que ele me acompanhasse. Ele balançou a cabeça e aconselhou Heathcliff a ser deixado em paz; afirmando que, se a verdade fosse conhecida, Hareton seria encontrado pouco mais do que um mendigo.

"O pai morreu endividado", disse; "Todo o imóvel está hipotecado, e a única chance para o herdeiro natural é permitir-lhe uma oportunidade de criar algum interesse no coração do credor, para que ele possa estar inclinado a lidar com ele de forma leniente."

Quando cheguei às Alturas, expliquei que tinha vindo ver tudo a decorrer decentemente; e José, que apareceu em bastante aflição, expressou satisfação com a minha presença. O Sr. Heathcliff disse que não percebeu que eu era procurado; mas eu poderia ficar e ordenar os arranjos para o funeral, se eu escolhesse.

"Corretamente", observou ele, "esse corpo de tolo deve ser enterrado na encruzilhada, sem cerimônia de qualquer tipo. Aconteceu de eu deixá-lo dez minutos ontem à tarde, e nesse intervalo ele fechou as duas portas da casa contra mim, e ele passou a noite bebendo até a morte deliberadamente! Entramos esta manhã, pois ouvimo-lo bufar como um cavalo; e lá estava ele, deitado sobre o assentamento: esfolar e escalpelar não o teria despertado. Mandei chamar Kenneth, e ele veio; mas não até que a besta se transformasse em carniça: ele estava morto e frio, e gritante; e assim você vai permitir que foi inútil fazer mais barulho sobre ele!"

O velho servo confirmou esta afirmação, mas murmurou:

"Eu diria que ele iria assobiar para t' doutor! Eu sud ha' taen tent o' t' maister melhor nem ele – e ele não avisa quando eu saí, naught o' t' soart!"

Insisti para que o funeral fosse respeitável. O Sr. Heathcliff disse que eu poderia ter meu próprio caminho até lá também: apenas, ele queria que eu lembrasse que o dinheiro para todo o caso saiu de seu bolso. Manteve um comportamento duro e descuidado, indicativo nem de alegria nem de tristeza: quando muito, expressava uma gratificação infeliz por um trabalho difícil executado com sucesso. Observei uma vez, de fato, algo como exultação em seu aspecto: era justamente quando as pessoas estavam carregando o caixão da casa. Teve a hipocrisia de representar um enlutado: e antes de seguir com Hareton, levantou a criança infeliz sobre a mesa e murmurou, com um gosto peculiar: "Agora, meu rapaz bonzinho, você é *meu*! E vamos ver se uma árvore não vai crescer tão torta quanto outra, com o mesmo vento para torcê-la!" O desavisado ficou satisfeito com este discurso: brincou com os bigodes de Heathcliff e acariciou-lhe a bochecha; mas eu adivinhei o seu significado, e observei taradamente: "Esse menino deve voltar comigo para Thrushcross Grange, senhor. Não há nada no mundo menos seu do que ele!"

"Linton diz isso?", perguntou.

"Claro, ele ordenou que eu o levasse", respondi.

"Bem", disse o, "não vamos discutir o assunto agora: mas eu tenho uma fantasia de tentar criar um jovem; tão íntimo do seu mestre que devo suprir o lugar deste com o meu, se ele tentar removê-lo. Eu não me comprometo a deixar Hareton ir indiscutível; mas eu vou ter certeza de fazer o outro vir! Lembre-se de lhe dizer."

Esta dica foi suficiente para nos amarrar as mãos. Repeti a sua substância no meu regresso; e Edgar Linton, pouco interessado no início, não falou mais em interferir. Não tenho consciência de que ele poderia ter feito isso com qualquer propósito, se estivesse sempre tão disposto.

O convidado era agora o mestre de Wuthering Heights: ele detinha posse firme e provou ao advogado – que, por sua vez, provou isso ao Sr. Linton – que Earnshaw havia hipotecado todos os metros de terra que possuía por dinheiro para suprir sua mania de jogos; e ele, Heathcliff, era o hipotecário. Dessa forma, Hareton, que agora deveria ser o primeiro cavalheiro do bairro, foi reduzido a um estado de completa dependência do inimigo inveterado de seu pai; e vive em sua própria casa como servo, privado da vantagem do salário: completamente incapaz de se corrigir, por causa de sua falta de amizade e sua ignorância de que foi injustiçado.

# CAPÍTULO XVIII

Os doze anos, continuou a Sra. Dean, após esse período sombrio foram os mais felizes da minha vida: os meus maiores problemas na sua passagem resultaram das doenças insignificantes de nossa pequena senhora, que ela teve que experimentar em comum com todas as crianças, ricas e pobres. De resto, passados os primeiros seis meses, ela cresceu como uma larca, e podia andar e falar também, à sua maneira, antes que a saúde florescesse uma segunda vez sobre o pó da Sra. Linton. Ela foi a coisa mais vencedora que já trouxe sol para uma casa desolada: uma verdadeira beleza no rosto, com os belos olhos escuros dos Earnshaws, mas a pele clara e os traços pequenos dos Lintons, e cabelos amarelos encaracolados. Seu espírito era elevado, embora não áspero, e qualificado por um coração sensível e vivo ao excesso em seus afetos. Essa capacidade de apego intenso lembrava-me a mãe: ainda assim ela não se assemelhava a ela: pois podia ser suave e suave como uma pomba, e tinha uma voz suave e uma expressão pensativa: a sua raiva nunca era furiosa; o seu amor nunca foi feroz: era profundo e terno. No entanto, é preciso reconhecer, ela tinha falhas para frustrar seus dons. A propensão para ser sagaz era uma delas; e uma vontade perversa, que as crianças indulgentes invariavelmente adquirem, sejam elas de bom humor ou cruzadas. Se um servo por acaso a vexava, era sempre — "Vou dizer papai!" E se ele a reprovasse, mesmo que por um olhar, você teria pensado que era um negócio de partir o coração: não acredito que ele tenha falado uma palavra dura para ela. Ele tomou a educação dela inteiramente sobre si mesmo, e fez disso uma diversão. Felizmente, a curiosidade e um rápido intelecto fizeram dela uma estudiosa apta: ela aprendeu rápida e ansiosamente, e honrou seus ensinamentos.

Até chegar aos treze anos, ela não tinha estado sozinha fora do alcance do parque. O Sr. Linton levava-a consigo cerca de um quilómetro para fora, em raras ocasiões; mas não a confiou a mais ninguém. Gimmerton era um nome pouco substancial em seus ouvidos; a capela, o único edifício em que ela se aproximou ou entrou, exceto sua própria casa. Wuthering Heights e o Sr. Heathcliff não existiam para ela: ela era uma reclusa perfeita; e, aparentemente, perfeitamente contente. Às vezes, de fato, enquanto examinava o país da janela de sua creche, ela observava:

"Ellen, quanto tempo vai demorar até que eu possa caminhar até o topo daquelas colinas? Eu me pergunto o que está do outro lado, é o mar?"

"Não, senhorita Cathy", eu responderia; "São colinas de novo, assim como estas."

"E como são essas rochas douradas quando você está debaixo delas?", perguntou ela certa vez.

A descida abrupta de Penistone Crags atraiu particularmente sua atenção; especialmente quando o sol poente brilhava sobre ele e as alturas mais altas, e toda a extensão da paisagem além estava na sombra. Expliquei que eram massas nuas de pedra, com pouca terra em suas fendas para nutrir uma árvore atrofiada.

"E por que eles brilham tanto tempo depois que é noite aqui?", ela prosseguiu.

"Porque eles são muito mais altos do que nós", respondi eu; "Não dava para escalar, eles são muito altos e íngremes. No inverno, a geada está sempre lá antes de chegar até nós; e no meio do verão encontrei neve sob aquele oco negro no lado nordeste!"

"Oh, você esteve neles!", ela gritou alegremente. "Então eu posso ir, também, quando eu sou mulher. Papai foi, Ellen?"

— Papai lhe dizia, senhorita — respondi, apressadamente — que não vale a pena visitar. Os mouros, onde você divaga com ele, são muito mais agradáveis; e Thrushcross Park é o melhor lugar do mundo."

"Mas eu conheço o parque, e não os conheço", murmurou para si mesma. "E eu deveria me deliciar em olhar ao meu redor da testa daquele ponto mais alto: meu pequeno pônei Minny me levará algum tempo."

Uma das empregadas que mencionou a Caverna das Fadas, virou a cabeça com o desejo de cumprir este projeto: ela brincou com o Sr. Linton sobre isso; e ele prometeu que ela deveria ter a viagem quando ficasse mais velha. Mas Miss Catherine mediu sua idade por meses, e, "Agora, tenho idade suficiente para ir a Penistone Crags?" era a pergunta constante em sua boca. A estrada ficou perto de Wuthering Heights. Edgar não tinha coração para passá-lo; por isso, recebia constantemente a resposta: "Ainda não, amor: ainda não".

Eu disse que a Sra. Heathcliff viveu mais de uma dúzia de anos depois de deixar o marido. Sua família tinha uma constituição delicada: ela e Edgar não tinham a saúde rude que você geralmente encontrará nessas partes. Qual foi a sua última doença, não tenho a certeza: conjeturo, morreram da mesma coisa, uma espécie de febre, lenta no seu início, mas incurável, e consumindo rapidamente a vida até ao fim. Ela escreveu para informar seu irmão da provável conclusão de uma indisposição de quatro meses sob a qual ela havia sofrido, e pediu que ele fosse até ela, se possível; pois ela tinha muito a resolver, e ela desejava dar-lhe adeus, e entregar Linton em segurança em suas mãos. Sua esperança era que Linton pudesse ficar com ele, como ele tinha sido com ela: seu pai, ela desmaiaria se convencer, não tinha desejo de assumir o fardo de sua manutenção ou educação. Meu mestre não hesitou nem um momento em atender ao seu pedido: relutante como estava em sair de casa em chamadas comuns, ele voou para atender a isso; recomendando Catarina à minha peculiar vigilância, na sua ausência, com ordens reiteradas para que ela não saísse do parque, mesmo sob a minha escolta: ele não calculou que ela ficasse desacompanhada.

Esteve ausente três semanas. No primeiro dia ou dois, a minha carga sentou-se num canto da biblioteca, demasiado triste para ler ou brincar: naquele estado de silêncio ela não me causava grandes problemas; mas foi sucedido por um intervalo de cansaço impaciente e angustiante; e estando muito ocupado, e velho demais então, para correr para cima e para baixo divertindo-a, eu acertei em um método pelo qual ela poderia se entreter. Eu costumava enviá-la em suas viagens ao redor do terreno - agora a pé, e agora em um pônei; entregando-a a um público paciente de todas as suas aventuras reais e imaginárias quando regressou.

O verão brilhou em pleno auge; e ela tomou tanto gosto por essa divagação solitária que muitas vezes inventou para ficar fora do café da manhã até o chá; e depois as noites eram passadas a contar os seus contos fantasiosos. Não temi que ela rompesse limites; porque os portões estavam geralmente trancados, e eu pensei que ela dificilmente se aventuraria sozinha, se eles tivessem ficado bem abertos. Infelizmente, a minha confiança revelou-se deslocada. Catarina veio ter comigo, uma manhã, às oito horas, e disse que naquele dia era uma mercadora árabe, indo atravessar o deserto com a sua caravana; e devo dar-lhe muita provisão para si e para os animais: um cavalo e três camelos, personificados por um grande cão e um par de ponteiros. Reuni uma boa reserva de delícias e coloquei-as num cesto de um lado da sela; e ela surgiu como gay como uma fada, protegida por seu chapéu de abas largas e véu de gaze do sol de julho, e trotou com uma risada alegre, zombando do meu conselho cauteloso para evitar galope, e voltar cedo. A nunca apareceu no chá. Um viajante, o cão, sendo um cão velho e apreciador de sua facilidade, voltou; mas nem Cathy, nem o pônei, nem os dois ponteiros eram visíveis em qualquer direção: despachei emissários por este caminho, e por esse caminho, e finalmente fui vagando em busca dela mesmo. Havia um operário trabalhando em uma cerca ao redor de uma plantação, nas bordas do terreno. Perguntei-lhe se tinha visto a nossa moça.

"Eu a vi no morn", ele respondeu: "ela queria que eu lhe cortasse um interruptor de avelã, e então ela pulou seu Galloway sobre a sebe, onde é mais baixo, e galopou fora de vista."

Você pode adivinhar como eu me senti ao ouvir essa notícia. Impressionou-me diretamente que ela deve ter começado para Penistone Crags. "O que será dela?" Eu ejaculava, empurrando através de uma fenda que o homem estava consertando, e indo direto para a estrada alta. Caminhei como que por uma aposta, quilómetro após quilómetro, até que uma curva me trouxe à vista das Alturas; mas nenhuma Catarina eu poderia detetar, longe ou perto. Os Crags ficam a cerca de uma milha e meia além do lugar do Sr. Heathcliff, e isso fica a quatro do Grange, então comecei a temer que a noite caísse antes que eu pudesse alcançá-los. "E se ela tivesse escorregado entre eles", refleti, "e sido morta, ou quebrado alguns de seus ossos?" Meu suspense foi realmente doloroso; e, a princípio, deu-me um alívio delicioso observar, apressado pela casa da fazenda, Charlie, o mais feroz dos ponteiros, deitado sob uma janela, com a cabeça inchada e a orelha sangrando. Abri o poste e corri até a porta, batendo veementemente para a admissão. Uma mulher que eu conhecia, e que anteriormente vivia em Gimmerton, respondeu: ela tinha sido criada lá desde a morte do Sr. Earnshaw.

"Ah", disse ela, "você está vindo em busca de sua amante! Não se assuste. Ela está aqui segura: mas ainda bem que não é o mestre."

"Ele não está em casa, não é?" Eu ofegante, bastante ofegante com caminhada rápida e alarme.

"Não, não", ela respondeu: "tanto ele quanto Joseph estão fora, e acho que eles não voltarão nesta hora ou mais. Entre e descanse um pouco."

Entrei e vi meu cordeiro vadio sentado na lareira, balançando-se em uma cadeirinha que tinha sido de sua mãe quando criança. Seu chapéu estava pendurado contra a parede, e ela parecia perfeitamente em casa, rindo e tagarelando, nos melhores espíritos imagináveis, para Hareton - agora um grande e forte rapaz de dezoito anos - que a encarava com considerável curiosidade e espanto: compreendendo muito pouco da sucessão fluente de observações e perguntas que sua língua nunca cessava de jorrar.

"Muito bem, senhorita!" Exclamei, escondendo minha alegria sob um semblante irritado. "Este é o seu último passeio, até papai voltar. Eu não vou confiar em você acima do limiar novamente, sua menina,!"

"Aha, Ellen!", ela gritou, alegremente, pulando e correndo para o meu lado. "Vou ter uma história bonita para contar esta noite; e assim você me descobriu. Você já esteve aqui na sua vida antes?"

"Coloque esse chapéu e volte para casa imediatamente", disse I. "Estou terrivelmente triste com você, senhorita Cathy: você fez extremamente errado! Não adianta derramar e chorar: isso não vai retribuir o problema que eu tive, vasculhando o país atrás de você. Pensar como o Sr. Linton me cobrou para mantê-lo dentro; e você roubando assim! Isso mostra que você é uma raposa astuta, e ninguém mais vai colocar fé em você."

"O que eu fiz?", soluçou ela, instantaneamente verificada. "Papai não me cobrou nada: ele não vai me repreender, Ellen, ele nunca é cruzado, como você!"

"Vem, vem!" Repito. "Vou amarrar o ribando. Agora, não tenhamos petulância. Ah, por vergonha! Você treze anos, e tal bebê!"

Esta exclamação foi causada por ela empurrar o chapéu de sua cabeça, e recuar para a chaminé fora do meu alcance.

— Não — disse o servo — não seja duro com o bonny lass, Sra. Dean. Nós a fizemos parar: ela desmaiaria andando para a frente, você deveria estar desconfortável. Hareton ofereceu-se para ir com ela, e eu pensei que ele deveria: é uma estrada selvagem sobre as colinas."

Hareton, durante a discussão, ficou com as mãos nos bolsos, muito desajeitado para falar; embora parecesse não apreciar a minha intrusão.

"Quanto tempo devo esperar?" Continuei, desconsiderando a interferência da mulher. "Estará escuro em dez minutos. Onde está o pônei, senhorita Cathy? E onde está Phoenix? Deixo-vos-ei, a menos que sejais rápidos; Então, por favor, a si mesmo."

"O pônei está no quintal", ela respondeu, "e Phoenix está fechado lá. Ele é mordido - e Charlie também. Eu ia contar tudo sobre isso; mas você está com mau humor e não merece ouvir."

Peguei seu chapéu e me aproximei para reintegrá-lo; mas, percebendo que as pessoas da casa tomavam sua parte, ela começou a rondar a sala; e na minha perseguição, corria como um rato por cima e por baixo e atrás dos móveis, tornando-o ridículo para mim perseguir. Hareton e a mulher riram, e ela se juntou a eles, e ficou ainda mais impertinente; até que chorei, com grande irritação: — "Bem, senhorita Cathy, se você soubesse de quem é esta casa, ficaria feliz o suficiente para sair."

"É do *seu* pai, não é?", disse ela, voltando-se para Hareton.

— Não — respondeu ele, olhando para baixo e corando timidamente.

Ele não suportava um olhar fixo dos olhos dela, embora fossem apenas seus.

"De quem, então, do seu mestre?", perguntou ela.

Ele coloriu mais fundo, com um sentimento diferente, murmurou um juramento e se afastou.

"Quem é o seu mestre?", continuou a menina cansativa, apelando para mim. "Ele falou sobre 'nossa casa' e 'nosso povo'. Eu pensei que ele tinha sido o filho do proprietário. E ele nunca disse senhora: ele deveria ter feito, não deveria, se ele é um servo?"

Hareton ficou negro como uma nuvem de trovão neste discurso infantil. Sacudi silenciosamente a minha interlocutora e, finalmente, consegui equipá-la para a partida.

— Agora, pegue meu cavalo — disse ela, dirigindo-se a seu parente desconhecido como se fosse um dos estábulos do Grange. "E você pode vir comigo. Quero ver onde o caçador de duendes se ergue no pântano, e ouvir sobre as *fadas*, como vocês as chamam: mas apressem-se! O que é que se passa? Pega meu cavalo, eu digo."

"Ver-te-ei maldito antes de ser *teu* servo!", rosnou o rapaz.

"Você vai me ver o *quê?*", perguntou Catarina surpresa.

"Maldita, tu tu bruxa!", respondeu.

"Lá, senhorita Cathy! você vê que entrou em uma companhia bonita", interpus. "Palavras bonitas para ser usado para uma jovem! Ore para não começar a disputar com ele. Venham, procuremos a Minny nós mesmos, e imploquemos."

— Mas, Ellen — gritou ela, olhando fixamente espantada — como ele se atreve a falar isso comigo? Não deve ele ser obrigado a fazer o que eu lhe peço? Tu criatura perversa, eu direi ao papa o que você disse.—Agora, então!"

Hareton não parecia sentir essa ameaça; Assim, as lágrimas brotaram em seus olhos com indignação. "Você traz o pônei", exclamou ela, voltando-se para a mulher, "e deixe meu cachorro livre neste momento!"

"Suavemente, senhorita", respondeu o endereçado. "Você não vai perder nada sendo civil. Embora o Sr. Hareton não seja filho do mestre, ele é seu primo: e eu nunca fui contratado para servi-lo."

"*Ele* meu primo!", gritou Cathy, com uma risada desdenhosa.

"Sim, de fato", respondeu sua reprovadora.

"Ah, Ellen! não deixem que digam essas coisas", prosseguiu ela com grande dificuldade. "Papai foi buscar meu primo em Londres: meu primo é filho de cavalheiro. Aquela minha", ela parou, e chorou descaradamente; chateado com a noção nua de relacionamento com tal palhaço.

"Hush, hush!" Eu sussurrei; "as pessoas podem ter muitos primos e de todos os tipos, senhorita Cathy, sem ser pior por isso; só não precisam de fazer companhia, se forem desagradáveis e maus."

"Ele não é, ele não é meu primo, Ellen!", continuou ela, recolhendo nova tristeza da reflexão, e se jogando em meus braços para se refugiar da ideia.

Fiquei muito irritado com ela e com o servo por suas revelações mútuas; não tendo dúvidas de que a chegada de Linton, comunicada pelo primeiro, foi comunicada ao Sr. Heathcliff; e sentindo-se tão confiante de que o primeiro pensamento de Catarina sobre o regresso do pai seria procurar uma explicação para a afirmação deste último a respeito da sua parentela rude. Hareton, recuperando-se de sua repulsa por ter sido tomado por um servo, parecia movido por sua angústia; e, tendo ido buscar o pónei à porta, levou-lhe, para propiciar-lhe, um fino terrier de pernas tortas do canil, e pondo-o na mão, deu-lhe o chicote! pois ele não quis dizer nada. Fazendo uma pausa em suas lamentações, ela o examinou com um olhar de espanto e horror, depois irrompeu de novo.

Mal podia deixar de sorrir perante esta antipatia pelo pobre coitado, que era um jovem bem feito, atlético, bonito nas feições, robusto e saudável, mas vestido com roupas condizentes com as suas ocupações diárias de trabalhar na quinta e descansar entre os mouros atrás de coelhos e caça. Ainda assim, pensei que poderia detetar em sua fisionomia uma mente possuidora de qualidades melhores do que seu pai jamais possuiu. Coisas boas perdidas em meio a um deserto de ervas daninhas, é certo, cuja classificação superou em muito seu crescimento negligenciado; no entanto, não obstante, evidências de um solo rico, que poderia produzir culturas luxuriantes em outras circunstâncias favoráveis. O Sr. Heathcliff, creio, não o tratou fisicamente doente; graças à sua natureza destemida, que não oferecia qualquer tentação àquele curso de opressão: não tinha nenhuma das tímidas suscetibilidades que teriam dado gosto aos maus-tratos, na opinião de Heathcliff. Ele parecia ter dobrado sua malevolência em torná-lo um bruto: ele nunca foi ensinado a ler ou escrever; nunca repreendido por qualquer mau hábito que não incomodasse o seu guardião; nunca deu um único passo em direção à virtude, ou guardado por um único preceito contra o vício. E pelo que ouvi, José contribuiu muito para a sua deterioração, por uma parcialidade tacanha que o levou a bajulá-lo e acariciá-lo, quando menino, porque era o chefe da velha família. E como ele tinha o hábito de acusar Catherine Earnshaw e Heathcliff, quando crianças, de colocar o mestre além de sua paciência, e obrigá-lo a buscar consolo na bebida pelo que ele chamou de seus "caminhos offald", então ele atualmente colocou todo o fardo das faltas de Hareton sobre os ombros do usurpador de sua propriedade. Se o rapaz jurasse, ele não o corrigiria: nem por mais culposo que ele se comportasse. Deu satisfação a José, aparentemente, vê-lo ir até o fim: permitiu que o rapaz fosse arruinado: que sua alma fosse abandonada à perdição; mas então ele refletiu que Heathcliff deve responder por isso. O sangue de Hareton seria necessário em suas mãos; e havia imensa consolação nesse pensamento. José incutiu-lhe um orgulho de nome e de sua linhagem; teria, se ousasse, fomentado o ódio entre ele e o atual dono das Alturas: mas o seu pavor desse dono equivalia a superstição; e limitou os seus sentimentos a seu respeito a insinuações murmuradas e cominacções privadas. Não pretendo conhecer intimamente o modo de vida habitual naqueles dias em Wuthering Heights: só falo a partir de boatos; pois pouco vi. Os aldeões afirmaram que o Sr. Heathcliff estava *perto*, e um proprietário cruel e duro para seus inquilinos, mas a casa, no interior, havia recuperado seu antigo aspecto de conforto sob gestão feminina, e as cenas de tumulto comuns na época de Hindley não eram agora encenadas dentro de suas paredes. O mestre era demasiado sombrio para procurar companhia com qualquer povo, bom ou mau; e ele ainda está.

Isso, no entanto, não está progredindo com a minha história. Miss Cathy rejeitou a oferta de paz do terrier, e exigiu seus próprios cães, Charlie e Phoenix. Vieram mancando e pendurando a cabeça; e partimos para casa, infelizmente fora de espécie, cada um de nós. Eu não podia arrancar da minha pequena senhora como ela tinha passado o dia; exceto que, como supus, o objetivo de sua peregrinação era Penistone Crags; e ela chegou sem aventura ao portão da fazenda, quando Hareton saiu em frente, assistido por alguns seguidores caninos, que atacaram seu trem. Eles tiveram uma batalha inteligente, antes que seus donos pudessem separá-los: isso formou uma introdução. Catarina disse a Hareton quem era e para onde ia; e pediu-lhe que lhe mostrasse o caminho: finalmente, seduzindo-o a acompanhá-la. Ele abriu os mistérios da Caverna das Fadas, e vinte outros lugares queer. Mas, estando em desgraça, não fui favorecido com uma descrição dos objetos interessantes que ela viu. Pude perceber, no entanto, que seu guia tinha sido um favorito até que ela feriu seus sentimentos dirigindo-se a ele como um servo; e a governanta de Heathcliff magoou a dela chamando-o de primo. Então a linguagem que ele tinha segurado para ela se agitou em seu coração; ela que sempre foi "amor", e "querida", e "rainha", e "anjo", com todos no Grange, a ser insultada de forma tão chocante por um estranho! Ela não o compreendeu; e trabalho árduo tive para obter uma promessa de que ela não colocaria a queixa diante de seu pai. Expliquei como ele se opunha a toda a família nas Alturas, e como lamentaria descobrir que ela tinha estado lá; mas insisti mais no fato de que, se ela revelasse minha negligência em relação às suas ordens, ele talvez ficasse tão irritado que eu tivesse que sair; e Cathy não suportou essa perspetiva: ela prometeu sua palavra e a guardou por minha causa. Afinal, ela era uma menina doce.

# CAPÍTULO XIX

Uma carta, bordada de preto, anunciava o dia do retorno do meu mestre. Isabel estava morta; e ele escreveu para me pedir luto por sua filha, e arranjar um quarto, e outras acomodações, para seu sobrinho jovem. Catarina correu louca de alegria com a ideia de receber o pai de volta; e satisfez as mais sanguinárias expectativas das inúmeras excelências de seu primo "real". Chegou a noite da sua esperada chegada. Desde o início da manhã, ela estava ocupada ordenando seus próprios pequenos negócios; e agora vestida com seu novo frock preto – coitada! A morte de sua tia impressionou-a sem tristeza definitiva – ela me obrigou, por constante preocupação, a caminhar com ela pelos terrenos para encontrá-los.

"Linton é apenas seis meses mais novo do que eu", ela tagarelava, enquanto passeávamos vagarosamente sobre as ondulações e ocos de grama musgosa, sob a sombra das árvores. "Como será uma delícia tê-lo para um companheiro de jogo! Tia Isabel mandou papai uma linda mecha de cabelo; era mais leve do que o meu, mais linho e muito bem. Tenho-o cuidadosamente preservado numa pequena caixa de vidro; e muitas vezes pensei que prazer seria ver o seu dono. Ah! Estou feliz – e papai, querido, querido papai! Vem, Ellen, vamos correr! vem, corre."

Ela correu, voltou e correu novamente, muitas vezes antes que meus passos sóbrios chegassem ao portão, e então ela se sentou na margem gramada ao lado do caminho, e tentou esperar pacientemente; Mas isso era impossível: ela não podia ficar parada um minuto.

"Quanto tempo duram!", exclamou. "Ah, eu vejo um pouco de poeira na estrada, eles estão chegando! Não! Quando estarão aqui? Não podemos ir um pouco longe – meia milha, Ellen, apenas meia milha? Diga sim, àquele amontoado de bétulas na virada!"

Recusei firmemente. Por fim, o suspense acabou: a carruagem rolou à vista. Miss Cathy gritou e estendeu os braços assim que pegou o rosto de seu pai olhando da janela. Ele desceu, quase tão ansioso quanto ela; e decorreu um intervalo considerável para que tivessem um pensamento de sobra para qualquer um, a não ser para si mesmos. Enquanto eles trocavam carícias, dei uma espiada para ver Linton. Dormia num canto, envolto num manto quente e forrado de peles, como se fosse inverno. Um menino pálido, delicado, afeminado, que poderia ter sido tomado pelo irmão mais novo do meu mestre, tão forte era a semelhança: mas havia uma peevishness doentia em seu aspecto que Edgar Linton nunca teve. Este último viu-me a olhar; e, tendo apertado as mãos, aconselhou-me a fechar a porta e a deixá-lo imperturbável; pois a viagem o cansara. Cathy teria dado uma olhada, mas seu pai lhe disse para vir, e eles caminharam juntos pelo parque, enquanto eu me apressava antes para preparar os criados.

— Agora, querida — disse o Sr. Linton, dirigindo-se à filha, enquanto paravam no fundo dos degraus da frente: — seu primo não é tão forte ou tão alegre quanto você, e ele perdeu sua mãe, lembre-se, muito pouco tempo depois; Portanto, não espere que ele jogue e corra com você diretamente. E não o assedie muito falando: deixe-o ficar quieto esta noite, pelo menos, vai?"

"Sim, sim, papai", respondeu Catarina: "mas eu quero vê-lo; e ele nunca olhou para fora."

A carruagem parou; e o dorminhoco sendo despertado, foi levantado ao chão por seu tio.

— Esta é sua prima Cathy, Linton — disse ele, juntando as mãozinhas. "Ela já gosta de você; e lembre-se de que você não a entristece chorando esta noite. Tente ser alegre agora; a viagem chegou ao fim, e você não tem nada a fazer além de descansar e se divertir como quiser."

— Deixe-me ir para a cama, então — respondeu o menino, encolhendo-se diante da saudação de Catarina; e pôs os dedos nos olhos para remover as lágrimas incipientes.

"Venha, venha, há uma boa criança", sussurrei, levando-o a entrar. "Você vai fazê-la chorar também, veja como ela está arrependida de você!"

Não sei se foi tristeza para ele, mas a prima vestiu um semblante tão triste quanto ele, e voltou para o pai. Os três entraram e montaram na biblioteca, onde o chá estava pronto. Retirei o boné e o manto de Linton, e coloquei-o numa cadeira junto à mesa; mas logo que se sentou, começou a chorar de novo. Meu mestre perguntou qual era o assunto.

"Não consigo sentar numa cadeira", soluçou o rapaz.

— Vá para o sofá, então, e Ellen lhe trará um chá — respondeu pacientemente o tio.

Ele tinha sido muito tentado, durante a viagem, eu me senti convencido, por sua carga doente inquietante. Linton lentamente se afastou e se deitou. Cathy carregava um banquinho e seu copo para o lado dele. No início, sentou-se em silêncio; mas isso não podia durar: ela tinha resolvido fazer um animal de estimação de seu primo pequeno, como ela gostaria que ele fosse; e ela começou a acariciar seus cachos, e beijar sua bochecha, e oferecer-lhe chá em seu pires, como um bebê. Isso agradou-lhe, pois não estava muito melhor: secou os olhos e iluminou-se num leve sorriso.

— Ah, ele vai se sair muito bem — disse o mestre para mim, depois de observá-los um minuto. "Muito bem, se pudermos mantê-lo, Ellen. A companhia de uma criança de sua idade lhe incutirá um novo espírito em breve e, desejando força, ela a ganhará."

"Ah, se pudermos mantê-lo!" Refleti sobre mim mesmo; e me vieram receios dolorosos de que havia uma ligeira esperança nisso. E então, pensei, como é que esse fraco vai viver em Wuthering Heights? Entre seu pai e Hareton, que companheiros de jogo e instrutores eles serão. Nossas dúvidas foram decididas no momento, ainda mais cedo do que eu esperava. Eu tinha acabado de levar as crianças para o andar de cima, depois que o chá terminou, e vi Linton dormindo – ele não me sofreria para deixá-lo até que fosse o caso – eu tinha descido e estava de pé ao lado da mesa no corredor, acendendo uma vela do quarto para o Sr. Edgar, quando uma empregada saiu da cozinha e me informou que o criado do Sr. Heathcliff, Joseph, estava na porta, e desejava falar com o mestre.

— Vou perguntar-lhe o que ele quer primeiro — disse, com considerável apreensão. "Uma hora muito improvável de estar a incomodar as pessoas, e no instante em que regressaram de uma longa viagem. Acho que o mestre não consegue vê-lo."

José tinha avançado pela cozinha enquanto eu proferia estas palavras, e agora se apresentava no salão. Vestido com as vestes dominicais, com o rosto mais santo e sórdido, e, segurando o chapéu numa mão e o pau na outra, passou a limpar os sapatos no tapete.

— Boa noite, José — eu disse, friamente. "Que negócio te traz aqui esta noite?"

— É a Maister Linton que eu falei — ele respondeu, acenando-me com desdém.

"O Sr. Linton vai para a cama; a menos que você tenha algo específico a dizer, tenho certeza de que ele não ouvirá isso agora", continuei. "É melhor você sentar lá e confiar sua mensagem a mim."

"Qual é o seu rahm?", perseguiu o sujeito, examinando o leque de portas fechadas.

Percebi que ele estava decidido a recusar minha mediação, então com muita relutância fui até a biblioteca e anunciei o visitante fora de época, aconselhando que ele deveria ser demitido até o dia seguinte. O Sr. Linton não teve tempo de me capacitar para fazê-lo, pois Joseph montou-se perto dos meus calcanhares e, empurrando para dentro do apartamento, colocou-se do outro lado da mesa, com os dois punhos batidos na cabeça do seu pau, e começou num tom elevado, como se antecipasse a oposição:

"Hathecliff me mandou buscar seu rapaz, e eu munn't goa back 'bout him'."

Edgar Linton ficou em silêncio um minuto; uma expressão de tristeza excessiva ofuscava suas feições: ele teria piegado a criança por conta própria; mas, recordando as esperanças e os medos de Isabel, e os desejos ansiosos por seu filho, e os elogios que ela tinha dele aos seus cuidados, ele se entristeceu amargamente com a perspetiva de cedê-lo, e procurou em seu coração como isso poderia ser evitado. Nenhum plano se oferecia: a própria manifestação de qualquer desejo de mantê-lo teria tornado o reclamante mais perentório: não restava nada além de demiti-lo. No entanto, ele não iria despertá-lo de seu sono.

— Diga ao Sr. Heathcliff — ele respondeu calmamente — que seu filho virá a Wuthering Heights para morrer. Ele está na cama e muito cansado para ir longe agora. Você também pode dizer-lhe que a mãe de Linton desejava que ele permanecesse sob minha tutela; e, neste momento, a sua saúde é muito precária."

"Noa!", disse José, dando um baque com seu adereço no chão, e assumindo um ar autoritário. "Noa! isso significa nada. Hathecliff maks noa 'count o' t' mãe, nem vós do norte; mas ele hev seu rapaz; und I mun tak' him—soa now ye knaw!"

"Não terás esta noite!", respondeu Linton decididamente. "Desça as escadas imediatamente e repita ao seu mestre o que eu disse. Ellen, mostre-o. Vai—"

E, ajudando o ancião indignado com um elevador pelo braço, livrou-lhe o quarto e fechou a porta.

"Varrah chora!", gritou José, enquanto se afastava lentamente.

# CAPÍTULO XX

Para evitar o perigo de esta ameaça se cumprir, o Sr. Linton encomendou-me que levasse o menino para casa mais cedo, no pónei de Catherine; e, disse ele: "Como agora não teremos influência sobre o seu destino, bom ou mau, não deveis dizer nada de onde ele foi para a minha filha: ela não pode associar-se a ele daqui em diante, e é melhor que ela permaneça na ignorância da sua proximidade; para que ela não fique inquieta e ansiosa para visitar as Alturas. Basta dizer-lhe que o pai o mandou buscar de repente, e ele foi obrigado a deixar-nos."

Linton estava muito relutante em ser despertado de sua cama às cinco horas, e surpreso ao ser informado de que ele deveria se preparar para novas viagens; mas eu suavizei o assunto afirmando que ele iria passar algum tempo com seu pai, o Sr. Heathcliff, que desejava tanto vê-lo, que ele não gostava de adiar o prazer até que ele deveria se recuperar de sua viagem tardia.

"Meu pai!", exclamou, com estranha perplexidade. "Mamãe nunca me disse que eu tinha pai. Onde ele mora? Prefiro ficar com o tio."

"Ele mora um pouco longe do Grange", respondi; "Um pouco além dessas colinas: não tão longe, mas você pode andar por aqui quando ficar saudável. E você deve estar feliz em ir para casa e vê-lo. Você deve tentar amá-lo, como você fez sua mãe, e então ele vai te amar."

"Mas por que não ouvi falar dele antes?", perguntou Linton. "Por que mamãe e ele não vivem juntos, como outras pessoas?"

"Ele tinha negócios para mantê-lo no norte", respondi, "e a saúde de sua mãe exigia que ela residisse no sul."

"E por que a mamãe não me falou dele?", insistiu a criança. "Ela falava muitas vezes do tio, e eu aprendi a amá-lo há muito tempo. Como devo amar papai? Não o conheço."

"Oh, todas as crianças amam seus pais", eu disse. "Sua mãe, talvez, pensasse que você gostaria de estar com ele se ela o mencionasse muitas vezes para você. Apressemo-nos. Um passeio cedo numa manhã tão bonita é muito preferível a uma hora a mais de sono."

"Será *que ela* vai connosco", exigiu, "a menina que vi ontem?"

"Agora não", respondi eu.

"É tio?", continuou.

"Não, serei seu companheiro lá", eu disse.

Linton afundou de volta em seu travesseiro e caiu em um estudo marrom.

"Não vou ficar sem tio", gritou longamente: "Não sei dizer para onde você quer me levar".

Tentei convencê-lo da safadeza de mostrar relutância em encontrar seu pai; ainda assim, ele resistiu obstinadamente a qualquer progresso para se vestir, e eu tive que pedir a ajuda do meu mestre para convencê-lo a sair da cama. O coitado finalmente saiu, com várias garantias ilusórias de que sua ausência seria curta: que o Sr. Edgar e Cathy o visitariam, e outras promessas, igualmente infundadas, que inventei e reiterei em intervalos ao longo do caminho. O ar puro e perfumado de urze, o sol brilhante e a suave lata de Minny aliviaram seu desânimo depois de um tempo. Começou a colocar questões sobre a sua nova casa, e os seus habitantes, com maior interesse e vivacidade.

"Wuthering Heights é um lugar tão agradável quanto Thrushcross Grange?", perguntou ele, voltando-se para dar uma última olhada no vale, de onde uma névoa leve se montou e formou uma nuvem felpuda nas saias do azul.

"Não está tão enterrado em árvores", respondi, "e não é tão grande, mas você pode ver o país lindamente por toda parte; E o ar é mais saudável para si — mais fresco e seco. Você vai, talvez, pensar que o edifício velho e escuro no início; embora seja uma casa respeitável: a próxima melhor do bairro. E você terá divagações tão agradáveis sobre os mouros. Hareton Earnshaw – ou seja, o outro primo de Miss Cathy, e assim o seu de certa forma – irá mostrar-lhe todos os pontos mais doces; e você pode trazer um livro com bom tempo, e fazer um verde oco seu estudo; e, de vez em quando, o teu tio pode juntar-se a ti numa caminhada: ele anda, frequentemente, pelas colinas."

"E como é o meu pai?", perguntou. "Ele é tão jovem e bonito quanto o tio?"

"Ele é tão jovem", disse eu; "mas ele tem cabelos e olhos pretos, e parece mais severo; e ele é mais alto e maior. Ele não lhe parecerá tão gentil e gentil no início, talvez, porque não é o seu caminho: ainda, lembre-se, seja franco e cordial com ele; e, naturalmente, ele vai gostar mais de você do que qualquer tio, pois você é dele."

"Cabelos e olhos pretos!", refletiu Linton. "Não consigo gostar dele. Então eu não sou como ele, não sou?"

— Não muito — respondi: nem um bocado, pensei, examinando com pesar a tez branca e a moldura fina de meu companheiro, e seus grandes olhos lânguidos — os olhos de sua mãe, exceto que, a menos que um toque mórbido os acendesse um momento, eles não tinham um vestígio de seu espírito cintilante.

"Que estranho que ele nunca venha ver a mamãe e eu!", murmurou. "Ele já me viu? Se ele tem, eu devo ter sido um bebê. Não me lembro de uma única coisa sobre ele!"

"Por que, Mestre Linton," disse eu, "trezentas milhas é uma grande distância; e dez anos parecem muito diferentes em duração para uma pessoa adulta em comparação com o que eles fazem com você. É provável que o Sr. Heathcliff tenha proposto passar do verão para o verão, mas nunca encontrou uma oportunidade conveniente; e agora é tarde demais. Não o incomode com perguntas sobre o assunto: isso vai perturbá-lo, de nada adianta."

O menino estava totalmente ocupado com suas próprias cogitações pelo resto do passeio, até que paramos diante do portão do jardim da fazenda. Observei para captar suas impressões em seu semblante. Examinou com solene intenção a frente esculpida e as grades baixas, os arbustos de groselha e os abetos tortos, e depois balançou a cabeça: os seus sentimentos privados desaprovavam inteiramente o exterior da sua nova morada. Mas teve bom senso para adiar a queixa: pode haver compensação dentro. Antes de ele desmontar, fui e abri a porta. Passava das seis e meia; A família tinha acabado de tomar o pequeno-almoço: o criado limpava e limpava a mesa. José ficou ao lado da cadeira de seu mestre contando alguma história sobre um cavalo manco; e Hareton preparava-se para o campo de feno.

"Hallo, Nelly!", disse Heathcliff, quando me viu. "Eu temia ter que descer e buscar minha propriedade. Você trouxe, não é? Vamos ver o que podemos fazer com isso."

Levantou-se e dirigiu-se à porta: Hareton e José seguiram-se numa curiosidade escancarada. O pobre Linton passou um olho assustado sobre os rostos dos três.

"Certamente", disse Joseph depois de uma inspeção grave, "ele está jurando wi' ye, Maister, an' yon's his lass!"

Heathcliff, tendo encarado o filho numa onda de confusão, proferiu uma risada desdenhosa.

"Deus! Que beleza! Que coisa linda, encantadora!", exclamou. "Não o criaram em caracóis e leite azedo, Nelly? Oh, maldita minha alma! mas isso é pior do que eu esperava – e o diabo sabe que eu não estava angustiado!"

Peço à criança trêmula e desnorteada que desça e entre. Ele não compreendeu completamente o significado da fala de seu pai, ou se ela era destinada a ele: na verdade, ele ainda não tinha certeza de que o estranho sombrio e zombeteiro era seu pai. Mas agarrou-se a mim com crescente apreensão; e ao sentar-se o Sr. Heathcliff e pedir-lhe "venha até aqui", escondeu o rosto no meu ombro e chorou.

"Tut, tut!", disse Heathcliff, estendendo a mão e arrastando-o aproximadamente entre os joelhos, e depois segurando a cabeça pelo queixo. "Nada desse absurdo! Nós não vamos te machucar, Linton, não é esse o teu nome? Tu és filho da tua mãe, inteiramente! Onde está *a minha parte em ti, galinha?*"

Ele tirou o boné do menino e empurrou para trás seus grossos cachos de linho, sentiu seus braços esguios e seus dedos pequenos; durante o qual

Linton parou de chorar e levantou seus grandes olhos azuis para inspecionar o inspetor.

"Você me conhece?", perguntou Heathcliff, depois de se certificar de que os membros eram todos igualmente frágeis e fracos.

— Não — disse Linton, com um olhar de medo vazio.

"Já ouviste falar de mim, atrevo-me a dizer?"

"Não", respondeu novamente.

"Não! Que vergonha da tua mãe, nunca acordar a tua consideração filial por mim! Você é meu filho, então, eu lhe direi; e sua mãe era uma vagabunda perversa para deixá-lo na ignorância do tipo de pai que você possuía. Agora, não ganhe e colora! Embora *seja* algo para ver que você não tem sangue branco. Seja um bom rapaz; e eu farei por você. Nelly, se você estiver cansado, você pode sentar-se; se não, volte para casa. Eu acho que você vai relatar o que você ouve e vê para a cifra no Grange; e essa coisa não será resolvida enquanto você se demorar sobre isso."

"Bem," respondi eu, "espero que você seja gentil com o menino, Sr. Heathcliff, ou você não vai mantê-lo por muito tempo; e Ele é tudo o que você tem de semelhante no mundo amplo, que você jamais conhecerá — lembre-se."

"Vou ser *muito* gentil com ele, você não precisa ter medo", disse ele, rindo. "Só ninguém mais deve ser gentil com ele: tenho ciúmes de monopolizar seu afeto. E, para começar minha bondade, José, traga ao rapaz um pouco de café da manhã. Hareton, seu bezerro infernal, implora para o seu trabalho. Sim, Nell", acrescentou, quando eles partiram, "meu filho é o futuro dono de seu lugar, e eu não deveria desejar que ele morresse até que eu tivesse certeza de ser seu sucessor. Além disso, ele é *meu*, e eu quero o triunfo de ver *meu* descendente justamente senhor de suas propriedades, meu filho contratando seus filhos para cultivar as terras de seus pais por salários. Essa é a única consideração que me pode fazer suportar o susto: desprezo-o por si mesmo, e odeio-o pelas memórias que ele revive! Mas essa consideração é suficiente: ele está tão seguro comigo e será cuidado tão cuidadosamente quanto o seu mestre cuida dos seus. Eu tenho um quarto no andar de cima, mobiliado para ele em estilo bonito;

Eu contratei um tutor, também, para vir três vezes por semana, a vinte milhas de distância, para ensiná-lo o que ele gosta de aprender. Ordenei a Hareton que lhe obedecesse: e de fato organizei tudo com o objetivo de preservar o superior e o cavalheiro nele, acima de seus associados. Lamento, no entanto, que ele mereça tão pouco o problema: se eu desejava alguma bênção no mundo, era encontrá-lo um objeto digno de orgulho; e estou amargamente desapontado com o desgraçado de cara de soro de leite!"

Enquanto falava, Joseph voltou carregando uma bacia de mingau de leite, e colocou-a diante de Linton: que mexeu em torno da bagunça caseira com um olhar de aversão, e afirmou que não podia comê-la. Vi o velho-servo compartilhar em grande parte o desprezo de seu mestre pela criança; embora ele fosse obrigado a manter o sentimento em seu coração, porque Heathcliff claramente queria que seus subordinados o honrassem.

"Não pode comê-lo?", repetiu ele, olhando no rosto de Linton, e subjugando sua voz a um sussurro, com medo de ser ouvido. "Mas Maister Hareton nivir não comeu mais nada, quando ele wer um pouco 'un; e que wer gooid eneugh para ele gooid eneugh para ye, eu sou rayther pensar!"

"Eu *não* como!", respondeu Linton, com um estalo. "Tira-o."

José pegou a comida indignada e a trouxe até nós.

"Há problemas de saúde?", perguntou, empurrando a bandeja para debaixo do nariz de Heathcliff.

"O que deve afligi-los?", questionou.

"Wah!", respondeu Joseph, "yon dainty chap diz que ele cannut comeu 'em. Mas eu acho que é raight! A mãe dele é só soa, nós somos muito malucos para semear milho para maquilhar o peito dela."

— Não mencione sua mãe para mim — disse o mestre, irritado. "Arranje-lhe algo que ele possa comer, só isso. Qual é a sua comida habitual, Nelly?"

Sugeri leite cozido ou chá; e a governanta recebeu instruções para preparar alguns. Venha, refleti, o egoísmo de seu pai pode contribuir para seu conforto. Ele percebe sua constituição delicada e a necessidade de tratá-lo toleravelmente. Vou consolar o Sr. Edgar familiarizando-o com a virada que o humor de Heathcliff tomou. Não tendo desculpa para ficar mais tempo, eu escorreguei, enquanto Linton estava empenhado em rejeitar timidamente os avanços de um simpático cão de ovelha. Mas estava demasiado alerta para ser enganado: quando fechei a porta, ouvi um grito e uma repetição frenética das palavras:

"Não me deixem! Eu não vou ficar aqui! Eu não vou ficar aqui!"

Então o trinco levantou-se e caiu: não o sofreram para sair. Montei Minny e insisti para que ela fizesse um trote; e assim terminou a minha breve tutela.

# CAPÍTULO XXI

Tivemos um trabalho triste com a pequena Cathy naquele dia: ela levantou-se em grande júbilo, ansiosa para se juntar ao primo, e lágrimas e lamentações tão apaixonadas seguiram a notícia de sua partida que o próprio Edgar foi obrigado a acalmá-la, afirmando que ele deveria voltar em breve: ele acrescentou, no entanto, "se eu puder pegá-lo"; e não havia esperanças nisso. Esta promessa tranquilizou-a mal; mas o tempo era mais potente; e embora ainda em intervalos ela perguntasse a seu pai quando Linton voltaria, antes que ela o visse novamente, suas feições haviam ficado tão escuras em sua memória que ela não o reconheceu.

Quando tive a oportunidade de encontrar a governanta de Wuthering Heights, em visitas de negócios a Gimmerton, costumava perguntar como o jovem mestre se saiu; pois ele vivia quase tão isolado quanto a própria Catarina, e nunca era para ser visto. Pude deduzir dela que ele continuava com a saúde debilitada e era um preso cansativo. Ela disse que o Sr. Heathcliff parecia não gostar dele cada vez mais e pior, embora ele se esforçasse para escondê-lo: ele tinha uma antipatia pelo som de sua voz, e não podia fazer nada com ele sentado na mesma sala com ele muitos minutos juntos. Raramente se falava muito entre eles: Linton aprendia as lições e passava as noites num pequeno apartamento a que chamavam salão: ou então deitava-se na cama o dia todo: pois estava constantemente a ter tosse, constipações, dores e algum tipo de dor.

"E eu nunca conheci uma criatura de coração tão fraco", acrescentou a mulher; "Nem um tão cuidadoso com Hisseln. Ele *vai* continuar, se eu deixar a janela aberta um pouco tarde da noite. Ah! é matar, uma lufada de ar noturno! E ele deve ter um incêndio no meio do verão; e o cachimbo de José é veneno; e ele deve ter sempre doces e guloseimas, e sempre leite, leite para sempre – não dando ouvidos a como o resto de nós é beliscado no inverno; e lá se sentará, envolto no seu manto peludo na cadeira junto ao fogo, com umas torradas e água ou outra inclinação no fogão para beber; e se Hareton, por piedade, vier diverti-lo – Hareton não é mal-humorado, embora seja rude – eles certamente se separarão, um xingando e o outro chorando. Acredito que o mestre apreciaria o fato de Earnshaw tê-lo batido em uma múmia, se ele não fosse seu filho; e tenho certeza de que ele estaria apto a tirá-lo de portas, se soubesse metade da amamentação que ele dá aos seus filhos. Mas então ele não correrá o risco de ser tentado: ele nunca entra no salão e, se Linton mostrar esses caminhos na casa onde está, ele o manda para o andar de cima diretamente."

Adivinhei, a partir deste relato, que a total falta de simpatia tornara o jovem Heathcliff egoísta e desagradável, se não o fosse originalmente; e o meu interesse por ele, consequentemente, decaiu: embora ainda me emocionasse com um sentimento de tristeza pela sua sorte, e um desejo de que ele tivesse ficado conosco. O Sr. Edgar encorajou-me a obter informações: pensava muito nele, eu gostava, e teria corrido algum risco ao vê-lo; e disse-me uma vez para perguntar à governanta se alguma vez entrou na aldeia? Ela disse que ele só tinha estado duas vezes, a cavalo, acompanhando o pai; e em ambas as vezes fingiu estar bastante nocauteado por três ou quatro dias depois. Essa governanta partiu, se bem me lembro, dois anos depois de ter vindo; e outro, que eu não conhecia, era o seu sucessor; ela mora lá ainda.

O tempo foi passando no Grange em sua antiga maneira agradável até Miss Cathy chegar aos dezesseis anos. No aniversário do seu nascimento nunca manifestámos sinais de regozijo, porque era também o aniversário da morte da minha falecida amante. Seu pai invariavelmente passava aquele dia sozinho na biblioteca; e caminhava, ao anoitecer, até Gimmerton kirkyard, onde frequentemente prolongava a sua estadia para além da meia-noite. Por isso, Catarina foi atirada com os seus próprios recursos para se divertir. Este dia vinte de março foi um belo dia de primavera, e quando seu pai se aposentou, minha jovem senhora desceu vestida para sair, e disse que pediu para ter um passeio à beira do morro comigo: o Sr. Linton tinha dado licença a ela, se fôssemos apenas uma curta distância e voltássemos dentro de uma hora.

"Então se apresse, Ellen!", gritou ela. "Sei onde quero chegar; onde se instala uma colónia de caça moura: quero ver se já fizeram os seus ninhos."

"Deve ser uma boa distância", respondi; "Eles não se reproduzem à beira da charneca."

"Não, não é", disse ela. "Eu me aproximei muito do papai."

Coloquei o capô e saí, sem pensar mais no assunto. Ela delimitou-se diante de mim, e voltou para o meu lado, e estava de novo como um jovem galgo; e, no início, encontrei muito entretenimento em ouvir as cotovias cantando longe e perto, e desfrutar do sol doce e quente; e observando-a, meu animal de estimação e meu deleite, com seus anéis dourados voando soltos para trás, e sua bochecha brilhante, tão suave e pura em sua flor como uma rosa selvagem, e seus olhos radiantes de prazer sem nuvens. Ela era uma criatura feliz, e um anjo, naqueles dias. É uma pena que ela não pudesse estar contente.

"Bem," disse eu, "onde está o seu jogo de mourão, senhorita Cathy? Devemos estar neles: a cerca do parque Grange é um ótimo caminho agora."

"Ah, um pouco mais longe, Ellen", foi sua resposta, continuamente. "Suba àquela colina, passe por aquela margem, e quando chegar ao outro lado, terei levantado os pássaros."

Mas havia tantas colinas e bancos para subir e passar, que, finalmente, comecei a ficar cansado e disse-lhe que devíamos parar e refazer os nossos passos. Eu gritei para ela, pois ela havia me ultrapassado muito; ou ela não ouvia ou não olhava, pois ela ainda brotava, e eu era obrigado a seguir. Finalmente, ela mergulhou em um oco; e antes que eu a visse novamente, ela estava duas milhas mais perto de Wuthering Heights do que sua própria casa; e vi algumas pessoas a prendê-la, uma das quais me senti convencido era o próprio Sr. Heathcliff.

Cathy tinha sido apanhada no facto de saquear, ou, pelo menos, caçar os ninhos da grouse. As Alturas eram a terra de Heathcliff, e ele estava reprovando o caçador.

"Não tomei nem encontrei nenhuma", disse ela, enquanto trabalhava para eles, estendendo as mãos em corroboração da afirmação. "Eu não queria levá-los; mas papai me disse que havia quantidades aqui em cima, e eu queria ver os ovos."

Heathcliff olhou para mim com um sorriso mal-intencionado, expressando seu conhecimento do partido e, consequentemente, sua malevolência em relação a ele, e perguntou quem era "papai"?

"Sr. Linton de Thrushcross Grange", ela respondeu. "Eu pensei que você não me conhecia, ou você não teria falado dessa maneira."

"Você acha que papai é muito estimado e respeitado, então?", disse ele, sarcasticamente.

"E o que és tu?", perguntou Catarina, olhando curiosamente para o orador. "Aquele homem que eu já vi antes. Ele é seu filho?"

Ela apontou para Hareton, o outro indivíduo, que não tinha ganho nada além de aumentar o volume e a força com a adição de dois anos à sua idade: ele parecia tão estranho e áspero como sempre.

"Senhorita Cathy", eu interrompi, "serão três horas em vez de uma que estamos fora, agora. Temos mesmo de voltar atrás."

"Não, esse homem não é meu filho", respondeu Heathcliff, empurrando-me para o lado. "Mas eu tenho um, e vocês também o viram antes; e, embora sua enfermeira esteja com pressa, acho que tanto você quanto ela seriam os melhores para um pouco de descanso. Você vai simplesmente virar esse nab de urze e entrar na minha casa? Você vai chegar em casa mais cedo para a facilidade; e receberás uma amável acolhida."

Sussurrei Catherine que ela não deveria, de forma alguma, aderir à proposta: estava totalmente fora de questão.

"Por quê?", perguntou ela, em voz alta. "Estou cansado de correr, e o chão está orvalhado: não posso sentar-me aqui. Vamos, Ellen. Além disso, ele diz que eu vi seu filho. Ele está enganado, eu acho; mas eu acho que onde ele mora: na fazenda que visitei vindo de Penistone Crags. Não é?"

"Venha, Nelly, segure sua língua, será um deleite para ela olhar para nós. Hareton, avance com o laço. Caminharás comigo, Nelly."

"Não, ela não vai a nenhum lugar assim", gritei, lutando para soltar meu braço, que ele havia aprendido: mas ela já estava quase na porta, correndo pela testa a toda velocidade. O seu companheiro designado não fingiu escoltá-la: esquivou-se à beira da estrada e desapareceu.

"Sr. Heathcliff, é muito errado," eu continuei: "você sabe que não quer dizer nada de bom. E lá ela verá Linton, e tudo será contado assim que voltarmos; e eu terei a culpa."

"Eu quero que ela veja Linton", ele respondeu; "Ele está melhor nestes dias; não é sempre que ele está apto para ser visto. E logo a convenceremos a manter a visita em segredo: onde está o mal disso?"

"O mal disso é que o pai dela me odiaria se descobrisse que eu a sofri para entrar em sua casa; e estou convencido de que você tem um mau projeto em encorajá-la a fazê-lo", respondi.

"Meu design é o mais honesto possível. Vou informá-los de todo o seu alcance", disse. "Para que os dois primos se apaixonem e se casem. Estou agindo generosamente com seu mestre: seu jovem chit não tem expectativas e, se ela secundar meus desejos, ela será provida imediatamente como sucessora conjunta com Linton."

"Se Linton morresse", respondi, "e sua vida é bastante incerta, Catherine seria a herdeira."

"Não, ela não faria", disse. "Não há nenhuma cláusula no testamento para garanti-lo assim: seus bens iriam para mim; mas, para evitar disputas, desejo a união deles e estou decidido a concretizá-la."

— E estou decidido que ela nunca mais se aproximará de sua casa comigo — voltei, quando chegamos ao portão, onde a senhorita Cathy esperava nossa vinda.

Heathcliff mandou-me ficar quieto; e, precedendo-nos pelo caminho, apressou-se a abrir a porta. A minha jovem senhora deu-lhe vários olhares, como se não pudesse decidir exatamente o que pensar dele; mas agora ele sorria quando encontrava o olho dela, e suavizava a voz ao dirigir-se a ela; e eu era tolo o suficiente para imaginar que a memória de sua mãe poderia desarmá-lo de desejar seu ferimento. Linton estava na lareira. Ele tinha saído andando pelos campos, pois seu boné estava ligado, e ele estava chamando José para trazer-lhe sapatos secos. Ele tinha crescido alto de sua idade, ainda querendo alguns meses de dezesseis anos. Suas feições ainda eram bonitas, e seus olhos e tez mais brilhantes do que eu me lembrava deles, embora com brilho meramente temporário emprestado do ar salutar e do sol genial.

"Agora, quem é isso?", perguntou Heathcliff, virando-se para Cathy. "Você pode dizer?"

"Seu filho?", disse ela, tendo pesquisado com dúvida, primeiro um e depois o outro.

"Sim, sim", respondeu ele: "mas esta é a única vez que você o contemplou? Pense! Ah! você tem uma memória curta. Linton, você não se lembra de seu primo, que você costumava nos provocar tanto com vontade de ver?"

"O quê, Linton!", gritou Cathy, despertando uma alegre surpresa com o nome. "É o pequeno Linton? Ele é mais alto do que eu! Você é Linton?"

O jovem avançou e reconheceu-se: beijou-o fervorosamente, e eles olharam com espanto para a mudança que o tempo fizera na aparência de cada um. Catarina tinha atingido a sua altura máxima; Sua figura era rechonchuda e esguia, elástica como aço, e todo o seu aspecto cintilava de saúde e espírito. A aparência e os movimentos de Linton eram muito lânguidos e sua forma extremamente leve; mas havia uma graça à sua maneira que atenuava esses defeitos e não o tornava desagradável. Depois de trocar inúmeras marcas de carinho com ele, seu primo foi até o Sr. Heathcliff, que se deteve junto à porta, dividindo sua atenção entre os objetos dentro e os que estavam sem: fingindo, isto é, observar o segundo, e realmente observando o primeiro sozinho.

"E você é meu tio, então!", gritou ela, estendendo a mão para saudá-lo. "Eu pensei que gostava de você, embora você fosse cruzado no início. Por que você não visita o Grange com Linton? Viver todos estes anos vizinhos tão próximos, e nunca nos ver, é estranho: para que é que o fizeste?"

"Eu visitei uma ou duas vezes demais antes de você nascer", ele respondeu. "Aí, porra! Se você tiver algum beijo de sobra, dê-os a Linton: eles são jogados fora em mim."

"Bela!", exclamou Catherine, voando para me atacar em seguida com suas carícias luxuosas. "Wicked Ellen! para tentar impedir-me de entrar.

Mas eu vou fazer essa caminhada todas as manhãs no futuro: posso eu, tio? e às vezes traga papai. Você não vai ficar feliz em nos ver?"

— Claro — respondeu o tio, com uma careta mal reprimida, resultante de sua profunda aversão a ambos os visitantes propostos. — Mas fique — continuou ele, voltando-se para a moça. "Agora penso nisso, é melhor dizer-lhe. O Sr. Linton tem um preconceito contra mim: nós brigamos em um momento de nossas vidas, com ferocidade anticristã; e, se você mencionar vir aqui para ele, ele colocará um veto em suas visitas. Portanto, você não deve mencioná-lo, a menos que você seja descuidado de ver seu primo daqui em diante: você pode vir, se quiser, mas não deve mencioná-lo."

"Por que você brigou?", perguntou Catarina, consideravelmente cabisbaixa.

"Ele achou-me demasiado pobre para casar com a sua irmã", respondeu Heathcliff, "e ficou triste por eu a ter conseguido: o seu orgulho foi ferido, e ele nunca o perdoará."

"Isso está errado!", disse a jovem: "algum tempo eu vou dizer isso a ele. Mas Linton e eu não temos participação em sua briga. Eu não virei aqui, então; virá ao Grange."

"Vai ser longe demais para mim", murmurou a prima: "andar quatro milhas me mataria. Não, venha aqui, senhorita Catarina, de vez em quando: não todas as manhãs, mas uma ou duas vezes por semana."

O pai lançou em direção ao filho um olhar de amargo desprezo.

"Tenho medo, Nelly, vou perder o meu trabalho", murmurou-me. "A senhorita Catarina, como a nona a chama, descobrirá o seu valor e enviá-lo-á ao diabo. Agora, se tivesse sido Hareton!—Você sabia que, vinte vezes por dia, eu cobiço Hareton, com toda a sua degradação? Eu teria adorado o rapaz se ele fosse mais alguém. Mas acho que ele está a salvo do *amor dela*. Vou colocá-lo contra essa criatura insignificante, a menos que ela se bestir rapidamente. Calculamos que dificilmente durará até aos dezoito anos. Ah, confunda a coisa! Ele está absorvido em secar os pés, e nunca olha para ela.—Linton!"

"Sim, pai", respondeu o menino.

"Você não tem nada para mostrar ao seu primo em lugar nenhum, nem mesmo um coelho ou um ninho de doninha? Leve-a para o jardim, antes de trocar de sapatos; e no estábulo para ver o teu cavalo."

"Você não preferiria sentar aqui?", perguntou Linton, dirigindo-se a Cathy em um tom que expressava relutância em se mover novamente.

"Não sei", respondeu ela, lançando um olhar saudoso para a porta, e evidentemente ansiosa para ser ativa.

Manteve o assento e encolheu-se mais perto do fogo. Heathcliff levantou-se, e foi para a cozinha, e de lá para o quintal, chamando por Hareton. Hareton respondeu, e agora os dois reentraram. O jovem estava se lavando, como era visível pelo brilho em suas bochechas e seus cabelos molhados.

"Oh, eu vou te perguntar, tio", gritou Miss Cathy, lembrando a afirmação da governanta. "Isso não é meu primo, não é?"

"Sim", respondeu ele, "sobrinho da sua mãe. Você não gosta dele?"

Catarina parecia queer.

"Ele não é um rapaz bonito?", continuou.

A coisinha incivil ficou na ponta dos pés e sussurrou uma frase no ouvido de Heathcliff. Ele riu; Hareton escureceu: percebi que ele era muito sensível a suspeitas de ofensas e, obviamente, tinha uma noção sombria de sua inferioridade. Mas o seu mestre ou guardião perseguiu a carranca exclamando:

"Você será o favorito entre nós, Hareton! Ela diz que você é um — O que foi? Bem, algo muito lisonjeiro. Aqui! você vai com ela ao redor da fazenda. E comporte-se como um cavalheiro, mente! Não use palavrões; e não olhe para quando a moça não estiver olhando para você, e esteja pronto para esconder seu rosto quando ela estiver; e, quando falar, diga as suas palavras devagar e mantenha as mãos fora dos bolsos. Desligue-a e entretenha-a o mais bem que puder."

Ele observou o casal passando pela janela. Earnshaw teve seu semblante completamente afastado de seu companheiro. Parecia estudar a paisagem familiar com o interesse de um estranho e de um artista. Catarina olhou manhosamente para ele, expressando pequena admiração. Ela então voltou sua atenção para procurar objetos de diversão para si mesma, e tropeçou alegremente, tocando uma música para suprir a falta de conversa.

"Amarrei-lhe a língua", observou Heathcliff. "Ele não vai arriscar uma única sílaba o tempo todo! Nelly, você se lembra de mim na idade dele – ou melhor, alguns anos mais nova. Alguma vez eu pareço tão estúpido: tão 'sem gaum', como José chama?"

"Pior", respondi, "porque mais mal-humorado com isso."

"Tenho um prazer nele", continuou, refletindo em voz alta. "Ele satisfez as minhas expectativas. Se ele fosse um tolo nato, eu não deveria aproveitar pela metade. Mas ele não é bobo; e posso simpatizar com todos os seus sentimentos, tendo-os sentido eu próprio. Sei exatamente o que ele sofre agora, por exemplo: é apenas o início do que sofrerá. E ele nunca será capaz de emergir de seus banhos de grosseria e ignorância. Eu o peguei mais rápido do que seu de pai me segurou, e mais baixo; porque se orgulha da sua brutalidade. Ensinei-o a desprezar tudo o que é extra-animal como bobo e fraco. Você não acha que Hindley estaria orgulhoso de seu filho, se ele pudesse vê-lo? quase tão orgulhoso quanto eu sou do meu. Mas há essa diferença; um é ouro colocado para o uso de pedras de pavimentação, e o outro é estanho polido para um serviço de prata. *O meu* não tem nada de valioso nisso, mas terei o mérito de fazê-lo ir tão longe quanto essas coisas pobres puderem ir. *Suas* qualidades de primeira linha, e elas estão perdidas: tornadas piores do que inúteis. *Não* tenho nada a lamentar; *ele* teria mais do que qualquer um, mas eu, estou ciente de. E o melhor é que Hareton gosta muito de mim! Você vai entender que eu superei Hindley lá. Se o vilão morto pudesse levantar-se de seu túmulo para abusar de mim pelos erros de sua prole, eu deveria me divertir vendo a dita prole lutar contra ele novamente, indignado por ele ousar criticar o único amigo que ele tem no mundo!"

Heathcliff deu uma risada diabólica da ideia. Não respondi, porque vi que ele não esperava nada. Entretanto, o nosso jovem companheiro, que se sentou demasiado afastado de nós para ouvir o que foi dito, começou a evidenciar sintomas de inquietação, provavelmente arrependendo-se de ter negado a si próprio o tratamento da sociedade de Catarina por medo de um pouco de cansaço. Seu pai observou os olhares inquietos vagando até a janela, e a mão irresolutamente estendida em direção ao seu boné.

"Levanta-te, seu menino ocioso!", exclamou, com assumida sinceridade. "Longe depois deles! eles estão apenas na esquina, junto ao stand de colmeias."

Linton reuniu suas energias e deixou a lareira. A grade estava aberta e, quando ele saiu, ouvi Cathy perguntando a seu atendente insociável o que era aquela inscrição sobre a porta? Hareton olhou fixamente e coçou a cabeça como um verdadeiro palhaço.

"É uma escrita condenável", respondeu. "Não consigo ler."

"Não consegue ler?", gritou Catarina; "Posso ler: é inglês. Mas eu quero saber por que ele está lá."

Linton riu: a primeira aparição de alegria que exibiu.

"Ele não conhece as suas cartas", disse ao primo. "Você poderia acreditar na existência de uma masmorra tão colossal?"

"Ele está tudo como deveria ser?", perguntou a senhorita Cathy, a sério; "Ou ele é simples: não está certo? Eu o questionei duas vezes agora, e cada vez que ele parecia tão estúpido acho que ele não me entende. Mal consigo entendê-lo, tenho certeza!"

Linton repetiu sua risada e olhou para Hareton provocando; que certamente não pareciam muito claros de compreensão naquele momento.

"Não há nada além de preguiça; está lá, Earnshaw?", disse ele. "Meu primo imagina que você é um. Aí você experimenta a consequência de desprezar o "livro-larning", como você diria. Já reparou, Catarina, na sua assustadora pronúncia de Yorkshire?"

"Porquê, onde está o diabo?", rosnou Hareton, mais pronto a responder ao seu companheiro diário. Ele estava prestes a ampliar ainda mais, mas os dois jovens entraram em um ruidoso ataque de alegria: minha saudade vertiginosa ficou encantada ao descobrir que ela poderia transformar sua estranha conversa em matéria de diversão.

"Onde está o uso do diabo nessa frase?", titulou Linton. "Papai disse para você não dizer palavrões, e você não pode abrir a boca sem um. Tente se comportar como um cavalheiro, agora faça!"

"Se tu não fosses mais um lass do que um rapaz, eu te caísse neste minuto, eu iria; lamentável chicote de uma cratera!", retorquiu o vaiado furioso, recuando, enquanto seu rosto ardia de raiva misturada e mortificação; pois ele estava consciente de ser insultado, e envergonhado como se ressentir.

O Sr. Heathcliff, tendo ouvido a conversa, assim como eu, sorri quando o viu partir; mas, logo em seguida, lançou um olhar de singular aversão sobre o par irreverente, que permanecia tagarela na porta: o garoto achando animação suficiente enquanto discutia as falhas e deficiências de Hareton e relatava anedotas de seus acontecimentos; e a moça saboreando seus ditos perversos e rancorosos, sem considerar a má natureza que eles evidenciavam. Comecei a não gostar, mais do que a compaixão de Linton, e a desculpar seu pai em alguma medida por mantê-lo barato.

Ficamos até a tarde: eu não conseguia arrancar a senhorita Cathy mais cedo; mas, felizmente, meu mestre não abandonara seu apartamento e permanecia ignorante de nossa ausência prolongada. Quando caminhávamos para casa, eu desmaiava ter esclarecido minha acusação sobre os personagens das pessoas que havíamos desistido: mas ela colocou na cabeça que eu era preconceituoso contra eles.

"Aha!", gritou ela, "você toma o lado do papai, Ellen: você é parcial eu sei; ou então você não teria me enganado tantos anos na noção de que Linton viveu muito longe daqui. Estou realmente extremamente zangado; só que estou tão feliz que não posso mostrá-lo! Mas você deve segurar sua língua sobre meu tio; ele é *meu* tio, lembre-se, e eu vou repreender papai por brigar com ele."

E assim ela correu, até que eu desisti da tentativa de convencê-la de seu erro. Ela não mencionou a visita naquela noite, porque não viu o Sr. Linton. No dia seguinte, tudo saiu, infelizmente para meu desgosto; e ainda assim não me arrependi totalmente: pensei que o fardo de dirigir e advertir seria mais eficientemente suportado por ele do que por mim. Mas ele era muito tímido em dar razões satisfatórias para seu desejo de que ela evitasse a conexão com a casa das Alturas, e Catherine gostava de boas razões para todas as restrições que assediavam sua vontade acariciada.

"Papai!", exclamou ela, depois das saudações da manhã, "adivinhe quem eu vi ontem, na minha caminhada sobre os mouros. Ah, papai, você começou! você não fez direito, não é, agora? Eu vi, mas escutai, e ouvireis como vos descobri; e Ellen, que está em sintonia contigo, e ainda fingiu ter pena de mim, quando eu continuava a esperar, e estava sempre desapontada com o regresso de Linton!"

Ela fez um relato fiel de sua excursão e suas consequências; e meu mestre, embora lançasse mais de um olhar reprovador para mim, não disse nada até que ela tivesse concluído. Então ele a puxou para ele, e perguntou se ela sabia por que ele havia escondido a vizinhança próxima de Linton dela. Será que ela poderia pensar que era para negar-lhe um prazer que ela poderia desfrutar inofensivamente?

"Foi porque você não gostava do Sr. Heathcliff", ela respondeu.

"Então você acredita que eu me importo mais com meus próprios sentimentos do que com os seus, Cathy?", disse ele. "Não, não foi porque eu não gostava do Sr. Heathcliff, mas porque o Sr. Heathcliff não gosta de mim; e é um homem muito diabólico, deliciando-se com o erro e arruinando aqueles que odeia, se lhe derem a menor oportunidade. Eu sabia que você não poderia manter um conhecimento com seu primo sem entrar em contato com ele; e eu sabia que ele iria detestá-lo por minha conta; então, para o seu próprio bem, e nada mais, tomei precauções para que você não visse Linton novamente. Eu quis explicar isso algum tempo à medida que você envelheceu, e lamento ter atrasado."

— Mas o Sr. Heathcliff foi bastante cordial, papai — observou Catherine, nada convencida; "e *ele* não se opôs a que nos víssemos: disse que eu poderia vir à sua casa quando quisesse; só não devo dizer-lhe, porque você brigou com ele, e não o perdoaria por se casar com a tia Isabel. E não vai. *Você* é o culpado: ele está disposto a nos deixar ser amigos, pelo menos; Linton e eu; e você não é."

Meu mestre, percebendo que ela não aceitaria sua palavra pelo mau caráter de seu tio, deu um esboço apressado de sua conduta a Isabella, e a maneira pela qual Wuthering Heights se tornou sua propriedade. Ele não suportava discorrer muito sobre o tema; pois, embora falasse pouco disso, ainda sentia o mesmo horror e detestação de seu antigo inimigo que ocupava seu coração desde a morte da Sra. Linton. "Ela poderia estar vivendo ainda, se não fosse por ele!" era sua constante reflexão amarga; e, aos seus olhos, Heathcliff parecia um assassino. A senhorita Cathy — familiarizada com nenhuma má ação, exceto seus próprios pequenos atos de desobediência, injustiça e paixão, decorrentes de temperamento quente e descuido, e arrependida no dia em que foram cometidas — ficou espantada com a negritude do espírito que poderia brotar e cobrir vingança por anos, e deliberadamente processar seus planos sem uma visita de remorso. Ela parecia tão profundamente impressionada e chocada com essa nova visão da natureza humana - excluída de todos os seus estudos e de todas as suas ideias até agora - que o Sr. Edgar considerou desnecessário prosseguir com o assunto. Limitou-se a acrescentar: "Saberás daqui em diante, querido, por que te desejo evitar a sua casa e a sua família; agora volte aos seus antigos empregos e divertimentos, e não pense mais neles."

Catarina beijou o pai, e sentou-se calmamente para as aulas durante algumas horas, de acordo com o costume; depois acompanhou-o até ao terreno, e o dia inteiro passou como de costume: mas à noite, quando ela se tinha retirado para o seu quarto, e eu fui ajudá-la a despir-se, encontrei-a a chorar, de joelhos ao lado da cama.

"Oh, fie, criança boba!" Eu exclamei. "Se você tivesse alguma dor real, teria vergonha de desperdiçar uma lágrima nessa pequena contrariedade. Você nunca teve uma sombra de tristeza substancial, senhorita Catherine. Suponha, por um minuto, que eu e o mestre estivéssemos mortos, e você estivesse sozinho no mundo: como você se sentiria, então? Compare a ocasião presente com uma aflição como essa, e seja grato pelos amigos que você tem, em vez de cobiçar mais."

"Eu não estou chorando por mim, Ellen", ela respondeu, "é por ele. Ele esperava me ver de novo e lá ele ficará tão decepcionado: e ele vai me esperar, e eu não venho!"

"Bobagem!", disse eu, "você imagina que ele pensou tanto em você quanto você pensou nele? Ele não tem Hareton para um companheiro? Nem um em cada cem choraria por perder uma relação que acabara de ver duas vezes, durante duas tardes. Linton conjeturará como é, e não se preocupará mais com você."

"Mas não posso escrever um bilhete para lhe dizer por que não posso vir?", perguntou, erguendo-se de pé. "E só mandar aqueles livros que prometi emprestar-lhe? Os seus livros não são tão agradáveis como os meus, e ele queria tê-los extremamente, quando lhe disse como eram interessantes. Posso não, Ellen?"

"Não, de facto! não, de facto!", respondi eu com decisão. "Então ele escrevia para você, e nunca haveria um fim disso. Não, senhorita Catarina, o conhecido deve ser totalmente abandonado: assim papai espera, e eu vou ver que está feito."

"Mas como pode uma pequena nota?", ela começou, colocando um semblante implorante.

"Silêncio!" Eu interrompi. "Não vamos começar com as suas pequenas notas. Vá para a cama."

Ela me lançou um olhar muito, tão que eu não beijaria sua boa noite no início: eu a cobri e fechei sua porta, em grande desagrado; mas, arrependendo-me no meio do caminho, voltei baixinho, e eis que sim! havia a senhorita de pé na mesa com um pouco de papel em branco diante dela e um lápis na mão, que ela culpadamente escorregou fora de vista na minha entrada.

"Você não vai conseguir que ninguém leve isso, Catherine," eu disse, "se você escrevê-lo; e neste momento apagarei a vossa vela."

Coloquei o extintor na chama, recebendo um tapa na mão e um petulante "coisa de cruz!" Eu então a abandonei novamente, e ela puxou o parafuso em um de seus piores e mais pessimistas humores. A carta foi terminada e encaminhada ao seu destino por um leiteiro que veio da aldeia; mas que eu só aprendi algum tempo depois. Semanas se passaram e Cathy recuperou o temperamento; embora ela tenha gostado maravilhosamente de roubar os cantos sozinha; e muitas vezes, se eu chegasse perto dela de repente enquanto lia, ela começava e se curvava sobre o livro, evidentemente desejosa de escondê-lo; e detetei bordas de papel solto saindo além das folhas. Ela também conseguiu um truque de descer de manhã cedo e ficar na cozinha, como se estivesse esperando a chegada de algo; e tinha uma pequena gaveta num armário da biblioteca, que percorria durante horas, e cuja chave tinha o cuidado especial de retirar quando a deixava.

Um dia, enquanto ela inspecionava esta gaveta, observei que os brinquedos e bugigangas que recentemente formaram seu conteúdo foram transmutados em pedaços de papel dobrado. A minha curiosidade e suspeitas foram despertadas; Decidi dar uma espiada em seus misteriosos tesouros; então, à noite, assim que ela e meu mestre estavam seguros no andar de cima, procurei e prontamente encontrei entre as chaves da minha casa uma que caberia na fechadura. Tendo aberto, esvaziei todo o conteúdo no meu avental, e levei-o comigo para examinar à vontade no meu próprio quarto. Embora eu não pudesse deixar de suspeitar, ainda fiquei surpreso ao descobrir que se tratava de uma massa de correspondência – diária, quase, deve ter sido – de Linton Heathcliff: respostas a documentos encaminhados por ela. Os datados anteriores eram envergonhados e curtos; gradualmente, porém, expandiram-se em copiosas cartas de amor, tolas, à medida que a idade do escritor se tornava natural, mas com toques aqui e ali que eu pensava terem sido emprestados de uma fonte mais experiente. Alguns deles me pareceram compostos singularmente estranhos de ardor e lisura; começando com um sentimento forte e concluindo no estilo afetado e prolixo que um estudante pode usar para um namorado fantasioso e incorpóreo. Se eles satisfizeram Cathy eu não sei; mas eles pareciam lixo muito inútil para mim. Depois de virar quantos achasse adequados, amarrei-os num lenço e reservei-os, fechando novamente a gaveta vazia.

Seguindo seu hábito, minha moça desceu cedo e visitou a cozinha: eu a vi ir até a porta, na chegada de um certo menino; e, enquanto a leiteira enchia sua lata, ela enfiava algo no bolso da jaqueta e arrancava algo. Passei pelo jardim e esperei pelo mensageiro; que lutou corajosamente para defender a sua confiança, e nós derramamos o leite entre nós; mas consegui abstrair a epístola; e, ameaçando sérias consequências se ele não parecesse afiado para casa, permaneci debaixo da parede e examinei a composição afetuosa de Miss Cathy. Era mais simples e mais eloquente do que a da prima: muito bonita e muito boba. Abanei a cabeça e fui meditar para dentro de casa. Estando o dia molhado, ela não conseguia desviar-se com divagações sobre o parque; Assim, no final dos seus estudos matinais, recorreu ao consolo da gaveta. O pai sentou-se à mesa; e eu, de propósito, tinha procurado um pouco de trabalho em algumas franjas não rasgadas da cortina da janela, mantendo meu olho firmemente fixo em seus procedimentos. Nunca nenhuma ave voando de volta para um ninho saqueado, que deixara cheio de filhotes chilreando, expressou mais completo desespero, em seus gritos angustiados e esvoaçantes, do que ela por seu único "Oh!" e a mudança que transfigurou seu semblante feliz tardio. O Sr. Linton olhou para cima.

"Qual é o problema, amor? Você se machucou?", disse.

O seu tom e olhar garantiram-lhe que não tinha sido o descobridor do tesouro.

"Não, papai!", ela suspirou. "Ellen! Ellen! suba as escadas, estou doente!"

Obedeci à sua convocação e acompanhei-a para fora.

"Ah, Ellen! você os tem", começou ela imediatamente, caindo de joelhos, quando estávamos fechados sozinhos. "Oh, dá-os a mim, e eu nunca, nunca mais o farei! Não diga papai. Você não contou papai, Ellen? diz que não tem? Já fui extremamente, mas não vou mais fazer isso!"

Com uma severidade grave à minha maneira, mandei-a levantar-se.

"Então," exclamei, "Senhorita Catarina, você está toleravelmente longe, ao que parece: você pode muito bem ter vergonha deles! Um bom pacote de lixo que você estuda em suas horas de lazer, para ter certeza: por que, é bom o suficiente para ser impresso! E o que você supõe que o mestre pensará quando eu exibi-lo diante dele? Eu ainda não mostrei, mas você não precisa imaginar que vou manter seus segredos ridículos. Por vergonha! e você deve ter liderado o caminho ao escrever tais absurdos: ele não teria pensado em começar, tenho certeza."

"Eu não! Eu não!", soluçou Cathy, pronta para partir o coração. "Eu não pensei uma vez em amá-lo até —"

"*Amoroso*!", exclamei eu, com o maior desdém que pude proferir a palavra. "*Amor*! Alguém já ouviu algo parecido! Eu poderia muito bem falar de amar o moleiro que vem uma vez por ano comprar o nosso milho. Muito amoroso, de fato! e ambas as vezes juntos você viu Linton quase quatro horas em sua vida! Agora aqui está o lixo infantil. Vou com ele para a biblioteca; e veremos o que seu pai diz a tão *amorosos*."

Ela brotou em suas preciosas epístolas, mas eu as segurei acima da minha cabeça; e então ela derramou mais súplicas frenéticas para que eu as queimasse - fizesse qualquer coisa em vez de mostrá-las. E estando realmente tão inclinado a rir quanto a repreender - pois eu estimava tudo isso vaidade feminina - eu finalmente cedi em certa medida, e perguntei: — "Se eu consentir em queimá-los, você prometerá fielmente não enviar nem receber uma carta novamente, nem um livro (pois percebo que você lhe enviou livros), nem mechas de cabelo, nem anéis, nem brinquedos?"

"Não enviamos brinquedos", gritou Catarina, com o orgulho a superar a vergonha.

"Nem nada, então, minha senhora?" Eu disse. "A menos que você queira, aqui vou eu."

"Eu prometo, Ellen!", gritou ela, pegando meu vestido. "Oh, coloque-os no fogo, faça, faça!"

Mas quando comecei a abrir um lugar com o poker o sacrifício foi demasiado doloroso para ser suportado. Ela suplicou sinceramente que eu a poupasse de um ou dois.

"Um ou dois, Ellen, para guardar por causa de Linton!"

Desatou o lenço e comecei a deixá-los cair de um ângulo, e a chama enrolou-se na chaminé.

"Eu terei um, seu cruel desgraçado!", gritou ela, colocando a mão no fogo e tirando alguns fragmentos meio consumidos, à custa dos dedos.

"Muito bem, e terei alguns para expor ao papai!" Respondi, sacudindo o resto para dentro do pacote, e virando-me de novo para a porta.

Ela esvaziou seus pedaços enegrecidos nas chamas e me fez um movimento para terminar a imolação. Estava feito; Agitei as cinzas e enterrei-as sob uma pá de carvão; e ela, muda e com uma sensação de lesão intensa, retirou-se para o seu apartamento privado. Desci para dizer ao meu mestre que a doença da moça estava quase acabando, mas julguei melhor que ela se deitasse um pouco. Ela não jantava; mas ela reapareceu no chá, pálida e vermelha sobre os olhos, e maravilhosamente subjugada no aspeto exterior. Na manhã seguinte, respondi à carta com uma folha de papel, com a inscrição: "Solicita-se ao Mestre Heathcliff que não envie mais notas à senhorita Linton, pois ela não as receberá". E, a partir daí, o menino veio com os bolsos vazios.

# CAPÍTULO XXII

O verão chegou ao fim, e o início do outono: já tinha passado Michaelmas, mas a colheita estava no final daquele ano, e alguns de nossos campos ainda estavam desbravados. O Sr. Linton e sua filha frequentemente saíam entre os ceifadores; ao carregar as últimas bainhas ficaram até o anoitecer, e a noite passando a ser fria e úmida, meu mestre pegou um frio ruim, que se instalou obstinadamente em seus pulmões, e o confinou dentro de casa durante todo o inverno, quase sem intervalo.

A pobre Cathy, assustada com o seu pequeno romance, tinha ficado consideravelmente mais triste e aborrecida desde o seu abandono; e o pai insistia para que ela lesse menos e fizesse mais exercício. Ela não tinha mais a companhia dele; Considerei-lhe o dever de suprir a sua falta, tanto quanto possível, com a minha: um substituto ineficiente; pois eu só podia poupar duas ou três horas, das minhas numerosas ocupações diurnas, para seguir os seus passos, e então a minha sociedade era obviamente menos desejável do que a dele.

Numa tarde de outubro, ou no início de novembro – uma tarde fresca e aquosa, em que o relvado e os caminhos estavam farfalhar de folhas húmidas e murchas, e o frio céu azul estava meio escondido por nuvens – serpentinas cinzentas escuras, que se acumulavam rapidamente a partir do oeste, e que augurava chuva abundante – pedi à minha jovem senhora que renunciasse à sua divagação, porque eu tinha certeza de chuveiros. Ela recusou; e eu, sem querer, vesti um manto, e peguei meu guarda-chuva para acompanhá-la em um passeio até o fundo do parque: um passeio formal que ela geralmente afetava se fosse humilde - e que ela invariavelmente era quando o Sr. Edgar tinha sido pior do que o comum, uma coisa nunca conhecida de sua confissão, mas adivinhada tanto por ela quanto por mim por seu silêncio crescente e pela melancolia de seu semblante. Ela continuou triste: não havia corrida ou limite agora, embora o vento frio pudesse muito bem tê-la tentado a correr. E muitas vezes, do lado do meu olho, eu podia detetá-la levantando uma mão e escovando algo de sua bochecha. Olhei em volta em busca de um meio de desviar seus pensamentos. De um lado da estrada erguia-se uma margem alta e áspera, onde avelãs e carvalhos atrofiados, com as raízes meio expostas, mantinham posse incerta: o solo estava demasiado solto para estes últimos; e ventos fortes sopraram alguns quase horizontais. No verão, Miss Catherine deliciou-se em subir ao longo desses troncos, e sentar-se nos ramos, balançando vinte metros acima do chão; e eu, satisfeito com sua agilidade e seu coração leve e infantil, ainda considerava apropriado repreender toda vez que a pegava em tal elevação, mas para que ela soubesse que não havia necessidade de descer. Do jantar ao chá, deitava-se no seu berço agitado pela brisa, sem fazer nada além de cantar velhas canções – o meu folclore de berçário – para si mesma, ou ver os pássaros, coinquilinos, alimentarem e seduzirem os seus filhos a voar: ou aninhados com tampas fechadas, meio a pensar, meio a sonhar, mais felizes do que as palavras podem expressar.

"Olha, senhorita!" Exclamei, apontando para um recanto sob as raízes de uma árvore retorcida. "O inverno ainda não chegou. Há uma pequena flor lá em cima, o último broto da multidão de sinos azuis que turvaram aqueles degraus de relva em julho com uma névoa lilás. Você vai se agarrar e arrancá-lo para mostrar ao papai?"

Cathy olhou por muito tempo para a flor solitária que tremia em seu abrigo de terra e respondeu, longamente: "Não, não vou tocá-la: mas parece melancólica, não é, Ellen?"

"Sim", observei, "quase tão faminto e sem saco quanto você: suas bochechas são sem sangue; Agarremo-nos às mãos e corramos. Você é tão baixo, eu ouso dizer que vou acompanhá-lo."

— Não — repetiu ela, e continuou a assombrar, parando em intervalos para meditar sobre um pouco de musgo, ou um tufo de grama branqueada, ou um fungo espalhando seu laranja brilhante entre os montes de folhagem marrom; e, sempre e sempre, a mão ergueu-se ao rosto desviado.

"Catarina, por que você está chorando, amor?" Perguntei, aproximando-me e colocando o braço sobre o ombro dela. "Você não deve chorar porque papai está resfriado; seja grato, não é nada pior."

Ela agora não conteve mais as lágrimas; sua respiração foi sufocada por soluços.

"Ah, *vai* ser algo pior", disse ela. "E o que farei quando papai e você me deixarem, e eu estiver sozinho? Não posso esquecer suas palavras, Ellen; estão sempre no meu ouvido. Como a vida será mudada, como o mundo será sombrio, quando papai e você estiverem mortos."

"Ninguém pode dizer se você não vai morrer antes de nós", respondi. "É errado antecipar o mal. Esperamos que venham anos e anos antes de qualquer um de nós ir: mestre é jovem, e eu sou forte, e dificilmente quarenta e cinco. Minha mãe viveu até oitenta, uma dama canty até o fim. E suponhamos que o Sr. Linton fosse poupado até ver sessenta, isso seria mais anos do que você contou, Srta. E não seria tolice lamentar uma calamidade acima de vinte anos antes?"

"Mas a tia Isabel era mais nova do que o papai", comentou, olhando para cima com tímida esperança para buscar mais consolo.

"Tia Isabella não tinha eu e você para amamentá-la", respondi. "Ela não era tão feliz quanto o Mestre: não tinha tanto para viver. Tudo o que você precisa fazer é esperar bem em seu pai, e animá-lo, deixando-o vê-lo alegre; e evite dar-lhe ansiedade sobre qualquer assunto: lembre-se disso, Cathy! Não vou disfarçar, mas você poderia matá-lo se fosse selvagem e imprudente, e nutrisse uma afeição tola e fantasiosa pelo filho de uma pessoa que ficaria feliz em tê-lo em seu túmulo; e permitiu-lhe descobrir que você se preocupava com a separação que ele julgou conveniente fazer."

"Não me preocupo com nada na terra, exceto com a doença do papai", respondeu meu companheiro. "Eu não me importo com nada em comparação com papai. E eu nunca, nunca, oh, nunca, enquanto eu tiver meus sentidos, farei um ato ou direi uma palavra para vexa-lo. Eu o amo melhor do que eu, Ellen; e conheço-o por isto: rezo todas as noites para viver depois d'Ele; porque eu prefiro ser miserável do que ele ser: isso prova que eu o amo melhor do que a mim mesmo."

"Boas palavras", respondi. "Mas os atos também devem prová-lo; e depois que ele estiver bem, lembre-se de que você não se esquece das resoluções formadas na hora do medo."

Enquanto conversávamos, nos aproximamos de uma porta que se abria na estrada; e minha jovem senhora, iluminando-se novamente ao sol, subiu e sentou-se no topo do muro, estendendo a mão para recolher alguns quadris que floresceram escarlate nos galhos do cume das roseiras selvagens que sombreavam o lado da estrada: os frutos inferiores haviam desaparecido, mas apenas pássaros podiam tocar o superior, exceto da estação atual de Cathy. Ao esticar-se para puxá-los, seu chapéu caiu; e como a porta estava trancada, ela propôs correr para recuperá-la. Peço-lhe que seja cautelosa para não ter uma queda, e ela desapareceu rapidamente. Mas o retorno não foi tão fácil: as pedras eram lisas e bem cimentadas, e as roseiras e os retardatários de amora não podiam dar nenhuma ajuda para voltar a subir. Eu, como um tolo, não me lembrava disso, até ouvi-la rindo e exclamando: "Ellen! você terá que buscar a chave, ou então eu devo correr para o alojamento do porteiro. Não consigo escalar as muralhas deste lado!"

"Fique onde está", respondi; "Tenho o meu pacote de chaves no bolso: talvez consiga abri-lo; se não, eu vou."

Catherine divertiu-se dançando de um lado para o outro diante da porta, enquanto eu tentava todas as grandes chaves sucessivamente. Eu tinha aplicado o último, e descobri que nenhum faria; assim, repetindo meu desejo de que ela permanecesse lá, eu estava prestes a correr para casa o mais rápido que pude, quando um som que se aproximava me prendeu. Era o trote de um cavalo; A dança de Cathy também parou.

"Quem é isso?" Eu sussurrei.

— Ellen, eu gostaria que você pudesse abrir a porta — sussurrou de volta minha companheira, ansiosa.

"Ho, Miss Linton!", gritou uma voz grave (a do piloto), "Estou feliz em conhecê-lo. Não tenham pressa em entrar, pois tenho uma explicação para pedir e obter."

— Eu não falo com você, Sr. Heathcliff — respondeu Catherine. "Papai diz que você é um homem mau, e você odeia tanto a ele quanto a mim; e Ellen diz o mesmo."

"Isso não é nada para o propósito", disse Heathcliff. (Ele foi.) "Eu não odeio meu filho, suponho; e é em relação a ele que exijo a vossa atenção. Sim; você tem motivos para corar. Dois ou três meses depois, não tinha o hábito de escrever a Linton? fazendo amor em jogo, hein? Vocês mereciam, os dois, açoitar por isso! Você, especialmente, o mais velho; e menos sensível, como se vê. Eu tenho suas cartas, e se você me der alguma pertinência eu as enviarei para seu pai. Presumo que você se cansou da diversão e a largou, não é? Bem, você jogou Linton com ele em um Slough of Despond. Ele estava sério: apaixonado, realmente. Tão verdadeiro quanto eu vivo, Ele está morrendo por você; Partindo o coração dele pela sua inconstância: não figurativamente, mas na verdade. Embora Hareton tenha feito dele uma piada de pé por seis semanas, e eu tenha usado medidas mais sérias, e tentado assustá-lo de sua idiotice, ele piora diariamente; e ele estará sob o refrigerante antes do verão, a menos que você o restaure!"

"Como você pode mentir tão brilhantemente para a pobre criança?" Liguei por dentro. "Orem de pé! Como você pode deliberadamente levantar falsidades tão insignificantes? Senhorita Cathy, vou derrubar o bloqueio com uma pedra: você não vai acreditar nesse absurdo vil. Você pode sentir em si mesmo que é impossível que uma pessoa morra por amor a um estranho."

"Eu não sabia que havia espiões", murmurou o vilão detetado. "Digna Sra. Dean, eu gosto de você, mas não gosto de sua dupla negociação", acrescentou em voz alta. "Como você poderia mentir de forma tão flagrante a ponto de afirmar que eu odiava a 'pobre criança'? e inventar histórias de bugbear para aterrorizá-la das minhas pedras da porta? Catherine Linton (o próprio nome aquece-me), o meu laço bonny, estarei de casa toda esta semana; vá ver se eu não falei verdade: faça, tem um queridinho! Imagine seu pai no meu lugar, e Linton no seu; depois, pense como você valorizaria seu amante descuidado se ele se recusasse a dar um passo para confortá-lo, quando seu próprio pai o tratava; e não caia, por pura estupidez, no mesmo erro. Eu juro, na minha salvação, ele vai para o seu túmulo, e ninguém além de você pode salvá-lo!"

O cadeado cedeu e eu saí.

"Juro que Linton está morrendo", repetiu Heathcliff, olhando fixamente para mim. "E a tristeza e a deceção estão apressando sua morte. Nelly, se você não a deixar ir, você pode passar por cima de si mesma. Mas não voltarei até esta altura da próxima semana; e penso que o seu próprio mestre dificilmente se oporia a que ela visitasse o primo."

— Entra — disse eu, tomando Cathy pelo braço e meio forçando-a a voltar a entrar; porque ela se demorava, vendo com olhos perturbados as feições do orador, demasiado severa para expressar o seu engano interior.

Empurrou o cavalo para perto e, curvando-se, observou:

"Senhorita Catarina, confesso-lhe que tenho pouca paciência com Linton; e Hareton e José têm menos. Vou confessar que ele está com um conjunto duro. Ele torce pela bondade, assim como pelo amor; e uma palavra amável de você seria seu melhor remédio. Não se importe com as precauções cruéis da Sra. Dean; mas sê generoso e inventado para vê-lo. Ele sonha contigo dia e noite, e não pode ser convencido de que tu não o odeias, já que não escreves nem ligas."

Fechei a porta e enrolei uma pedra para ajudar a fechadura solta a segurá-la; e estendendo meu guarda-chuva, puxei minha carga por baixo: pois a chuva começou a atravessar os galhos gemidos das árvores, e nos alertou para evitar atrasos. Nossa pressa impediu qualquer comentário sobre o encontro com Heathcliff, enquanto nos esticávamos em direção a casa; mas eu adivinhei instintivamente que o coração de Catarina estava agora nublado em dupla escuridão. Suas feições eram tão tristes que não pareciam dela: ela evidentemente considerava o que ouvira como verdade em todas as sílabas.

O mestre tinha-se retirado para descansar antes de entrarmos. Cathy roubou seu quarto para perguntar como ele estava; tinha adormecido. Ela voltou e me pediu para sentar com ela na biblioteca. Tomamos nosso chá juntos; e depois deitou-se no tapete e disse-me para não falar, pois estava cansada. Peguei um livro e fingi ler. Assim que ela supôs que eu estivesse absorvido em minha ocupação, ela recomeçou seu choro silencioso: parecia, no momento, sua diversão favorita. Sofri-a para gozar um pouco; então eu exclamei: ridicularizando e ridicularizando todas as afirmações do Sr. Heathcliff sobre seu filho, como se eu estivesse certo de que ela coincidiria. Infelizmente! Eu não tinha habilidade para neutralizar o efeito que seu relato havia produzido: era exatamente o que ele pretendia.

"Você pode estar certa, Ellen", respondeu ela; "mas nunca me sentirei à vontade enquanto não souber. E devo dizer a Linton que não é minha culpa não escrever e convencê-lo de que não vou mudar."

De que serviam a raiva e os protestos contra a sua credulidade boba? Nós nos separamos naquela noite — hostis; mas no dia seguinte me viu na estrada para Wuthering Heights, ao lado do pônei da minha jovem amante. Eu não suportava testemunhar sua tristeza: ver seu semblante pálido, abatido, e olhos pesados: e cedi, na tênue esperança de que o próprio Linton pudesse provar, por sua receção de nós, quão pouco do conto era fundado em fatos.

# CAPÍTULO XXIII

A noite chuvosa tinha inaugurado uma manhã enevoada – metade geada, metade garoa – e ribeiros temporários cruzaram o nosso caminho – resmungando das terras altas. Meus pés estavam completamente molhados; Eu era cruzado e baixo; exatamente o humor adequado para aproveitar ao máximo essas coisas desagradáveis. Entramos na quinta pela cozinha, para averiguar se o Sr. Heathcliff estava realmente ausente: porque depositei ligeira fé na sua própria afirmação.

José parecia sentado numa espécie de elísio sozinho, ao lado de um fogo rugindo; um litro de cerveja na mesa perto dele, eriçado com grandes pedaços de bolo de aveia torrado; e seu cachimbo preto e curto na boca. Catarina correu para a lareira para se aquecer. Perguntei se o mestre estava dentro? Minha pergunta ficou tanto tempo sem resposta, que pensei que o velho tinha ficado surdo, e a repeti mais alto.

"Na—ay!", ele rosnou, ou melhor, gritou pelo nariz. "Na—ay! yah muh goa de volta whear yah coom frough."

"José!", gritou uma voz rouca, simultaneamente comigo, da sala interna. "Quantas vezes vou ligar para você? Existem apenas algumas cinzas vermelhas agora. José! Venha este momento."

Sopros vigorosos e um olhar resoluto para a grelha declararam que não tinham ouvidos para este apelo. A governanta e Hareton eram invisíveis; um foi em uma missão e o outro em seu trabalho, provavelmente. Sabíamos os tons de Linton, e entramos.

"Oh, espero que você morra em uma guarnição, morrendo de fome!", disse o rapaz, confundindo nossa abordagem com a de sua atendente negligente.

Ele parou ao observar seu erro: seu primo voou até ele.

"É você, senhorita Linton?", ele disse, levantando a cabeça do braço da grande cadeira, na qual se reclinou. "Não, não me beijem: tira-me o fôlego. Querido! Papai disse que ia ligar", continuou ele, depois de se recuperar um pouco do abraço de Catarina; enquanto ela ficava parecendo muito contrita. "Vai fechar a porta, se quiser? deixou-a em aberto; e essas criaturas *detestáveis* não trarão brasas para o fogo. Está tão frio!"

Mexi nas cinzas e fui buscar um scuttleful. O inválido queixava-se de estar coberto de cinzas; mas ele tinha uma tosse cansativa, e parecia febril e doente, então eu não repreendi seu temperamento.

— Bem, Linton — murmurou Catherine, quando sua testa ondulada relaxou — você está feliz em me ver? Posso fazer-lhe algum bem?"

"Por que você não veio antes?", perguntou. "Você deveria ter vindo, em vez de escrever. Cansou-me terrivelmente escrever aquelas longas cartas. Eu prefiro ter falado com você. Agora, eu não aguento falar, nem mais nada. Eu me pergunto onde Zillah está! Você vai entrar na cozinha e ver?"

Eu não tinha recebido nenhum agradecimento pelo meu outro serviço; e, não querendo correr para lá e para cá a seu pedido, respondi:

"Ninguém está lá fora além de José."

"Quero beber", exclamou preocupado, afastando-se. "Zillah está constantemente a regozijar-se com Gimmerton desde que o papa foi: é miserável! E eu sou obrigado a descer aqui, eles resolveram nunca me ouvir lá em cima."

— Seu pai está atento a você, Mestre Heathcliff? Perguntei, percebendo que Catarina estava a ser controlada nos seus avanços amigáveis.

"Atento? Ele os torna um pouco mais atentos, pelo menos", gritou. "Os desgraçados! Você sabe, senhorita Linton, que Hareton bruto ri de mim! Odeio-o! na verdade, odeio-os a todos: são seres odiosos."

Cathy começou a procurar um pouco de água; Ela acendeu um cântaro na cômoda, encheu um copo e o trouxe. Pediu-lhe que acrescentasse uma colher de vinho de uma garrafa sobre a mesa; e tendo engolido uma pequena porção, parecia mais tranquila, e disse que ela era muito gentil.

"E você está feliz em me ver?", perguntou ela, reiterando sua pergunta anterior, e satisfeita ao detetar o leve amanhecer de um sorriso.

"Sim, estou. É algo novo ouvir uma voz como a sua!", respondeu. "Mas eu fiquei irritado, porque você não viria. E papai jurou que era devido a mim: chamou-me uma coisa lamentável, baralhada, inútil; e disse que me desprezava; e se ele estivesse no meu lugar, ele seria mais o mestre do Grange do que seu pai a essa altura. Mas você não me despreza, não é, senhorita—?"

— Eu gostaria que você dissesse Catherine, ou Cathy — interrompeu minha jovem. "Te despreza? Não! Ao lado de papa e Ellen, eu te amo melhor do que qualquer um vivendo. Eu não amo o Sr. Heathcliff, no entanto; e eu não me atrevo a vir quando ele voltar: ele vai ficar longe muitos dias?"

"Não muitos", respondeu Linton; "mas ele vai para os mouros com frequência, desde que a temporada de tiro começou; e você pode passar uma ou duas horas comigo na ausência dele. Diga que sim. Eu acho que eu não deveria ficar irritado com você: você não me provocaria, e você estaria sempre pronto para me ajudar, não é?"

— Sim — disse Catarina, acariciando seus longos cabelos macios — se eu pudesse apenas obter o consentimento do papai, passaria metade do meu tempo com você. Linton, lindo! Eu gostaria que você fosse meu irmão."

"E então você gostaria que eu e seu pai?", observou ele, mais alegre. "Mas papai diz que você me amaria melhor do que ele e todo o mundo, se você fosse minha esposa; então eu prefiro que você seja isso."

"Não, eu nunca deveria amar ninguém melhor do que papai", ela devolveu gravemente. "E as pessoas odeiam suas esposas, às vezes; mas não as suas irmãs e irmãos: e se fosses estes últimos, viverias connosco, e papai gostaria tanto de ti como gosta de mim."

Linton negou que as pessoas tenham odiado suas esposas; mas Cathy afirmou que sim, e, em sua sabedoria, exemplificou a aversão de seu próprio pai à tia. Esforcei-me por parar a sua língua irrefletida. Eu não consegui até que tudo o que ela sabia estava fora. Mestre Heathcliff, muito irritado, afirmou que sua relação era falsa.

"Papai me disse; e papai não conta falsidades", respondeu com pertinência.

"*Meu* papa despreza o seu!", gritou Linton. "Ele o chama de tolo sorrateiro."

"O teu é um homem mau", retorquiu Catarina; "E você é muito para ousar repetir o que ele diz. Ele deve ser perverso por ter feito a tia Isabel deixá-lo como ela o fez."

— Ela não o deixou — disse o rapaz; "Você não me contradiz."

"Ela fez", gritou minha jovem.

"Bem, eu vou te dizer uma coisa!", disse Linton. "Sua mãe odiava seu pai: agora então."

"Oh!", exclamou Catarina, demasiado enfurecida para continuar.

"E ela amava a minha", acrescentou ele.

"Seu mentiroso! Eu te odeio agora!", ela ofegou, e seu rosto ficou vermelho de paixão.

"Ela fez! ela fez!", cantou Linton, afundando-se no recesso de sua cadeira, e inclinando a cabeça para trás para apreciar a agitação do outro contendor, que estava atrás.

"Hush, Mestre Heathcliff!" Eu disse; "Esse também é o conto do seu pai, suponho."

"Não é: você segura a língua!", respondeu. "Ela fez, ela fez, Catarina! ela fez, ela fez!"

Cathy, ao seu lado, deu um empurrão violento na cadeira e fez com que ele caísse contra um braço. Foi imediatamente tomado por uma tosse sufocante que logo terminou o seu triunfo. Durou tanto tempo que me assustou. Quanto ao primo, chorou com todas as forças, horrorizada com a maldade que fizera: embora nada dissesse. Segurei-o até o encaixe se esgotar. Então ele me empurrou para longe e inclinou a cabeça silenciosamente. Catarina também acalmou as lamentações, sentou-se em frente e olhou solenemente para o fogo.

"Como você se sente agora, Mestre Heathcliff?" Perguntei, depois de esperar dez minutos.

"Eu gostaria que *ela* se sentisse como eu", ele respondeu: "Coisa rancorosa, cruel! Hareton nunca me toca: nunca me atingiu na vida. E eu estava melhor hoje: e lá — sua voz morreu em um gemido.

"*Eu* não bati em você!", murmurou Cathy, mastigando o lábio para evitar outra explosão de emoção.

Suspirou e gemeu como quem está sob grande sofrimento, e manteve-o acordado por um quarto de hora; de propósito para afligir sua prima aparentemente, pois sempre que ele pegava um sufocado dela, ele colocava dor renovada e pathos nas inflexões de sua voz.

"Sinto muito por ter magoado você, Linton", disse ela longamente, além da resistência. "Mas *eu* não poderia ter me machucado com aquele empurrãozinho, e eu também não tinha ideia de que você poderia: você não é muito, não é, Linton? Não me deixe ir para casa pensando que eu te fiz mal. Resposta! fala comigo."

"Não posso falar contigo", murmurou; "Você me machucou para que eu ficasse acordado a noite toda sufocando com essa tosse. Se tivesse, saberia o que era; mas *você* estará confortavelmente dormindo enquanto eu estiver em agonia, e ninguém perto de mim. Eu me pergunto como você gostaria de passar essas noites de medo!" E começou a gemer em voz alta, por muita pena de si mesmo.

"Já que você tem o hábito de passar noites terríveis", eu disse, "não será a senhorita que estraga sua facilidade: você seria a mesma se ela nunca tivesse vindo. No entanto, ela não vos perturbará novamente; e talvez você fique mais quieto quando o deixarmos."

"Devo ir?", perguntou Catarina com doçura, curvando-se sobre ele. — Você quer que eu vá, Linton?

"Você não pode alterar o que você fez", ele respondeu mesquinhamente, encolhendo-se dela, "a menos que você altere para pior, provocando-me em uma febre."

"Bem, então, devo ir?", repetiu.

"Deixe-me em paz, pelo menos", disse ele; "Não suporto a sua fala."

Ela demorou e resistiu às minhas convicções para partir um tempo cansativo; mas como ele não olhou nem falou, ela finalmente fez um movimento até a porta, e eu segui. Fomos lembrados por um grito. Linton deslizara de seu assento para a lareira e se contorcera na mera perversidade de uma praga indulgente de uma criança, determinado a ser o mais grave e assediador possível. Avaliei minuciosamente a sua disposição em relação ao seu comportamento e vi de imediato que seria loucura tentar fazer humor com ele. Não é assim minha companheira: ela correu de volta aterrorizada, ajoelhou-se, chorou, acalmou-se e suplicou-se, até que ele se aquietou por falta de ar: de modo algum por constrangimento em angustiá-la.

— Vou levantá-lo para o assentamento — disse eu — e ele pode rolar como quiser: não podemos parar para observá-lo. Espero que você esteja satisfeita, senhorita Cathy, que *você* não é a pessoa para beneficiá-lo, e que sua condição de saúde não é ocasionada pelo apego a você. Agora, então, lá está ele! Vá embora: assim que ele souber que não há ninguém para cuidar de suas bobagens, ele ficará feliz em ficar quieto."

Ela colocou-lhe uma almofada debaixo da cabeça e ofereceu-lhe um pouco de água; rejeitou a segunda, e atirou-a inquieta sobre a primeira, como se fosse uma pedra ou um bloco de madeira. Ela tentou colocá-lo mais confortavelmente.

"Eu não posso fazer com isso", disse ele; "Não é alto o suficiente."

Catarina trouxe outra para se deitar por cima dela.

"Isso é *muito* alto", murmurou a coisa provocadora.

"Como devo arranjá-lo, então?", perguntou desesperada.

Ele se entrelaçou com ela, enquanto ela meio ajoelhada ao lado do assentamento, e converteu seu ombro em um apoio.

"Não, isso não serve", eu disse. "Você vai se contentar com a almofada, Mestre Heathcliff. A senhorita já perdeu demasiado tempo consigo: não podemos ficar mais cinco minutos."

"Sim, sim, podemos!", respondeu Cathy. "Ele está bem e paciente agora. Ele está começando a pensar que eu terei uma miséria muito maior do que ele terá esta noite, se eu acreditar que ele é o pior para a minha visita: e então eu não me atrevo a voltar. Diga a verdade sobre isso, Linton; porque eu não devo vir, se eu te magoei."

"Você deve vir, para me curar", ele respondeu. "Devias vir, porque me magoastes: sabes que tens extremamente! Eu não estava tão doente quando você entrou como estou agora, eu estava?"

"Mas você ficou doente chorando e estando apaixonado.—Eu não fiz tudo", disse seu primo. "No entanto, seremos amigos agora. E você me quer: você gostaria de me ver às vezes, sério?"

"Eu disse que sim", respondeu impaciente. "Sente-se no assento e deixe-me apoiar-me no seu joelho. É como a mamãe costumava fazer, tardes inteiras juntas. Sente-se bem quieto e não fale: mas você pode cantar uma música, se puder cantar; ou você pode dizer uma bela balada longa e interessante – uma daquelas que você prometeu me ensinar; ou uma história. Mas prefiro ter uma balada: comece."

Catarina repetiu o mais tempo de que se lembrava. O emprego agradou a ambos. Linton teria outro, e depois outro, não obstante minhas objeções extenuantes; e assim continuaram até que o relógio marcasse doze, e ouvimos Hareton na corte, voltando para seu jantar.

"E to-morrow, Catherine, você estará aqui para morrer?", perguntou o jovem Heathcliff, segurando seu pau enquanto ela se levantava relutantemente.

"Não", respondi, "nem no dia seguinte nenhum dos dois." Ela, no entanto, deu uma resposta diferente evidentemente, pois sua testa clareou enquanto ela se inclinava e sussurrava em seu ouvido.

"Você não vai morrer, relembre, senhorita!" Comecei, quando estávamos fora de casa. "Você não está sonhando com isso, não é?"

Ela sorriu.

"Ah, eu vou cuidar bem", continuei: "Vou ter essa fechadura cortada, e você não pode escapar de mais nada."

"Eu posso ultrapassar o muro", disse ela rindo. "O Grange não é uma prisão, Ellen, e você não é meu gaoler. E, além disso, tenho quase dezessete anos: sou mulher. E tenho certeza de que Linton se recuperaria rapidamente se tivesse que cuidar dele. Eu sou mais velho do que ele, sabe, e mais sábio: menos infantil, não sou? E ele logo fará o que eu o dirijo, com um ligeiro persuasão. Ele é um queridinho quando é bom. Eu faria um animal de estimação dele, se ele fosse meu. Nunca devemos brigar, devemos, depois de estarmos acostumados uns com os outros? Você não gosta dele, Ellen?"

"Como ele!" Eu exclamei. "O pior deslize doentio que já teve na adolescência. Felizmente, como o Sr. Heathcliff conjeturou, ele não ganhará vinte. Duvido que ele veja a primavera, de fato. E pequena perda para sua família sempre que ele cai. E sorte é para nós que seu pai o levou: quanto mais gentil ele fosse tratado, mais tedioso e egoísta ele seria. Fico feliz que você não tenha nenhuma chance de tê-lo para um marido, senhorita Catherine."

A minha companheira ficou séria ao ouvir este discurso. Falar de sua morte feriu tão independentemente seus sentimentos.

"Ele é mais novo do que eu", respondeu ela, depois de uma pausa prolongada de meditação, "e ele deve viver o mais longo: ele vai – ele deve viver tanto quanto eu. Ele é tão forte agora como quando entrou pela primeira vez no norte; Eu sou positivo disso. É apenas um resfriado que o aflige, o mesmo que papai tem. Você diz que papai vai melhorar, e por que ele não deveria?"

"Bem, bem," eu gritei, "afinal, não precisamos nos preocupar; para ouvir, senhorita — e mente, vou manter minha palavra — se você tentar ir a Wuthering Heights novamente, comigo ou sem mim, informarei o Sr. Linton, e, a menos que ele permita, a intimidade com seu primo não deve ser revivida."

— Foi revivido — murmurou Cathy, irritada.

"Não deve ser continuado, então", eu disse.

"Vamos ver", foi a sua resposta, e ela partiu a galope, deixando-me a labutar na retaguarda.

Nós dois chegamos em casa antes da hora do jantar; Meu mestre supôs que estávamos vagando pelo parque e, portanto, ele não exigiu nenhuma explicação de nossa ausência. Assim que entrei, apressei-me a trocar os sapatos e meias encharcados; mas sentar-se tanto tempo nas Alturas tinha feito a travessura. Na manhã seguinte fui deitado e, durante três semanas, permaneci incapacitado para cumprir as minhas funções: uma calamidade nunca vivida antes desse período, e nunca, agradeço dizer, desde então.

Minha amante comportou-se como um anjo ao vir me esperar e alegrar minha solidão; O confinamento trouxe-me muitíssimo baixo. É cansativo, para um corpo ativo agitado: mas poucos têm motivos de reclamação mais leves do que eu. No momento em que Catherine saiu do quarto do Sr. Linton, ela apareceu ao meu lado. O seu dia foi dividido entre nós; nenhuma diversão usurpou um minuto: ela negligenciou suas refeições, seus estudos e suas brincadeiras; e ela foi a enfermeira mais carinhosa que já assistiu. Ela deve ter tido um coração quente, quando amava tanto o pai, para me dar tanto. Eu disse que seus dias estavam divididos entre nós; mas o mestre retirou-se cedo, e eu geralmente não precisava de nada depois das seis horas, assim a noite era dela. Coitado! Nunca considerei o que ela fez consigo mesma depois do chá. E embora frequentemente, quando ela olhava para me dar boa noite, eu observava uma cor fresca em suas bochechas e um rosa sobre seus dedos esguios, em vez de fantasiar a tonalidade emprestada de um passeio frio pelos mouros, eu a coloquei sob a carga de uma fogueira quente na biblioteca.

# CAPÍTULO XXIV

Ao fim de três semanas, consegui sair do meu quarto e mudar de casa. E na primeira ocasião em que me sentei à noite, pedi a Catarina que me lesse, porque os meus olhos estavam fracos. Estávamos na biblioteca, tendo o mestre ido para a cama: ela consentiu, um tanto sem querer, eu imaginei; e imaginando que o meu tipo de livros não lhe convinha, peço-lhe que se agrade na escolha do que ela folheou. Ela selecionou um de seus próprios favoritos, e avançou constantemente cerca de uma hora; Depois vieram perguntas frequentes.

"Ellen, você não está cansada? Não era melhor deitar-se agora? Você vai ficar doente, aguentando tanto tempo, Ellen."

"Não, não, querido, não estou cansado", voltei, continuamente.

Percebendo-me imóvel, ela ensaiou outro método de mostrar seu desgosto por sua ocupação. Mudou para bocejo, e alongamento, e...

"Ellen, estou cansada."

"Desista e fale", respondi.

Foi pior: ela se incomodou e suspirou, e olhou para o relógio até as oito, e finalmente foi para o quarto, completamente sobrecarregada com o sono; a julgar pelo seu olhar pesado e pesado e pelo constante esfregar que infligia aos olhos. Na noite seguinte, ela parecia ainda mais impaciente; e na terceira de recuperar minha empresa ela reclamou de dor de cabeça, e me deixou. Achei estranha a conduta dela; e tendo permanecido sozinho por muito tempo, resolvi ir perguntar se ela estava melhor, e pedir-lhe que viesse deitar-se no sofá, em vez de subir no andar de cima no escuro. Nenhuma Catarina eu poderia descobrir no andar de cima, e nenhuma abaixo. Os servos afirmaram que não a tinham visto. Ouvi à porta do Sr. Edgar; tudo era silêncio. Voltei para o apartamento dela, apaguei minha vela e me sentei na janela.

A lua brilhou brilhante; uma pitada de neve cobriu o chão, e eu refleti que ela poderia, possivelmente, tê-la levado na cabeça para caminhar pelo jardim, para se refrescar. Eu detetei uma figura rastejando ao longo da cerca interna do parque; mas não era a minha jovem amante: ao emergir na luz, reconheci um dos noivos. Ele permaneceu um período considerável, vendo a estrada de carruagem através do terreno; depois começou a um ritmo acelerado, como se tivesse detetado algo, e reapareceu agora, conduzindo o pônei da Senhora; e lá estava ela, apenas desmontada, e caminhando ao seu lado. O homem assumiu a responsabilidade furtivamente através da grama em direção ao estábulo. Cathy entrou pela janela de batente da sala de desenho e deslizou silenciosamente até onde eu a esperava. Ela meteu a porta suavemente, escorregou dos sapatos nevados, desamarrou o chapéu e estava a proceder, inconsciente da minha espionagem, a pôr de lado o seu manto, quando de repente me levantei e me revelei. A surpresa petrificou-a um instante: proferiu uma exclamação inarticulada e ficou fixa.

"Minha querida senhorita Catherine," eu comecei, muito vividamente impressionado com sua bondade recente para cair em uma bronca, "onde você tem andado a esta hora? E por que você deveria tentar me enganar contando uma história? Onde estiveste? Fala!"

"Para o fundo do parque", gaguejou. "Eu não contei uma história."

"E em nenhum outro lugar?" Eu exigi.

"Não", foi a resposta murmurada.

"Oh, Catarina!" Chorei, triste. "Você sabe que está fazendo errado, ou não seria levado a proferir uma inverdade para mim. Isso entristece-me. Prefiro ficar três meses doente do que ouvi-lo incriminar uma mentira deliberada."

Ela avançou e, aos prantos, jogou os braços em volta do meu pescoço.

"Bem, Ellen, eu tenho tanto medo de você ficar com raiva", disse ela. "Prometa não se zangar, e conhecerá a verdade: odeio escondê-la."

Sentámo-nos no banco da janela; Garanti-lhe que não iria repreender, fosse qual fosse o seu segredo, e adivinhei-o, claro; Então ela começou:

"Eu estive em Wuthering Heights, Ellen, e nunca deixei de ir um dia desde que você adoeceu; exceto três vezes antes e duas vezes depois de sair do seu quarto. Eu dei a Michael livros e fotos para preparar Minny todas as noites, e para colocá-la de volta no estábulo: você também não deve *repreendê-lo*, mente. Eu estava no Heights por volta das seis e meia, e geralmente ficava até as oito e meia, e depois galopava para casa. Não foi para me divertir que fui: muitas vezes fui miserável o tempo todo. De vez em quando eu estava feliz: uma vez por semana, talvez. No início, eu esperava que houvesse um trabalho triste persuadindo-o a me deixar manter minha palavra para Linton: pois eu tinha me comprometido a ligar novamente no dia seguinte, quando o abandonamos; mas, como você ficou no andar de cima no dia seguinte, eu escapei desse problema. Enquanto Michael apertava novamente a fechadura da porta do parque à tarde, eu peguei a chave e contei a ele como meu primo desejava que eu o visitasse, porque ele estava doente e não podia vir ao Grange; e como papai se oporia à minha ida: e então negociei com ele sobre o pônei. Gosta de ler e pensa em sair logo para casar; então ele se ofereceu, se eu lhe emprestasse livros da biblioteca, para fazer o que eu desejava: mas eu preferia dar-lhe os meus, e isso o satisfazia melhor.

"Na minha segunda visita, Linton parecia animado; e Zillah (que é sua governanta) nos fez um quarto limpo e um bom fogo, e nos disse que, como Joseph estava em uma reunião de oração e Hareton Earnshaw estava com seus cães – roubando nossa floresta de faisões, como ouvi depois – poderíamos fazer o que gostamos. Ela me trouxe um pouco de vinho quente e pão de gengibre, e parecia extremamente bem-humorada; e Linton sentou-se na poltrona, e eu na pequena cadeira de balanço na pedra da lareira, e rimos e conversamos tão alegremente, e encontramos tanto a dizer: planejamos para onde iríamos e o que faríamos no verão. Eu não preciso repetir isso, porque você chamaria isso de bobo.

"Uma vez, no entanto, estávamos perto de brigar. Ele disse que a maneira mais agradável de passar um dia quente de julho era deitado de manhã até a noite em um banco de charneca no meio dos mouros, com as abelhas zumbindo sonhadoramente entre a flor, e as cotovias cantando no alto, e o céu azul e o sol brilhante brilhando firme e sem nuvens. Essa era a sua ideia mais perfeita da felicidade do céu: a minha estava balançando em uma árvore verde farfalhar, com um vento oeste soprando, e nuvens brancas brilhantes voando rapidamente acima; e não só cotovias, mas troços, e melros, e linnets, e cucos derramando música por todos os lados, e os mouros vistos à distância, quebrados em frescos dells escuros; mas perto de grandes ondulações de grama comprida ondulando em ondas para a brisa; e bosques e água que soa, e o mundo inteiro acordado e selvagem de alegria. Ele queria que tudo ficasse num êxtase de paz; Queria que todos brilhassem e dançassem num jubileu glorioso. Eu disse que seu céu estaria apenas meio vivo; e disse que o meu estaria bêbado: eu disse que devia adormecer no dele; e ele disse que não conseguia respirar na minha, e começou a ficar muito estapafúrdio. Por fim, concordamos em tentar os dois, assim que chegasse o tempo certo; e então nos beijamos e éramos amigos.

"Depois de ficar parado uma hora, olhei para a grande sala com seu piso liso e sem carpete, e pensei como seria bom brincar, se retirássemos a mesa; e eu pedi a Linton para chamar Zillah para nos ajudar, e teríamos um jogo no blindman's-buff; ela deveria tentar nos pegar: você costumava fazer, você sabe, Ellen. Não o faria: não havia prazer nisso, dizia; mas ele consentiu em jogar bola comigo. Encontramos dois em um armário, entre um monte de brinquedos velhos, tops e aros, e batalhadores e petecas. Um estava marcado com C., e o outro com H.; Eu queria ter o C., porque isso significava Catherine, e o H. poderia ser para Heathcliff, seu nome; mas o farelo saiu de H., e Linton não gostou. Batia-lhe constantemente; e voltou a cruzar-se, tossiu e voltou à cadeira. Naquela noite, porém, ele recuperou facilmente seu bom humor: ficou encantado com duas ou três canções bonitas – *suas* canções, Ellen, e quando fui obrigado a ir, ele implorou e me pediu para vir na noite seguinte, e eu prometi. Minny e eu fomos voando para casa tão leve quanto o ar; e sonhei com Wuthering Heights e meu doce e querido primo, até de manhã.

"Na madrugada fiquei triste; em parte porque estavas mal, e em parte porque eu desejava que meu pai soubesse, e aprovasse minhas excursões: mas era lindo luar depois do chá; e, enquanto eu cavalgava, a escuridão se dissipava. Vou ter outra noite feliz, pensei comigo mesmo; e o que mais me encanta, meu lindo Linton vai. Eu trotei no jardim deles, e estava me virando para trás, quando aquele companheiro Earnshaw me encontrou, pegou meu freio e me pediu para entrar pela entrada da frente. Ele deu um tapinha no pescoço de Minny, e disse que ela era uma besta bonny, e parecia que ele queria que eu falasse com ele. Eu só disse a ele para deixar meu cavalo em paz, senão iria chutá-lo. Ele respondeu com seu sotaque vulgar: "Não faria mal se fizesse mal" e examinou suas pernas com um sorriso. Eu estava meio inclinado a tentar; no entanto, afastou-se para abrir a porta e, ao levantar o trinco, olhou para a inscrição acima e disse, com uma mistura estúpida de estranheza e euforia: "Senhorita Catarina! Eu posso ler yon, agora."

"'Maravilhoso', exclamei. ' Ore deixe-nos ouvi-lo – você *é* crescido inteligente!"

"Ele espeltou, e desenhado por sílabas, o nome – 'Hareton Earnshaw'.

"'E os números?' Chorei, animada, percebendo que ele estava parado.

"'Ainda não posso dizer-lhes', respondeu.

"'Oh, seu calabouço!' Eu disse, rindo sinceramente de seu fracasso.

"O tolo olhou, com um sorriso pairando sobre os lábios, e uma careta se acumulando sobre seus olhos, como se não tivesse certeza se não poderia se juntar à minha alegria: se não era familiaridade agradável, ou o que realmente era, desprezo. Resolvi suas dúvidas, subitamente recuperando minha gravidade e desejando que ele se afastasse, pois vim ver Linton, não ele. Ele ficou avermelhado – eu vi isso ao luar – largou a mão do trinco, e soltou, uma imagem de vaidade mortificada. Imaginava-se tão realizado como Linton, suponho, porque podia soletrar o seu próprio nome; e estava maravilhosamente inconformado por eu não pensar o mesmo."

"Pare, senhorita Catarina, querida!" Eu interrompi. "Não vou repreender, mas não gosto da sua conduta lá. Se você tivesse se lembrado de que Hareton era seu primo tanto quanto o Mestre Heathcliff, você teria sentido o quão impróprio era se comportar dessa maneira. Pelo menos, era uma ambição louvável para ele desejar ser tão realizado quanto Linton; e provavelmente ele não aprendeu apenas a exibir-se: você já o tinha envergonhado de sua ignorância antes, não tenho dúvida; e quis remediá-la e agradar-vos. Zombar de sua tentativa imperfeita era muito ruim reprodução. Se *tivesse* sido criado nas circunstâncias dele, seria menos rude? Ele era uma criança tão rápida e inteligente como sempre foi; e estou magoado por ele ser desprezado agora, porque essa base Heathcliff o tratou tão injustamente."

"Bem, Ellen, você não vai chorar por isso, vai?", exclamou ela, surpresa com minha seriedade. "Mas esperai, e ouvireis se ele enganou o seu A B C para me agradar; e se valesse a pena ser civil para o bruto. Entrei; Linton estava deitado no assentamento, e metade se levantou para me receber.

"'Estou doente esta noite, Catarina, amor', disse ele; ' e você deve ter toda a conversa, e deixe-me ouvir. Venha, e sente-se ao meu lado. Eu tinha certeza de que você não quebraria sua palavra, e vou fazer você prometer novamente, antes de ir'.

"Eu sabia agora que não devia provocá-lo, pois ele estava doente; e falei baixinho e não fiz perguntas, e evitei irritá-lo de qualquer forma. Eu tinha trazido alguns dos meus livros mais bonitos para ele: ele pediu-me para ler um pouco de um, e eu estava prestes a cumprir, quando Earnshaw abriu a porta: tendo recolhido veneno com reflexão. Ele avançou direto para nós, agarrou Linton pelo braço e o tirou do assento.

"'Chega ao teu quarto!', disse ele, numa voz quase inarticulada com paixão; e seu rosto parecia inchado e furioso. "Leva-a lá se vier ver-te: não me afastarás disto. Begone wi' ye ambos!"

"Ele jurou para nós, e não deixou Linton sem tempo para responder, quase jogando-o na cozinha; e ele cerrou o punho enquanto eu seguia, aparentemente desejando me derrubar. Fiquei com medo por um momento, e deixei cair um volume; Ele chutou atrás de mim e nos excluiu. Ouvi uma risada maligna e estalada junto ao fogo, e virando-me, vi aquele odioso José de pé esfregando as mãos ósseas e tremendo.

"'Eu tenho certeza que ele te sarva! Ele é um grande rapaz! Ele está recebendo t' raight sperrit nele! *Ele* knaws — ay, ele knaws, tão weel quanto eu, que sud be t' maister yonder — Ech, ech, ech! Ele fez-vos derrapar devidamente! Ech, ech, ech!»

"'Para onde devemos ir?' Perguntei ao meu primo, ignorando o deboche do velho desgraçado.

"Linton era branco e trêmulo. Ele não era bonito então, Ellen: oh, não! ele parecia assustado; pois o seu rosto fino e os seus olhos grandes eram forjados numa expressão de fúria frenética e impotente. Agarrou na maçaneta da porta e sacudiu-a: estava presa no interior.

"'Se você não me deixar entrar, eu vou te matar!—Se você não me deixar entrar, eu vou te matar!', ele preferiu gritar do que disse. ' Diabo! diabo!— Eu vou te matar—Eu vou te matar!'

"José voltou a dar a sua gargalhada coaxante.

"'Thear, isso não é pai!', gritou. ' Isso é pai! Temos todos os lados em nós. Niver heed, Hareton, rapaz - dunnut ser "temido - ele não pode chegar em ti!"

"Segurei as mãos de Linton e tentei puxá-lo para longe; mas ele gritou tão chocantemente que eu não ousei prosseguir. Finalmente, seus gritos foram sufocados por um terrível ataque de tosse; sangue jorrou de sua boca, e ele caiu no chão. Corri para o quintal, doente de terror; e chamei por Zillah, o mais alto que pude. Ela logo me ouviu: estava ordenhando as vacas em um galpão atrás do celeiro e, correndo de seu trabalho, perguntou o que havia para fazer? Eu não tinha fôlego para explicar; arrastando-a, procurei Linton. Earnshaw tinha saído para examinar a travessura que ele havia causado, e ele estava então transportando a coitada para o andar de cima. Zillah e eu subimos atrás dele; mas ele me parou no topo dos degraus e disse que eu não deveria entrar: eu deveria ir para casa. Eu exclamei que ele tinha matado Linton, e eu *entraria*. Joseph trancou a porta, e declarou que eu não deveria fazer 'nada de sich', e me perguntou se eu estava 'louco para ser tão louco quanto ele'. Fiquei chorando até que a governanta reapareceu. Ela afirmou que ele seria melhor daqui a pouco, mas ele não podia fazer com aquele grito e jantar; e ela me levou, e quase me levou para dentro de casa.

"Ellen, eu estava pronta para arrancar o cabelo da minha cabeça! Eu solucei e chorei de tal forma que meus olhos estavam quase cegos; e o rufião com quem você tem tanta simpatia ficou em frente: presumindo de vez em quando me dar 'desejo', e negando que a culpa era dele; e, finalmente, assustado com minhas afirmações de que eu contaria ao papai, e que ele deveria ser preso e enforcado, ele começou a blefar-se, e correu para esconder sua agitação covarde. Ainda assim, eu não estava livre dele: quando finalmente me obrigaram a partir, e eu tinha ficado a umas centenas de metros do local, ele de repente saiu da sombra da beira da estrada, e verificou Minny e se apoderou de mim.

"'Senhorita Catherine, estou doente de luto', começou ele, 'mas é muito ruim—'

"Dei-lhe um corte com o meu chicote, pensando que talvez ele me matasse. Ele soltou, trovejando uma de suas horríveis maldições, e eu galopei para casa mais da metade dos meus sentidos.

"Eu não lhe dei boa noite naquela noite, e não fui a Wuthering Heights na seguinte: eu queria ir muito; mas eu estava estranhamente excitado, e temia ouvir que Linton estava morto, às vezes; e às vezes estremecia ao pensar em encontrar Hareton. No terceiro dia tomei coragem: pelo menos, não aguentei mais suspense, e roubei mais uma vez. Fui às cinco horas e andei; imaginando que eu poderia conseguir entrar na casa, e até o quarto de Linton, sem ser observado. No entanto, os cães deram conhecimento da minha abordagem. Zillah me recebeu e, dizendo 'o rapaz estava consertando bem', me mostrou em um apartamento pequeno, arrumado e acarpetado, onde, para minha alegria inexprimível, vi Linton deitado em um pequeno sofá, lendo um de meus livros. Mas ele não falava comigo nem olhava para mim, durante uma hora inteira, Ellen: ele tem um temperamento tão infeliz. E o que me confundiu bastante, quando ele abriu a boca, foi para proferir a falsidade de que eu tinha provocado o alvoroço, e Hareton não tinha culpa! Incapaz de responder, exceto apaixonadamente, levantei-me e saí do quarto. Ele mandou atrás de mim um fraco 'Catarina!' Ele não contava ser respondido assim: mas eu não voltaria atrás; e o dia seguinte foi o segundo dia em que fiquei em casa, quase determinado a não mais visitá-lo. Mas foi tão miserável ir para a cama e levantar-se, e nunca ouvir nada sobre ele, que minha resolução derreteu no ar antes de estar devidamente formada. Parecia errado fazer a viagem uma vez, agora parecia errado abster-se. Michael veio perguntar se ele deveria sela Minny; Eu disse 'Sim' e considerei-me a cumprir um dever enquanto ela me levava pelas colinas. Fui obrigado a passar pelas janelas da frente para chegar ao tribunal: não adiantava tentar esconder a minha presença.

— 'O jovem mestre está em casa', disse Zillah, ao me ver fazendo para o salão. Eu entrei; Earnshaw também estava lá, mas ele saiu da sala diretamente. Linton sentou-se na grande poltrona meio adormecido; caminhando até o fogo, comecei em um tom sério, em parte significando que era verdade:

"'Como você não gosta de mim, Linton, e como você acha que eu venho de propósito para magoá-lo, e fingir que faço isso todas as vezes, este é o nosso último encontro: vamos dizer adeus; e diga ao Sr. Heathcliff que você não tem desejo de me ver, e que ele não deve inventar mais falsidades sobre o assunto."

"'Sente-se e tire o chapéu, Catarina', ele respondeu. ' Você é muito mais feliz do que eu, você deveria ser melhor. Papai fala o suficiente dos meus defeitos, e mostra desprezo suficiente de mim, para tornar natural que eu duvide de mim mesmo. Duvido que eu não seja totalmente inútil como ele me chama, frequentemente; e então eu me sinto tão cruzado e amargo, eu odeio todo mundo! Eu *sou* inútil, e mau de temperamento, e mau de espírito, quase sempre, e, se você escolher, pode dizer adeus: você vai se livrar de um aborrecimento. Só Catarina, faz-me esta justiça: crê que se eu fosse tão doce, tão gentil e tão bom como tu, eu seria; tão voluntariamente, e mais ainda, do que tão feliz e tão saudável. E crê que a tua bondade me fez amar-te mais profundamente do que se eu merecesse o teu amor: e embora eu não pudesse, e não pudesse deixar de mostrar a minha natureza a ti, arrependo-me e arrependo-me; e arrepender-me-ei até morrer!"

"Senti que ele falou a verdade; e senti que devia perdoá-lo: e, embora devêssemos brigar no momento seguinte, devo perdoá-lo novamente. Reconciliámo-nos; mas chorámos, nós dois, o tempo todo que fiquei: não inteiramente por tristeza; no entanto, lamentava que Linton tivesse essa natureza distorcida. Ele nunca vai deixar seus amigos à vontade, e ele nunca vai estar à vontade! Sempre fui ao seu pequeno salão, desde aquela noite; porque o pai voltou no dia seguinte.

"Cerca de três vezes, eu acho, fomos alegres e esperançosos, como estávamos na primeira noite; o resto das minhas visitas eram sombrias e conturbadas: ora com o seu egoísmo e rancor, ora com os seus sofrimentos: mas aprendi a suportar o primeiro com quase tão pouco ressentimento como o segundo. O Sr. Heathcliff propositadamente evita-me: quase não o vi. No domingo passado, de facto, chegando mais cedo do que o habitual, ouvi-o abusar cruelmente do pobre Linton pela sua conduta da noite anterior. Eu não posso dizer como ele sabia disso, a menos que ele ouvisse. Linton certamente se comportou de forma provocante: no entanto, era assunto de ninguém além de mim, e eu interrompi a palestra do Sr. Heathcliff entrando e dizendo-lhe isso. Ele caiu na gargalhada e foi embora, dizendo que estava feliz por eu ter tido essa visão do assunto. Desde então, eu disse a Linton que ele deve sussurrar suas coisas amargas. Agora, Ellen, você já ouviu tudo. Eu não posso ser impedido de ir a Wuthering Heights, exceto infligindo miséria a duas pessoas; ao passo que, se você só não vai contar papai, minha ida precisa perturbar a tranquilidade de ninguém. Você não vai dizer, não é? Será muito impiedoso, se o fizerem."

"Vou decidir sobre esse ponto até amanhã, senhorita Catherine", respondi. "Requer algum estudo; e assim eu vou deixá-lo para o seu descanso, e vai pensar sobre isso."

Pensei nisso em voz alta, na presença do meu mestre; andando direto de seu quarto para o dele, e relatando toda a história: com exceção de suas conversas com seu primo, e qualquer menção a Hareton. O Sr. Linton estava alarmado e angustiado, mais do que ele reconheceria para mim. De manhã, Catarina soube da minha traição à sua confiança, e soube também que as suas visitas secretas iriam terminar. Em vão, ela chorou e se irritou contra a interdição, e implorou a seu pai que tivesse piedade de Linton: tudo o que ela tinha para confortá-la era uma promessa de que ele escreveria e lhe daria licença para vir ao Grange quando quisesse; mas explicando que ele não deve mais esperar ver Catherine em Wuthering Heights. Talvez, se tivesse tido consciência da disposição e do estado de saúde do sobrinho, teria achado por bem reter até mesmo aquele ligeiro consolo.

# CAPÍTULO XXV

"Essas coisas aconteceram no inverno passado, senhor", disse a Sra. Dean; "Há pouco mais de um ano. No inverno passado, não pensei que, ao fim de mais doze meses, devesse divertir um estranho à família ao relacioná-los! No entanto, quem sabe por quanto tempo você será um estranho? Você é muito jovem para descansar sempre contente, vivendo sozinho; e eu de alguma forma gostaria que ninguém pudesse ver Catherine Linton e não amá-la. Você sorri; mas por que você parece tão animado e interessado quando eu falo sobre ela? e por que me pediram para pendurar a foto dela sobre a lareira? e porquê—?"

"Pare, meu bom amigo!" Chorei. "Pode ser muito possível que *eu deva* amá-la; mas será que ela me amaria? Duvido demais de arriscar a minha tranquilidade caindo em tentação: e aí a minha casa não está aqui. Eu sou do mundo ocupado, e para os seus braços eu devo voltar. Continua. Catarina foi obediente aos mandamentos do pai?"

"Ela estava", continuou a governanta. "Seu afeto por ele ainda era o principal sentimento em seu coração; e falou sem raiva: falou na profunda ternura de quem estava prestes a deixar o seu tesouro entre perigos e inimigos, onde as suas palavras lembradas seriam a única ajuda que ele poderia legar para guiá-la. Ele me disse, alguns dias depois: 'Eu gostaria que meu sobrinho escrevesse, Ellen, ou ligasse. Diga-me, sinceramente, o que você pensa dele: ele mudou para melhor, ou há uma perspetiva de melhoria, à medida que ele cresce um homem?"

"'Ele é muito delicado, senhor', respondi; ' e dificilmente atingirá a masculinidade: mas isto posso dizer, ele não se assemelha ao seu pai; e se a senhorita Catarina tivesse a infelicidade de se casar com ele, ele não estaria fora de seu controle: a menos que ela fosse extremamente e tolamente indulgente. No entanto, mestre, você terá muito tempo para se familiarizar com ele e ver se ele se adequaria a ela: quer quatro anos ou mais para ele ser maior de idade."

Edgar suspirou; e, caminhando até a janela, olhou para Gimmerton Kirk. Era uma tarde enevoada, mas o sol de fevereiro brilhava fracamente, e podíamos apenas distinguir os dois abetos no quintal e as lápides dispersas.

"Tenho orado muitas vezes", ele meio solilóquio, "pela aproximação do que está por vir; e agora começo a encolher, e a temê-lo. Pensei que a lembrança da hora em que desci que brilhasse um noivo seria menos doce do que a expectativa de que eu estava em breve, em alguns meses, ou, possivelmente, semanas, para ser carregado, e colocado em seu oco solitário! Ellen, eu tenho sido muito feliz com a minha pequena Cathy: através de noites de inverno e dias de verão, ela era uma esperança viva ao meu lado. Mas eu fui tão feliz meditando sozinha entre aquelas pedras, sob aquela velha igreja: deitada, durante as longas noites de junho, no monte verde do túmulo de sua mãe, e desejando – ansiando pelo tempo em que eu pudesse estar debaixo dela. O que posso fazer pela Cathy? Como devo desistir dela? Eu não me importaria um momento por Linton ser filho de Heathcliff; nem por tê-la tirado de mim, se pudesse consolá-la pela minha perda. Eu não me importaria que Heathcliff ganhasse seus fins, e triunfasse em roubar-me minha última bênção! Mas se Linton for indigno – apenas uma ferramenta fraca para seu pai – eu não posso abandoná-la a ele! E, por mais difícil que seja esmagar seu espírito vibrante, devo perseverar em deixá-la triste enquanto vivo e deixá-la solitária quando morrer. Querida! Prefiro resigná-la a Deus e colocá-la na terra diante de mim."

"Resigna-a a Deus como ela é, senhor", respondi, "e se o perdermos – o que Ele pode proibir – sob a Sua providência, eu suportarei seu amigo e conselheiro até o fim. A senhorita Catarina é uma boa rapariga: não temo que erre deliberadamente; e as pessoas que cumprem o seu dever são sempre finalmente recompensadas."

Primavera avançada; no entanto, meu mestre não reuniu forças reais, embora tenha retomado suas caminhadas nos terrenos com sua filha. Para suas noções inexperientes, isso por si só era um sinal de convalescença; e então sua bochecha estava muitas vezes ruborizada, e seus olhos estavam brilhantes; Ela se sentiu segura de que ele se recuperaria. No seu décimo sétimo aniversário, ele não visitou o adro da igreja: estava chovendo, e eu observei:

— Você certamente não sairá esta noite, senhor?

Ele respondeu: "Não, vou adiar este ano um pouco mais."

Ele escreveu novamente a Linton, expressando seu grande desejo de vê-lo; e, se o inválido estivesse apresentável, não tenho dúvida de que seu pai teria permitido que ele viesse. Como foi, sendo instruído, ele devolveu uma resposta, insinuando que o Sr. Heathcliff se opôs ao seu chamado no Grange; mas a bondosa lembrança de seu tio o encantava, e ele esperava encontrá-lo às vezes em suas divagações, e pessoalmente para pedir que seu primo e ele não permanecessem tão completamente divididos.

Essa parte da sua carta era simples e, provavelmente, a sua. Heathcliff sabia que podia pleitear eloquentemente pela companhia de Catherine, então.

"Não peço", disse ele, "que ela possa visitar aqui; mas eu nunca a verei, porque o meu pai me proíbe de ir à sua casa, e tu a proíbeis de vir à minha? Faça, de vez em quando, andar com ela em direção às Alturas; e troquemos algumas palavras, na vossa presença! Não fizemos nada para merecer esta separação; E você não está com raiva de mim: você não tem razão para não gostar de mim, você se permite, você mesmo. Querido tio! envie-me uma nota gentil para morrow, e deixe para se juntar a você em qualquer lugar que você quiser, exceto em Thrushcross Grange. Acredito que uma entrevista o convenceria de que o caráter do meu pai não é meu: ele afirma que sou mais seu sobrinho do que seu filho; e embora eu tenha defeitos que me tornam indigno de Catarina, ela os desculpou, e por amor dela, você também deveria. Você pergunta sobre a minha saúde – é melhor; mas, enquanto permaneço isolado de toda a esperança, e condenado à solidão, ou à sociedade daqueles que nunca gostaram e nunca gostarão de mim, como posso ser alegre e bem?"

Edgar, embora sentisse pelo rapaz, não podia consentir em atender ao seu pedido; porque não podia acompanhar Catarina. Disse que, no verão, talvez pudessem encontrar-se: entretanto, desejava que continuasse a escrever a intervalos e comprometeu-se a dar-lhe os conselhos e o conforto que lhe fosse possível por carta; estando bem ciente de sua difícil posição em sua família. Linton cumpriu; e se tivesse sido desenfreado, provavelmente teria estragado tudo enchendo as suas epístolas de queixas e lamentações: mas o seu pai vigiava-o com rigor; e, claro, insistia em que todas as linhas que meu mestre enviava fossem mostradas; assim, em vez de escrever os seus sofrimentos e angústias pessoais peculiares, temas constantemente presentes nos seus pensamentos, insistiu na cruel obrigação de ser subtraído pelo seu amigo e amor; e gentilmente insinuou que o Sr. Linton deveria permitir uma entrevista em breve, ou ele deveria temer que ele estava propositalmente enganando-o com promessas vazias.

Cathy era uma poderosa aliada em casa; e entre eles persuadiram longamente o meu mestre a consentir em que eles tivessem um passeio ou um passeio juntos cerca de uma vez por semana, sob minha tutela, e nos mouros mais próximos do Grange: pois June o encontrou ainda em declínio. Embora ele tivesse reservado anualmente uma parte de sua renda para a fortuna de minha jovem, ele tinha um desejo natural de que ela pudesse manter – ou pelo menos voltar em pouco tempo – para a casa de seus antepassados; e considerava que a única perspetiva de fazê-lo era por uma união com seu herdeiro; ele não tinha ideia de que este último estava falhando quase tão rápido quanto ele; nem ninguém, creio: nenhum médico visitou as Alturas, e ninguém viu o Mestre Heathcliff para fazer relato de sua condição entre nós. Eu, pela minha parte, comecei a imaginar que os meus presságios eram falsos, e que ele devia estar realmente a ralis, quando mencionou andar e andar sobre os mouros, e parecia tão sério na perseguição do seu objeto. Não podia imaginar um pai a tratar uma criança moribunda de forma tão tirânica e perversa como soube depois que Heathcliff o tinha tratado, para obrigar a esta aparente ânsia: os seus esforços redobravam quanto mais iminentemente os seus planos avarentos e insensíveis estavam ameaçados de derrota pela morte.

# CAPÍTULO XXVI

O verão já tinha passado do seu auge, quando Edgar relutantemente cedeu o seu assentimento às suas súplicas, e Catherine e eu partimos para a nossa primeira viagem para nos juntarmos ao seu primo. Era um dia apertado e abafado: sem sol, mas com um céu demasiado abafado e nebuloso para ameaçar chuva: e o nosso local de encontro tinha sido fixado na pedra guia, junto à encruzilhada. Ao chegar lá, no entanto, um pequeno garoto, despachado como mensageiro, nos disse que: — "Maister Linton wer just o' this side th' Heights: and he'd be mitch obleeged to us to gang on on a bit further."

"Então o Mestre Linton esqueceu a primeira injunção de seu tio", observei: "ele nos mandou manter na terra de Grange, e aqui estamos de uma vez."

"Bem, vamos virar a cabeça dos nossos cavalos quando chegarmos a ele", respondeu o meu companheiro; "Nossa excursão será em direção a casa."

Mas quando o alcançamos, e isso estava a apenas um quarto de milha de sua própria porta, descobrimos que ele não tinha cavalo; e fomos forçados a desmontar, e deixar o nosso para pastar. Ele deitou-se na charneca, aguardando nossa aproximação, e não se levantou até chegarmos a poucos metros. Então ele andou tão fracamente, e parecia tão pálido, que eu imediatamente exclamei: — Por que, Mestre Heathcliff, você não está apto para desfrutar de uma divagação esta manhã. Como você está doente!

Catarina inquiriu-o com tristeza e espanto: trocou a ejaculação de alegria nos lábios por uma ejaculação de alarme; e os parabéns pela reunião há muito adiada para um inquérito ansioso, se ele estava pior do que o habitual?

"Não, melhor, melhor!", ele ofegou, tremendo e segurando sua mão como se precisasse de seu apoio, enquanto seus grandes olhos azuis vagavam timidamente sobre ela; o vazio que os rodeia transformava em selvageria a expressão lânguida que outrora possuíam.

"Mas você foi pior", insistiu o primo; "pior do que quando te vi pela última vez; você é mais magro, e—"

"Estou cansado", interrompeu, apressado. "Está muito calor para caminhar, vamos descansar aqui. E, de manhã, sinto-me muitas vezes doente - o papa diz que eu cresço muito rápido."

Muito satisfeita, Cathy sentou-se e ele reclinou-se ao seu lado.

"Este é algo como o seu paraíso", disse ela, fazendo um esforço de alegria. "Lembram-se dos dois dias que combinámos de passar no local e da forma que cada um achou mais agradável? Isto é quase seu, só que há nuvens; mas depois são tão suaves e suaves: é mais agradável do que a luz do sol. Na próxima semana, se puderem, vamos descer até ao Grange Park e experimentar o meu."

Linton parecia não se lembrar do que ela falava; e tinha, evidentemente, grande dificuldade em sustentar qualquer tipo de conversa. Sua falta de interesse pelos assuntos que ela começou, e sua igual incapacidade de contribuir para seu entretenimento, eram tão óbvios que ela não conseguia esconder sua deceção. Uma alteração indefinida tinha vindo sobre toda a sua pessoa e modo. A mesquinhez que podia ser acariciada, tinha cedido a uma apatia apática; havia menos do temperamento peevish de uma criança que se aflige e provoca de propósito para ser apaziguada, e mais da melancolia egocêntrica de um inválido confirmado, repelente consolação, e pronto a considerar o bem-humorado sorriso alheio como um insulto. Catarina percebeu, assim como eu, que ele considerava antes um castigo, do que uma gratificação, suportar a nossa companhia; e não teve escrúpulos em propor, neste momento, partir. Essa proposta, inesperadamente, despertou Linton de sua letargia e o jogou em um estranho estado de agitação. Ele olhou com medo para as Alturas, implorando que ela permanecesse mais meia hora, pelo menos.

"Mas eu acho", disse Cathy, "você ficaria mais confortável em casa do que sentado aqui; e não posso divertir-vos hoje, vejo, pelos meus contos, e canções, e tagarelice: vós vos tornastes mais sábios do que eu, nestes seis meses; você tem pouco gosto pelas minhas diversões agora: ou então, se eu pudesse diverti-lo, eu ficaria de bom grado."

"Fique para descansar", respondeu. "E, Catarina, não pense nem diga que estou *muito* mal: é o tempo pesado e o calor que me deixam aborrecido; e eu andei, antes de você vir, muita coisa para mim. Diga ao tio que estou com uma saúde tolerável, vai?"

"Eu vou dizer a ele que *você* diz isso, Linton. Eu não podia afirmar que você é", observou minha jovem, admirando-se com sua afirmação pertinaz do que era evidentemente uma inverdade.

"E estar aqui de novo na próxima quinta-feira", continuou ele, evitando seu olhar intrigado. "E dê-lhe o meu agradecimento por permitir que você viesse — meu melhor obrigado, Catarina. E, se você *conheceu* meu pai, e ele lhe perguntou sobre mim, não o leve a supor que eu fui extremamente silencioso e estúpido: não pareça triste e abatido, como você *está* fazendo – ele ficará com raiva."

"Não me importo nada com a raiva dele", exclamou Cathy, imaginando que ela seria seu objeto.

— Mas eu faço — disse a prima, estremecendo. "*Não* o provoque contra mim, Catarina, porque ele é muito duro."

— Ele é severo com você, Mestre Heathcliff? Eu perguntei. "Será que ele se cansou da indulgência e passou do ódio passivo para o ativo?"

Linton olhou para mim, mas não respondeu; e, depois de manter seu assento ao seu lado mais dez minutos, durante os quais sua cabeça caiu sonolenta sobre seu peito, e ele não proferiu nada além de gemidos reprimidos de exaustão ou dor, Cathy começou a procurar consolo em procurar mirtilos, e compartilhar o produto de suas pesquisas comigo: ela não os ofereceu a ele, pois ela viu mais aviso só iria cansar e irritar.

"É meia hora agora, Ellen?", ela sussurrou em meu ouvido, finalmente. "Não sei dizer por que devemos ficar. Ele está dormindo e papai vai nos querer de volta."

"Bem, não devemos deixá-lo dormindo", respondi; "Espere até que ele acorde e seja paciente. Você estava ansioso para partir, mas seu desejo de ver o pobre Linton logo se evaporou!"

"Por que *ele* queria me ver?", devolveu Catarina. "Nos seus humores mais cruzados, antigamente, gostava mais dele do que no seu atual humor curioso. É como se fosse uma tarefa que ele fosse obrigado a realizar - esta entrevista - por medo de que seu pai o repreendesse. Mas dificilmente virei dar prazer ao Sr. Heathcliff; seja qual for a razão que ele possa ter para ordenar que Linton se submeta a esta penitência. E, embora eu esteja feliz por ele estar melhor de saúde, lamento que ele seja muito menos agradável e muito menos carinhoso comigo."

"Você acha que *ele está* melhor de saúde, então?" Eu disse.

"Sim", respondeu ela; "Porque ele sempre fez muito dos seus sofrimentos, sabe. Ele não está toleravelmente bem, como me disse para dizer ao papai; mas ele está melhor, muito provavelmente."

"Aí você difere comigo, senhorita Cathy", comentei; "Eu deveria conjeturá-lo para ser muito pior."

Linton aqui começou de seu sono em terror desnorteado, e perguntou se alguém tinha chamado seu nome.

— Não — disse Catarina; "A não ser em sonhos. Não consigo conceber como é que se consegue sair de portas, de manhã."

— Pensei ter ouvido meu pai — ele ofegou, olhando para o nab franzido acima de nós. "Tem certeza de que ninguém falou?"

"Com certeza", respondeu o primo. "Apenas Ellen e eu estávamos discutindo sobre sua saúde. Você é realmente mais forte, Linton, do que quando nos separamos no inverno? Se você for, tenho certeza de que uma coisa não é mais forte: sua consideração por mim: fale, você está?"

As lágrimas jorraram dos olhos de Linton quando ele respondeu: "Sim, sim, eu sou!" E, ainda sob o feitiço da voz imaginária, seu olhar vagava para cima e para baixo para detetar seu dono.

Cathy levantou-se. "Para hoje temos de nos separar", disse. "E não vou esconder que fiquei tristemente desapontado com o nosso encontro; embora eu o mencione a ninguém além de você: não que eu fique admirado com o Sr. Heathcliff."

— Hush — murmurou Linton; "Pelo amor de Deus, silêncio! Ele está chegando." E agarrou-se ao braço de Catarina, esforçando-se por detê-la; mas, naquele anúncio, ela se desligou apressadamente e assobiou para Minny, que lhe obedeceu como um cachorro.

"Eu estarei aqui na próxima quinta-feira", gritou ela, saltando para a sela. "Adeus. Rápido, Ellen!"

E assim o deixamos, mal conscientes de nossa partida, tão absorvido estava ele em antecipar a aproximação de seu pai.

Antes de chegarmos a casa, o descontentamento de Catherine abrandou-se numa sensação perplexa de pena e arrependimento, em grande parte misturada com dúvidas vagas e inquietas sobre as circunstâncias reais de Linton, físicas e sociais: em que eu a aconselhei, embora a aconselhasse a não dizer muito; pois uma segunda viagem nos tornaria melhores juízes. Meu mestre solicitou um relato de nossos andamentos. A oferta de agradecimento de seu sobrinho foi devidamente entregue, Miss Cathy gentilmente tocando no resto: Eu também joguei pouca luz sobre suas perguntas, pois eu mal sabia o que esconder e o que revelar.

# CAPÍTULO XXVII

Sete dias se passaram, cada um marcando seu curso pela rápida alteração do estado de Edgar Linton. O caos que meses antes haviam causado agora era emulado pelas incursões de horas. Catarina teríamos desmaiado ainda; mas o seu próprio espírito rápido recusava-se a iludir-lhe: adivinhava-se em segredo, e debruçava-se sobre a terrível probabilidade, amadurecendo gradualmente em certeza. Ela não tinha coragem de mencionar seu passeio, quando a quinta-feira chegou; Mencionei-o para ela, e obtive permissão para ordená-la fora de portas: para a biblioteca, onde seu pai parava pouco tempo diariamente – o breve período que ele podia suportar para se sentar – e seu quarto, havia se tornado seu mundo inteiro. Ela ressentia a cada momento que não a encontrava curvada sobre o travesseiro dele, ou sentada ao seu lado. Seu semblante crescia de observação e tristeza, e meu mestre alegremente a dispensava para o que ele se lisonjeava seria uma feliz mudança de cenário e sociedade; confortando-se com a esperança de que ela não seria agora deixada inteiramente sozinha após a sua morte.

Ele tinha uma ideia fixa, suponho por várias observações que ele deixou cair, que, como seu sobrinho se assemelhava a ele em pessoa, ele se assemelharia a ele em mente; pois as cartas de Linton traziam poucas ou nenhumas indicações de seu caráter defeituoso. E eu, por perdoável fraqueza, abstive-me de corrigir o erro; perguntando-me de que adiantaria perturbar seus últimos momentos com informações de que ele não tinha poder nem oportunidade de prestar contas.

Nós adiamos nossa excursão até a tarde; uma tarde dourada de agosto: cada respiração das colinas tão cheia de vida, que parecia que quem a respirava, embora morrendo, poderia reviver. O rosto de Catarina era como a paisagem — sombras e sol a esvoaçar sobre ela em rápida sucessão; mas as sombras descansavam mais tempo, e o sol era mais transitório; e o seu pobre coraçãozinho recriminou-se até mesmo por aquele esquecimento passageiro dos seus cuidados.

Nós discernimos Linton assistindo no mesmo local que ele havia selecionado antes. Minha jovem amante desembarcou e me disse que, como ela estava decidida a ficar um pouco tempo, era melhor eu segurar o pônei e ficar a cavalo; mas discordei: não arriscaria perder de vista a acusação que me foi cometida um minuto; Então subimos a encosta de Heath juntos. Mestre Heathcliff recebeu-nos com maior animação nesta ocasião: não a animação de espíritos elevados, nem ainda de alegria; parecia mais medo.

"É tarde!", disse, falando curto e com dificuldade. "O seu pai não está muito doente? Eu pensei que você não viria."

"*Por que* você não vai ser sincero?", gritou Catherine, engolindo sua saudação. "Por que você não pode dizer imediatamente que não me quer? É estranho, Linton, que pela segunda vez me trouxeste aqui de propósito, aparentemente para nos afligir a ambos, e sem razão nenhuma!"

Linton tremeu, e olhou para ela, meio suplicante, meio envergonhado; mas a paciência do primo não foi suficiente para suportar esse comportamento enigmático.

"Meu pai *está* muito doente", disse ela; "E por que sou chamado de sua cama? Por que não me mandou absolver da minha promessa, quando desejava que eu não a cumprisse? Vem! Desejo uma explicação: brincar e brincar são completamente banidos da minha mente; e eu não posso dançar em suas afetações agora!"

"Minhas afetações!", murmurou; "O que são? Pelo amor de Deus, Catarina, não pareça tão zangada! Desprezai-me tanto quanto quiserem; Sou um desgraçado inútil e covarde: não posso ser desprezado o suficiente; mas eu sou muito maldoso para a sua raiva. Odeie meu pai e me poupe do desprezo."

"Bobagem!", gritou Catarina apaixonada. "Bobo, menino bobo! E aí! ele treme, como se eu realmente fosse tocá-lo! Você não precisa falar de desprezo, Linton: qualquer um o terá espontaneamente ao seu serviço. Sair! Voltarei para casa: é loucura arrastar-vos da pedra da lareira e fingir —

o que fingimos? Solte meu pau! Se eu te pisei por chorar e parecer tão assustado, você deveria desprezar tamanha pena. Ellen, diga-lhe como essa conduta é vergonhosa. Levante-se e não se degrade em um réptil abjeto – *não*!"

Com o rosto esvoaçante e uma expressão de agonia, Linton tinha atirado a sua moldura nervosa pelo chão: parecia convulsionado de um terror requintado.

"Oh!", ele soluçou, "Eu não aguento! Catarina, Catarina, eu também sou traidora, e não me atrevo a dizer-lhe! Mas deixem-me, e serei morto! *Querida* Catarina, a minha vida está nas vossas mãos: e disseste que me amavas, e se o fizeste, não te faria mal. Você não vai, então? gentil, doce, boa Catarina! E talvez você consinta – e ele me deixe morrer com você!"

Minha moça, ao testemunhar sua intensa angústia, inclinou-se para ressuscitá-lo. O velho sentimento de ternura indulgente venceu seu vexame, e ela ficou completamente comovida e alarmada.

"Consentimento para quê?", perguntou ela. "Para ficar! diga-me o significado desta estranha conversa, e eu vou. Você contradiz suas próprias palavras e me distraia! Seja calmo e franco, e confesse imediatamente tudo o que pesa em seu coração. Você não me machucaria, Linton, não é? Você não deixaria nenhum inimigo me machucar, se pudesse impedi-lo? Vou acreditar que você é um covarde, para si mesmo, mas não um traidor covarde do seu melhor amigo."

— Mas meu pai me ameaçou — suspirou o menino, apertando os dedos atenuados — e eu o temo, eu o temo! Não *me atrevo* a dizer!"

"Oh, bem!", disse Catarina, com compaixão desdenhosa, "guarde o seu segredo: *eu não sou* covarde. Salve-se: não tenho medo!"

A sua magnanimidade provocou-lhe lágrimas: chorou descontroladamente, beijando-lhe as mãos de apoio, mas não conseguiu reunir coragem para falar. Eu estava cogitando o que poderia ser o mistério, e determinei que Catarina nunca deveria sofrer para beneficiá-lo ou a qualquer outra pessoa, por minha boa vontade; quando, ouvindo um farfalhar entre a maruca, olhei para cima e vi o Sr. Heathcliff quase perto de nós, descendo as Alturas. Ele não lançou um olhar para meus companheiros, embora eles estivessem suficientemente perto para que os soluços de Linton fossem audíveis; mas, saudando-me no tom quase cordial que ele não assumia a ninguém, e cuja sinceridade eu não podia deixar de duvidar, ele disse:

"É algo para te ver tão perto da minha casa, Nelly. Como você está no Grange? Vamos ouvir. Corre o rumor", acrescentou, em tom mais baixo, "de que Edgar Linton está no seu leito de morte: será que exageram na sua doença?"

"Não; meu mestre está morrendo", respondi: "é verdade. Uma coisa triste será para todos nós, mas uma bênção para ele!"

"Quanto tempo ele vai durar, você acha?", perguntou.

"Eu não sei", eu disse.

— Porque — continuou ele, olhando para os dois jovens, que estavam fixados sob seu olho — Linton parecia que não podia se aventurar a mexer ou levantar a cabeça, e Catherine não podia se mover, por conta dele —, porque aquele rapaz parece determinado a me bater, e eu agradeceria ao tio por ser rápido e ir antes dele! Alô! O whelp joga esse jogo há muito tempo? Dei-lhe algumas lições sobre nivelamento. Ele é muito animado com a senhorita Linton em geral?"

"Animado? não, ele mostrou a maior angústia", respondi. "Para vê-lo, devo dizer, que em vez de divagar com sua namorada nas colinas, ele deveria estar na cama, sob as mãos de um médico."

"Ele estará, em um ou dois dias", murmurou Heathcliff. "Mas primeiro, levante-se, Linton! Levante-se!", gritou. "Não fique no chão aí: para cima, neste momento!"

Linton afundara-se novamente prostrado em outro paroxismo de medo indefeso, causado pelo olhar de seu pai para ele, suponho: não havia mais nada que produzisse tamanha humilhação. Ele fez vários esforços para obedecer, mas sua pouca força foi aniquilada para o tempo, e ele caiu novamente com um gemido. O Sr. Heathcliff avançou e levantou-o para se encostar a uma crista de relva.

"Agora", disse ele, com ferocidade refreada, "estou ficando com raiva – e se você não comandar esse seu espírito insignificante – *dane-se*! levante-se diretamente!"

"Eu vou, pai", ele ofegou. "Só, deixem-me em paz, ou desmaiarei. Eu fiz o que você queria, tenho certeza. Catarina dir-lhe-á que eu — que eu — tenho sido alegre. Ah! guarda por mim, Catarina; dá-me a tua mão."

"Toma o meu", disse o pai; "Fique de pé. Lá agora, ela vai te emprestar o braço: é isso mesmo, olhe para *ela*. Você poderia imaginar que eu era o próprio diabo, senhorita Linton, para excitar tamanho horror. Seja tão gentil a ponto de ir para casa com ele, não é? Ele estremece quando eu o toco."

"Linton querida!", sussurrou Catherine, "Eu não posso ir a Wuthering Heights: papai me proibiu. Ele não vai te prejudicar: por que você tem tanto medo?"

"Nunca mais posso voltar a entrar naquela casa", respondeu. "Eu não vou voltar a entrar sem você!"

"Parem!", gritou o pai. "Vamos respeitar os escrúpulos filiais de Catarina. Nelly, leve-o, e eu seguirei seu conselho sobre o médico, sem demora."

— Você vai se dar bem — respondeu I. — Mas devo ficar com minha amante: cuidar de seu filho não é da minha conta.

"Você é muito duro", disse Heathcliff, "Eu sei disso: mas você vai me forçar a beliscar o bebê e fazê-lo gritar antes que ele mova sua caridade. Venha, então, meu herói. Você está disposto a voltar, escoltado por mim?"

Aproximou-se mais uma vez, e fez como se se apoderasse do ser frágil; mas, encolhendo-se, Linton agarrou-se ao primo e implorou-lhe que o acompanhasse, com uma importação frenética que não admitia negação. No entanto, eu reprovei, não pude impedi-la: na verdade, como ela poderia tê-lo recusado? O que o enchia de pavor não tínhamos como discernir; mas lá estava ele, impotente sob as suas garras e qualquer adição parecia capaz de chocá-lo na idiotice. Chegámos ao limiar; Catarina entrou, e eu fiquei esperando até que ela conduzisse o inválido para uma cadeira, esperando que ela saísse imediatamente; quando o Sr. Heathcliff, empurrando-me para a frente, exclamou: "Minha casa não está atingida pela peste, Nelly; e tenho a mente de ser hospitaleiro hoje: sentar-me e permitir-me fechar a porta."

Fechou e trancou também. Eu comecei.

"Tomarás chá antes de ires para casa", acrescentou. "Estou sozinho. Hareton se foi com um pouco de gado para os Lees, e Zillah e Joseph estão em uma jornada de prazer; e, embora esteja habituado a estar sozinho, prefiro ter alguma companhia interessante, se a conseguir. Senhorita Linton, sente-se ao lado *dele*. Dou-vos o que tenho: o presente dificilmente vale a pena aceitar; mas não tenho mais nada a oferecer. É Linton, quero dizer. Como ela olha fixamente! É estranho o sentimento selvagem que tenho para qualquer coisa que pareça ter medo de mim! Se eu tivesse nascido onde as leis são menos rigorosas e o gosto é menos delicado, eu deveria me tratar de uma vivissecção lenta desses dois, como diversão de uma noite."

Ele puxou a respiração, bateu na mesa e jurou a si mesmo: "Pelo inferno! Odeio-os."

"Não tenho medo de ti!", exclamou Catarina, que não conseguiu ouvir a última parte do seu discurso. Ela se aproximou; seus olhos negros brilhando com paixão e resolução. "Dá-me essa chave: eu vou tê-la!", disse. "Eu não comeria nem beberia aqui, se estivesse morrendo de fome."

Heathcliff tinha a chave na mão que permanecia sobre a mesa. Ele olhou para cima, tomado por uma espécie de surpresa com sua ousadia; ou, possivelmente, lembrada, pela voz e pelo olhar, da pessoa de quem a herdou. Ela agarrou o instrumento, e metade conseguiu tirá-lo de seus dedos soltos: mas sua ação o lembrou até o presente; recuperou-a rapidamente.

"Agora, Catherine Linton", disse ele, "levante-se, ou eu a derrubarei; e isso deixará a Sra. Dean louca."

Independentemente deste aviso, ela capturou sua mão fechada e seu conteúdo novamente. "Vamos !", repetiu ela, esforçando-se ao máximo para fazer com que os músculos de ferro relaxassem e, descobrindo que suas unhas não causavam nenhuma impressão, ela aplicou os dentes com bastante nitidez. Heathcliff olhou para mim um olhar que me impediu de interferir um momento. Catarina estava demasiado empenhada nos seus dedos para reparar no seu rosto. Abriu-os subitamente e renunciou ao objeto da disputa; mas, como ela a tinha bem segurado, agarrou-a com a mão liberta e, puxando-a pelo joelho, administrou com a outra uma chuva de tapas terríveis em ambos os lados da cabeça, cada um suficiente para ter cumprido a sua ameaça, se ela tivesse caído.

Perante esta violência diabólica, corri para cima dele furiosamente. "Seu vilão!" Comecei a chorar: "seu vilão!" Um toque no peito silenciou-me: sou robusto, e logo fiquei sem fôlego; e, com isso e a raiva, eu cambaleei vertiginosamente para trás, e me senti pronto para sufocar, ou para estourar um vaso sanguíneo. A cena acabou em dois minutos; Catarina, solta, pôs as duas mãos nas têmporas e parecia não ter a certeza se as orelhas estavam desligadas ou ligadas. Ela tremia como um junco, coitada, e encostava-se à mesa perfeitamente desnorteada.

— Eu sei castigar as crianças, você vê — disse o, de forma sombria, enquanto se inclinava para se reapossar da chave, que havia caído no chão. "Vá para Linton agora, como eu lhe disse; e chore à sua vontade! Eu serei seu pai, até amanhã - todo o pai que você terá em poucos dias - e você terá muito disso. Você pode suportar muito; não és fraco: terás um gosto diário, se eu voltar a apanhar um diabo de temperamento nos teus olhos!"

Cathy correu para mim em vez de Linton, ajoelhou-se e colocou sua bochecha ardente no meu colo, chorando alto. O primo encolhera-se num canto do assentamento, tão quieto como um rato, congratulando-se, atrevo-me a dizer, que a correção tinha descido sobre outro que não ele. O Sr. Heathcliff, percebendo-nos a todos confusos, levantou-se e rapidamente fez ele próprio o chá. As xícaras e pires foram colocados prontos. Ele derramou e me entregou um copo.

"Lave o baço", disse ele. "E ajude o seu animal de estimação e o meu. Não está envenenado, embora eu o tenha preparado. Vou procurar os vossos cavalos."

Nosso primeiro pensamento, em sua partida, foi forçar uma saída em algum lugar. Tentamos a porta da cozinha, mas ela estava presa do lado de fora: olhamos para as janelas – elas eram estreitas demais até mesmo para a pequena figura de Cathy.

"Mestre Linton", eu gritei, vendo que estávamos regularmente presos, "você sabe o que seu pai diabólico está procurando, e você nos dirá, ou eu vou encaixotar seus ouvidos, como ele fez com seu primo."

— Sim, Linton, você deve dizer — disse Catherine. "Foi por amor de vocês que vim; e será perversamente ingrato se você recusar."

"Dá-me um chá, estou com sede, e depois digo-te", respondeu. "Sra. Dean, vá embora. Eu não gosto que você fique em cima de mim. Agora, Catarina, estás a deixar cair as tuas lágrimas no meu cálice. Eu não vou beber isso. Dá-me outra."

Catarina empurrou-lhe outra e limpou-lhe a cara. Senti nojo da compostura do pequeno desgraçado, já que ele já não estava mais aterrorizado por si mesmo. A angústia que ele exibia no mouro diminuiu assim que ele entrou em Wuthering Heights; então eu supus que ele tinha sido ameaçado com uma terrível visitação de ira se ele falhasse em nos enganar lá; e, feito isso, não tinha mais receios imediatos.

"Papai quer que nos casemos", continuou, depois de beber um pouco do líquido. "E ele sabe que o teu papa não nos deixaria casar agora; e ele tem medo da minha morte se esperarmos; então vamos nos casar de manhã, e você deve ficar aqui a noite toda; e, se fizeres o que ele quiser, voltarás para casa no dia seguinte e levar-me-ás contigo."

"Leva-te consigo, trocador lamentável!" Eu exclamei. "*Você* se casa? Ora, o homem está louco! ou ele nos acha tolos, todos. E você imagina que aquela jovem bonita, aquela menina saudável e saudável, vai se amarrar a um pequeno macaco perecível como você? Você está acalentando a noção de que *alguém*, muito menos a senhorita Catherine Linton, teria você por um marido? Você quer chicotadas por nos trazer aqui, com seus truques covardes: e - não pareça tão bobo, agora! Tenho uma mente muito boa para abalá-lo severamente, por sua traição desprezível e sua presunção."

Dei-lhe um ligeiro tremor; mas provocou a tosse, e ele tomou o seu recurso ordinário de gemer e chorar, e Catarina me repreendeu.

"Ficar a noite toda? Não", disse ela, olhando lentamente em volta. "Ellen, vou queimar essa porta, mas vou sair."

E ela teria começado a execução de sua ameaça diretamente, mas Linton estava alarmado por seu querido eu novamente. Ele a apertou em seus dois braços fracos soluçando: — "Você não vai me ter e me salvar? não me deixa vir para o Grange? Oh, querida Catarina! afinal, você não deve ir embora. Você *deve* obedecer ao meu pai, você *deve*!"

"Tenho de obedecer aos meus", respondeu ela, "e aliviá-lo deste cruel suspense. A noite toda! O que ele pensaria? Ele já vai estar angustiado. Ou quebro ou queimo uma saída de casa. Faz pouco barulho! Você não corre perigo; mas se você me atrapalhar — Linton, eu amo papai melhor do que você!"

O terror mortal que sentia da raiva do Sr. Heathcliff devolveu ao rapaz a eloquência do seu cobarde. Catarina estava quase perturbada: ainda assim, ela insistiu que ela deveria ir para casa, e tentou seduzi-lo por sua vez, persuadindo-o a subjugar sua agonia egoísta. Enquanto eles estavam ocupados, nosso carcereiro reentrou.

— Suas feras trotaram — disse ele — e — agora Linton! nivelar de novo? O que ela tem feito com você? Venha, venha — tenha feito e vá para a cama. Dentro de um ou dois meses, meu rapaz, você será capaz de retribuir suas tiranias atuais com uma mão vigorosa. Você está alfinetando o amor puro, não é? nada mais no mundo: e ela te terá! Lá, para a cama! Zillah não estará aqui esta noite; você deve se despir. Hush! segure o seu ruído! Uma vez em seu próprio quarto, eu não vou chegar perto de você: você não precisa temer. Por acaso, você conseguiu tolerar. Vou olhar para o resto."

Ele proferiu estas palavras, mantendo a porta aberta para o filho passar, e este conseguiu a sua saída exatamente como um spaniel que suspeitava que a pessoa que a assistia projetasse um aperto rancoroso. O bloqueio foi novamente seguro. Heathcliff se aproximou do fogo, onde minha amante e eu ficamos em silêncio. Catarina olhou para cima e, instintivamente, ergueu a mão à bochecha: a vizinhança reavivou uma sensação dolorosa. Qualquer outra pessoa teria sido incapaz de encarar o ato infantil com severidade, mas ele a xingou e murmurou: "Oh! você não tem medo de mim? Sua coragem está bem disfarçada: você *parece* condenavelmente com medo!"

"Tenho medo agora", respondeu ela, "porque, se eu ficar, papai será miserável: e como posso suportar torná-lo miserável – quando ele – quando ele – Sr. Heathcliff, *deixe-me* ir para casa! Prometo casar-me com Linton: papai gostaria que eu o fizesse: e eu o amo. Por que você deveria querer me forçar a fazer o que eu farei de bom grado de mim mesmo?"

"Que ele se atreva a forçá-lo", gritei. "Há lei na terra, graças a Deus! há; embora estejamos em um lugar fora do caminho. Eu informaria se ele fosse meu próprio filho: e é crime sem benefício do clero!"

"Silêncio!", disse o rufião. "Ao diabo com o teu clamor! Eu não quero que *você* fale. Senhorita Linton, vou divertir-me notavelmente a pensar que o seu pai será miserável: não vou dormir por satisfação. Você não poderia ter encontrado nenhuma maneira mais segura de fixar sua residência sob o meu teto pelas próximas vinte e quatro horas do que me informar que tal evento se seguiria. Quanto à sua promessa de casar-se com Linton, cuidarei de cumpri-la; porque não abandonarás este lugar enquanto não se cumprir."

"Manda Ellen, então, avisar papai que estou segura!", exclamou Catarina, chorando amargamente. "Ou casar comigo agora. Pobre papai! Ellen, ele vai pensar que estamos perdidos. O que faremos?"

"Ele não! Ele vai pensar que você está cansado de esperar por ele, e fugir para um pouco de diversão", respondeu Heathcliff. "Não podeis negar que entrastes na minha casa por vontade própria, desprezando as suas injunções em contrário. E é natural que deseje diversão na sua idade; e que você se cansaria de amamentar um homem doente, e esse homem *apenas* seu pai. Catarina, os seus dias mais felizes tinham acabado quando os seus dias começaram. Ele amaldiçoou-te, atrevo-me a dizer, por vires ao mundo (eu vi, pelo menos); e só faria se ele te amaldiçoasse quando saísse dela. Eu me juntaria a ele. Eu não te amo! Como devo fazê-lo? Chore. Tanto quanto me é dado ver, será o seu principal desvio daqui em diante; a menos que Linton faça as pazes com outras perdas: e seu pai providente parece imaginar que ele pode. Suas cartas de conselhos e consolação me entretiveram muito. Na sua última, recomendou à minha joia que tivesse cuidado com a sua; e gentil com ela quando ele a pegou. Cuidadoso e gentil – isso é paterno. Mas Linton requer todo o seu estoque de cuidado e bondade para si mesmo. Linton pode interpretar bem o pequeno tirano. Ele se comprometerá a torturar qualquer número de gatos, se seus dentes forem arrancados e suas garras cortadas. Você será capaz de contar ao tio belas histórias de sua *bondade*, quando chegar em casa novamente, garanto-lhe."

"Você está bem lá!" Eu disse; "Explique o caráter do seu filho. Mostre sua semelhança consigo mesmo: e então, espero, a senhorita Cathy pense duas vezes antes de tomar a cacatula!"

"Não me importo muito de falar de suas qualidades amáveis agora", ele respondeu; "Porque ela deve aceitá-lo ou permanecer prisioneira, e você junto com ela, até que seu mestre morra. Posso detê-los a ambos, de forma bastante dissimulada, aqui. Se você duvidar, incentive-a a se retratar de sua palavra, e você terá a oportunidade de julgar!"

"Não vou me retratar da minha palavra", disse Catarina. "Eu vou me casar com ele dentro desta hora, se eu puder ir para Thrushcross Grange depois. Sr. Heathcliff, você é um homem cruel, mas não é um demônio; e você não irá, por *mera* malícia, destruir irrevogavelmente toda a minha felicidade. Se papai pensasse que eu o tinha deixado de propósito, e se ele morresse antes de eu voltar, eu poderia suportar viver? Já desisti de chorar: mas vou me ajoelhar aqui, no seu joelho; e eu não vou me levantar, e eu não vou tirar meus olhos do seu rosto até que você olhe de volta para mim! Não, não se afaste! *olhe*, você não verá nada que o provoque. Eu não te odeio. Eu não estou com raiva que você me atingiu. Você nunca amou *ninguém* em toda a sua vida, tio? *nunca*? Ah! você deve olhar uma vez. Eu sou tão miserável, você não pode deixar de estar arrependido e com pena de mim."

"Mantenha os dedos afastados; e mexe-te, ou eu vou chutar-te!", gritou Heathcliff, repelindo-a brutalmente. "Prefiro ser abraçado por uma cobra. Como o diabo pode sonhar em bajular em mim? Eu *te detesto*!"

Ele encolheu os ombros: sacudiu-se, de fato, como se sua carne rastejasse de aversão, e empurrou para trás sua cadeira, enquanto eu me levantava, e abria a boca, para iniciar uma torrente de abusos. Mas fiquei mudo no meio da primeira frase, por uma ameaça de que eu deveria ser mostrado em uma sala por mim mesmo a próxima sílaba que eu proferi. Estava escurecendo — ouvimos um som de vozes no portão do jardim. O nosso anfitrião apressou-se a sair imediatamente: *tinha* a sua inteligência; *não* tínhamos. Houve uma conversa de dois ou três minutos, e ele voltou sozinho.

— Pensei que tivesse sido seu primo Hareton — observei para Catherine. "Quem me dera que ele chegasse! Quem sabe, mas ele pode fazer a nossa parte?"

— Foram três servos enviados para buscá-lo no Grange — disse Heathcliff, ouvindo-me. "Você deveria ter aberto uma rede e gritado: mas eu poderia jurar que ainda bem que você não abriu. Ela está feliz por ser obrigada a ficar, tenho certeza."

Ao saber da chance que havíamos perdido, ambos demos vazão à nossa dor sem controle; e deixou-nos chorar até às nove horas. Depois, mandou-nos subir as escadas, pela cozinha, até ao quarto de Zillah; e sussurrei ao meu companheiro que obedecesse: talvez pudéssemos inventar para atravessar a janela de lá, ou para dentro de uma guarita, e sair pela claraboia. A janela, no entanto, era estreita, como as de baixo, e a armadilha de guarnição estava a salvo de nossas tentativas; pois estávamos presos como antes. Nenhum de nós se deitou: Catarina tomou a sua estação junto à grade, e assistiu ansiosa pela manhã; sendo um suspiro profundo a única resposta que pude obter às minhas frequentes súplicas de que ela tentaria descansar. Sentei-me numa cadeira, e balançava de um lado para o outro, julgando duramente as minhas muitas delíquias do dever; de onde, então, me impressionou todos os infortúnios dos meus patrões. Não foi o caso, na realidade, estou ciente; mas foi, na minha imaginação, aquela noite sombria; e eu achava que o próprio Heathcliff era menos culpado do que eu.

Às sete horas, ele chegou e perguntou se a senhorita Linton havia ressuscitado. Ela correu para a porta imediatamente e respondeu: "Sim". —

Aqui, então — disse ele, abrindo-a e puxando-a para fora. Levantei-me para seguir, mas ele virou a fechadura novamente. Exigi a minha libertação.

"Seja paciente", respondeu ele; "Vou mandar seu café da manhã daqui a um tempo."

Bati nos painéis e sacudi o trinco com raiva; e Catarina perguntou por que eu ainda estava calada? Ele respondeu, eu devo tentar aguentar mais uma hora, e eles foram embora. Aguentei duas ou três horas; longamente, ouvi um passo: não o de Heathcliff.

"Eu te trouxe algo para comer", disse uma voz; "Oppen t' porta!"

Cumprindo ansiosamente, contemplei Hareton, carregado de comida suficiente para me durar o dia todo.

"Tak' it", acrescentou, enfiando a bandeja na minha mão.

"Fique um minuto", comecei.

"Não", gritou ele, e retirou-se, independentemente de quaisquer orações que eu pudesse derramar para detê-lo.

E lá permaneci fechado o dia inteiro, e toda a noite seguinte; e outro, e outro. Cinco noites e quatro dias eu permaneci, ao todo, vendo ninguém além de Hareton uma vez todas as manhãs; e ele era um modelo de carcereiro: surdo, mudo e surdo a cada tentativa de mover seu senso de justiça ou compaixão.

# CAPÍTULO XXVIII

Na quinta manhã, ou melhor, à tarde, aproximava-se um passo diferente – mais leve e mais curto; e, desta vez, a pessoa entrou na sala. Era Zillah; vestida com seu xale escarlate, com um boné de seda preta na cabeça, e uma cesta de salgueiro balançada em seu braço.

"Eh, querida! Sra. Dean!", exclamou. "Pois bem! há uma conversa sobre você em Gimmerton. Eu nunca pensei, mas você estava afundado no pântano Blackhorse, e missy com você, até que o mestre me disse que você tinha sido encontrado, e ele tinha alojado você aqui! O quê! e você deve ter entrado em uma ilha, certo? E quanto tempo você ficou no buraco? O mestre a salvou, Sra. Dean? Mas você não é tão magra, não foi tão mal, não é?"

"Seu mestre é um verdadeiro!" Eu respondi. "Mas ele responderá por isso. Ele não precisa ter levantado esse conto: tudo será desnudado!"

"O que você quer dizer?", perguntou Zillah. "Não é a história dele: eles contam isso na aldeia, sobre você estar perdido no pântano; e eu ligo para Earnshaw, quando entro – 'Eh, são coisas queer, Sr. Hareton, aconteceram desde que eu saí. É uma pena triste que provavelmente jovem lass, e não pode Nelly Dean." Ele olhou fixamente. Eu pensei que ele não tinha ouvido falar, então eu contei a ele o boato. O mestre ouviu, e ele apenas sorriu para si mesmo, e disse: 'Se eles estiveram no pântano, eles estão fora agora, Zillah. Nelly Dean está alojada, neste momento, no seu quarto. Você pode dizer a ela para voar, quando você subir; aqui está a chave. A água do pântano entrou em sua cabeça, e ela teria corrido para casa bastante voadora, mas eu a fixei até que ela voltasse aos seus sentidos. Você pode pedir que ela vá ao Grange imediatamente, se puder, e levar uma mensagem minha, que sua jovem senhora seguirá a tempo de assistir ao funeral do escudeiro."

"O Sr. Edgar não está morto?" Eu engasguei. "Ah! Zillah, Zillah!"

"Não, não; sente-se, minha boa amante", respondeu ela; "Você está doente ainda. Ele não está morto; O doutor Kenneth pensa que pode durar mais um dia. Encontrei-o na estrada e perguntei."

Em vez de me sentar, peguei minhas coisas ao ar livre e corri para baixo, pois o caminho estava livre. Ao entrar em casa, procurei alguém para dar informações de Catarina. O lugar estava cheio de sol, e a porta estava escancarada; mas ninguém parecia à mão. Enquanto eu hesitava se deveria sair imediatamente, ou voltar e procurar minha amante, uma leve tosse me chamou a atenção para a lareira. Linton deitou-se no assento, único inquilino, chupando um pau de doce-açúcar, e perseguindo meus movimentos com olhos apáticos. "Onde está a senhorita Catarina?" Exigi severamente, supondo que pudesse assustá-lo a dar inteligência, pegando-o assim, sozinho. Chupava como um inocente.

"Ela se foi?" Eu disse.

"Não", respondeu; "Ela está no andar de cima: não deve ir; não vamos deixá-la."

"Você não vai deixá-la, pequeno!" Eu exclamei. "Direcione-me para o quarto dela imediatamente, ou vou fazê-lo cantar bruscamente."

"Papai faria você cantar, se você tentasse chegar lá", ele respondeu. "Ele diz que eu não sou para ser branda com a Catarina: ela é a minha mulher, e é vergonhoso que ela queira deixar-me. Ele diz que ela me odeia e quer que eu morra, que ela possa ter meu dinheiro; mas ela não tem: e ela não vai para casa! Ela nunca o fará!—ela pode chorar e ficar doente o quanto quiser!"

Retomou a antiga ocupação, fechando as tampas, como se quisesse adormecer.

"Mestre Heathcliff", eu retomei, "você esqueceu toda a bondade de Catherine para com você no inverno passado, quando você afirmou que a amava, e quando ela lhe trouxe livros e cantou suas músicas, e veio muitas vezes através do vento e da neve para vê-lo? Ela chorou de perder uma noite, porque você ficaria desapontado; e você sentiu então que ela era cem vezes boa demais para você: e agora você acredita nas mentiras que seu pai conta, embora você saiba que ele detesta vocês dois. E você se junta a ele contra ela. Isso é muita gratidão, não é?"

O canto da boca de Linton caiu, e ele tirou o doce de açúcar de seus lábios.

"Ela veio para Wuthering Heights porque te odiava?" Continuei. "Pense por si mesmo! Quanto ao seu dinheiro, ela nem sabe que você terá algum. E você diz que ela está doente; e, no entanto, você a deixa sozinha, lá em cima em uma casa estranha! *Você* que sentiu o que é ser tão negligenciado! Você poderia ter pena de seus próprios sofrimentos; e ela também os piedade; mas você não vai ter pena dela! Eu derramei lágrimas, Mestre Heathcliff, você vê – uma mulher idosa e uma serva apenas – e você, depois de fingir tanto carinho, e ter motivos para adorá-la quase, armazena todas as lágrimas que tem para si mesmo, e deita-se lá bastante à vontade. Ah! você é um menino sem coração e egoísta!"

"Não posso ficar com ela", respondeu de forma cruzada. "Não vou ficar sozinho. Ela chora, então eu não aguento. E ela não vai desistir, embora eu diga que vou ligar para o meu pai. Eu liguei para ele uma vez, e ele ameaçou estrangulá-la se ela não estivesse quieta; mas ela começou de novo no instante em que ele saiu do quarto, gemendo e sofrendo a noite toda, embora eu gritasse de vexame por não conseguir dormir."

"O Sr. Heathcliff está fora?" Perguntei, percebendo que a miserável criatura não tinha poder para simpatizar com as torturas mentais de seu primo.

"Ele está no tribunal", respondeu, "conversando com o doutor Kenneth; que diz que o tio está morrendo, verdadeiramente, finalmente. Fico contente, pois serei mestre do Grange depois dele. Catarina sempre falou dela como *a sua* casa. Não é dela! É meu: papai diz que tudo o que ela tem é meu. Todos os seus belos livros são meus; ela ofereceu-se para me dar eles, e seus lindos pássaros, e seu pônei Minny, se eu pegasse a chave do nosso quarto, e a deixasse sair; mas eu disse a ela que ela não tinha nada para dar, eram todos, todos meus. E então ela chorou, e tirou uma pequena foto de seu pescoço, e disse que eu deveria ter aquilo; dois quadros numa caixa de ouro, de um lado a mãe, e do outro tio, quando eram jovens. Isso foi ontem, eu disse que *eles* também eram meus, e tentei pegá-los dela. A coisa rancorosa não me deixava: ela me empurrava e me machucava. Eu gritei - isso a assusta - ela ouviu papai chegando, e ela quebrou as dobradiças e dividiu o caso, e me deu o retrato de sua mãe; a outra ela tentou esconder: mas papai perguntou qual era o assunto, e eu expliquei. Ele pegou a que eu tinha e ordenou que ela renunciasse a ela para mim; ela recusou, e ele — ele a derrubou, e a arrancou da corrente, e a esmagou com o pé."

— E você ficou satisfeito em vê-la atingida? Eu perguntei: ter meus desígnios em incentivar sua palestra.

"Eu pisquei", ele respondeu: "Eu pisco para ver meu pai bater em um cachorro ou um cavalo, ele faz isso tão duro. No entanto, fiquei feliz no início - ela merecia punição por me empurrar: mas quando papai se foi, ela me fez chegar à janela e me mostrou sua bochecha cortada por dentro, contra seus dentes, e sua boca se enchendo de sangue; e então ela juntou os pedaços da imagem, e foi e sentou-se com o rosto na parede, e ela nunca falou comigo desde então: e eu às vezes acho que ela não pode falar por dor. Não gosto de pensar assim; mas ela é uma coisa por chorar continuamente; e ela parece tão pálida e selvagem, que tenho medo dela."

"E você pode obter a chave se quiser?" Eu disse.

"Sim, quando estou no andar de cima", respondeu; "mas não posso subir as escadas agora."

"Em que apartamento está?" Eu perguntei.

"Oh," ele gritou, "Eu não sei dizer onde está. É o nosso segredo. Ninguém, nem Hareton nem Zillah, deve saber. Lá! você me cansou - vá embora, vá embora!" E virou o rosto para o braço e fechou os olhos novamente.

Eu considerei melhor partir sem ver o Sr. Heathcliff, e trazer um resgate para minha jovem senhora do Grange. Ao alcançá-la, o espanto dos meus companheiros de me ver, e também a alegria deles, foi intenso; e quando souberam que a amante estava a salvo, dois ou três estavam prestes a apressar-se e gritar a notícia à porta do Sr. Edgar: mas eu próprio anunciei. Como o encontrei mudado, mesmo naqueles poucos dias! Depositou uma imagem de tristeza e resignação à espera da sua morte. Muito jovem, ele olhava: embora sua idade real fosse de trinta e nove anos, alguém o chamaria dez anos mais novo, pelo menos. Pensou em Catarina; porque murmurou o nome dela. Toquei na mão dele e falei.

"Catarina está chegando, querido mestre!" Eu sussurrei; "Ela está viva e bem; e estará aqui, espero, esta noite."

Eu tremi com os primeiros efeitos dessa inteligência: ele meio que se levantou, olhou ansiosamente ao redor do apartamento e depois afundou de volta em um desmaio. Assim que ele se recuperou, contei nossa visita compulsória e detenção nas Alturas. Eu disse que Heathcliff me obrigou a entrar: o que não era bem verdade. Eu pronunciei o mínimo possível contra Linton; nem descrevi toda a conduta brutal de seu pai – minhas intenções eram não acrescentar amargura, se eu pudesse ajudá-lo, ao seu copo já transbordante.

Ele adivinhou que um dos propósitos de seu inimigo era garantir a propriedade pessoal, bem como o patrimônio, a seu filho: ou melhor, a si mesmo; no entanto, por que ele não esperou até o seu decréscimo foi um quebra-cabeças para o meu mestre, porque ignorante como ele e seu sobrinho iriam abandonar o mundo juntos. No entanto, ele sentiu que era melhor alterar a sua vontade: em vez de deixar a fortuna de Catarina à sua disposição, ele decidiu colocá-la nas mãos de curadores para seu uso durante a vida, e para seus filhos, se ela tivesse algum, depois dela. Por esse meio, não poderia caber ao Sr. Heathcliff se Linton morresse.

Tendo recebido suas ordens, enviei um homem para buscar o advogado, e mais quatro, munidos de armas úteis, para exigir minha jovem senhora de seu carcereiro. Ambas as partes foram adiadas muito tarde. O servo solteiro voltou primeiro. Ele disse que Green, o advogado, estava fora quando chegou em sua casa, e teve que esperar duas horas por sua reentrada; e então o Sr. Green disse-lhe que tinha um pequeno negócio na aldeia que devia ser feito; mas ele estaria em Thrushcross Grange antes da manhã. Os quatro homens também voltaram desacompanhados. Trouxeram a notícia de que Catarina estava doente: demasiado doente para abandonar o quarto; e Heathcliff não os sofreria para vê-la. Repreendi bem os estúpidos por ouvirem aquele conto, que eu não levaria ao meu mestre; resolvendo levar um bevy inteiro até as Alturas, à luz do dia, e invadi-lo literalmente, a menos que o prisioneiro fosse silenciosamente rendido a nós. Seu pai *a* verá, eu prometi, e prometi novamente, se aquele diabo fosse morto em suas próprias pedras da porta na tentativa de impedi-lo!

Felizmente, fui poupado à viagem e aos problemas. Eu tinha descido às três horas para buscar um jarro de água; e passava pelo corredor com ele na mão, quando uma batida forte na porta da frente me fez pular. "Ah! é Verde", eu disse, lembrando-me de mim mesmo – "só Verde", e continuei, com a intenção de enviar outra pessoa para abri-lo; mas a batida repetiu-se: não ruidosa, e ainda importunada. Coloquei o jarro no banister e apressei-me a admiti-lo. A lua da colheita brilhou lá fora. Não foi o advogado. Minha doce amante brotou no meu pescoço soluçando: "Ellen, Ellen! Papai está vivo?"

"Sim", eu gritei: "Sim, meu anjo, ele é, Deus seja agradecido, você está seguro conosco novamente!"

Ela queria correr, sem fôlego como estava, no andar de cima para o quarto do Sr. Linton; mas eu a obriguei a sentar-se em uma cadeira, e a fiz beber, e lavei seu rosto pálido, amassando-o em uma cor tênue com meu avental. Então eu disse que deveria ir primeiro, e contar sobre a chegada dela; implorando-lhe para dizer, ela deveria estar feliz com o jovem Heathcliff. Ela olhou fixamente, mas logo compreendendo por que eu a aconselhei a proferir a falsidade, ela me garantiu que não iria reclamar.

Eu não podia aceitar estar presente na reunião deles. Fiquei do lado de fora da porta da câmara um quarto de hora, e quase não me aventurei perto da cama, então. No entanto, tudo estava composto: o desespero de Catarina era tão silencioso como a alegria do pai. Ela o apoiou calmamente, na aparência; e fixou nela os olhos levantados que pareciam dilatados de êxtase.

Morreu feliz, Sr. Lockwood: morreu assim. Beijando-lhe a bochecha, murmurou: — "Vou ter com ela; e tu, querida criança, virá até nós!" e nunca mais se agitou ou falou; mas continuou aquele olhar arrebatado e radiante, até que seu pulso parou impercetivelmente e sua alma partiu. Ninguém poderia ter notado o minuto exato de sua morte, foi tão inteiramente sem luta.

Quer Catarina tivesse gasto as lágrimas, quer a dor fosse demasiado pesada para as deixar fluir, sentou-se ali de olhos secos até o sol nascer: sentou-se até ao meio-dia, e ainda teria permanecido remoendo naquele leito de morte, mas eu insisti para que ela se afastasse e descansasse um pouco. Foi bem que consegui retirá-la, pois à hora do jantar apareceu o advogado, tendo telefonado a Wuthering Heights para obter as suas instruções sobre como se comportar. Tinha-se vendido ao Sr. Heathcliff: essa foi a causa da sua demora em obedecer à convocação do meu mestre. Felizmente, nenhum pensamento sobre assuntos mundanos passou pela cabeça deste último, para perturbá-lo, após a chegada de sua filha.

O Sr. Green encarregou-se de encomendar tudo e todos sobre o lugar. Ele deu a todos os servos, exceto a mim, aviso para desistir. Ele teria levado sua autoridade delegada ao ponto de insistir que Edgar Linton não deveria ser enterrado ao lado de sua esposa, mas na capela, com sua família. Houve, no entanto, a vontade de o impedir, e os meus veementes protestos contra qualquer violação das suas orientações. O funeral foi apressado; Catherine, a Sra. Linton Heathcliff agora, sofreu para ficar no Grange até que o cadáver de seu pai o abandonasse.

Ela me disse que sua angústia finalmente havia estimulado Linton a incorrer no risco de libertá-la. Ela ouviu os homens que eu enviei disputando na porta, e ela percebeu a resposta de Heathcliff. Isso a deixou desesperada. Linton, que tinha sido levado até o pequeno salão logo depois que eu saí, estava apavorado em buscar a chave antes que seu pai subisse novamente. Teve a astúcia de destrancar e voltar a trancar a porta, sem a fechar; e quando deveria ter ido para a cama, implorou para dormir com Hareton, e sua petição foi concedida por uma vez. Catarina roubou antes do intervalo do dia. Ela não ousou tentar as portas para que os cães não disparassem um alarme; visitou as câmaras vazias e examinou as suas janelas; e, por sorte, iluminando a da mãe, ela saiu facilmente de sua rede e foi para o chão, por meio do abeto por perto. O seu cúmplice sofreu pela sua parte na fuga, não obstante os seus tímidos artifícios.

# CAPÍTULO XXIX

Na noite seguinte ao funeral, minha jovem senhora e eu estávamos sentados na biblioteca; ora refletindo lamentavelmente - um de nós desesperadamente - sobre a nossa perda, agora aventurando-se em conjeturas quanto ao futuro sombrio.

Tínhamos acabado de acordar que o melhor destino que poderia esperar Catherine seria uma permissão para continuar a residir no Grange; pelo menos durante a vida de Linton: ele foi autorizado a se juntar a ela lá, e eu a permanecer como governanta. Parecia um acordo demasiado favorável para se esperar; e, no entanto, eu esperava, e comecei a me animar sob a perspetiva de manter minha casa e meu emprego e, acima de tudo, minha amada jovem amante; quando um servo — um dos descartados, ainda não partiu — entrou apressadamente e disse "aquele diabo Heathcliff" que vinha pela corte: deveria ele fechar a porta na sua cara?

Se tivéssemos sido loucos o suficiente para ordenar esse procedimento, não tivemos tempo. Ele não fez nenhuma cerimônia de bater ou anunciar seu nome: ele era mestre, e aproveitou o privilégio do mestre para entrar direto, sem dizer uma palavra. O som da voz do nosso informante direcionou-o para a biblioteca; entrou e, fazendo-o sair, fechou a porta.

Era a mesma sala para onde ele tinha sido levado, como convidado, dezoito anos antes: a mesma lua brilhava pela janela; e a mesma paisagem outonal estava lá fora. Ainda não tínhamos acendido uma vela, mas todo o apartamento era visível, até mesmo os retratos na parede: a esplêndida cabeça da Sra. Linton, e a graciosa de seu marido. Heathcliff avançou para a lareira. O tempo também pouco tinha alterado a sua pessoa. Havia o mesmo homem: o seu rosto escuro bastante mais salpicado e composto, a sua armação uma ou duas pedras mais pesadas, talvez, e nenhuma outra diferença. Catarina levantara-se com um impulso para fugir, quando o viu.

"Parem!", disse, prendendo-a pelo braço. "Chega de fugir! Para onde você iria? Venho buscá-lo em casa; e espero que você seja uma filha obediente e não encoraje meu filho a mais desobediência. Fiquei envergonhado como puni-lo quando descobri sua parte no negócio: ele é uma teia de aranha, uma pitada o aniquilaria; mas você verá pelo seu olhar que ele recebeu o que lhe é devido! Eu o derrubei uma noite, anteontem, e apenas o coloquei em uma cadeira, e nunca mais o toquei. Eu mandei Hareton sair, e nós tínhamos o quarto para nós mesmos. Em duas horas, chamei José para carregá-lo novamente; e desde então a minha presença é tão potente nos seus nervos como um fantasma; e eu gosto que ele me veja com frequência, embora eu não esteja perto. Hareton diz que acorda e grita à noite de hora em hora, e chama você para protegê-lo de mim; e, quer goste ou não do seu precioso companheiro, deve vir: ele é a sua preocupação agora; Eu entrego todo o meu interesse nele para você."

"Por que não deixar Catherine continuar aqui", implorei, "e enviar o Mestre Linton para ela? Como você odeia os dois, você não sentiria falta deles: eles *só podem* ser uma praga diária para o seu coração antinatural."

"Estou procurando um inquilino para o Grange", ele respondeu; "E eu quero meus filhos sobre mim, com certeza. Além disso, essa lass deve-me os seus serviços pelo seu pão. Eu não vou alimentá-la em luxo e ociosidade depois que Linton se foi. Apresse-se e prepare-se, já; e não me obrigue a obrigá-lo."

— Eu vou — disse Catarina. "Linton é tudo o que eu tenho para amar no mundo, e embora você tenha feito o que podia para torná-lo odioso para mim, e eu para ele, você *não pode* nos fazer odiar uns aos outros. E eu desafio você a machucá-lo quando eu estiver por perto, e eu desafio você a me assustar!"

"Você é um campeão vanglorioso", respondeu Heathcliff; "mas eu não gosto de você o suficiente para machucá-lo: você obterá o benefício total do tormento, enquanto ele durar. Não sou eu que o tornarei odioso para convosco — é o seu próprio espírito doce. Ele é tão amargo quanto fel com sua deserção e suas consequências: não espere agradecimentos por essa nobre devoção. Ouvi-o desenhar uma imagem agradável para Zillah do que ele faria se fosse tão forte quanto eu: a inclinação está lá, e sua própria fraqueza aguçará sua inteligência para encontrar um substituto para a força."

"Eu sei que ele tem uma natureza ruim", disse Catherine: "ele é seu filho. Mas fico feliz por ter um melhor, para perdoá-lo; e sei que ele me ama, e por isso o amo. Sr. Heathcliff, *você* não tem *ninguém* para amá-lo e, por mais miserável que nos faça, ainda teremos a vingança de pensar que sua crueldade surge de sua miséria maior. Você *é* miserável, não é? Solitária, como o diabo, e invejosa como ele? *Ninguém* te ama - *ninguém* vai chorar por você quando você morrer! Eu não seria você!"

Catarina falou com uma espécie de triunfo sombrio: parecia ter decidido entrar no espírito da sua futura família e tirar prazer das dores dos seus inimigos.

— Lamentarás ser tu mesmo neste momento — disse o sogro — se ficar ali mais um minuto. Begone, bruxa, e pegue suas coisas!"

Ela se retirou com desdém. Na sua ausência, comecei a implorar pelo lugar de Zillah nas Alturas, oferecendo-me para lhe entregar o meu; mas ele não a sofreria de forma alguma. Ele mandou-me calar-me; e então, pela primeira vez, permitiu-se um olhar ao redor da sala e um olhar para as fotos. Tendo estudado a Sra. Linton, ele disse: "Eu terei essa casa. Não porque eu precise, mas — "Ele virou-se abruptamente para o fogo, e continuou, com o que, por falta de uma palavra melhor, devo chamar de sorriso — "Vou dizer-lhe o que fiz ontem! Peguei o sexton, que estava cavando a sepultura de Linton, para remover a terra da tampa do caixão e abri. Pensei, uma vez, que teria ficado ali: quando voltei a ver o rosto dela - ainda é dela! - ele teve muito trabalho para me mexer; mas ele disse que mudaria se o ar soprasse sobre ele, e então eu bati em um lado do caixão solto, e o cobri: não o lado de Linton, dane-se! Eu gostaria que ele tivesse sido soldado em chumbo. E eu subornei o sextão para puxá-lo para longe quando eu estava deitado lá, e deslizar o meu para fora também; Vou mandar fazê-lo: e quando Linton chegar até nós, ele não saberá qual é qual!"

"Você era muito perverso, Sr. Heathcliff!" Eu exclamei; "Não tivestes vergonha de perturbar os mortos?"

"Não perturbei ninguém, Nelly", respondeu; "E dei alguma tranquilidade a mim mesmo. Ficarei agora muito mais confortável; e você terá uma chance melhor de me manter na clandestinidade, quando eu chegar lá. Perturbou-a? Não! perturbou-me, noite e dia, ao longo de dezoito anos — incessantemente — sem remorso — até à noite passada; e antigamente eu estava tranquilo. Sonhei que estava dormindo o último sono por aquele dorminhoco, com meu coração parado e minha bochecha congelada contra a dela."

"E se ela tivesse sido dissolvida na terra, ou pior, com o que você teria sonhado então?" Eu disse.

"De se dissolver com ela, e ser mais feliz ainda!", respondeu. "Você acha que eu temo qualquer mudança desse tipo? Eu esperava tal transformação ao levantar a tampa, mas estou mais satisfeito que ela não deve começar até que eu a compartilhe. Além disso, a menos que eu tivesse recebido uma impressão distinta de suas características sem paixão, esse sentimento estranho dificilmente teria sido removido. Começou estranhamente. Você sabe que eu estava selvagem depois que ela morreu; e eternamente, do amanhecer ao amanhecer, rezando para que ela me devolva o seu espírito! Tenho uma forte fé nos fantasmas: tenho a convicção de que eles podem e existem entre nós! No dia em que foi enterrada, veio uma queda de neve. À noite fui para o adro da igreja. Soprou como inverno - tudo era solitário. Eu não temia que seu tolo marido vagasse pelo brilho tão tarde; e ninguém mais tinha negócios para trazê-los para lá. Estando sozinho e consciente de dois metros de terra solta era a única barreira entre nós, eu disse a mim mesmo: 'Vou tê-la em meus braços novamente! Se ela estiver fria, vou pensar que é esse vento norte que me arrepia, e se ela estiver imóvel, é dormir." Peguei uma pá da casa de ferramentas e comecei a mergulhar com todas as minhas forças - raspou o caixão; Caí a trabalhar com as mãos; a madeira começou a rachar sobre os parafusos; Eu estava a ponto de alcançar meu objeto, quando parecia que ouvi um suspiro de alguém acima, perto da borda da sepultura e me curvando. "Se eu puder apenas tirar isso", murmurei, "Eu gostaria que eles pudessem empurrar a terra sobre nós dois!" e eu me contorci com isso mais desesperadamente ainda. Houve outro suspiro, perto do meu ouvido. Eu parecia sentir a respiração quente dele deslocando o vento carregado de granizo. Eu sabia que nenhum ser vivo em carne e osso estava por perto; mas, tão certamente quanto você percebe a aproximação de algum corpo substancial no escuro, embora não possa ser discernido, assim certamente eu senti que Cathy estava lá: não sob mim, mas na terra. Uma súbita sensação de alívio fluiu do meu coração através de todos os membros. Abandonei o meu trabalho de agonia e virei-me imediatamente consolado: indizivelmente consolado. A sua presença estava comigo: permaneceu enquanto eu enchia a sepultura e me levava para casa. Você pode rir, se quiser; mas eu tinha certeza de que deveria vê-la lá. Eu tinha certeza de que ela estava comigo, e eu não podia deixar de falar com ela. Tendo chegado às Alturas, corri ansiosamente para a porta. Estava presa; e, lembro-me, que o amaldiçoado Earnshaw e minha esposa se opuseram à minha entrada. Lembro-me de parar para arrancar a respiração dele, e depois correr para o andar de cima, para o meu quarto e o dela. Olhei em volta impacientemente – senti-a por mim – *quase* consegui vê-la, mas *não consegui!* Eu deveria ter sangue suado, então, da angústia do meu anseio – do fervor das minhas súplicas para ter apenas um vislumbre! Eu não tinha um. Ela mostrou-se, como muitas vezes foi na vida, um diabo para mim! E, desde então, às vezes mais e às vezes menos, tenho sido o esporte dessa tortura intolerável! Infernal! mantendo meus nervos em tal ponto que, se não tivessem parecido catgut, há muito tempo teriam relaxado com a fraqueza de Linton. Quando me sentei em casa com Hareton, parecia que ao sair deveria encontrá-la; quando eu andava sobre os mouros eu deveria encontrá-la entrando. Quando saí de casa, apressei-me a voltar; ela *deve* estar em algum lugar nas Alturas, eu tinha certeza! E quando eu dormi no quarto dela, eu fui espancado por isso. Eu não podia ficar deitado lá; no momento em que fechei os olhos, ela estava do lado de fora da janela, ou deslizando para trás os painéis, ou entrando no quarto, ou mesmo descansando sua querida cabeça no mesmo travesseiro que fazia quando criança; e tenho de abrir as tampas para ver. E assim eu abri e fechei cem vezes por noite – para ficar sempre desapontado! Isso me atormentou! Muitas vezes eu gemi alto, até que aquele velho malandro José sem dúvida acreditou que minha consciência estava tocando o demônio dentro de mim. Agora, desde que a vi, estou um pouco pacificada. Era uma maneira estranha de matar: não por centímetros, mas por frações de larguras de cabelo, para me seduzir com o espectro de uma esperança ao longo de dezoito anos!"

O Sr. Heathcliff fez uma pausa e limpou a testa; os cabelos agarraram-se a ela, molhados de transpiração; seus olhos estavam fixos nas brasas vermelhas do fogo, as sobrancelhas não contraídas, mas erguidas ao lado das têmporas; diminuindo o aspeto sombrio de seu semblante, mas transmitindo um olhar peculiar de problemas, e uma aparência dolorosa de tensão mental em relação a um sujeito absorvente. Ele apenas metade se dirigiu a mim, e eu mantive o silêncio. Eu não gostava de ouvi-lo falar! Depois de um curto período, ele retomou sua meditação sobre a imagem, pegou-a e encostou-a no sofá para contemplá-la com melhor vantagem; e enquanto estava tão ocupada Catarina entrou, anunciando que estava pronta, quando o seu pónei devia ser selado.

— Manda isso para o mar — disse Heathcliff para mim; depois, voltando-se para ela, acrescentou: "Podes prescindir do teu pónei: é uma bela noite, e não precisarás de póneis em Wuthering Heights; para as viagens que fizeres, os teus próprios pés te servirão. Venha daí."

"Adeus, Ellen!", sussurrou minha querida amante. Enquanto ela me beijava, seus lábios pareciam gelo. "Vem me ver, Ellen; não se esqueçam."

"Cuide para que você não faça tal coisa, Sra. Dean!", disse seu novo pai. "Quando eu quiser falar com vocês, eu virei aqui. Não quero nenhuma das tuas curiosidades na minha casa!"

Ele a assinou para antecedê-lo; e lançando de volta um olhar que cortou meu coração, ela obedeceu. Vi-os, da janela, caminhar pelo jardim. Heathcliff fixou o braço de Catherine sob o dele: embora ela tenha contestado o ato a princípio, evidentemente; e, a passos rápidos, apressou-a para o beco, cujas árvores as escondiam.

# CAPÍTULO XXX

Fiz uma visita às Alturas, mas não a vi desde que ela partiu: José segurou a porta na mão quando liguei para perguntar por ela e não me deixou passar. Ele disse que a Sra. Linton estava "frustrada", e o mestre não estava dentro. Zillah me disse algo da maneira como eles continuam, caso contrário, eu dificilmente saberia quem estava morto e quem estava vivo. Ela acha Catherine altiva, e não gosta dela, posso adivinhar pela sua fala. A minha jovem senhora pediu-lhe alguma ajuda quando chegou; mas o Sr. Heathcliff disse-lhe para seguir os seus próprios negócios e deixar a nora cuidar de si mesma; e Zillah concordou de bom grado, sendo uma mulher tacanha e egoísta. Catarina evidenciou o aborrecimento de uma criança com essa negligência; retribuiu-a com desprezo, e assim alistou minha informante entre seus inimigos, tão seguramente como se ela tivesse feito algum grande erro. Tive uma longa conversa com Zillah há cerca de seis semanas, um pouco antes de você vir, um dia quando nos reunimos na charneca; e foi isso que ela me disse.

"A primeira coisa que a Sra. Linton fez", disse ela, "em sua chegada às Alturas, foi correr para o andar de cima, sem sequer desejar boa noite a mim e a Joseph; ela se fechou no quarto de Linton, e permaneceu até de manhã. Então, enquanto o mestre e Earnshaw estavam no café da manhã, ela entrou na casa e perguntou a todos em um quiver se o médico poderia ser enviado para? O primo estava muito doente.

"'Nós sabemos disso!', respondeu Heathcliff; ' mas a sua vida não vale nada, e eu não vou gastar nada com ele."

"'Mas eu não posso dizer como fazer', disse ela; ' e se ninguém me ajudar, ele morrerá!"

"'Saia da sala', gritou o mestre, 'e deixe-me nunca mais ouvir uma palavra sobre ele! Ninguém aqui se importa com o que acontece com ele; se o fizer, aja o enfermeiro; se não o fizerem, tranquem-no e deixem-no'.

"Então ela começou a me incomodar, e eu disse que tinha tido praga suficiente com a coisa cansativa; cada um de nós tinha as suas tarefas, e a dela era esperar em Linton: o Sr. Heathcliff pediu-me que deixasse esse trabalho para ela.

"Como eles conseguiram juntos, não sei dizer. Acho que ele se preocupava muito, e gemia noite e dia; e ela tinha pouco descanso precioso: adivinhava-se pelo rosto branco e olhos pesados. Ela às vezes entrava na cozinha toda descontrolada, e parecia que desmaiava implorando ajuda; mas eu não ia desobedecer ao mestre: nunca me atrevi a desobedecê-lo, Sra. Dean; e, embora eu achasse errado que Kenneth não fosse enviado, não era minha preocupação aconselhar ou reclamar, e eu sempre me recusei a me intrometer. Uma ou duas vezes, depois de termos ido para a cama, por acaso abri novamente a porta e vi-a sentada a chorar no topo da escada; e então eu me fechei rapidamente, por medo de ser movido a interferir. Eu tive pena dela então, tenho certeza: ainda assim eu não queria perder meu lugar, você sabe.

"Finalmente, uma noite, ela entrou corajosamente no meu quarto e assustou-me, dizendo: 'Diga ao Sr. Heathcliff que o seu filho está a morrer – tenho a certeza de que ele está, desta vez. Levante-se, instantaneamente, e diga-lhe'.

"Tendo proferido este discurso, ela desapareceu novamente. Deitei-me um quarto de hora a ouvir e a tremer. Nada mexeu – a casa estava quieta.

"Ela está enganada, eu disse a mim mesma. Ele superou isso. Eu não preciso perturbá-los; e comecei a cochilar. Mas meu sono foi prejudicado uma segunda vez por um toque afiado da campainha – a única campainha que temos, colocada de propósito para Linton; e o mestre me chamou para ver qual era o assunto e informá-los de que não teria aquele barulho repetido.

"Entreguei a mensagem da Catarina. Ele se amaldiçoou e, em poucos minutos, saiu com uma vela acesa e seguiu para o quarto deles. Eu segui. A Sra. Heathcliff estava sentada ao lado da cama, com as mãos dobradas sobre os joelhos. Seu sogro se levantou, segurou a luz no rosto de Linton, olhou para ele e o tocou; depois virou-se para ela.

"'Agora, Catherine', ele disse, 'como você se sente?'"

"Ela era.

"'Como te sentes, Catarina?', repetiu.

"'Ele está seguro, e eu estou livre', ela respondeu: 'Eu deveria me sentir bem, mas', continuou ela, com uma amargura que não conseguia esconder, 'você me deixou tanto tempo para lutar contra a morte sozinho, que eu sinto e vejo apenas a morte! Sinto-me como a morte!"

"E ela também se pareceu! Dei-lhe um pouco de vinho. Hareton e José, que tinham sido acordados pelo zumbido e pelo som dos pés, e ouviram nossa conversa do lado de fora, agora entraram. José estava desmaiado, creio, da remoção do rapaz; Hareton parecia um pensamento incomodado: embora estivesse mais ocupado em olhar para Catherine do que pensar em Linton. Mas o mestre ordenou-lhe que voltasse a deitar-se: não queríamos a sua ajuda. Ele depois fez Joseph remover o corpo para seu quarto, e me disse para voltar para o meu, e a Sra. Heathcliff permaneceu sozinha.

"De manhã, mandou-me dizer-lhe que devia descer ao pequeno-almoço: ela tinha-se despido, parecia ir dormir e dizia que estava doente; ao que eu mal me perguntava. Informei o Sr. Heathcliff, e ele respondeu: — Bem, deixe-a ficar até depois do funeral; e sobe de vez em quando para lhe arranjar o que é necessário; e, assim que ela parecer melhor, diga-me.'"

Cathy ficou no andar de cima por quinze dias, de acordo com Zillah; que a visitava duas vezes por dia, e teria sido bastante mais amigável, mas suas tentativas de aumentar a bondade foram orgulhosa e prontamente repelidas.

Heathcliff subiu uma vez, para mostrar a vontade de Linton. Legara todo o seu, e o que fora dela, bens móveis, ao pai: a pobre criatura foi ameaçada, ou persuadida, a praticar esse ato durante a semana de ausência, quando o tio morreu. As terras, sendo menor, não podia meter-se. No entanto, o Sr. Heathcliff reivindicou-os e manteve-os no direito da sua mulher e dele também: suponho que legalmente; em todo o caso, Catarina, desprovida de dinheiro e de amigos, não pode perturbar a sua posse.

"Ninguém", disse Zillah, "jamais se aproximou de sua porta, exceto uma vez, mas eu; e ninguém perguntou nada sobre ela. A primeira ocasião em que ela desceu para a casa foi em uma tarde de domingo. Ela tinha gritado, quando eu levei o jantar, que não aguentava mais estar no frio; e eu disse a ela que o mestre iria para Thrushcross Grange, e Earnshaw e eu não precisamos impedi-la de descer; assim, assim que ouviu o cavalo de Heathcliff trotar, ela fez sua aparição, vestida de preto, e seus cachos amarelos penteados atrás de suas orelhas tão simples quanto um Quaker: ela não podia penteá-los.

"Joseph e eu geralmente vamos à capela aos domingos:" o kirk, (você sabe, não tem ministro agora, explicou a Sra. Dean; e eles chamam o lugar dos metodistas ou batistas, não posso dizer qual é, em Gimmerton, uma capela.) "José tinha ido embora", continuou ela, "mas eu achei adequado ficar em casa. Os jovens são sempre os melhores para o olhar excessivo de um idoso; e Hareton, com toda a sua timidez, não é um modelo de comportamento agradável. Deixei-o saber que sua prima muito provavelmente se sentaria conosco, e ela estava sempre acostumada a ver o sábado respeitado; então ele tinha como bom deixar suas armas e pedaços de trabalho interno sozinho, enquanto ela ficava. Coloriu-se com a notícia, e lançou os olhos sobre as mãos e as roupas. O óleo de trem e a pólvora foram empurrados para fora de vista em um minuto. Vi que ele pretendia dar-lhe a sua companhia; e eu adivinhei, a propósito, que ele queria ser apresentável; então, rindo, como eu não dou risada quando o mestre está por perto, eu me ofereci para ajudá-lo, se ele quisesse, e brinquei com sua confusão. Ficou rabugento e começou a xingar.

— Agora, Sra. Dean — continuou Zillah, vendo-me não satisfeito com seu jeito — você acha sua moça muito boa para o Sr. Hareton; e acontece que você tem razão: mas eu possuo eu deveria amar bem para trazer seu orgulho um pouco mais baixo. E o que todo o seu aprendizado e sua delicadeza farão por ela, agora? Ela é tão pobre quanto você ou eu: mais pobre, eu serei amarrado: você está salvando, e eu estou fazendo meu pequeno todo esse caminho."

Hareton permitiu que Zillah lhe desse sua ajuda; e ela lisonjeou-o com bom humor; assim, quando Catarina chegou, meio esquecendo os insultos anteriores, ele tentou fazer-se agradar, pelo relato da governanta.

— Missis entrou — disse ela — tão fria quanto uma princesa e tão alta quanto uma princesa. Levantei-me e ofereci-lhe o meu lugar na poltrona. Não, ela torceu o nariz para a minha civilidade. Earnshaw levantou-se também, e pediu-lhe que viesse ao assentamento, e se sentasse perto do fogo: ele tinha certeza de que ela estava morrendo de fome.

"'Passei fome um mês e mais', ela respondeu, descansando na palavra o mais desprezível que podia.

"E ela arranjou uma cadeira para si, e colocou-a à distância de nós dois. Tendo ficado sentada até estar quente, começou a olhar em volta e descobriu vários livros na cômoda; ela estava instantaneamente de pé novamente, esticando para alcançá-los: mas eles estavam muito altos. Seu primo, depois de vê-la se esforçar um pouco, finalmente reuniu coragem para ajudá-la; Ela segurou seu pau, e ele o encheu com o primeiro que veio à mão.

"Foi um grande avanço para o rapaz. Ela não lhe agradeceu; ainda assim, sentiu-se gratificado por ela ter aceitado a sua ajuda, e aventurou-se a ficar para trás enquanto ela os examinava, e até mesmo a inclinar-se e apontar o que lhe impressionava em certas imagens antigas que continham; nem se intimidou com o estilo sagaz em que ela sacudiu a página do dedo: contentou-se em ir um pouco mais para trás e olhar para ela em vez do livro. Ela continuou lendo, ou procurando algo para ler. Sua atenção tornou-se, aos poucos, bastante centrada no estudo de seus grossos cachos sedosos: seu rosto ele não podia ver, e ela não podia vê-lo. E, talvez, não muito acordado para o que fazia, mas atraído como uma criança por uma vela, finalmente passou de olhar a tocar; Ele estendeu a mão e acariciou uma ondulação, tão suavemente como se fosse um pássaro. Ele poderia ter enfiado uma faca no pescoço dela, ela começou a dar uma volta em tal tomada.

"'Saia deste momento! Como se atrevem a tocar-me? Por que você está parando por aí?", gritou ela, em tom de nojo. "Eu não aguento você! Vou subir de novo, se você chegar perto de mim'.

— O Sr. Hareton recuou, parecendo tão tolo quanto podia: sentou-se no assentamento muito quieto, e ela continuou virando seus volumes mais meia hora; finalmente, Earnshaw cruzou e sussurrou para mim.

"'Você vai pedir para ela ler para nós, Zillah? Estou parado de fazer nada; e eu gosto - eu poderia gostar de ouvi-la! Dunnot diga que eu queria, mas pergunte ao seu."

"'O Sr. Hareton deseja que você leia para nós, senhora', eu disse, imediatamente. ' Ele aceitaria muito gentilmente, seria muito obrigado."

"Ela franziu a testa; e olhando para cima, respondeu:

"'Sr. Hareton, e todo o conjunto de vocês, será bom o suficiente para entender que eu rejeito qualquer pretensão de bondade que você tenha a hipocrisia a oferecer! Desprezo-vos e não terei nada a dizer a nenhum de vós! Quando eu teria dado a minha vida por uma palavra amável, até mesmo para ver um de seus rostos, todos vocês se afastaram. Mas eu não vou reclamar com você! Eu sou levado aqui embaixo pelo frio; não para vos divertir nem para desfrutar da vossa sociedade."

"'O que eu poderia ter feito?', começou Earnshaw. ' Como eu fui culpado?'

"'Oh! você é uma exceção", respondeu a Sra. Heathcliff. "Nunca perdi uma preocupação como você."

"'Mas eu ofereci mais de uma vez, e perguntei', disse ele, acendendo a pertinência dela, 'Pedi ao Sr. Heathcliff que me deixasse acordar para você—'

"'Calem-se! Eu vou sair de portas, ou em qualquer lugar, em vez de ter sua voz desagradável no meu ouvido!", disse minha senhora.

— Hareton murmurou que ela poderia ir para o inferno, por ele! e desembaraçando a arma, não se conteve mais nas ocupações dominicais. Ele falava agora, livremente; e ela achou por bem retirar-se para a sua solidão: mas a geada instalou-se e, apesar do seu orgulho, viu-se obrigada a condescender cada vez mais com a nossa companhia. No entanto, cuidei para que não houvesse mais desprezo pela minha boa natureza: desde então, tenho sido tão rígida quanto ela; e ela não tem amante ou liker entre nós: e ela não merece um; pois, deixem-nos dizer o mínimo de palavra a ela, e ela se enrolará sem respeitar ninguém. Ela atacará o próprio mestre, e tão bom quanto o atreve a agredi-la; e quanto mais magoada ela fica, mais venenosa ela cresce."

No início, ao ouvir este relato de Zillah, decidi deixar minha situação, pegar uma cabana e fazer com que Catherine viesse morar comigo: mas o Sr. Heathcliff logo permitiria isso, pois estabeleceria Hareton em uma casa independente; e não vejo remédio, neste momento, a não ser que ela possa casar-se novamente; e esse esquema não é da minha província para organizar.

* * * * *

Assim terminou a história da Sra. Dean. Não obstante a profecia do médico, estou recuperando rapidamente as forças; e embora seja apenas a segunda semana de janeiro, proponho sair a cavalo dentro de um ou dois dias, e andar até Wuthering Heights, para informar o meu senhorio de que passarei os próximos seis meses em Londres; e, se quiser, pode procurar outro inquilino para ocupar o lugar depois de outubro. Eu não passaria outro inverno aqui por muito.

# CAPÍTULO XXXI

Ontem foi brilhante, calmo e gelado. Fui para as Alturas como propus: minha governanta pediu-me que levasse um bilhetinho dela para sua moça, e eu não recusei, pois a digna mulher não estava consciente de nada de estranho em seu pedido. A porta da frente estava aberta, mas o portão ciumento estava fechado, como na minha última visita; Bati e invoquei Earnshaw entre os canteiros do jardim; ele a soltou e eu entrei. O sujeito é tão bonito um rústico quanto precisa ser visto. Desta vez, prestei especial atenção a ele; mas então ele faz o seu melhor aparentemente para fazer o mínimo de suas vantagens.

Perguntei se o Sr. Heathcliff estava em casa? Ele respondeu: Não; mas ele estaria na hora do jantar. Eram onze horas e anunciei a minha intenção de entrar e esperar por ele; no qual ele imediatamente jogou suas ferramentas e me acompanhou, no escritório do cão de guarda, não como um substituto para o anfitrião.

Entramos juntos; Catarina estava lá, fazendo-se útil na preparação de alguns legumes para a refeição que se aproximava; ela parecia mais sensual e menos espirituosa do que quando eu a tinha visto pela primeira vez. Ela mal levantou os olhos para me notar, e continuou seu emprego com o mesmo desrespeito às formas comuns de educação de antes; nunca mais devolvo meu arco e bom dia pelo menor reconhecimento.

"Ela não parece tão amável", pensei, "como a Sra. Dean me persuadiria a acreditar. Ela é uma beleza, é verdade; mas não um anjo."

Earnshaw pediu que ela retirasse suas coisas para a cozinha. — Retire-os você mesmo — disse ela, empurrando-os dela assim que o fez; e recolhendo-se a um banquinho junto à janela, onde começou a esculpir figuras de pássaros e animais dos nabos no colo. Aproximei-me dela, fingindo desejar uma vista para o jardim; e, como eu imaginava, habilmente deixei cair o bilhete da Sra. Dean sobre o joelho, sem ser notado por Hareton – mas ela perguntou em voz alta: "O que é isso?" E rebateu.

"Uma carta do seu velho conhecido, a governanta do Grange", respondi; irritado por ela ter exposto minha gentil ação, e temeroso para que não se imaginasse uma missiva minha. Ela teria de bom grado reunido com essa informação, mas Hareton a venceu; agarrou-o e colocou-o no colete, dizendo que o Sr. Heathcliff devia olhar para ele primeiro. Aí, Catarina silenciosamente virou o rosto de nós e, muito furtivamente, sacou o lenço de bolso e aplicou-o nos olhos; e seu primo, depois de lutar um tempo para conter seus sentimentos mais suaves, puxou a carta e a jogou no chão ao lado dela, o mais ingraciosamente que podia. Catarina apanhou-o e examinou-o ansiosamente; depois fez-me algumas perguntas sobre os reclusos, racionais e irracionais, da sua antiga casa; e olhando para as colinas, murmurou em solilóquio:

"Eu gostaria de estar montando Minny lá embaixo! Eu gostaria de estar subindo lá! Ah! Estou cansado, estou *parado*, Hareton!" E ela inclinou a cabeça bonita para trás contra a soleira, com meio bocejo e meio suspiro, e caiu em um aspeto de tristeza abstrata: nem se importando nem sabendo se a observamos.

— Sra. Heathcliff — eu disse, depois de ficar algum tempo muda, — você não sabe que eu sou um conhecido seu? tão íntimo que acho estranho você não vir falar comigo. Minha governanta nunca se cansa de falar e elogiar você; e ela ficará muito desapontada se eu voltar sem notícias de ou de você, exceto que você recebeu sua carta e não disse nada!"

Ela pareceu estranhar este discurso, e perguntou:

"Ellen gosta de você?"

"Sim, muito bem", respondi, hesitante.

"Deves dizer-lhe", continuou, "que eu responderia à sua carta, mas não tenho material para escrever: nem sequer um livro do qual possa arrancar uma folha."

"Sem livros!" Eu exclamei. "Como é que se consegue viver aqui sem eles? se me é permitido tomar a liberdade de indagar. Embora provido de uma grande biblioteca, eu sou frequentemente muito maçante no Grange; tira os meus livros e eu devia estar desesperada!"

"Eu estava sempre lendo, quando os tinha", disse Catherine; "e o Sr. Heathcliff nunca lê; Então ele levou isso na cabeça para destruir meus livros. Há semanas que não vislumbro um. Apenas uma vez, procurei o repositório de teologia de José, para sua grande irritação; e uma vez, Hareton, deparei-me com um estoque secreto em seu quarto - alguns latinos e gregos, e alguns contos e poesias: todos velhos amigos. Eu trouxe os últimos aqui – e vocês os reuniram, como um magpie reúne colheres de prata, pelo mero amor de roubar! Não vos servem de nada; ou então os escondeste no mau espírito que, como não podes desfrutá-los, ninguém mais os desfrutará. Talvez *a sua* inveja tenha aconselhado o Sr. Heathcliff a roubar-me os meus tesouros? Mas eu tenho a maioria deles escritos no meu cérebro e impressos no meu coração, e você não pode me privar deles!"

Earnshaw corou carmesim quando seu primo fez essa revelação de suas acumulações literárias privadas, e gaguejou uma negação indignada de suas acusações.

"O Sr. Hareton está desejoso de aumentar sua quantidade de conhecimento", eu disse, vindo em seu socorro. "Ele não é *invejoso*, mas *emulador* das vossas realizações. Ele será um estudioso inteligente em alguns anos."

"E ele quer que eu me afunde num calabouço, entretanto", respondeu Catarina. "Sim, eu ouço ele tentando soletrar e ler para si mesmo, e erros bonitos que ele comete! Gostaria que repetisse o Chevy Chase como fez ontem: foi extremamente engraçado. Ouvi-vos; e eu ouvi você virando o dicionário para procurar as palavras duras, e depois xingando porque você não conseguia ler suas explicações!"

O jovem evidentemente achou muito ruim que ele fosse ridicularizado por sua ignorância, e então riu por tentar removê-lo. Eu tinha uma noção semelhante; e, lembrando-me da anedota da Sra. Dean sobre sua primeira tentativa de iluminar a escuridão em que ele havia sido criado, observei: — "Mas, Sra. Heathcliff, cada um de nós teve um começo, e cada um tropeçou e cambaleou no umbral; se os nossos professores tivessem desprezado em vez de nos ajudarem, devíamos tropeçar e cambalear ainda."

"Oh!", ela respondeu, "Não quero limitar suas aquisições: ainda assim, ele não tem o direito de se apropriar do que é meu, e torná-lo ridículo para mim com seus erros vis e pronúncias erradas! Esses livros, tanto em prosa como em verso, são-me consagrados por outras associações; e eu odeio tê-los humilhados e profanados em sua boca! Além disso, de tudo, selecionou as minhas peças favoritas que mais gosto de repetir, como que por malícia deliberada."

O peito de Hareton encheu-se em silêncio um minuto: ele trabalhou sob um severo sentimento de mortificação e ira, que não foi tarefa fácil de suprimir. Levantei-me e, a partir de uma ideia cavalheiresca de aliviar seu constrangimento, tomei meu posto na porta, examinando a perspetiva externa enquanto eu estava. Ele seguiu o meu exemplo e saiu da sala; mas reapareceu, com meia dúzia de volumes nas mãos, que jogou no colo de Catarina, exclamando: — "Tomai-os! Nunca mais quero ouvir, ler ou pensar neles!"

"Não vou tê-los agora", respondeu. "Vou conectá-los com você e odiá-los."

Ela abriu um que obviamente tinha sido muitas vezes virado, e leu uma parte no tom arrastado de um iniciante; depois riu-se e atirou-a dela. "E ouça", continuou ela, provocando, iniciando um verso de uma balada antiga da mesma forma.

Mas o seu amor próprio não suportaria mais tormentos: ouvi, e não de forma totalmente desaprovadora, um cheque manual dado à sua língua sagaz. A pequena desgraçada tinha feito o possível para ferir os sentimentos sensíveis, embora incultos, de seu primo, e uma discussão física era o único modo que ele tinha de equilibrar a conta e retribuir seus efeitos sobre o infligido. Depois, recolheu os livros e atirou-os ao fogo. Li no seu semblante a angústia que era oferecer aquele sacrifício ao baço. Imaginei que, enquanto consumiam, ele se lembrava do prazer que já tinham transmitido, e do triunfo e prazer cada vez maior que esperava deles; e eu imaginava que eu adivinhava a incitação aos seus estudos secretos também.

Contentara-se com o trabalho diário e com os prazeres dos animais, até Catarina cruzar o seu caminho. A vergonha de seu desprezo e a esperança de sua aprovação foram seus primeiros estímulos para buscas mais elevadas; e, em vez de protegê-lo de um e conquistá-lo para o outro, seus esforços para se elevar produziram exatamente o resultado contrário.

"Sim, isso é tudo de bom que um bruto como você pode obter deles!", gritou Catherine, chupando seu lábio danificado e observando a conflagração com olhos indignados.

"É melhor *você segurar* a língua, agora", respondeu ele ferozmente.

E a sua agitação impedia mais discursos; avançou apressadamente até a entrada, onde abri caminho para ele passar. Mas depois de ter atravessado as pedras da porta, o Sr. Heathcliff, subindo a calçada, encontrou-o, e segurando seu ombro perguntou: — O que fazer agora, meu rapaz?

"Naught, naught", disse ele, e partiu para desfrutar de sua dor e raiva na solidão.

Heathcliff olhou para ele e suspirou.

"Vai ser estranho se eu me frustrar", murmurou, inconsciente de que eu estava atrás dele. "Mas quando procuro o pai na cara dele, *encontro-a* cada dia mais! Como é que o diabo é assim? Mal suporto vê-lo."

Inclinou os olhos para o chão e entrou mal-humorado. Havia uma expressão inquieta e ansiosa em seu semblante, que eu nunca havia comentado lá antes; e ele parecia mais esparso em pessoa. Sua nora, ao percebê-lo pela janela, escapou imediatamente para a cozinha, de modo que eu fiquei sozinha.

— Fico feliz em vê-lo fora de portas novamente, Sr. Lockwood — disse ele, em resposta à minha saudação; "por motivos egoístas em parte: acho que não poderia suprir prontamente sua perda nesta desolação. Já me perguntei mais de uma vez o que te trouxe até aqui."

"Um capricho ocioso, temo, senhor", foi a minha resposta; "Ou então um capricho ocioso vai me afastar. Partirei para Londres na próxima semana; e devo avisá-lo de que não sinto disposição para manter Thrushcross Grange além dos doze meses em que concordei em alugá-lo. Acredito que não vou mais morar lá."

"Ah, de fato; você está cansado de ser banido do mundo, não é?", disse ele. "Mas se você está vindo para pleitear o pagamento de um lugar que você não vai ocupar, sua jornada é inútil: eu nunca cedi em exigir o meu devido de ninguém."

"Não venho pedir nada sobre isso", exclamei, consideravelmente irritado. "Se você quiser, eu vou resolver com você agora," e eu tirei meu caderno do bolso.

"Não, não", respondeu, friamente; "Você vai deixar o suficiente para cobrir suas dívidas, se você não voltar: eu não tenho tanta pressa. Sente-se e leve o seu jantar connosco; Um hóspede que esteja a salvo de repetir a sua visita pode geralmente ser bem-vindo. Catarina! Traga as coisas: onde você está?"

Catarina reapareceu, portando uma bandeja de facas e garfos.

"Você pode jantar com Joseph", murmurou Heathcliff, à parte, "e permanecer na cozinha até que ele se vá embora."

Ela obedeceu às suas instruções muito pontualmente: talvez não tivesse tentação de transgredir. Vivendo entre palhaços e misantropos, ela provavelmente não consegue apreciar uma classe melhor de pessoas quando os conhece.

Com o Sr. Heathcliff, sombrio e saturnino, por um lado, e Hareton, absolutamente mudo, por outro, fiz uma refeição um pouco sem alegria, e dei adieu cedo. Eu teria partido pelo caminho de trás, para ter um último vislumbre de Catarina e irritar o velho José; mas Hareton recebeu ordens para conduzir meu cavalo, e meu próprio anfitrião me acompanhou até a porta, de modo que eu não pude realizar meu desejo.

"Como a vida fica triste naquela casa!" Refleti, enquanto andava pela estrada. "Que realização de algo mais romântico do que um conto de fadas teria sido para a Sra. Linton Heathcliff, se ela e eu tivéssemos criado um apego, como sua boa enfermeira desejava, e migrado juntos para a atmosfera agitada da cidade!"

# CAPÍTULO XXXII

1802.—Em setembro deste ano, fui convidado a devastar os mouros de um amigo no norte e, em minha viagem para sua morada, inesperadamente cheguei a quinze milhas de Gimmerton. O avestruz de uma casa pública à beira da estrada estava segurando um balde de água para refrescar meus cavalos, quando uma carroça de aveia muito verde, recém-colhida, passou, e ele comentou: — "Yon's frough Gimmerton, não! São todos três pavios atrás de outras pessoas que colhem."

"Gimmerton?" Repito: a minha residência naquela localidade já tinha ficado ténue e sonhadora. "Ah! Eu sei. Quão longe está disso?"

"Acontecem catorze milhas de colinas; e um caminho difícil", respondeu.

Um impulso súbito me levou a visitar Thrushcross Grange. Era quase meio-dia, e eu pensei que eu poderia tão bem passar a noite sob o meu próprio teto como em uma pousada. Além disso, eu poderia poupar um dia facilmente para combinar assuntos com meu senhorio e, assim, me poupar do trabalho de invadir o bairro novamente. Tendo descansado um pouco, orientei meu servo a indagar o caminho para a aldeia; e, com grande cansaço para os nossos animais, conseguimos a distância em cerca de três horas.

Deixei-o lá, e desci o vale sozinho. A igreja cinzenta parecia mais cinzenta e o solitário adro solitário. Distingui uma ovelha moura a cortar o relvado curto nas sepulturas. Era um clima doce e quente — quente demais para viajar; mas o calor não me impediu de apreciar a paisagem deliciosa acima e abaixo: se eu a tivesse visto mais perto de agosto, tenho certeza de que teria me tentado a perder um mês entre suas solidão. No inverno nada mais sombrio, no verão nada mais divino, do que aqueles brilhos fechados por colinas, e aqueles blefes, ondas ousadas de urze.

Cheguei ao Grange antes do pôr do sol, e bati para admissão; mas a família tinha-se retirado para as instalações dos fundos, julguei, por uma coroa de flores fina e azul, enrolando-se da chaminé da cozinha, e eles não ouviram. Entrei no tribunal. Debaixo do alpendre, uma rapariga de nove ou dez anos sentou-se a tricotar e uma velha reclinou-se nos degraus de casa, fumando um cachimbo meditativo.

"A Sra. Dean está dentro?" Eu exigi da dame.

"Senhora Dean? Não!", ela respondeu, "ela não fica aqui: shoo's up at th' Heights".

"Você é a governanta, então?" Continuei.

"Eea, Aw keep th' hause", ela respondeu.

"Bem, eu sou o Sr. Lockwood, o mestre. Há algum quarto para me alojar, pergunto-me? Quero ficar a noite toda."

"T' maister!", gritou espantada. "Whet, quem sabia que yah wur vinha? Yah sud ha' enviar palavra. Eles agora não são secos nem mensful abaht t' lugar: agora não há!"

Ela jogou o cachimbo e entrou, a menina seguiu, e eu entrei também; logo percebendo que seu relato era verdadeiro, e, além disso, que eu quase a perturbara com minha indesejada aparição, ordenei-lhe que fosse composta. Eu saía para passear; e, enquanto isso, ela deve tentar preparar um canto de uma sala de estar para eu me sentar, e um quarto para dormir. Sem varredura e poeira, apenas bom fogo e lençóis secos eram necessários. Ela parecia disposta a fazer o seu melhor; embora ela tenha empurrado o pincel de lareira para as grades por engano para o pôquer, e se apropriou mal de vários outros artigos de seu ofício: mas eu me aposentei, confiando em sua energia para um lugar de descanso contra meu retorno. Wuthering Heights foi o objetivo da minha excursão proposta. Uma reflexão tardia trouxe-me de volta, quando abandonei o tribunal.

"Tudo bem nas alturas?" Perguntei à mulher.

"Eea, f'r owt ee knaw!", ela respondeu, fugindo com uma panela de cinzas quentes.

Eu teria perguntado por que a Sra. Dean havia abandonado o Grange, mas era impossível atrasá-la em tal crise, então me afastei e fiz minha saída, divagando vagarosamente, com o brilho de um sol afundando atrás e a suave glória de uma lua crescente na frente – uma desaparecendo e a outra iluminando – quando saí do parque, e subiu a estrada pedregosa que se ramificava até a residência do Sr. Heathcliff. Antes de chegar à vista, tudo o que restava do dia era uma luz âmbar sem feixe ao longo do oeste: mas eu podia ver cada seixo no caminho, e cada lâmina de grama, por aquela lua esplêndida. Eu não tive que subir o portão nem bater – ele cedeu à minha mão. Isso é uma melhoria, pensei. E notei outra, com o auxílio das minhas narinas; uma fragrância de caldos e flores de parede pairava no ar entre as árvores frutíferas caseiras.

Ambas as portas e treliças estavam abertas; e, no entanto, como é geralmente o caso em um distrito de carvão, um fogo vermelho fino iluminou a chaminé: o conforto que o olho deriva dele torna o calor extra durável. Mas a casa de Wuthering Heights é tão grande que os presos têm muito espaço para se retirar de sua influência; e, portanto, os presos que lá estavam estavam estacionados não muito longe de uma das janelas. Eu podia vê-los e ouvi-los falar antes de entrar, e olhei e ouvi em consequência; sendo movido por um sentimento misto de curiosidade e inveja, que crescia à medida que eu demorava.

"Con-trary!", disse uma voz tão doce quanto um sino de prata. "Que, pela terceira vez, você caia! Eu não vou te contar de novo. Lembra-te, ou eu puxo o teu cabelo!"

"Pelo contrário, então", respondeu outro, em tons profundos, mas suaves. "E agora, beija-me, por me lembrar tão bem."

"Não, leia primeiro corretamente, sem um único erro."

O orador masculino começou a ler: era um jovem, respeitosamente vestido e sentado a uma mesa, tendo um livro à sua frente. Suas feições bonitas brilhavam de prazer, e seus olhos continuavam vagando impacientemente da página até uma pequena mão branca sobre seu ombro, que o lembrava por um tapa inteligente na bochecha, sempre que seu dono detetava tais sinais de desatenção. Seu dono ficou para trás; seus anéis claros e brilhantes misturando-se, em intervalos, com suas madeixas marrons, enquanto ela se inclinava para supervisionar seus estudos; e o rosto dela – foi uma sorte ele não poder ver o rosto dela, ou ele nunca teria sido tão firme. Eu podia; e mordi o lábio com rancor, por ter jogado fora a chance que eu poderia ter tido de fazer algo além de olhar para sua beleza marcante.

A tarefa estava feita, não isenta de mais erros; mas o aluno reclamou uma recompensa, e recebeu pelo menos cinco beijos; que, no entanto, ele generosamente devolveu. Então eles vieram para a porta, e da conversa deles eu julguei que eles estavam prestes a sair e dar um passeio sobre os mouros. Supunha que deveria ser condenado no coração de Hareton Earnshaw, se não pela sua boca, ao poço mais baixo das regiões infernais, se mostrasse então a minha pessoa infeliz no seu bairro; e sentindo-me muito maldosa e maligna, dei a volta para procurar refúgio na cozinha. Havia entrada desobstruída também daquele lado; e à porta sentou-se a minha velha amiga Nelly Dean, a costurar e a cantar uma canção; que era muitas vezes interrompida a partir de dentro por palavras duras de desprezo e intolerância, proferidas longe de sotaques musicais.

"Eu gritaria, por th' haulf, hev' 'em jurando i' my lugs fro'h morn to neeght, nem ouviria ye hahsiver!", disse o inquilino da cozinha, em resposta a um discurso inédito de Nelly. "É uma vergonha ardente, que eu não possa oppen t' abençoado Livro, mas vocês lhes estabeleceram glórias para sattan, e todas as maldades t' esfoladas que iver nasceram em th' warld! Ah! ye're a raight nowt; e o shoo é outro; e esse pobre rapaz se perderá em você. Coitado!", acrescentou, com um gemido; "Ele é bruxo: eu sou sartin on't. Oh, Senhor, juiz 'em, porque há lei do norte nem justiça entre os wer rullers!"

"Não! ou deveríamos estar sentados em bichas flamejantes, suponho", retrucou a cantora. "Mas deseja, velho, e leia sua Bíblia como um cristão, e não me importe. Isto é 'Fairy Annie's Wedding', uma música bonny, vai para uma dança."

A Sra. Dean estava prestes a recomeçar, quando eu avancei; e reconhecendo-me diretamente, ela saltou para seus pés, gritando: "Por que, abençoe-o, Sr. Lockwood! Como você poderia pensar em voltar desta forma? Tudo está fechado em Thrushcross Grange. Deviam ter-nos avisado!"

"Combinei de ficar alojado lá, enquanto ficar", respondi. "Parti de novo para o mar. E como você é transplantada aqui, Sra. Dean? diga-me isso."

"Zillah partiu, e o Sr. Heathcliff desejou que eu viesse, logo depois que você foi para Londres, e ficasse até você voltar. Mas, entrem, rezem! Você andou de Gimmerton esta noite?"

"Do Grange", respondi; "e enquanto me fazem alojamento lá, quero terminar o meu negócio com o teu senhor; porque não penso em ter outra oportunidade com pressa."

"Que negócio, senhor?", disse Nelly, conduzindo-me para dentro de casa. "Ele saiu no momento e não voltará tão cedo."

"Sobre o aluguel", respondi.

"Ah! então é com a Sra. Heathcliff que você deve se acomodar", observou ela; "Ou melhor, comigo. Ela ainda não aprendeu a gerir os seus assuntos e eu ajo por ela: não há mais ninguém."

Eu parecia surpreso.

"Ah! você não ouviu falar da morte de Heathcliff, eu vejo", continuou ela.

"Heathcliff morto!" Exclamei, atônito. "Há quanto tempo?"

"Três meses depois: mas sente-se, e deixe-me tirar o seu chapéu, e eu vou contar-lhe tudo sobre isso. Pare, você não teve nada para comer, não é?"

"Não quero nada: pedi ceia em casa. Você se senta também. Nunca sonhei com a sua morte! Deixem-me ouvir como isso aconteceu. Você diz que não espera que eles voltem por algum tempo, os jovens?"

"Não, eu tenho que repreendê-los todas as noites por suas divagações tardias: mas eles não se importam comigo. Pelo menos, tome uma bebida da nossa velha cerveja; Vai fazer-te bem: pareces cansado."

Ela apressou-se a buscá-lo antes que eu pudesse recusar, e ouvi Joseph perguntando se "não é um escândalo choroso que ela deveria ter seguidores em seu tempo de vida? E então, para tirá-los da adega do o' t' maister! Ele se apressou a 'ficar quieto e ver'.

Ela não ficou para retaliar, mas reentrou em um minuto, carregando uma cerveja de prata resmungada, cujo conteúdo eu elogiei com seriedade. E depois ela me forneceu a sequência da história de Heathcliff. Ele tinha um fim "queer", como ela expressou.

*****

Fui convocado para Wuthering Heights, quinze dias depois de você nos deixar, disse ela; e obedeci alegremente, por amor de Catarina. Minha primeira entrevista com ela me entristeceu e chocou: ela havia mudado muito desde a nossa separação. O Sr. Heathcliff não explicou suas razões para ter uma nova mente sobre minha vinda para cá; ele apenas me disse que me queria, e estava cansado de ver Catarina: tenho de fazer do pequeno salão a minha sala de estar, e mantê-la comigo. Bastava que ele fosse obrigado a vê-la uma ou duas vezes por dia. Ela parecia satisfeita com este arranjo; e, aos poucos, contrabandeei um grande número de livros, e outros artigos, que haviam formado sua diversão no Grange; e lisonjeei-me que devíamos seguir em frente com um conforto tolerável. O delírio não durou muito. Catarina, contente no início, num breve espaço ficou irritada e inquieta. Por um lado, ela foi proibida de sair do jardim, e isso a incomodou tristemente ficar confinada aos seus estreitos limites à medida que a primavera se aproximava; por outro, ao seguir a casa, fui obrigado a abandoná-la com frequência, e ela queixou-se de solidão: preferiu brigar com José na cozinha a sentar-se em paz na sua solidão. Não me importava com as suas escaramuças: mas Hareton era muitas vezes obrigado a procurar também a cozinha, quando o mestre queria ter a casa para si; e embora, no início, ela o deixasse à sua aproximação, ou se juntasse silenciosamente às minhas ocupações, e evitasse comentar ou dirigir-se a ele – e embora ele estivesse sempre o mais abafado e silencioso possível – depois de um tempo, ela mudou seu comportamento, e tornou-se incapaz de deixá-lo em paz: falando com ele; comentando sua estupidez e ociosidade; expressando-lhe admiração como ele poderia suportar a vida que ele viveu – como ele poderia sentar uma noite inteira olhando para o fogo, e cochilando.

"Ele é como um cachorro, não é, Ellen?", observou ela certa vez, "ou um cavalo de carroça? Ele faz o seu trabalho, come a sua comida e dorme eternamente! Que mente vazia e sombria ele deve ter! Você já sonhou, Hareton? E, se o fizer, do que se trata? Mas você não pode falar comigo!"

Então ela olhou para ele; mas não abria a boca nem voltava a olhar.

"Ele está, talvez, sonhando agora", continuou ela. "Ele contorceu o ombro enquanto Juno contrai o dela. Pergunte a ele, Ellen."

"O Sr. Hareton pedirá ao mestre que o mande para o andar de cima, se você não se comportar!" Eu disse. Ele não só contorceu o ombro como cerrou o punho, como se tentasse usá-lo.

"Eu sei por que Hareton nunca fala, quando estou na cozinha", exclamou, em outra ocasião. "Ele tem medo que eu ria dele. Ellen, o que você acha? Começou a ensinar-se a ler uma vez; e, porque eu ria, ele queimou seus livros, e largou: ele não era um tolo?"

"Você não era?" Eu disse; "Responda-me isso."

"Talvez eu estivesse", continuou ela; "mas eu não esperava que ele fosse tão bobo. Hareton, se eu lhe desse um livro, você o levaria agora? Vou tentar!"

Ela colocou um que ela estava examinando em sua mão; Ele a arremessou e murmurou, se ela não desistisse, ele quebraria seu pescoço.

"Bem, vou colocá-lo aqui", disse ela, "na gaveta da mesa; e vou para a cama."

Então ela me sussurrou para ver se ele tocava nela, e partiu. Mas ele não chegaria perto dela; e assim a informei pela manhã, para sua grande decepção. Vi que ela estava arrependida de sua perseverante melancolia e indolência: sua consciência a repreendeu por assustá-lo a melhorar a si mesmo: ela tinha feito isso efetivamente. Mas sua engenhosidade estava em ação para remediar a lesão: enquanto eu passava a ferro, ou buscava outros trabalhos fixos como eu não podia fazer bem no salão, ela trazia algum volume agradável e o lia em voz alta para mim. Quando Hareton estava lá, ela geralmente fez uma pausa em uma parte interessante, e deixou o livro mentindo: que ela fez repetidamente; mas ele era tão obstinado quanto uma mula e, em vez de arrebatar sua isca, no tempo molhado, ele começou a fumar com José; e sentaram-se como autómatos, um de cada lado do fogo, o mais velho felizmente surdo demais para entender suas bobagens perversas, como ele teria chamado, o mais novo fazendo o possível para parecer ignorá-lo. Nas noites finas, este seguia as suas expedições de tiro, e Catarina bocejava e suspirava, e provocava-me a falar com ela, e corria para o pátio ou jardim no momento em que comecei; e, como último recurso, chorou, e disse que estava cansada de viver: sua vida era inútil.

Heathcliff, cada vez mais inclinado para a sociedade, quase baniu Earnshaw de seu apartamento. Devido a um acidente no início de março, tornou-se durante alguns dias fixo na cozinha. Sua arma estourou enquanto estava sozinho nas colinas; Uma lasca cortou-lhe o braço e ele perdeu muito sangue antes de poder chegar a casa. A consequência foi que, por força, ele foi condenado ao lado do fogo e à tranquilidade, até que ele fez de novo. Convinha a Catarina tê-lo lá: de qualquer forma, isso a fazia odiar mais do que nunca seu quarto no andar de cima: e ela me obrigava a descobrir negócios abaixo, para que ela pudesse me acompanhar.

Na segunda-feira de Páscoa, José foi à feira de Gimmerton com um pouco de gado; e, à tarde, eu estava ocupado levantando roupa na cozinha. Earnshaw sentou-se, resmungou como de costume, no canto da chaminé, e minha amante estava seduzindo uma hora ociosa com desenhos nas vidraças, variando sua diversão por rajadas sufocadas de músicas, e ejaculações sussurradas, e rápidos olhares de aborrecimento e impaciência na direção de seu primo, que fumava firmemente, e olhou para a grade. Ao notar que eu poderia fazer com ela não mais intercetando minha luz, ela se afastou para a lareira. Dei pouca atenção aos seus procedimentos, mas, presentemente, ouvi-a começar — "Descobri, Hareton, que quero — que estou contente — que gostaria que fosses meu primo agora, se não tivesses crescido tão cruzados comigo, e tão ásperos."

Hareton não respondeu.

"Hareton, Hareton, Hareton! você ouve?", continuou ela.

"Sai do wi' ye!", ele rosnou, com um sorriso intransigente.

— Deixe-me pegar esse cachimbo — disse ela, avançando cautelosamente a mão e abstraindo-a de sua boca.

Antes que ele pudesse tentar recuperá-lo, ele estava quebrado, e atrás do fogo. Ele a xingou e agarrou outra.

"Parem", gritou ela, "vocês devem me ouvir primeiro; e eu não posso falar enquanto essas nuvens estão flutuando na minha cara."

"Vaias para o diabo!", exclamou, ferozmente, "e deixa-me estar!"

"Não", insistiu ela, "não vou: não sei o que fazer para que você fale comigo; e você está determinado a não entender. Quando te chamo de estúpido, não quero dizer nada: não quero dizer que te desprezo. Vinde, tomareis conhecimento de mim, Hareton: sois meu primo e me possuireis."

"Eu não terei nada para fazer com você e seu orgulho maluco, e seus malditos truques zombeteiros!", ele respondeu. "Vou para o inferno, de corpo e alma, antes de olhar de lado atrás de você novamente. Side out o' t' gate, agora, este minuto!"

Catarina franziu a testa, e retirou-se para o assento da janela, mastigando o lábio e tentando, cantarolando uma melodia excêntrica, esconder uma tendência crescente para soluçar.

— Você deveria ser amigo de sua prima, Sr. Hareton — interrompi — já que ela se arrepende de sua. Faria muito bem a você: faria de você outro homem tê-la como companheira."

"Um companheiro!", exclamou; "Quando ela me odeia, e não me acha apto a enxugar o seu shoon! Não, se isso me tornasse um rei, eu não seria mais desprezado por buscar sua boa vontade."

"Não sou eu que te odeio, és tu que me odeias!", gritou Cathy, já sem disfarçar os seus problemas. "Você me odeia tanto quanto o Sr. Heathcliff, e muito mais."

"Você é um maldito mentiroso", começou Earnshaw: "por que eu o deixei irritado, tomando sua parte, então, cem vezes? e que quando você zombou e me desprezou, e — Vá me atormentar, e eu vou entrar e dizer que você me preocupou fora da cozinha!"

"Eu não sabia que você fez a minha parte", respondeu ela, secando os olhos; "E eu estava miserável e amargurado com todos; mas agora agradeço-vos e peço-vos que me perdoem: o que posso fazer além disso?"

Voltou à lareira e, francamente, estendeu a mão. Enegreceu e fez cara feia como uma nuvem de trovão, e manteve os punhos resolutamente cerrados e o olhar fixo no chão. Catarina, por instinto, deve ter adivinhado que foi a perversidade obdurata, e não a antipatia, que motivou esta conduta obstinada; pois, depois de permanecer um instante indecisa, ela se inclinou e imprimiu em sua bochecha um beijo suave. A pequena malandra achou que eu não a tinha visto e, recuando, pegou a sua antiga estação pela janela, de forma bastante demureca. Eu balancei a cabeça reprovando, e então ela corou e sussurrou: "Bem! o que eu deveria ter feito, Ellen? Ele não apertava as mãos e não olhava: tenho de lhe mostrar de alguma forma que gosto dele, que quero ser amigo."

Se o beijo convenceu Hareton, não sei dizer: ele teve muito cuidado, durante alguns minutos, para que o seu rosto não fosse visto e, quando o levantou, ficou tristemente confuso para onde virar os olhos.

Catherine empenhou-se em embrulhar um belo livro cuidadosamente em papel branco, e depois de amarrá-lo com um pouco de fita, e dirigi-lo ao "Sr. Hareton Earnshaw", ela desejou que eu fosse seu ambassadress, e transmitisse o presente ao seu destinatário destinado.

"E diga-lhe, se ele tomar, eu virei ensiná-lo a ler direito", disse ela; "e, se ele recusar, subirei as escadas e nunca mais o provocarei."

Carreguei-a e repeti a mensagem; ansiosamente vigiado pelo meu empregador. Hareton não abria os dedos, então eu o coloquei em seu joelho. Ele também não a rematou. Voltei ao meu trabalho. Catarina inclinou a cabeça e os braços sobre a mesa, até ouvir o ligeiro farfalhar da cobertura a ser retirada; depois roubou-se e sentou-se silenciosamente ao lado do primo. Ele tremia, e seu rosto brilhava: toda a sua grosseria e toda a sua dureza surda o haviam abandonado: ele não podia invocar coragem, a princípio, para proferir uma sílaba em resposta ao seu olhar questionador e ao seu pedido murmurado.

"Diga que me perdoe, Hareton, faça. Você pode me fazer tão feliz falando essa palavrinha."

Ele murmurou algo inaudível.

"E tu vais ser minha amiga?", acrescentou Catarina, interrogativa.

"Não, você vai ter vergonha de mim todos os dias da sua vida", ele respondeu; "E quanto mais envergonhado, mais me conheces; e eu não posso aguentar."

"Então você não vai ser minha amiga?", ela disse, sorrindo doce como mel, e rastejando de perto.

Não ouvi mais nenhuma conversa distinguível, mas, ao olhar em volta novamente, percebi dois semblantes tão radiantes dobrados sobre a página do livro aceito, que não duvidei que o tratado tivesse sido ratificado de ambos os lados; e os inimigos eram, a partir de então, aliados jurados.

O trabalho que estudaram estava cheio de imagens caras; e aqueles e sua posição tinham charme suficiente para mantê-los impassíveis até que José voltasse para casa. Ele, pobre homem, ficou perfeitamente horrorizado com o espetáculo de Catarina sentada no mesmo banco com Hareton Earnshaw, encostando a mão no ombro dele; e confuso com a resistência de sua favorita à sua proximidade: isso o afetou profundamente demais para permitir uma observação sobre o assunto naquela noite. Sua emoção só foi revelada pelos imensos suspiros que ele desenhou, enquanto solenemente espalhava sua grande Bíblia sobre a mesa, e a cobria com notas sujas de seu livro de bolso, o produto das transações do dia. Por fim, convocou Hareton de seu assento.

"Tak' these in to t' maister, rapaz", disse ele, "e bide lá. Eu sou gangue até o meu próprio rahm. Este hoile não é mentiroso nem perfeito para nós: nós mun lado a lado e vemos outro."

"Venha, Catarina", eu disse, "temos de 'ficar do lado' também: já passei a ferro. Você está pronto para ir?"

"Não são oito horas!", respondeu, levantando-se sem querer. "Hareton, vou deixar este livro sobre a chaminé e vou trazer mais alguns para o futuro."

"Ony livros que você deixar, eu levarei 'em th' hahse," disse Joseph, "e será mitch se você encontrar 'em agean; soa, yah pode plase yerseln!"

Cathy ameaçou que sua biblioteca deveria pagar pela dela; e, sorrindo ao passar por Hareton, foi cantando no andar de cima: mais leve de coração, arrisco-me a dizer, do que nunca estivera sob aquele teto antes; exceto, talvez, durante as suas primeiras visitas a Linton.

A intimidade assim iniciada cresceu rapidamente; embora tenha encontrado interrupções temporárias. Earnshaw não devia ser civilizado com um desejo, e minha jovem senhora não era filósofa, nem paradigma de paciência; mas ambas as suas mentes tendendo ao mesmo ponto – uma amando e desejando estimar, e a outra amando e desejando ser estimada – eles inventaram no final para alcançá-lo.

Veja, Sr. Lockwood, foi fácil o suficiente para conquistar o coração da Sra. Heathcliff. Mas agora, estou feliz que você não tentou. A coroa de todos os meus desejos será a união desses dois. Não invejarei ninguém no dia do casamento: não haverá mulher mais feliz do que eu em Inglaterra!

# CAPÍTULO XXXIII

Na madrugada daquela segunda-feira, estando Earnshaw ainda impossibilitado de seguir os seus trabalhos normais e, portanto, permanecendo sobre a casa, rapidamente achei que seria impraticável manter o meu cargo ao meu lado, como até aqui. Ela desceu as escadas antes de mim, e saiu para o jardim, onde tinha visto seu primo realizando um trabalho fácil; e quando fui convidá-los para o café da manhã, vi que ela o persuadira a limpar um grande espaço de terra de groselha e groselha, e eles estavam ocupados planejando juntos uma importação de plantas do Grange.

Fiquei apavorado com a devastação que se realizara em meia hora; as groselhas negras eram a menina dos olhos de José, e ela acabara de fixar a sua escolha de um canteiro de flores no meio delas.

"Lá! Isso tudo será mostrado ao mestre", exclamei, "no minuto em que for descoberto. E que desculpa tem para tomar tais liberdades com o jardim? Teremos uma bela explosão na cabeça: veja se não o fazemos! Sr. Hareton, eu me pergunto se você não deveria ter mais inteligência do que ir e fazer essa bagunça a pedido dela!"

— Eu tinha esquecido que eram de Joseph — respondeu Earnshaw, bastante intrigado; "mas vou dizer-lhe que o fiz."

Nós sempre comemos nossas refeições com o Sr. Heathcliff. Ocupei o posto da amante em fazer chá e esculpir; por isso fui indispensável à mesa. Catherine geralmente se sentava ao meu lado, mas hoje ela roubou mais perto de Hareton; e vi que ela não teria mais discrição em sua amizade do que em sua hostilidade.

"Agora, lembre-se de que você não fala e percebe muito seu primo", foram minhas instruções sussurradas quando entramos no quarto. "Isso certamente irritará o Sr. Heathcliff, e ele ficará bravo com vocês dois."

"Não vou", respondeu.

No minuto seguinte, ela se aproximou dele, e estava enfiando prímulas em seu prato de mingau.

Não ousou falar com ela ali: mal ousou olhar; e mesmo assim ela continuou provocando, até que ele foi duas vezes a ponto de ser provocado a rir. Eu franzi a testa, e então ela olhou para o mestre: cuja mente estava ocupada em outros assuntos além de sua companhia, como seu semblante evidenciava; e ela ficou séria por um instante, examinando-o com profunda gravidade. Depois virou-se e recomeçou os disparates; por fim, Hareton deu uma risada sufocada. O Sr. Heathcliff começou; Seu olho rapidamente perscrutou nossos rostos. Catarina encontrou-o com o seu habitual olhar de nervosismo e ainda de desafio, que ele abominava.

"Está bem que você está fora do meu alcance", exclamou. "Que demônio possuis para me encarar, continuamente, com aqueles olhos infernais? Abaixo eles! e não me lembre da sua existência novamente. Pensei que te tinha curado de rir."

"Fui eu", murmurou Hareton.

"O que você diz?", perguntou o mestre.

Hareton olhou para o prato e não repetiu a confissão. O Sr. Heathcliff olhou para ele um pouco, e então silenciosamente retomou seu café da manhã e sua reflexão interrompida. Tínhamos quase terminado, e os dois jovens prudentemente se afastaram, de modo que não antecipei mais perturbação durante aquela sessão: quando José apareceu à porta, revelando por seus lábios trêmulos e olhos furiosos que a indignação cometida em seus preciosos arbustos havia sido detetada. Ele deve ter visto Cathy e seu primo sobre o local antes de examiná-lo, pois enquanto suas mandíbulas funcionavam como as de uma vaca mastigando seu, e tornavam sua fala difícil de entender, ele começou:

"Eu mun hev' meu salário, e eu mun goa! Eu *tinha* como objetivo dee wheare eu tinha sardado pele sessenta anos; e eu thowt eu levava meus livros até t' garret, e todos os meus pedaços o' coisas, e eles sud hev' t' cozinha para o seu seln; por t' bem o' quietude. Custou muito dar o meu rabo de pau, mas eu thowt eu *poderia* fazer isso! Mas não, shoo's taan meu jardim fro' me, e por th' coração, maister, eu não aguento! Yah pode dobrar-se a th' yoak an ye will – eu não costumava fazê-lo, e um velho não se acalma para se acostumar com novos barthens. Eu daria a minha mordida e o meu sup com um martelo na estrada!"

"Agora, agora,!", interrompeu Heathcliff, "encurtado! Qual é a sua queixa? Eu não vou interferir em nenhuma briga entre você e Nelly. Ela pode empurrá-lo para o buraco de carvão para qualquer coisa que eu me importe."

"É noan Nelly!", respondeu Joseph. "Eu de repente não mudo para Nelly – doente desagradável agora como shoo é. Graças a Deus! *shoo* não pode ficar obsoleto t' sowl o' nob'dy! Shoo wer niver soa bonito, mas que lama corpo olhar para ela 'luta piscando. É yon flaysome, quean sem graça, que enfeitiçou nosso rapaz, wi' seu een ousado e seus modos forrard – till – Nay! ele justo ferve meu coração! Esqueceu-se de tudo o que eu fiz por ele, e fez nele, e rasgou uma fileira inteira o' t' grandiosas groselhas i' t' jardim!" e aqui lamentou frontalmente; não tripulado por uma sensação de seus ferimentos amargos, e a ingratidão e condição perigosa de Earnshaw.

"O tolo está bêbado?", perguntou Heathcliff. "Hareton, é você que ele está encontrando culpa?"

— Puxei dois ou três arbustos — respondeu o jovem; "mas eu vou definir 'em novamente."

"E por que os puxou para cima?", disse o mestre.

Catarina sabiamente colocou a língua.

"Queríamos plantar algumas flores lá", gritou. "Eu sou a única pessoa culpada, pois eu queria que ele fizesse isso."

"E quem o diabo te deu para tocar um pau no lugar?", exigiu o sogro, muito surpreso. "E quem ordenou que *você* obedecesse a ela?", acrescentou, voltando-se para Hareton.

Este último ficou sem palavras; seu primo respondeu: "Você não deve rancorar alguns metros de terra para eu ornamentar, quando você tomou toda a minha terra!"

"Sua terra, vagabunda insolente! Você nunca teve nenhum", disse Heathcliff.

"E o meu dinheiro", continuou; devolvendo seu brilho irritado, e entretanto mordendo um pedaço de crosta, o remanescente de seu café da manhã.

"Silêncio!", exclamou. "Acabe e begone!"

"E a terra de Hareton e o seu dinheiro", prosseguiu a coisa imprudente. "Hareton e eu somos amigos agora; e eu lhe contarei tudo sobre você!"

O mestre pareceu confuso um momento: ele ficou pálido e levantou-se, olhando-a o tempo todo, com uma expressão de ódio mortal.

"Se você me atacar, Hareton vai bater em você", disse ela; "Então você pode muito bem sentar-se."

"Se Hareton não te tirar da sala, eu vou levá-lo para o inferno", trovejou Heathcliff. "Bruxa maldita! atreves-te a fingir despertá-lo contra mim? Fora com ela! Você ouve? Atire-a para a cozinha! Eu vou matá-la, Ellen Dean, se você deixá-la entrar na minha vista novamente!"

Hareton tentou, sob sua respiração, persuadi-la a ir.

"Arraste-a para longe!", gritou, selvagemente. "Vai ficar para conversar?" E aproximou-se para executar o seu próprio comando.

— Ele não te obedecerá mais, homem perverso — disse Catarina; "e ele logo te detestará tanto quanto eu."

"Desejo! desejo!", murmurou o jovem, com reprovação; "Não vou ouvi-lo falar assim com ele. Já o fizeram."

"Mas você não vai deixar ele me atacar?", gritou ela.

"Venha, então", sussurrou ele com sinceridade.

Era tarde demais: Heathcliff tinha agarrado ela.

"Agora, *você* vai!", disse ele a Earnshaw. "Bruxa maldita! desta vez ela me provocou quando eu não aguentei; e eu a farei arrepender-se para sempre!"

Ele tinha a mão no cabelo dela; Hareton tentou soltar suas madeixas, pedindo que ele não a machucasse daquela vez. Os olhos negros de Heathcliff brilharam; ele parecia pronto para rasgar Catarina em pedaços, e eu estava apenas trabalhando para arriscar vir em socorro, quando de repente seus dedos relaxaram; Ele deslocou o aperto da cabeça para o braço dela e olhou atentamente em seu rosto. Então ele puxou a mão sobre os olhos, levantou-se um momento para recolher-se aparentemente e, voltando-se novamente para Catarina, disse, com uma calma assumida: "Você deve aprender a evitar me colocar em uma paixão, ou eu realmente vou matá-lo algum tempo! Vá com a Sra. Dean, e fique com ela; e confinai a vossa insolência aos seus ouvidos. Quanto a Hareton Earnshaw, se eu o vir ouvi-lo, eu o enviarei buscando seu pão onde ele pode obtê-lo! Seu amor fará dele um pária e um mendigo. Nelly, leve-a; e deixem-me, todos vocês! Deixem-me!"

Levei minha moça para fora: ela estava feliz demais com sua fuga para resistir; o outro seguiu, e o Sr. Heathcliff teve o quarto para si até o jantar. Eu tinha aconselhado Catherine a jantar no andar de cima; mas, assim que percebeu o lugar vago, mandou-me chamá-la. Ele não falou com nenhum de nós, comeu muito pouco e saiu logo em seguida, insinuando que não deveria voltar antes da noite.

Os dois novos amigos estabeleceram-se na casa durante a sua ausência, onde ouvi Hareton verificar severamente a prima, oferecendo-lhe uma revelação da conduta do sogro ao pai. Ele disse que não sofreria uma palavra a ser pronunciada em seu menosprezo: se ele fosse o diabo, isso não significava; ele ficaria ao seu lado; e ele preferia que ela se abusasse, como costumava fazer, do que começar no Sr. Heathcliff. Catarina estava encerando cruz nisto; mas ele encontrou meios de fazê-la segurar a língua, perguntando como ela gostaria que *ele* falasse mal de seu pai? Então ela compreendeu que Earnshaw levou a reputação do mestre para casa; e estava preso por laços mais fortes do que a razão podia quebrar – correntes, forjadas pelo hábito, que seria cruel tentar soltar. Ela mostrou um bom coração, a partir de então, ao evitar queixas e expressões de antipatia em relação a Heathcliff; e confessou-me a sua tristeza por ter tentado suscitar um mau espírito entre ele e Hareton: na verdade, não creio que alguma vez tenha respirado uma sílaba, na audição deste último, contra o seu opressor desde então.

Quando este ligeiro desentendimento terminou, voltaram a ser amigos e o mais ocupados possível nas suas várias ocupações de aluno e professor.

Entrei para me sentar com eles, depois de ter feito o meu trabalho; e eu me senti tão aliviado e confortado ao vê-los, que não percebi como o tempo passou. Sabe, ambos apareceram em uma medida meus filhos: há muito tempo eu estava orgulhoso de um; e agora, eu tinha certeza, o outro seria uma fonte de igual satisfação. Sua natureza honesta, calorosa e inteligente sacudiu rapidamente as nuvens de ignorância e degradação em que fora criado; e os sinceros elogios de Catarina serviram de estímulo à sua indústria. Sua mente iluminante iluminou suas feições, e acrescentou espírito e nobreza ao seu aspeto: eu mal poderia imaginar o mesmo indivíduo que eu tinha visto no dia em que descobri minha pequena senhora em Wuthering Heights, depois de sua expedição aos Crags. Enquanto eu admirava e eles trabalhavam, o crepúsculo se aproximou e, com ele, devolveu o mestre. Ele veio ao nosso encontro inesperadamente, entrando pelo caminho da frente, e teve uma visão completa de todos os três, antes que pudéssemos levantar a cabeça para olhar para ele. Bem, refleti, nunca houve uma visão mais agradável, ou mais inofensiva; e será uma vergonha ardente repreendê-los. A luz vermelha de fogo brilhava em suas duas cabeças ósseas, e revelava seus rostos animados com o interesse ansioso das crianças; pois, embora ele tivesse vinte e três anos e ela dezoito anos, cada um tinha tanta novidade para sentir e aprender, que nem experimentou nem evidenciou os sentimentos de sóbria maturidade desencantada.

    Levantaram os olhos juntos, para encontrar o Sr. Heathcliff: talvez nunca tenha observado que os seus olhos são precisamente semelhantes, e são os de Catherine Earnshaw. A atual Catarina não tem outra semelhança com ela, a não ser uma amplitude de testa, e um certo arco da narina que a faz parecer bastante altiva, quer queira, quer não. Com Hareton a semelhança é levada mais longe: é singular em todos os momentos, *então* foi particularmente marcante, porque seus sentidos estavam alertas, e suas faculdades mentais despertaram para uma atividade invencível. Suponho que essa semelhança desarmou o Sr. Heathcliff: ele caminhou até a lareira em evidente agitação; mas rapidamente diminuiu quando ele olhou para o jovem: ou, devo dizer, alterou seu caráter; pois ainda lá estava. Pegou o livro da mão, olhou para a página aberta, devolvendo-o sem qualquer observação; apenas assinando Catarina: seu companheiro ficou muito pouco atrás dela, e eu estava prestes a partir também, mas ele me pediu para ficar quieto.

"É uma conclusão pobre, não é?", observou, depois de ter ficado um tempo em cena que acabara de testemunhar: "um fim absurdo para os meus esforços violentos? Recebo alavancas e colchões para demolir as duas casas, e treino-me para ser capaz de trabalhar como Hércules, e quando tudo está pronto e ao meu alcance, descubro que a vontade de levantar uma ardósia de qualquer telhado desapareceu! Os meus velhos inimigos não me venceram; agora seria o momento preciso para me vingar de seus representantes: eu poderia fazê-lo; e nenhum poderia me atrapalhar. Mas para onde serve? Não me importo de marcar: não me dou ao trabalho de levantar a mão! Isso soa como se eu tivesse trabalhado o tempo todo apenas para exibir um belo traço de magnanimidade. Está longe de ser o caso: perdi a faculdade de desfrutar da sua destruição, e estou demasiado ocioso para destruir por nada.

"Nelly, há uma estranha mudança se aproximando; Estou na sua sombra neste momento. Tenho tão pouco interesse no meu dia-a-dia que quase não me lembro de comer e beber. Aqueles dois que saíram da sala são os únicos objetos que conservam uma aparência material distinta para mim; e essa aparência me causa dor, equivalendo a agonia. Sobre *ela* não falo, não quero pensar, mas desejo sinceramente que ela seja invisível: a sua presença invoca apenas sensações enlouquecedoras. *Ele* me move de forma diferente: e no entanto, se eu pudesse fazer isso sem parecer louco, nunca mais o veria! Talvez me achem bastante inclinado a tornar-me assim", acrescentou, fazendo um esforço para sorrir, "se eu tentar descrever as mil formas de associações e ideias passadas que ele desperta ou incorpora. Mas você não vai falar do que eu lhe digo; e minha mente está tão eternamente isolada em si mesma, que é tentador, finalmente, transformá-la em outra.

"Há cinco minutos, Hareton parecia uma personificação da minha juventude, não um ser humano; Senti-lhe de uma tal variedade de maneiras, que teria sido impossível tê-lo abordado racionalmente. Em primeiro lugar, a sua surpreendente semelhança com Catarina ligou-o temerosamente a ela. Isso, no entanto, que você pode supor o mais potente para prender minha imaginação, é na verdade o mínimo: pois o que não está ligado a ela para mim? E o que não se lembra dela? Não posso olhar para este andar, mas as suas feições são moldadas nas bandeiras! Em cada nuvem, em cada árvore - enchendo o ar à noite e apanhado por vislumbres em cada objeto de dia - estou rodeada da sua imagem! Os rostos mais comuns de homens e mulheres - minhas próprias características - zombam de mim com uma semelhança. O mundo inteiro é uma coleção terrível de memorandos que ela existiu, e que eu a perdi! Bem, o aspeto de Hareton era o fantasma do meu amor imortal; dos meus esforços selvagens para manter o meu direito; a minha degradação, o meu orgulho, a minha felicidade e a minha angústia —

"Mas é frenesi repetir-vos estes pensamentos: só ela vos permitirá saber por que, com uma relutância em estar sempre só, a sua sociedade não é benéfica; pelo contrário, um agravamento do tormento constante que sofro: e contribui em parte para me render, independentemente de como ele e seu primo continuem juntos. Não lhes posso dar mais atenção."

— Mas o que você quer dizer com uma *mudança*, Sr. Heathcliff? Eu disse, alarmado com o seu modo: embora ele não estivesse em perigo de perder os sentidos, nem morrer, segundo o meu juízo: ele era bastante forte e saudável; e, quanto à sua razão, desde a infância ele tinha um prazer em se debruçar sobre coisas sombrias, e entreter fantasias estranhas. Ele poderia ter tido uma monomania sobre o assunto de seu ídolo que partiu; mas em todos os outros pontos a sua inteligência era tão sólida quanto a minha.

"Não saberei disso até que venha", disse ele; "Estou apenas meio consciente disso agora."

"Você não tem nenhum sentimento de doença, não é?" Eu perguntei.

"Não, Nelly, eu não tenho", respondeu.

"Então você não tem medo da morte?" Eu persegui.

"Medo? Não!", respondeu. "Não tenho medo, nem pressentimento, nem esperança de morte. Porquê? Com a minha constituição dura e modo de vida temperado, e ocupações pouco perigosas, eu deveria, e provavelmente *permanecerei*, acima do solo até que quase não haja um cabelo preto na minha cabeça. E, no entanto, não posso continuar nesta condição! Tenho que me lembrar de respirar – quase lembrar meu coração de bater! E é como dobrar uma mola dura: é por compulsão que faço o menor ato não movido por um pensamento; e por compulsão que percebo qualquer coisa viva ou morta, que não esteja associada a uma ideia universal. Tenho um único desejo, e todo o meu ser e faculdades anseiam por alcançá-lo. Eles anseiam por ela há tanto tempo, e tão inabalavelmente, que estou convencido de que ela será alcançada – e *em breve* – porque devorou minha existência: estou engolido na expectativa de sua realização. As minhas confissões não me aliviaram; mas podem explicar algumas fases de humor inexplicáveis que eu mostro. Ó Deus! É uma longa luta; Quem me dera que tivesse acabado!"

Ele começou a andar pela sala, murmurando coisas terríveis para si mesmo, até que eu estava inclinado a acreditar, como ele disse que José fez, que a consciência havia voltado seu coração para um inferno terreno. Eu me perguntava muito como isso terminaria. Embora raramente tivesse revelado este estado de espírito, mesmo pelos olhares, era o seu humor habitual, não tive dúvidas: ele próprio o afirmou; mas nem uma alma, de seu modo geral, teria conjeturado o fato. O senhor não o viu quando o viu, Sr. Lockwood: e no período de que falo, ele era exatamente o mesmo de então; apenas mais apreciador da solidão continuada, e talvez ainda mais lacônico na companhia.

# CAPÍTULO XXXIV

Por alguns dias depois daquela noite, o Sr. Heathcliff evitou encontrar-nos nas refeições; no entanto, ele não consentiria formalmente em excluir Hareton e Cathy. Tinha aversão a ceder tão completamente aos seus sentimentos, preferindo ausentar-se; e comer uma vez em vinte e quatro horas parecia sustento suficiente para ele.

Uma noite, depois que a família estava na cama, ouvi-o descer as escadas e sair pela porta da frente. Não o ouvi voltar a entrar e, de manhã, descobri que ainda estava longe. Estávamos em abril então: o tempo estava doce e quente, a relva tão verde como os chuveiros e o sol podiam fazê-lo, e as duas macieiras anãs perto da parede sul em plena floração. Depois do pequeno-almoço, Catarina insistiu para que eu trouxesse uma cadeira e me sentasse com o meu trabalho debaixo dos abetos no final da casa; e ela seduziu Hareton, que havia se recuperado perfeitamente de seu acidente, para cavar e organizar seu pequeno jardim, que foi deslocado para aquele canto pela influência das queixas de Joseph. Eu estava confortavelmente me divertindo com a fragrância primaveril ao redor, e o belo azul suave por cima, quando minha jovem senhora, que tinha corrido perto do portão para obter algumas raízes de prímula para uma fronteira, voltou apenas meio carregada, e nos informou que o Sr. Heathcliff estava chegando. "E ele falou comigo", acrescentou, com um semblante perplexo.

"O que ele disse?", perguntou Hareton.

"Ele disse-me para mendigar o mais rápido que pudesse", respondeu. "Mas ele parecia tão diferente de seu olhar habitual que parei um momento para encará-lo."

"Como?", perguntou.

"Ora, quase brilhante e alegre. Não, *quase* nada, *muito* animada, selvagem e feliz!", respondeu ela.

"Andar à noite diverte-o, então", comentei, de uma forma descuidada: na realidade, tão surpreendida como ela e ansiosa por averiguar a verdade da sua afirmação; pois ver o mestre feliz não seria um espetáculo do dia a dia. Eu inventei uma desculpa para entrar. Heathcliff ficou à porta aberta; estava pálido e tremia: no entanto, certamente, tinha um estranho brilho alegre nos olhos, que alterava o aspeto de todo o rosto.

"Você vai tomar um café da manhã?" Eu disse. "Você deve estar com fome, divagando a noite toda!" Eu queria descobrir onde ele estava, mas não gostava de perguntar diretamente.

— Não, não estou com fome — ele respondeu, desviando a cabeça e falando com bastante desprezo, como se adivinhasse que eu estava tentando adivinhar a ocasião de seu bom humor.

Fiquei perplexo: não sabia se não era uma oportunidade adequada para oferecer um pouco de admoestação.

"Não acho correto sair de portas", observei, "em vez de estar na cama: não é sensato, pelo menos nesta estação húmida. Eu ouso dizer que você vai pegar um resfriado ruim, ou uma febre: você tem algo com você agora!"

"Nada além do que eu posso suportar", ele respondeu; "E com o maior prazer, desde que me deixem em paz: entrem e não me incomodem."

Obedeci: e, de passagem, notei que ele respirava tão rápido quanto um gato.

"Sim!" Refleti comigo mesmo: "teremos um ataque de doença. Não consigo conceber o que ele tem feito."

Naquele meio-dia ele sentou-se para jantar conosco, e recebeu um prato cheio de minhas mãos, como se ele pretendesse fazer as pazes com o jejum anterior.

"Não tenho nem frio nem febre, Nelly", comentou, em alusão ao meu discurso matinal; "e estou pronto para fazer justiça à comida que você me dá."

Pegou na faca e no garfo e ia começar a comer, quando a inclinação pareceu extinguir-se subitamente. Deitou-os sobre a mesa, olhou ansiosamente para a janela, depois levantou-se e saiu. Nós o vimos andando de um lado para o outro no jardim enquanto concluímos nossa refeição, e Earnshaw disse que iria perguntar por que ele não jantaria: ele pensou que o tínhamos entristecido de alguma forma.

"Bem, ele está vindo?", gritou Catarina, quando o primo voltou.

"Não", respondeu; "Mas ele não está zangado: parecia raramente satisfeito; só o deixei impaciente ao falar-lhe duas vezes; e então ele me pediu para ir até você: ele se perguntou como eu poderia querer a companhia de qualquer outra pessoa."

Coloquei o prato dele para aquecer no para-lama; e depois de uma ou duas horas voltou a entrar, quando a sala estava limpa, em nenhum grau mais calma: a mesma aparência antinatural – não era natural – de alegria sob suas sobrancelhas negras; a mesma tonalidade sem sangue, e os dentes visíveis, de vez em quando, numa espécie de sorriso; seu quadro treme, não como um arrepio de frio ou fraqueza, mas como um cordão apertado vibra – uma forte emoção, em vez de tremer.

Vou perguntar qual é o assunto, pensei; ou quem deveria? E eu exclamei: "Você ouviu alguma boa notícia, Sr. Heathcliff? Você parece incomumente animado."

"De onde devem vir as boas notícias para mim?", questionou. "Estou animado com fome; e, aparentemente, não devo comer."

"Seu jantar está aqui", retornei; "Por que você não vai conseguir?"

"Não quero agora", murmurou, apressado: "Vou esperar até o jantar. E, Nelly, de uma vez por todas, deixe-me implorar que avise Hareton e o outro longe de mim. Não quero ser incomodado por ninguém: quero ter este lugar para mim."

"Há alguma nova razão para este banimento?" Eu perguntei. "Diga-me por que você é tão queer, Sr. Heathcliff? Onde você estava ontem à noite? Não estou colocando a questão por curiosidade ociosa, mas—"

"Você está colocando a questão através de uma curiosidade muito ociosa", interrompeu, com uma risada. "Mas eu vou responder. Ontem à noite eu estava no limiar do inferno. Hoje, estou à vista do meu céu. Tenho os olhos postos nele: quase três metros para me cortar! E agora é melhor ir! Você não verá nem ouvirá nada que o assuste, se você se abstiver de insinuar."

Tendo varrido a lareira e enxugado a mesa, parti; mais perplexo do que nunca.

Ele não saiu de casa novamente naquela tarde, e ninguém se intrometeu em sua solidão; até que, às oito horas, considerei adequado, embora não convocado, levar-lhe uma vela e a sua ceia. Ele estava encostado na borda de uma rede aberta, mas não olhava para fora: seu rosto estava voltado para a escuridão interior. O fogo ardera em cinzas; a sala encheu-se com o ar húmido e ameno da noite nublada; e tão ainda, que não só o murmúrio do beck down Gimmerton era distinguível, mas as suas ondulações e o seu resmungar sobre os seixos, ou através das grandes pedras que não podia cobrir. Eu proferi uma ejaculação de descontentamento ao ver a grade sombria, e comecei a fechar os casements, um após o outro, até chegar ao dele.

"Devo fechar isto?" Perguntei, para despertá-lo; porque ele não se mexia.

A luz piscou em suas feições enquanto eu falava. Oh, Sr. Lockwood, não posso expressar o péssimo começo que tive pela visão momentânea! Aqueles olhos negros profundos! Aquele sorriso e uma palidez medonha! Pareceu-me, não o Sr. Heathcliff, mas um duende; e, no meu terror, deixei a vela dobrar-se em direção à parede, e ela deixou-me na escuridão.

"Sim, feche-o", respondeu, com a voz familiar. "Aí, isso é pura estranheza! Por que você segurou a vela horizontalmente? Seja rápido e traga outro."

Apressei-me em um estado tolo de pavor e disse a José: "O mestre deseja que você lhe tome uma luz e reacenda o fogo". Pois eu não ousava entrar em mim novamente naquele momento.

Joseph sacudiu um pouco de fogo na pá, e foi: mas ele trouxe de volta imediatamente, com a bandeja de ceia na outra mão, explicando que o Sr. Heathcliff estava indo para a cama, e ele não queria nada para comer até de manhã. Ouvimo-lo subir as escadas diretamente; não seguiu para a sua câmara ordinária, mas transformou-se nela com a cama revestida: a sua janela, como mencionei antes, é larga o suficiente para qualquer pessoa passar; e pareceu-me que ele planejou outra excursão à meia-noite, da qual ele preferiu que não tivéssemos suspeitas.

"Ele é um ghoul ou um vampiro?" Eu ponderei. Eu tinha lido sobre esses hediondos demônios encarnados. E então eu me propus a refletir como eu o tinha cuidado na infância, e o vi crescer até a juventude, e o segui quase durante todo o seu curso; e que absurdo era ceder a essa sensação de horror. "Mas de onde ele veio, a pequena coisa escura, abrigada por um homem bom à sua desgraça?", murmurou a Superstição, enquanto eu cochilava na inconsciência. E comecei, meio sonhando, a me cansar de imaginar algum parentesco adequado para ele; e, repetindo minhas meditações acordadas, rastreei sua existência novamente, com variações sombrias; enfim, imaginando a sua morte e funeral: dos quais, tudo o que me lembro é, estar extremamente irritado por ter a tarefa de ditar uma inscrição para o seu monumento, e consultar o sextão sobre isso; e, como ele não tinha sobrenome, e não podíamos dizer sua idade, fomos obrigados a nos contentar com a única palavra, "Heathcliff". Isso tornou-se realidade: fomos. Se você entrar no kirkyard, você vai ler, em sua lápide, apenas isso, e a data de sua morte.

O amanhecer devolveu-me o bom senso. Levantei-me e entrei no jardim, assim que pude ver, para verificar se havia alguma marca de pé sob sua janela. Não houve. "Ele ficou em casa", pensei, "e vai ficar bem hoje." Eu preparei o café da manhã para a casa, como era meu costume, mas disse a Hareton e Catherine para pegar o deles e o mestre desceu, pois ele estava atrasado. Eles preferiram tirá-lo de portas, debaixo das árvores, e eu montei uma mesinha para acomodá-los.

Na minha reentrada, encontrei o Sr. Heathcliff abaixo. Ele e José estavam conversando sobre alguns negócios agrícolas; Ele deu instruções claras e minuciosas sobre o assunto discutido, mas falou rapidamente, e virou a cabeça continuamente para o lado, e teve a mesma expressão excitada, ainda mais exagerada. Quando José saiu da sala, sentou-se no lugar que geralmente escolheu, e eu coloquei uma bacia de café diante dele. Aproximou-se, depois pousou os braços sobre a mesa, e olhou para a parede oposta, como supus, examinando uma porção em particular, para cima e para baixo, com olhos brilhantes e inquietos, e com tanto interesse que parou de respirar durante meio minuto juntos.

"Venha agora", exclamei, empurrando um pouco de pão contra sua mão, "coma e beba isso, enquanto está quente: está esperando quase uma hora."

Ele não me notou e, mesmo assim, sorriu. Prefiro tê-lo visto ranger os dentes do que sorrir.

"Senhor Heathcliff! mestre!" Eu gritei: "Não olhas, pelo amor de Deus, como se viste uma visão sobrenatural".

"Não grite, pelo amor de Deus, tão alto", respondeu. "Vire-se e diga-me, estamos sozinhos?"

"Claro", foi a minha resposta; "Claro que sim."

Ainda assim, obedeci-lhe involuntariamente, como se não tivesse a certeza. Com uma varredura da mão, limpou um espaço vago em frente entre as coisas do café da manhã e inclinou-se para a frente para olhar mais à sua vontade.

Agora, percebi que ele não estava olhando para a parede; pois quando eu o olhava sozinho, parecia exatamente que ele olhava para algo a menos de dois metros de distância. E o que quer que fosse, comunicava, aparentemente, prazer e dor em extremos requintados: pelo menos a expressão angustiada, mas arrebatada, de seu semblante sugeria essa ideia. O objeto fantasioso também não era fixo: seus olhos o perseguiam com incansável diligência e, mesmo ao falar comigo, nunca foram desmamados. Lembrei-lhe em vão a sua prolongada abstinência alimentar: se ele mexia para tocar em alguma coisa em conformidade com as minhas súplicas, se estendia a mão para pegar um pedaço de pão, os dedos apertavam antes de o alcançarem, e permaneciam sobre a mesa, esquecendo o seu objetivo.

Sentei-me, um modelo de paciência, tentando atrair sua atenção absorvida de sua especulação envolvente; até que ele ficou irritado, e se levantou, perguntando por que eu não permitiria que ele tivesse seu próprio tempo para tomar suas refeições? e dizendo que na próxima ocasião eu não preciso esperar: eu poderia definir as coisas e ir. Tendo proferido estas palavras, saiu de casa, saltitou lentamente pelo caminho do jardim e desapareceu pelo portão.

As horas passavam ansiosas: chegava mais uma noite. Não me retirei para descansar até tarde e, quando o fiz, não consegui dormir. Voltou depois da meia-noite e, em vez de ir para a cama, fechou-se no quarto abaixo. Ouvi, e rebolei, e, finalmente, vesti-me e desci. Era muito irritante ficar ali, assediando meu cérebro com uma centena de dúvidas ociosas.

Distingui o passo do Sr. Heathcliff, medindo incansavelmente o chão, e ele frequentemente quebrava o silêncio por uma inspiração profunda, assemelhando-se a um gemido. Ele murmurou palavras separadas também; o único que consegui captar foi o nome de Catarina, aliado a algum termo selvagem de carinho ou sofrimento; e falado como se falasse a uma pessoa presente; baixo e sério, e arrancado do fundo de sua alma. Eu não tive coragem de entrar direto no apartamento; mas eu desejava desviá-lo de seu devaneio, e por isso me apaixonei pelo fogo da cozinha, agitei-o e comecei a raspar as cinzas. Isso o atraiu mais cedo do que eu esperava. Ele abriu a porta imediatamente e disse: "Nelly, venha aqui, é de manhã? Entra com a tua luz."

"São quatro marcantes", respondi. "Você quer uma vela para levar para o andar de cima: você pode ter acendido uma neste fogo."

"Não, não quero subir as escadas", disse. "Entre, acenda-me uma fogueira e faça tudo o que houver para fazer no quarto."

— Devo soprar as brasas de vermelho primeiro, antes de poder carregar qualquer — respondi, pegando uma cadeira e o fole.

Vagava de um lado para o outro, entretanto, num estado que se aproximava da distração; seus suspiros pesados sucedendo-se tão grossos que não deixam espaço para respiração comum entre eles.

"Quando o dia amanhecer, vou mandar para Green", disse ele; "Quero fazer algumas investigações legais sobre ele, enquanto posso dar uma reflexão sobre esses assuntos e enquanto posso agir com calma. Ainda não escrevi o meu testamento; e como deixar minha propriedade eu não posso determinar. Eu gostaria de poder aniquilá-lo da face da terra."

— Eu não falaria assim, Sr. Heathcliff — interpus. "Deixe a sua vontade um pouco: você será poupado para se arrepender de suas muitas injustiças ainda! Nunca esperei que os vossos nervos fossem desordenados: são, neste momento, maravilhosamente assim; e quase inteiramente por sua própria culpa. A maneira como você passou esses três últimos dias pode derrubar um Titã. Tome um pouco de comida, e alguns descansar. Você só precisa olhar para si mesmo em um copo para ver como você precisa de ambos. Suas bochechas são ocas, e seus olhos ensanguentados, como uma pessoa morrendo de fome e ficando cega com a perda de sono."

"Não é culpa minha não poder comer nem descansar", respondeu. "Garanto que não é através de projetos definidos. Vou fazer as duas coisas, assim que puder. Mas você também pode oferecer a um homem que luta na água descanse a uma distância da costa! Preciso alcançá-lo primeiro, e depois vou descansar. Bem, não importa o Sr. Green: quanto ao arrependimento das minhas injustiças, não fiz nenhuma injustiça e não me arrependo de nada. Estou feliz demais; e, no entanto, não estou feliz o suficiente. A felicidade da minha alma mata o meu corpo, mas não se satisfaz."

"Feliz, mestre?" Chorei. "Felicidade estranha! Se você me ouvisse sem ficar com raiva, eu poderia oferecer alguns conselhos que o deixariam mais feliz."

"O que é isso?", perguntou. "Dá-lhe."

"Você está ciente, Sr. Heathcliff," eu disse, "que desde os treze anos de idade você tem vivido uma vida egoísta e não cristã; e provavelmente quase não tinha uma Bíblia em suas mãos durante todo esse período. Você deve ter esquecido o conteúdo do livro, e você pode não ter espaço para pesquisá-lo agora. Poderia ser doloroso mandar alguém — algum ministro de qualquer denominação, não importa qual — para explicá-lo e mostrar-lhe o quanto você errou em relação aos seus preceitos; e quão inapto serás para o seu céu, a menos que ocorra uma mudança antes de morreres?"

— Estou mais grato do que zangado, Nelly — disse ele — porque você me lembra da maneira como desejo ser enterrado. Deve ser transportado para o adro da igreja, à noite. Você e Hareton podem, se quiserem, acompanhar-me: e lembrem-se, particularmente, de notar que o sextão obedece às minhas instruções sobre os dois caixões! Nenhum ministro precisa vir; nem preciso que nada seja dito sobre mim.—Eu vos digo que quase alcancei *o meu* céu; e o dos outros é totalmente desvalorizado e não cobiçado por mim."

"E supondo que você perseverou em seu jejum obstinado, e morreu por esse meio, e eles se recusaram a enterrá-lo no recinto do kirk?" Eu disse, chocado com sua indiferença impiedosa. "Como você gostaria?"

"Eles não vão fazer isso", ele respondeu: "se eles fizeram, você deve me remover secretamente; e se a negligenciares, provarás, praticamente, que os mortos não são aniquilados!"

Assim que ele ouviu os outros membros da família se mexendo, retirou-se para sua toca, e eu respirei mais livre. Mas, à tarde, enquanto Joseph e Hareton estavam no trabalho, ele entrou novamente na cozinha e, com um olhar selvagem, pediu-me que viesse sentar-me em casa: queria alguém com ele. Eu recusei; dizendo-lhe claramente que sua estranha fala e maneira me assustavam, e eu não tinha nem coragem nem vontade de ser seu companheiro sozinho.

"Acredito que você me acha um demônio", disse ele, com sua risada sombria: "algo horrível demais para viver sob um teto decente". Então, voltando-se para Catarina, que estava lá, e que se aproximou de mim na sua aproximação, ele acrescentou, meio zombeteiro: — Você vai vir, chuck? Eu não vou machucá-lo. Não! para ti eu me fiz pior que o diabo. Bem, há *um* que não vai encolher da minha empresa! Por Deus! ela é implacável. Ah, porra! É indiscutivelmente demais para a carne e o sangue suportarem – até mesmo o meu."

Pediu à sociedade de mais ninguém. Ao anoitecer, entrou no seu quarto. Durante toda a noite, e até altas horas da manhã, ouvimo-lo gemer e murmurar para si mesmo. Hareton estava ansioso para entrar; mas eu pedi que ele buscasse o Sr. Kenneth, e ele deveria entrar e vê-lo. Quando ele chegou, e eu pedi admissão e tentei abrir a porta, encontrei-a trancada; e Heathcliff pediu-nos que fôssemos condenados. Ele era melhor e seria deixado em paz; Então o médico foi embora.

A noite seguinte estava muito molhada: na verdade, derramou até o amanhecer; e, enquanto caminhava pela casa, observei a janela do mestre se abrindo e a chuva entrando direto. Ele não pode estar na cama, pensei:

aqueles chuveiros o encharcariam. Ele deve estar para cima ou para fora. Mas não vou fazer mais nada, vou ousar e olhar.

Tendo conseguido entrar com outra chave, corri para fechar os painéis, pois a câmara estava vaga; rapidamente empurrando-os para o lado, eu espiei. O Sr. Heathcliff estava lá, deitado de costas. Seus olhos se encontraram com os meus tão aguçados e ferozes, que comecei; e então ele parecia sorrir. Eu não podia pensá-lo morto: mas seu rosto e garganta foram lavados com chuva; a roupa de cama pingou, e ele estava perfeitamente imóvel. A rede, batendo de um lado para o outro, tinha roçado uma mão que repousava sobre a soleira; nenhum sangue escorria da pele quebrada, e quando coloquei os dedos nela, não pude duvidar mais: ele estava morto e gritante!

Eu abri a janela; Penteei seus longos cabelos pretos de sua testa; Tentei fechar-lhe os olhos: apagar, se possível, aquele olhar assustador e realista de exultação antes que alguém o contemplasse. Eles não se fechavam: pareciam zombar das minhas tentativas; e seus lábios separados e dentes brancos afiados zombavam também! Tomado por outro ataque de covardia, clamei por José. José baralhou-se e fez barulho, mas recusou-se resolutamente a imiscuir-se nele.

"Th' divil arrancou sua alma", ele gritou, "e ele pode colocar sua carcaça em t' bargin, pois eu me importo! Ech! Que perverso 'un he looks, cingindo-se à morte!' e o velho pecador sorriu em deboche. Pensei que ele pretendia cortar uma alcaparra em volta da cama; mas, de repente, compondo-se, caiu de joelhos, levantou as mãos e voltou graças ao legítimo mestre e ao antigo estoque terem sido restituídos aos seus direitos.

Fiquei atordoado com o terrível acontecimento; e a minha memória recorria inevitavelmente a tempos passados com uma espécie de tristeza opressora. Mas o pobre Hareton, o mais injustiçado, foi o único que realmente sofreu muito. Sentou-se ao lado do cadáver a noite toda, chorando amargamente. Apertou-lhe a mão e beijou o rosto sarcástico e selvagem que todos os outros se esquivavam de contemplar; e lamentou-o com aquela forte dor que brota naturalmente de um coração generoso, embora seja duro como aço temperado.

O Sr. Kenneth ficou perplexo ao pronunciar sobre a desordem que o mestre morreu. Escondi o facto de ele não ter engolido nada durante quatro dias, temendo que isso pudesse causar problemas, e depois, estou convencido, ele não se absteve de propósito: foi a consequência da sua estranha doença, não a causa.

Nós o enterramos, para o escândalo de todo o bairro, como ele queria. Earnshaw e eu, o sexton, e seis homens para carregar o caixão, compreendemos todo o atendimento. Os seis homens partiram quando o tinham deixado cair na sepultura: ficámos para o ver coberto. Hareton, com uma cara de corrente, cavou cheiros verdes e colocou-os sobre o próprio molde castanho: atualmente é tão suave e verdejante como os montes companheiros - e espero que o seu inquilino durma tão profundamente. Mas os sertanejos, se lhes perguntarem, jurariam na Bíblia que ele *anda*: há quem fale tê-lo conhecido perto da igreja, e na charneca, e até mesmo dentro desta casa. Contos ociosos, você dirá, e assim dirá eu. No entanto, aquele velho junto ao fogo da cozinha afirma que viu dois a olhar pela janela da câmara em todas as noites chuvosas desde a sua morte: — e uma coisa estranha aconteceu-me há cerca de um mês. Eu estava indo para o Grange uma noite — uma noite escura, ameaçando trovões — e, logo na virada das Alturas, encontrei um garotinho com uma ovelha e dois cordeiros diante dele; chorava terrivelmente; e eu supunha que os cordeiros eram esquisitos, e não seriam guiados.

"Qual é o problema, meu homenzinho?" Eu perguntei.

"Há Heathcliff e uma mulher debaixo de t' nab", desabafou, "un' I darnut pass 'em".

Não vi nada; mas nem as ovelhas nem ele continuariam, por isso pedi-lhe que tomasse a estrada mais abaixo. Provavelmente levantou os fantasmas de pensar, enquanto atravessava os mouros sozinho, nas bobagens que ouvira seus pais e companheiros repetirem. No entanto, ainda assim, não gosto de estar no escuro agora; e não gosto de ser deixado sozinho nesta casa sombria: não posso evitar; Ficarei contente quando o abandonarem e mudarem para o Grange.

"Eles estão indo para o Grange, então?" Eu disse.

"Sim", respondeu a Sra. Dean, "assim que se casarem, e isso será no dia de Ano Novo."

"E quem viverá aqui então?"

"Ora, José vai cuidar da casa, e, talvez, de um rapaz para lhe fazer companhia. Eles vão morar na cozinha, e o resto vai ficar calado."

"Para o uso de tais fantasmas que escolhem habitá-lo?" Eu observei.

— Não, Sr. Lockwood — disse Nelly, balançando a cabeça. "Acredito que os mortos estão em paz, mas não é certo falar deles com leviandade."

Nesse momento, o portão do jardim girou para; os divagantes estavam voltando.

"*Eles* não têm medo de nada", resmunguei, observando sua aproximação pela janela. "Juntos, eles enfrentariam Satanás e todas as suas legiões."

Quando eles pisaram nas pedras da porta e pararam para dar uma última olhada na lua - ou, mais corretamente, um no outro pela luz dela - eu me senti irresistivelmente impelido a escapar deles novamente; e, pressionando uma lembrança na mão da Sra. Dean, e ignorando suas expostulações diante de minha grosseria, eu sumi pela cozinha quando eles abriram a porta da casa; e assim deveria ter confirmado José em sua opinião sobre as indiscrições gays de seu companheiro servo, se ele felizmente não me reconhecesse por um caráter respeitável pelo doce anel de um soberano a seus pés.

Minha caminhada para casa foi alongada por um desvio na direção do kirk. Quando debaixo das suas paredes, percebi que a decadência tinha progredido, mesmo em sete meses: muitas janelas mostravam vãos negros privados de vidro; e ardósias projetadas, aqui e ali, para além da linha direita do telhado, para serem gradualmente trabalhadas nas próximas tempestades de outono.

Procurei, e logo descobri, as três lápides na encosta ao lado da charneca: a média cinzenta e metade enterrada em charneca; Edgar Linton só harmonizado pelo relvado e musgo rastejando pelo pé; Heathcliff ainda está nu.

Detive-me em torno deles, sob aquele céu benigno: observei as mariposas esvoaçando entre a charneca e os harebells, ouvi o vento suave respirando através da grama e me perguntei como alguém poderia imaginar um sono inquieto para os dormentes naquela terra tranquila.

Milton Keynes UK
Ingram Content Group UK Ltd.
UKHW022020071224
452128UK00001B/80